STEFANIE KASPER

Das verlorene Dorf

GOLDMANN
Lesen erleben

Buch

Die Sehnsucht nach Liebe und Zugehörigkeit begleitet die Waise Rosalie, seit sie denken kann. Als die junge Frau sich im Jahr 1844 in den Bauern Romar verliebt, scheint sie ihr Glück endlich gefunden zu haben. Obwohl die Waisenhausvorsteherin Rosalie vor dieser Ehe warnt, wird sie Romars Frau und folgt ihm in sein Heimatdorf. Haberatshofen liegt tief im Wald verborgen. Die Bewohner meiden Kontakt zur Außenwelt, nehmen das neue Dorfmitglied jedoch freundlich auf, so dass Rosalie sich ihnen bald zugehörig fühlt.

Eines Nachts hört Rosalie ein Neugeborenes weinen, das am nächsten Tag als Totgeburt begraben wird. Der Dorftrottel streichelt ihr bei jeder Gelegenheit mit hingebungsvoller Zärtlichkeit über den Kopf, um einer Besorgnis Ausdruck zu verleihen, die er nicht in Worte fassen kann. Mysteriöse Dorfversammlungen finden statt, von denen Rosalie ausgeschlossen bleibt. Nach und nach wird klar: In Haberatshofen ist nichts, wie es scheint.

Als eine junge Frau, mit der Rosalie sich angefreundet hat, unerwartet zu Tode kommt, ist das erst der Anfang. Schon bald muss Rosalie erkennen, dass auch sie selbst in tödlicher Gefahr schwebt …

Informationen zu Stefanie Kasper
sowie zu lieferbaren Titeln der Autorin
finden Sie am Ende des Buches.

Stefanie Kasper

Das verlorene Dorf

Roman

GOLDMANN

Dieses Buch ist auch als E-Book erhältlich.

MIX
Papier aus verantwortungsvollen Quellen
FSC® C014496

Verlagsgruppe Random House FSC® N001967
Das FSC®-zertifizierte Papier *Pamo House* für dieses Buch liefert Arctic Paper Mochenwangen GmbH.

1. Auflage
Originalausgabe Mai 2015

Umschlaggestaltung: UNO Werbeagentur München
Umschlagfoto: Jean-Daniel / hemis.fr / Getty Images; FinePic®, München
Redaktion: Regine Weisbrod
BH · Herstellung: Str.
Satz: DTP Service Apel, Hannover
Druck und Bindung: GGP Media GmbH, Pößneck
Printed in Germany
ISBN: 978-3-442-47977-1
www.goldmann-verlag.de

Besuchen Sie den Goldmann Verlag im Netz

Für meine Söhne
Samuel und Jakob,
die das Sonnenlicht fangen.

Dämmrung will die Flügel spreiten,
Schaurig rühren sich die Bäume,
Wolken zieh'n wie schwere Träume –
Was will dieses Grau'n bedeuten?

Hast ein Reh du lieb vor andern,
Laß es nicht alleine grasen,
Jäger zieh'n im Wald und blasen,
Stimmen hin und wider wandern.

Hast du einen Freund hienieden,
Trau ihm nicht zu dieser Stunde,
Freundlich wohl mit Aug' und Munde,
Sinnt er Krieg im tück'schen Frieden.

Was heut müde gehet unter,
Hebt sich morgen neu geboren.
Manches bleibt in Nacht verloren –
Hüte dich, bleib' wach und munter!

Joseph von Eichendorff
»Zwielicht« aus dem Roman »Ahnung und Gegenwart«

Im Sachsenrieder Forst geht es nicht mit rechten Dingen zu. Hast du gehört, wie die Leute miteinander flüstern? Wie sie tuscheln, mit vorgehaltener Hand, um nicht an einem uralten Geheimnis zu rühren?

Sie wissen es nicht. Die Menschen wissen nicht, was geschehen ist. Wenn sie den Wald meiden, dann einem Urinstinkt folgend, der tief in ihrem Unterbewusstsein schlummert.

Besser, du nimmst einen Umweg in Kauf. Oder möchtest du auf der gewundenen Straße durch den Forst eine Autopanne erleiden? Tagsüber – oder gar bei Nacht? Was denkst du? All die Gruselgeschichten, die man sich erzählt … Sind sie wahr? Sind die häufigen Unfälle auf dieser Strecke etwa kein Zufall?

Wenn du das denkst, magst du recht haben.

Du solltest die Bäume fragen. Die Bäume hören sie kommen. Sie ist ihnen ebenso vertraut wie der Gesang der Vögel in den Baumwipfeln, die bei ihrem Herannahen verstummen. Die Bäume jedoch bleiben gänzlich ungerührt. Sie hören ihre schwerelosen Schritte seit bald zweihundert Jahren ruhelos über den Waldboden schweben. Ihnen ist sie gleich. Gleich, wie zu der Zeit, als sie noch ein Mensch war.

Wer sie ist? Die Weiße Frau, die die bleichen Hände nach dir ausstreckt, wenn du den Fehler machst, ihr zu begegnen. Du fragst dich, ob sie für die Autopannen verantwortlich ist? Für stotternde Motoren und defekte Lichtmaschinen?

Wenn du Glück hast, siehst du sie zwischen den Bäumen stehen und winken. Ein trauriger Gruß. Ob er dir gilt?

Womöglich begegnest du ihr auch auf der Straße. Du siehst eine Gestalt auf dem Asphalt stehen und bremst mit quietschenden Reifen deinen Wagen ab. Blickst dich im aufsteigenden Nebel suchend nach ihr um. Wo ist sie hin, die Frau, deretwegen du dir eben noch erschrocken ans Herz gegriffen hast? Hast du sie erwischt? Du hast keinen Aufprall gespürt. Besser, du drehst dich um. Dort, auf deinem Rücksitz …

Es ist lange her, lange vergessen. Doch in früherer Zeit stand im Sachsenrieder Forst, ganz in der Nähe der Stelle, wo du der Frau womöglich begegnet bist, ein Dorf. Du weißt es nicht, aber einst hat sie dort gelebt.

Manch törichter Gespensternarr, der sich in der Vergangenheit in das verlorene Dorf gewagt hat, ist auf alte Kellergruben gestoßen und auf die Überreste einer Kapelle. Ist über Grabsteine gestolpert, die als solche nur für den zu erkennen sind, der sie mit zittriger Hand freilegt.

Die Geschichte des Dorfes? Du möchtest sie hören? Bist du sicher? Es ist keine schöne Geschichte. Aber das hast du dir vermutlich schon gedacht. Ob du hinterher je wieder durch den Sachsenrieder Forst fahren willst? Ob du gar das Dorf besuchen willst? Im Bewusstsein ihrer Gegenwart.

Haberatshofen. Sprich das Wort aus, forme es mit den Lippen und fühle seinen Klang. Ja, das war der Name des Dorfes. Und jetzt … Du bist dir wirklich sicher? Bitte, wie du willst.

Hier ist seine Geschichte.

1

Schwarzer Peter

»Was ist das, Rosalie? Ein Mensch?«

Das Mädchen nickte. Es konnte wohl sprechen, tat es aber nur selten. Wenn überhaupt, fast ausschließlich in Schwester Agnes' Gegenwart.

Die Schwester, eine warmherzige Frau mit ergrautem Haar, fliehendem Kinn und erschreckend hohlen Wangen, zog das Kind auf ihren Schoß. Sie umfasste es mit den Armen. Küsste es auf die verstörend weißen Locken. Rosalie war neun Jahre alt, doch so kümmerlich gewachsen, als wäre sie noch viel jünger. An der oft kargen Kost konnte es kaum liegen – auf den Gängen liefen genug dralle Rotbacken herum, denen das strenge Maßhalten nicht schadete. »Ein toter Mensch? Neben einem weiteren toten Menschen?«

Wieder nickte Rosalie.

Agnes seufzte. Die lauernden Schatten regten sich, wuchsen und gediehen in jenen dunklen Ecken, in denen das Kind sich so gerne herumdrückte. Der bleierne Druck auf ihrer Brust wurde stärker. Sie dachte daran, wie sie das Mädchen damals gefunden hatte. Einen bleichen Säugling, an einem klirrend kalten Wintertag, als der Schnee die Dächer der Augsburger Häuser eindrückte. Man hatte Rosalie ausgesetzt, ohne sich darum zu scheren, ob sie gefunden wurde. Ob sie überlebte.

Einfach nur, weil sie anders war?

Neun Jahre war das her. Neun Jahre, die Schwester Agnes im

Rückblick zu den bedeutendsten ihres Lebens zählte. Obwohl sie ihren Dienst im Augsburger Waisen- und Armenkinderhaus seit über drei Jahrzehnten verrichtete, hatte niemals eines der Kinder ihrem Herzen so nahegestanden wie dieses. Sie hatte Rosalie ihren Namen gegeben und durch die schweren Säuglings- und Kleinkindjahre gebracht. Sie liebte das Mädchen. Eine Liebe, die umso schwerer wog, da keiner sonst das tat. Im Gegenteil. Deshalb kam es sie hart an zu sagen, was zu sagen war.

»Du musst damit aufhören.«

»Mit dem Zeichnen?« Zwei blass bemalte Raffhalter in Form einer Magnolienblüte hielten die maronenbraunen Vorhänge des Unterrichtsraums zurück. Ein Bündel Sonnenschein sickerte durch das Fenster, enthüllte flirrenden Staub auf dem Boden und streckte langgliedrige Lichtfinger nach der Schwester und dem Kind aus. Rosalies Augen schimmerten rötlich, sobald das Sonnenlicht sich in ihnen verfing – in Augen, die sonst so klar und hell waren wie das Wasser eines hochgelegenen Gebirgssees. Das Mädchen blinzelte und wandte den Kopf ab. Als sie noch um einiges jünger gewesen war, hatte kaum jemand die siechen oder toten Gestalten auf ihren Zeichnungen erahnt. Inzwischen konnte man den Mann mit der Axt oder die Frau mit dem Messer erkennen und das viele Blut. Auch die Frauenleiche, halb vergraben zwischen Kartoffelschalen, Fleischresten und schimmligen Dickrüben, ein Neugeborenes in den erstarrten Armen. Und die beiden Körper, dicht an dicht, unterhalb einer Brücke.

»Ich verstehe dich, meine Kleine«, sagte Agnes teilnahmsvoll. »Ich verstehe deinen Wunsch. All das, was du da malst – die Morde, die Selbsttötungen und die Krankheiten –, du denkst, wenn deine Eltern tot wären, gestorben aus einem dieser Gründe, wäre das besser, als einfach ausgesetzt worden zu sein. Du suchst nach einer Erklärung, nicht wahr?«

Rosalie blieb die Antwort schuldig. Sie schmiegte sich an Schwester Agnes. Es war ein seltener Moment der Zweisamkeit zwischen ihnen. In der Waisenhausgasse 1 blieb man nie lange für sich. Dafür gab es in diesem menschlichen Auffangbecken zu viele Zöglinge. Viel zu viele. Arme Wichte, elternlos oder unerwünscht, in Schande geboren und nicht gewollt. Nur jetzt, nach dem Zeichenunterricht, hatten die Kinder sich eilends in alle Richtungen zerstreut. Eine halbe Stunde Müßiggang war kostbar in einer Anstalt, die von Arbeit, Gebet und Unterricht geprägt wurde.

»Sie fürchten sich vor dir, Rosalie.« Agnes hätte alles für das Kind gegeben. Sie litt darunter, ihm nicht helfen zu können. Denn auch für sie selbst gab es auf der Welt keinen anderen Platz als das Waisenhaus.

»Das tun sie doch ohnehin.«

»Aber deine Zeichnungen machen es schlimmer. Du darfst dich nicht immerzu ausgrenzen. Wenn du nicht sprichst und dich andauernd in dunklen Ecken herumdrückst wie ein scheues Tier oder – lieber Gott, du weißt, ich möchte das nicht sagen – ein Geschöpf der Nacht, werden die anderen Kinder dich niemals akzeptieren. Und ich werde nicht immer da sein, um eine Brücke zwischen dir und der Welt des Waisenhauses zu schlagen.«

»Weil du krank bist«, sagte das Mädchen. Seine reizempfindlichen Augen, die nicht gut sahen und von Natur aus häufig feucht wurden, vergossen Tränen, die Flecken mit salzigen Rändern auf dem Gewand der Schwester hinterließen.

»Ja. Und weil ich dich lieb habe. Die Schwestern und Erzieher sind allerhand gewohnt. Grobiane, Raufbolde und Querköpfe. Auch Hinterlist, Lügen und Heimtücke. Waisenkinder sind aufmüpfige Kinder, das muss ich dir am allerwenigsten erklären.«

»Ich bin nicht so.«

»Nein, bist du nicht. Hör zu, was ich dir sagen will. Mag sein, die anderen Kinder sind oft rau und grob. Weil sie Waisen sind, Rosalie, wie du. Das darfst du nicht vergessen. Sie rebellieren gegen das Schicksal und gegen ein Los, das ihnen von Anfang an wenig Chancen zugesteht. Aber sie behaupten sich irgendwie. Besser oder schlechter, aber sie behaupten sich. Nur du tust das nicht.«

»Ich will mich nicht behaupten. Die sollen mich alle in Ruhe lassen.« Rosalie hörte zwar, was Agnes sagte, doch in erster Linie lauschte sie verzückt dem weich schwingenden Singsang ihrer Stimme. Viel zu selten hatte sie die Waisenhausschwester für sich allein. Sie konnte es nicht wissen, aber Agnes' Stimmmelodie ähnelte der ihrer leiblichen Mutter. »Du willst das nicht wahrhaben, Agnes, und trotzdem ist es so: Ich, das Monstrum, will bloß meine Ruhe.«

»Sag das nicht. Du bist eine unter zigtausend, meine Kleine. Kein Monstrum, sondern etwas Besonderes.«

»Ein Monstrum«, wiederholte das Kind und blickte absichtlich ins Sonnenlicht, das den Raum mit zunehmender Kraft flutete. »Ein Schattenmensch mit Augen wie glühende Höllenkohlen. Das ist es, was sie über mich sagen.«

»Deine Augen sind lichtempfindlich. Deshalb schimmern sie manchmal rötlich. Erinnerst du dich nicht, was der Doktor gesagt hat?« Agnes klang flehentlich. Die abwehrende Haltung, die Rosalie anderen Menschen gegenüber an den Tag legte, zerriss ihr das Herz. Das Mädchen verschlimmerte seine Lage, die ohnehin schon schlimm genug war.

»Mach dir nichts vor, liebe Agnes. Man kann meine Augenbrauen und meine Wimpern nicht sehen, so hell sind sie. Und meine Haut ist schneeweiß.« Rosalie rutschte vom Schoß der Schwester. »Ich bin eine Abscheulichkeit der Natur. Und bald zu alt dafür, mich von dir noch länger darüber hinwegtrösten zu lassen.« Im Grunde ängstigte das Mädchen sich zu Tode darüber, mit Agnes das einzige Nest zu verlieren, das sie je gehabt hatte. Den einzigen Menschen, der sie liebte.

»Hör auf!« Agnes war nicht länger sanft. »Du wirst dir in Zukunft Mühe mit den anderen Kindern geben. Und auch mit den Schwestern und den Erziehern.«

»Es wird nichts ändern.«

»Du musst es wenigstens versuchen, Rosalie! Und ich will auch keine Furcht einflößenden Zeichnungen mehr von dir sehen!« Ruckartig erhob Agnes sich von ihrem Sessel und hieb mit der Faust einige Male wütend gegen den Stuhlrahmen. So etwas war nicht ihre Art und ließ auf den Grad ihrer Verzweiflung schließen. »Ich verfluche den Tag, an dem dieser vermaledeite Faber den Zeichenunterricht einführen ließ. Hör auf, Rosalie, versprich es mir! Male eine Sonne, male einen Baum, male meinethalben eine Textilfabrik oder den Schtoinernen Ma. Es ist mir ganz gleich, nur male keine toten Menschen mehr. KEINE – TOTEN – MENSCHEN.«

Es dauerte weniger als ein Jahr, bis Schwester Agnes starb. Weniger als ein Jahr, bis Rosalie einsamer war, als es ein Mensch je sein sollte.

*

Das Augsburger Waisen- und Armenkinderhaus war ein knappes Jahrzehnt zuvor zu seinem Zeichenunterricht gekommen wie die Jungfrau zum Kinde. Im Jahr des Herrn 1826 – Schwester Agnes war noch nicht von ihrer Krankheit gezeichnet gewesen – hatte ein distinguierter Herr und naher Verwandter des Nürnberger Bleistiftfabrikbesitzers Leonhard Faber am Tor der Waisenhausgasse 1 gestanden und Einlass begehrt. Es geschah selten (der Ehrlichkeit halber so gut wie nie), dass ein betuchter Mann eine Waise an Kindes statt annahm. Friederich Faber, dessen Eheweib nach einem Dutzend Fehlgeburten unfruchtbar war, adoptierte gleich drei Augsburger Waisen. Zwei halbwüchsige Knaben und ein kleines Mädchen von anderthalb Jahren. Letzteres wohl aus dem hehren Grund, seiner Frau ein kleines Wesen zum Bemuttern und Verhätscheln ins Haus zu bringen. Obendrein sprach Faber mit den Räten der Stadt und sorgte für die Einführung eines regelmäßigen Zeichenunterrichts im Waisenhaus – für den die Bleistiftfabrik Faber für die Dauer von fünfzig Jahren Papier und Stifte stellen würde.

*

»Sie hat es wieder getan. Haben Sie die Zeichnung schon gesehen? Es ist zum Aus-der-Haut-Fahren.« Die ältliche Schwester Aurelia kratzte sich am Kopf. Ein hässliches, scharrendes Geräusch, das Schwester Grete die Härchen an den Armen zu Berge stehen ließ.

»Habe ich.« Grete – die im Leben lieber alles andere als Waisenhausschwester geworden wäre – sprach voller Ingrimm. Obwohl Rosalie malte, seit sie einen Stift halten konnte (und sie stand inzwischen in ihrem fünfzehnten Jahr), versetzten ihre Bilder die Schwestern und Erzieher noch immer mit schönster Regelmäßigkeit in helle Wut. »Theresa, ihre Bettnachbarin, hat mich kürzlich schier angebettelt, ihr Rosalie vom Hals zu schaffen. Das arme Mädchen leidet Höllenqualen, das Bett mit ihr teilen zu müssen. Aber was soll ich tun? In den anderen Betten schlafen sie freiwillig zu viert, bloß um ihr fernzubleiben.«

»Wenn wir sie wenigstens ganz vom Zeichenunterricht ausschließen dürften«, warf eine weitere Schwester ein, »aber das ist ja in diesem Haus nicht gestattet, solange sie nicht sterbenselend daniederliegt. Wahrlich, mir wäre wesentlich lieber, sie verweigerte den Zeichenunterricht, damit wir sie bestrafen und wegsperren können, als …«

»Als am Ende der Stunde das Bild zweier pockenentstellter Leichname ansehen zu müssen, die Hand in Hand aufgebahrt liegen, einen schreienden Säugling zwischen sich«, schloss der Erzieher Christof Gründt. »Bei Gott, sie zeichnet verdammt gut. Woher nimmt sie nur die Vorstellungsgewalt für diese abscheulichen Darstellungen? Vom Teufel persönlich?« Das schiefe Lächeln hing verloren in den Mundwinkeln des untersetzten, breitschultrigen Mannes. »Scherz beiseite. Ich sage es nicht gerne, doch ich für meinen Teil bin bereit, die Sache anzugehen.«

»Die Sache? Sie meinen das, was wir schon seit Agnes' Tod mit uns herumtragen?«

»Genau«, sagte Gründt.

»Den Nachtmenschen loswerden?« Schwester Marie, ein feingliedriges Geschöpf mit großen furchtsamen Augen, wagte nicht mehr als ein Flüstern. »Aber sie ist doch nicht volljährig.«

»Mich kümmert das nicht.« Erzieher Gründt reckte die geballte Faust.

»Und falls sie sich rächt?« Maries ängstliches Wispern legte sich wie ein dichter Schleier über die Schwestern und den Erzieher.

Alle schwiegen.

»Wie denn? Wie sollte sie sich schon rächen?«, schimpfte schließlich Schwester Grete, um die Schatten zu vertreiben, von denen sich alle eingeholt fühlten. »Ein richtiger Hemmschuh bist du, Marie, ein abergläubischer Hasenfuß. Wenn wir das Mädchen in ein Arbeitslager schicken, an eine Fabrik verkaufen oder meinethalben als Dienstmagd, sind wir sie los. Ein für alle Mal.«

»Früher oder später geschieht das ohnehin.« Schwester Aurelia kratzte sich wieder am Kopf.

»Mir für meinen Teil wären fünfzig Krawallknaben, wie der Günter einer ist, lieber als ein solcher Schattenmensch. Es ist unnatürlich und widerwärtig.« Christof Gründt beugte sich dichter zu der Schar Schwestern, die ihn umringten wie Hennen den Hahn. Er senkte die Stimme. »Ich glaube, als Arbeitskraft taugt sie nicht. Wer würde sie denn nehmen? Alle hätten Angst vor ihr.«

»Wir könnten es verschweigen. Man sieht es nicht auf den ersten Blick – wenigstens nicht die Augen.«

»Damit sie wieder vor unserem Tor steht, sobald es herauskommt?«, stichelte Grete. »Das ist ausgemachter Blödsinn.«

»Das meine ich – mit Verlaub, liebe Aurelia – allerdings auch. Allein Rosalies absonderliches Benehmen würde ausreichen, den Argwohn eines möglichen Dienstherrn zu wecken. Das Mädchen spricht ja kaum ein Wort, da wird ein jeder schnell aufmerksam. Und wer sie erst einmal genauer betrachtet, der sieht … nun, was wir sehen. Nein, ich dachte mehr an eine endgültige Lösung.«

»Das meinen Sie nicht im Ernst. Sie wollen das Mädchen … umbringen?«, quiekte Schwester Marie.

»Das habe ich nicht gesagt.«

»Gesagt nicht. Gemeint schon.« Schwester Grete hatte keinen Zweifel an Gründts Absichten.

»Lieber Himmel«, wetterte der Erzieher und war puterrot im Gesicht. »Ich dachte bloß an ein Freudenhaus. Bestimmt gibt es Männer, die mögen, was sie ist. Von dort kommt sie nicht fort, wenn ihre Möse klingelnde Münze bedeutet.«

»Herr Gründt!« Schwester Aurelia errötete.

»Und einen solchen Vorschlag können Sie mit Ihrem Gewissen vereinbaren?«

»Ich kann noch ganz andere Dinge mit meinem Gewissen vereinbaren. Sie sind viel zu zart besaitet, Marie.« Erzieher Gründt durchbohrte die Schwestern mit düsteren Blicken.

»Lasst ihn. Er hat doch recht. Was, wenn es geradezu göttlicher Wille ist, eine so teuflische Gestalt aus unserer Mitte zu entfernen – aus den Reihen unschuldiger Kinder?« Schwester Ruth, die bisher still zugehört hatte, glühte vor frommem Eifer.

»Sie gehen zu weit, Herr Gründt. Sie auch, Ruth. Also wirklich, ein Bordell, wo sie immerhin in diesem Haus großge…« Aurelia schüttelte den Kopf.

»Vielleicht käme auch eine Abnormitätenschau in Frage«, platzte Grete heraus, ohne die ältliche Schwester ausreden zu lassen. »Erst kürzlich gastierte eine am Roten Tor. Die kamen aus Übersee. Mit Missgeburten wie Zwergen, Wolfsmännern, dreibeinigen Ungetümen und einem Löwenmenschen. Ein armloses Krüppelwesen konnte, so habe ich gehört, mit dem Fuß sogar die Harfe zupfen. Dorthin würde Rosalie mit ihren Glühaugen passen. Ich weiß sicher, die nehmen solche Leute wie sie. Es ist schon einige Jahre her – ehe Agnes das Kind überhaupt fand, ich war selbst noch klein –, aber der Kuriositätenwagen des Herrn Balau hatte einen Eismenschen dabei. Der war wie das Mädchen. Haare und Haut ohne Farbe. Der Herr Balau leuchtete mit einem Licht in seine Augen, und man sah das Höllenfeuer darin aufglühen.«

Gründt nickte beifällig, während die übrigen Schwestern betreten zu Boden blickten. Man hatte in der Zeitung schon davon gelesen, wie es den Attraktionen solcher Abnormitätenschauen abseits der Bühne erging. Dass sie wie Tiere in Käfigen gehalten wurden und auf Befehl kleine Kunststückchen einstudieren mussten. Zur Belustigung der Massen.

Schwester Marie fasste sich ein Herz. »Ich habe Angst vor dem Mädchen wie die meisten hier, das will ich nicht verhehlen. Aber Rosalie ist kein Tier, das man in einen Käfig sperren darf. Und wir dürfen nicht vergessen: Es gibt eine Aktei über sie, mit sämtlichen Dokumenten und Unterlagen, die seit dem Tag ihres Auffindens abgefasst wurden.«

»Könnte man verschwinden lassen«, murmelte Schwester Grete.

»Was ist mit den Notizen im Kirchenbuch? Über Rosalies Taufe, ihre Erstkommunion und ihre Firmung? Der Herr Pfarrer hat uns anempfohlen, uns dem Mädchen gegenüber als Christenmenschen zu verhalten. Wenn ich mich nicht irre, führt der Kirchenschreiber darüber hinaus sogar über die Vergabe der Beichtbildchen Buch – und, wie ihr alle wisst, schicken wir unsere Kinder regelmäßig zur Beichte. Ihr könnt Rosalies Existenz nicht einfach auslöschen.«

»Sie wollen sagen, Schwester Marie, wir sollen dieses ... dieses Wesen weiter ertragen?« Christof Gründts ausgeprägte Hängebacken verfärbten sich erneut puterrot. »Weshalb diese Rücksichtnahme? Weil sie Agnes' Schützling war? Haben Sie einmal darüber nachgedacht, ob vielleicht der Umgang mit dem Nachtmenschen sie überhaupt erst krank gemacht hat? Ich sage: Wenn sie fürs Freudenhaus zu fein ist, sollte man sie abstechen wie eine quiekende Sau!« Damit stapfte er davon.

Später fand Gründt keinen Schlaf. Die Nacht war dunkel, sternenlos, die Stadt lag in schwarzes Tuch geschlagen. Er dachte über die hohe Sterblichkeit unter den Kindern des Waisenhauses nach, ganz besonders unter den Säuglingen und Kleinkindern. Wenn von zehnen gut über die Hälfte durchkam, konnte man von Glück reden. Es reute ihn, das Problem mit dem Nachtmenschen nicht schon ganz zu Anfang ein für alle Mal gelöst zu haben. Gründt hasste Rosalie, die niemals auch nur das Wort an ihn gerichtet hatte, abgrundtief. In Nächten wie dieser malte er sich genüsslich ihren Tod aus. Genau, wie er früher vom Sterben seiner missgestalteten Schwester geradezu besessen gewesen war, die alle Liebe der Eltern für sich genommen hatte. Für ihn war nichts geblieben. Als der Erzieher endlich einschlief, wurde er in seinen Träumen von rot glühenden Kohleaugen verfolgt.

Rosalie träumte auch. Papierene, brüchige Träume. Bilder ohne Farben, in schwarzen und weißen und grauen Tönen. Lediglich das Blut war immer rot. Mal sprudelnd und lebendig, mal kalt und eingetrocknet wie Rost. Aber immer rot.

Am nächsten Tag bestrafte man Rosalie mit Stockschlägen, Essensentzug und einer halben Woche im Kartoffelkeller für das Bild der pockennarbigen Toten. Sie nahm sowohl die Züchtigung als auch den Arrest und den knurrenden Magen stoisch hin. Seit Agnes tot war, konnte sie der Anziehungskraft eines frisch angespitzten Bleistifts nicht widerstehen. Wenngleich sie beim Zeichnen niemals für sich war, sondern an ihrem Pult im Unterricht saß, sich der argwöhnischen Blicke und der Konsequenzen bewusst. Es war, als riefen all die ungemalten Bilder danach, die Fülle der Möglichkeiten auf Papier zu bringen. Jener Möglichkeiten, die dazu geführt hatten, dass sie eine Waise war. Rosalie konnte einfach nicht anders, wiewohl sie die Folgen kannte.

Vielleicht hielt Agnes' Geist eine schützende Hand über das Mädchen, denn sowohl Schwester Grete als auch Erzieher Gründt verließen bald danach das Waisenhaus. Grete verliebte sich in einen dicken Zwiebelhändler, was einen besseren Menschen aus ihr machte. Christof Gründt hingegen wurde mit den Füßen zuerst aus dem Haus getragen. Er stolperte unglücklich über eine Teppichfalte und brach sich den Hals.

Die übrigen Schwestern und Erzieher sahen in dem Nachtmenschen zwar ein stetes Ärgernis, doch wagten sie keinen Versuch, Rosalie vor der Zeit loszuwerden. So blieb das Mädchen mit den glühenden Augen im Augsburger Armenkinderhaus und am Leben, bis weit in ihr achtzehntes Jahr hinein – bis die scheue Schwester Marie gegen Ende 1843 eine Lösung fand, die im darauffolgenden Frühsommer umgesetzt wurde. Im Grunde war es einfach. Der Schwarze Peter (ein Spiel, das die Waisen mit reichlich Ruß und abgegriffenen Karten spielten, die ein lange vergessener Spender einst an der Waisenhauspforte abgegeben hatte) in Form einer jungen Frau mit schneeweißer Haut und auffallend weißem Haar wurde weitergereicht; die Karten neu gemischt.

2

Irgendwie verwaschen

»Jemandem muss sehr daran gelegen sein, dich loszuwerden. Die haben in Augsburg gleich drei unserer Mädchen als Wäscherinnen genommen. Drei Mädchen im Tausch gegen eines.« Die Schongauer Waisenhausmutter, Schwester Dora Mann, war eine dicke, schwammige Frau mit höckriger Nase und einer Stimme, die allzeit ein wenig aufgebracht klang. Ihre kleinen, flinken Hände waren ständig in Bewegung. Rosalie konnte sich gut vorstellen, wie sie deuteten und zeigten, Worte abschnitten, schalten, lobten und Trost spendeten. »Kein Mensch braucht zur gleichen Zeit drei zusätzliche Wäscherinnen. Oder irre ich mich?« Schwester Dora ließ sich nicht blenden. Seit neunzehn Jahren leitete sie die *Bewahranstalt für elternlose und unerwünschte Kindlein* (das Waisenhaus, sagten die Leute in der Gegend schlicht, denn die offizielle Bezeichnung kam ihnen reichlich dumm vor).

»Ich weiß nicht. Verzeihung.« Rosalie starrte angestrengt auf ihre abgewetzten Lederschuhe. Wenn sie wollte, konnte sie den kleinen Zeh zwischen Leder und Sohle hervorstrecken. Aber das sah man nicht, wenn man es nicht wusste. Genau wie niemand von dem Block und den Bleistiften wusste, die sie heimlich genommen hatte, ehe sie aus Augsburg fortgebracht worden war. Jetzt zog sie den kleinen Zeh ein. Am liebsten hätte sie auch die Augen zugemacht.

»Nun gut. Die Köchin wird dir mehr zu deinen Aufgaben

sagen können. Hier fürs Erste der grobe Ablauf: Am Morgen essen wir Suppe. Brennsuppe, Kartoffelsuppe oder Brotsuppe.« Schwester Dora zählte die verschiedenen Suppen an den Fingern ab. »Unter der Woche gibt es zu Mittag ebenfalls Suppe. Kartoffelsuppe, Krautsuppe, Gemüsesuppe. Dazu Knödel oder Kartoffeln. Mittwochs und freitags überlassen uns die Fischer manchmal etwas vom Tagesfang. Karpfen, Hechte und Schleien.« Wieder nahm sie die Finger zu Hilfe. Es mochte Einbildung sein, aber für Rosalie roch die Frau nach Kohlsuppe. »Hast du gelernt, wie man Fisch zubereitet?«

»Ja.« Schwester Agnes hatte ihr gezeigt, wie man Fische ausnahm, sie wusch, salzte und füllte.

Sieh zu, möglichst viele Gräten gleich herauszubekommen. So, siehst du? Soll uns ja keiner dran ersticken.

»Mädchen, träumst du?« Eine Hand fuhr vor Rosalies Gesicht durch die Luft.

»Nein. Entschuldigung.«

»Es ist nicht so, dass wir hier unbedingt eine Beihilfsköchin brauchen. Ich frage mich wirklich, weshalb sie dich loshaben wollten.« Die Waisenhausmutter tippte Rosalie an die Schulter. Herausfordernd. »Komm schon, Mädchen. Es ist nicht unüblich, euch Waisen mit dem Erwachsenwerden untereinander zu vermitteln. Das nicht.« Sie forschte in Rosalies Gesicht nach einer Regung, doch die verzog keine Miene und hielt den Blick gesenkt. »Nun gut.« Schwester Dora fuhr mit ihren Ausführungen fort. Zu Rohrnudeln, Räucherfisch und Birnenkompott. Zur Portionierung von Fleisch und Wurst (ein Vielfraß wird nicht geboren, sondern erzogen), wenn dergleichen denn einmal auf den Tisch kam. Manchmal brachten die Bauern der Umgebung sogar ein Huhn, einen Schinken oder eine Schweinekeule – meist an hohen Feiertagen, nicht selten nach dem Kirchgang, sofern der Herr Hochwürden in seiner Predigt von

Nächstenliebe und dem Lohn des Himmelreichs zu erzählen gewusst hatte. »Weißt du, was ich sehe?« Mitten in der ausführlichen Erläuterung des Spüldienstes hielt sie neuerlich inne und verschränkte die Finger ineinander. Wie Fische im Netz schienen sie in dieser Position nicht stillhalten zu wollen.

Rosalie zuckte zusammen. Ihr Nacken kribbelte warnend, als liefen Ameisen darüber. Was jetzt kam, hatte mit der Waisenhausküche nichts zu tun. »Nein.« Ihre Antwort war leise, kaum mehr als ein Flüstern.

»Ein schmales, scheues Geschöpf. Auffallend blass und irgendwie verwaschen. Das Zerrbild eines Mädchens. Bist du immer so? Sieh mich an«, verlangte die Waisenhausmutter. »Sieh mich an, Mädchen!«

Rosalie hob den Blick. In der unaufgeräumten Schreibstube, die verriet, dass für die Bücher zu wenig Zeit blieb, dämpften bodenlange Vorhänge das Tageslicht. Der mattgrüne Vorhangstoff roch muffig, als würde der Raum zu selten gelüftet. Die eingestickten Akanthusranken darauf waren verblichen und kaum zu erkennen.

»Was stimmt nicht mit dir?« Schwester Dora studierte eindringlich Rosalies Gesicht, ging dann im Kreis um sie herum. »Du hast auffallend helle Haut, das habe ich schon gesagt, und dein Haar ist fast weiß. Ungewöhnlich, aber so ungewöhnlich nun auch nicht. Vielleicht hast du nordische Vorfahren. Ich werde dir keinen Strick daraus drehen, wenn du mir verrätst, was es mit dir auf sich hat. Was hast du angestellt?«

Rosalie, die bis dahin keine zehn Worte gesprochen hatte, überlegte lange, ehe sie antwortete. Sie dachte an Agnes und was sie ihr wohl geraten haben würde. »Es sind meine Augen. Sie sind sehr lichtempfindlich, genau wie meine Haut. In Augsburg haben sie mich deshalb einen Schattenmenschen geheißen. Der Doktor, der mich als Kind untersucht hat, meinte, es gäbe noch andere wie mich. Andere, deren Augen bei Lichteinfall rötlich schimmern. Aber nicht viele.« Rosalie holte tief Luft. Ihre Kehle fühlte sich an wie zugeschnürt. Es war wahrscheinlich der längste Monolog, den sie je im Leben gehalten hatte. »Die Wahrheit ist, ich bin obendrein nicht gut, was die Bindung zu anderen Menschen anbelangt. Ich bleibe am liebsten für mich. So war es schon immer. Werfen Sie mich jetzt hinaus?«

»Du kannst kochen, oder? Deshalb bist du hergekommen.« Die Waisenhausmutter lächelte zum ersten Mal. »Ich weiß Offenheit zu schätzen, Mädchen. Mir persönlich ist es gleich, ob deine Augen braun, grün oder rot sind.« Eine von Schwester Doras hervorstechenden – und womöglich besten – Eigenschaften war ihre Ehrlichkeit. »Aber lass dir gesagt sein: Die Gegend um Schongau ist ländlich. Die Menschen sind bodenständig und fleißig, was sie nicht daran hindert, zugleich recht abergläubisch zu sein. Wenn du hier bestehen willst, musst du dein Verhalten ändern. Mach dich nicht angreifbar, indem du weiter so verloren dastehst wie heute vor mir. In Ordnung?«

Rosalie nickte. Die Waisenhausmutter hatte recht, denn genau das tat sie. Sie stand verloren da und schämte sich. Für ihre Augen, die helle Haut und das weiße Haar. Für sich selbst.

»Jetzt geh in deine Kammer, erfrische dich, und dann an die Arbeit.«

Die Köchin hieß Cäcilia, wie die heilige Cäcilia von Rom, nach der ihre Eltern sie benannt hatten. Was sie nicht müde wurde zu betonen. Selbst nach sechzig Lebensjahren schien sie noch sehr stolz darauf. Sie war eine große Frau, die etwas von einer Königin an sich hatte. Mit breiten Schultern und energischem Mund, der bei Ärger sehr schmal werden konnte. Ihre Schneidezähne standen leicht vor, was dem imposanten Gesamteindruck nicht schadete. Anfangs wirkte Cäcilia wenig angetan von ihrer neuen Beihilfsköchin, konnte sie sich doch jederzeit die Waisenkinder zu Hilfe holen. Da Cäcilia aber für ihr Leben gerne redete und in Rosalie eine geduldige Zuhörerin fand, die noch das zehnte Mal zur gleichen Erzählung nickte, legten sich die Ressentiments der Köchin bald.

»Kennst du ihre Legende? Die der heiligen Cäcilia von Rom? Sie bestattete hingerichtete Christen.« Cäcilia senkte die Stimme zu einem dramatischen Flüstern. »Heimlich. Was zur damaligen Zeit strengstens verboten war.«

»Ich habe von ihr gehört.« Rosalie sah aus dem Fenster über weites Land. Dort, wo Felder brachlagen, war die Erde trocken und rissig. Wie aufgeplatzte Wunden. »Ich kenne ihre Geschichte.« Es gab in einem katholischen Waisenhaus ganz sicher vieles, was die elternlosen Kinder vermissten. Die Heiligenerziehung gehörte nicht dazu.

Arbeit. Gebet. Unterricht.

Sie hatte sich manchmal gefragt, ob sie diese drei Worte je wieder vergessen würde. Wie mit heißem Eisen waren sie ihr ins Fleisch gebrannt.

»Sechshundert Jahre nach Cäcilias Hinrichtung – und der Leichnam war unverwest. Sechshundert Jahre! Man stelle sich vor, die öffneten das Grab, blickten der Toten ins Gesicht und sahen ein Antlitz vor sich, das zu Lebzeiten genauso ausgesehen haben muss. Ist das zu fassen?«

»Ich kann es mir nicht vorstellen.«

»Eben«, bestätigte Cäcilia, zufrieden mit Rosalies Antwort. »Ich nämlich auch nicht. Wo wir dich jetzt bei uns haben«, sagte sie unvermittelt, »ziehe ich mich vermutlich bald aufs Altenteil zurück.«

Rosalie schwieg, denn ihr fiel nichts zu sagen ein. So erging es ihr häufig. Unterhaltungen strengten sie an. Worte wollten ihr nicht über die Lippen, und Gedanken hüpften einfach davon.

»Ich habe nie darüber gesprochen – auch Schwester Dora weiß es nicht –, spiele aber schon mit der Vorstellung. Keine Sorge, ich bringe dir vorher bei, was du wissen musst.«

Was im Grunde nichts anderes war als das, was die Waisenhausmutter Rosalie schon am ersten Tag gesagt hatte. Nur eben viel ausführlicher, da es von Cäcilia kam.

»Ich glaube, sie würden mich als Köchin nicht akzeptieren.« Rosalie hatte sich seit jenem Gespräch mit Schwester Dora vorgenommen, in Zukunft anderen gegenüber offener zu sein. Genau das, was Agnes ihr schon im Alter von neun Jahren so dringlich ans Herz gelegt hatte. Sie hatte begriffen, dass sie niemals fest und sicher im Leben stehen würde, wenn sie die Chance auf einen neuen Anfang jetzt nicht ergriff. Es war nicht leicht, aber Cäcilias Gegenwart gestand es ihr ohnehin nicht zu, völlig in der Deckung zu bleiben.

»Du wirst dich behaupten. Wirst du müssen.« Die Lippen der alten Köchin wurden streng und schmal. »Wer wollte dich denn nicht akzeptieren? Die Erwachsenen? Die Kinder?«

»Alle.«

»Vor etwa zweihundertfünfzig Jahren haben sie hier Hexen auf dem Scheiterhaufen verbrannt. Hast du das gewusst? Über sechzig Frauen sind gestorben. Als Mädchen hat mich diese Sache sehr beschäftigt. Ich habe mir vorgestellt, wie es sein mag, wenn man an einen Pfahl gebunden wird und sich nicht rühren kann, nicht fortkann, bis man den Rauch riecht und das Holz zu knacken und bersten beginnt. Wenn man seine Familie schreien und die Leute johlen hört. Wenn man gefangen ist, bis die Flammen hoch zu den Beinen steigen, die Fußsohlen versengen und die Zehen, und man einfach … nichts tun kann. Nur leiden. Nur sterben.«

»Ich will das nicht hören«, sagte Rosalie. »Weshalb erzählst du mir das?«

»Weil sie genau solche Frauen auf dem Scheiterhaufen verbrannt haben, die aus irgendeinem Grund anders waren oder sich anders verhielten, als die Allgemeinheit das gerne sah. Damals hättest du mit deinem Aussehen nicht überlebt.«

»Heutzutage verbrennen sie mich nicht mehr, und du findest, dafür sollte ich dankbar sein? Willst du das damit sagen?« Rosalie erschrak ein wenig über den eigenen beißenden Tonfall. Sie hörte ihn an sich selbst zum ersten Mal. Natürlich hatte sie auch noch nie so viel mit anderen Menschen gesprochen wie dieser Tage mit Cäcilia.

»Was ich finde, darum kümmere dich mal nicht, Kindchen. Ich habe mir dich jetzt eine Weile angesehen und meine bloß: Hör auf damit, dein Äußeres als Vorwand zu benutzen, um dich von der Welt abzuschotten. Das ist es, was du tust, oder?«

Rosalie schwieg.

»Du brauchst mir nicht zu antworten. Jedenfalls: Meine Schwester und mein Schwager leben drüben in Huttenried. Ein kleiner Weiler, von dem du mit Sicherheit nie gehört hast. Die beiden sind anständige Leute, sie werden mich aufnehmen. Eine lauschige Bank in der Sonne – mehr kann ich mir für meine alten Tage schwerlich erwarten, ohne Ehemann und Kinder. Glaub mir, ich habe mir mein Leben auch einmal anders erträumt. Statt eigenen Söhnen und Töchtern bekam ich nur jede Menge Waisen. Es wird einen Grund haben, schätze ich. Immer muss man den Herrgott im Himmel ja nicht verstehen.« Cäcilia verfiel in einen langen Monolog, zu dem Rosalie nichts beitragen musste. So blieb ihr Zeit, sich zu sammeln. Nach einem Weilchen ging die Köchin von ihren ungeborenen Kindern zu ihren vielfältigen Leiden über. Von Rheuma über Gicht und einem schwachen Herzen schien alles dabei. Wenn man ihren Worten Glauben schenkte, war Cäcilia eine überaus kranke und gebrechliche Frau. Dabei sah man ihr die sechzig Jahre nicht an. Mit kaum ergrautem Haar und Wangen, die rot wie frische Hagebutten glänzten, wirkte sie viele Jahre jünger.

»Genug geschwafelt.« Nachdem Cäcilia auch ihr letztes und geringstes Weh – einen verwachsenen Zehennagel – bis ins Kleinste geschildert hatte, kam sie endlich zum Ende. »Hast du mich verstanden, Rosalie? Was ich dir vorhin sagen wollte?«

»Ich denke schon.« Rosalie klang ein wenig wie ein bockiges Kind. Tatsächlich fühlte sie sich an so manches Gespräch mit Agnes erinnert, bei dem sie eigensinnig auf ihrer Meinung beharrt hatte. »Wenn ich mich gut anstelle, werde ich hier Köchin sein und mein Auskommen haben.«

»So ist es.« Cäcilia nickte energisch, in der Überzeugung, ein gutes Werk getan zu haben. »Dann lass uns wieder an die Arbeit gehen. Hungrige Mägen füllen sich nicht von allein. Holst du bitte die Eier? Du findest sie in der hinteren Vorratskammer. Die habe ich dir schon gezeigt, ja? Die Kinder legen dort ab, was sie morgens im Hühnerverschlag finden. Nimm den Flechtkorb von der Anrichte und mach ihn voll.«

»In Ordnung.« Rosalie hätte ihrer Dankbarkeit gern Ausdruck verliehen. Denn dankbar war sie. Für die Selbstverständlichkeit, mit der Cäcilia sie trotz ihrer Andersartigkeit akzeptierte. Dafür, dass sie es anscheinend gut mit ihr meinte, und für die kurze Erinnerung an Schwester Agnes. Schließlich gelang ihr ein kleines Lächeln. Zaghaft und aufrichtig.

»He. Pst.« Ein naseweises Gesicht mit Zähnen, die wie Kraut und Rüben durcheinanderstanden, lugte um die Ecke.

Rosalie hatte den Korb mit Eiern befüllt und sah zu dem kleinen Mädchen hin, das sich an der offenen Speisekammertür herumdrückte.

»Ja?«

»Wir wollen Sie was fragen.«

»Was denn?« Rosalie trat auf den Gang hinaus, wo weitere Waisenmädchen warteten. Über die Köpfe der Kinder konnte sie die Küchentür am anderen Ende des Flurs sehen, die mit einem Mal sehr weit entfernt schien. Ihr war nicht wohl, sich unerwartet von einer Horde Kinder umringt zu sehen. Kaum eines reichte ihr bis zum Brustkorb, alle hatten sie geflochtene Zöpfe und trugen ordentliche blaugraue Baumwollkleidchen. Dennoch machten sie ihr Angst.

Es war der Ausdruck in den jungen Gesichtern. Neugierig und herausfordernd zugleich.

»Sind Sie krank?«, fragte die Kleine mit den schiefen Zähnen.

»Nein.«

»Weil Sie so bleich wie ein Laken sind.«

»Wie ein Geist. Die großen Jungen sagen, Sie haben rot glühende Augen. Der Sepp und der Fritz haben es selber gesehen, als Sie der alten Cilia das Holz brachten.«

Cäcilia mag es nicht, wenn man ihren Namen abkürzt. Sie ist so stolz darauf. Das dachte Rosalie und hätte es gerne ausgesprochen. Im Kopf hörte sie sich die Sätze zigfach sagen. Einmal laut, einmal leise. Einmal freundlich, beim nächsten Mal drohend. Aber sosehr sie sich auch mühte, die Worte wollten ihr nicht über die Lippen. Kein einziges.

Die Kinder erkannten ihre Not und begannen mit der Herzlosigkeit, wie sie Menschen manchmal zu eigen ist, im Kreis um Rosalie zu tanzen.

»Augen rot, siehst aus wie tot«, sang die kleine Wortführerin. Die anderen Mädchen fielen ein.

»Augen rot, siehst aus wie tot. Augen rot, siehst aus wie tot. Augen rot, siehst aus wie tot.«

Der Gesang brauste in Rosalies Ohren, schwoll an und schien immer lauter zu werden, bis der Korb mit den Eiern ihren Händen entglitt.

»Sie hat die Eier fallen lassen.« Die Mädchen lachten, als Rosalie taumelte. Ihre Baumwollkleider waren jetzt nicht mehr als hüpfende graue Flecken, denn die Bedrängnis verschlechterte ihr Sehen noch weiter.

Sie wollte fort. Nur fort.

Die Panik mit aller Kraft niederkämpfend, griff sie den Korb mit den zerbrochenen Eiern und stürzte hart an den Mädchen vorbei. Bei der Flucht stieß sie eines von ihnen zu Boden, ohne es recht zu bemerken.

Keuchend, mit hämmerndem Herzen, erreichte sie die Küche. Suchte Zuflucht bei der vertrauten Gestalt Cäcilias.

Doch mit der alten Köchin stimmte etwas nicht. Sie stand versunken am Fenster und wandte sich nicht um, als Rosalie in den Raum polterte. In den Händen hielt sie ein Spültuch, mit dem sie sich fortwährend die längst trockenen Finger abrieb.

Das Schongauer Waisenhaus war ursprünglich als Landsitz für eine Person von Adel erbaut worden, deren Namen heute niemand mehr kannte. Es lag außerhalb der Stadt auf einer Anhöhe. Einen Weg hinauf gab es sowohl in nördliche als auch in südliche Richtung. Während der südliche Weg eine ausgebaute Fahrstraße war und direkt vor das Waisenhaus führte, war der nördliche Weg lediglich ein Trampelpfad. Er begann an der Rückseite des Gebäudes, genau an der Küchentür, und führte steil und stufenlos den Hang hinab. Da es aber der schnellere Weg war, wurde er dem Fahrweg häufig vorgezogen.

Vor einem halben Jahrhundert hatte man dem steinernen Haupthaus einen langgezogenen Seitentrakt angefügt, in dem Küche und Vorratskammern lagen. Während man von den Unterrichtsräumen und dem Kontor der Waisenhausmutter das Städtchen Schongau hübsch überblicken konnte, sah man von der Küche über weite Felder, Dörfer und Weiler.

»Cäcilia?« Nachdem sie sich ein wenig beruhigt und vorsichtig hinaus in den Gang geäugt hatte (die kleinen Mädchen waren verschwunden), berührte Rosalie die Köchin zögerlich an der Schulter. »Ist dir nicht gut?«

Cäcilia schüttelte sich wie eine Katze, die versehentlich im Badetrog gelandet ist. Sie sah aus, als wäre sie mit den Gedanken noch immer anderswo. Erst als sie den Korb mit den zerbrochenen Eiern bemerkte, schenkte sie Rosalie ihre Aufmerksamkeit. »Was ist dir denn passiert?«

»Tut mir leid. Es war ein Versehen. Ich habe die Eier …«

»Du musst besser aufpassen.« Cäcilia sprach in jenem strengen Ton, den die Waisen oft zu hören bekamen. »Das geht so nicht. Sammle die Schalen heraus und sieh zu, was noch zu retten ist. Ich gehe neue Eier holen.«

»In Ordnung.« Rosalie beugte sich schon über den Korb, doch die Köchin unterbrach sie. »Gleich kommt ein Mann her. Er bringt vermutlich ein geschlachtetes Huhn oder so.«

»Ein Mann?«

»Ja.« Die Köchin nickte in Richtung des Fensters, an dem sie eben noch gestanden hatte. »Nimm das Vieh und sieh zu, dass du den Kerl schnell wieder loswirst.«

»Das Huhn können wir aber gut brauchen, oder?« Rosalie vermochte Cäcilias Reaktion auf das Nahen eines großherzigen Spenders nicht einzuordnen. »Ich meine, weil ich den Mann gleich wieder fortschicken soll.«

»Mach einfach, wie ich es dir sage.« Damit verschwand die Köchin überstürzt aus der Küche – ohne Korb und das Spültuch noch immer in Händen.

Verwirrt trat Rosalie ans Fenster und sah dem Mann entgegen. Das Wetter war noch am Vormittag schwülwarm gewesen. Rosalie hatte das Bild spielender Kinder in kühlen Bächen vor Augen gehabt, die einander planschend und spritzend ins erfrischende Nass tauchten. Inzwischen war das Wetter umgeschlagen. Um die Gebirgskämme braute sich eine dunkle Wand zusammen, und gewitterschwere Wolken verdunkelten den Sommerhimmel. Der rasch näher kommende Mann war groß und schmal. Als er den Sack auf seinen Schultern umlagerte, hob er den Kopf und blickte Rosalie geradewegs in die Augen.

Sie trat hastig vom Fenster zurück. Hatte er sie bemerkt und ihren Blick erwidert? Oder war das auf die Entfernung gar nicht möglich?

Mit ungewissem Herzen wartete sie, bis es klopfte.

»Kommen Sie herein.«

Und da war er. Ein Mann von vielleicht dreißig Jahren, mit dunklem Haar, das ihm dicht wie Schafwolle um den Kopf lag. Die Beine steckten in einer braunen Kniehose, darüber trug er ein bis zu den Ellbogen aufgekrempeltes Hemd. Der lange Bart war geflochten, was Rosalie verwunderte. Die Augen waren neben dem Bart das Auffälligste an ihm. Klar und tiefblau, mit einem grünen Ring um die Iris. In den Wimpern hingen erste Regentropfen. »Sieht nach einem gewaltigen Unwetter aus da draußen«, sagte er. »Ich bringe Hasen, ganz frisch. Sind vor ein paar Stunden noch auf dem Feld gesprungen.«

»Grüß Gott.« Rosalie war bemüht, sich ihre Unsicherheit nicht anmerken zu lassen. Einfach normal zu wirken. Denn wo sie schon nicht gewohnt war, mit den Personen ihres täglichen Umfelds zu sprechen, war sie es noch viel weniger, was Fremde anbelangte. »Haben Sie vielen Dank. Das ist freundlich von Ihnen.«

»Man hilft, wenn man kann.« Er zog die buschigen Augenbrauen zusammen. Aus dem Jutesack auf seinem Rücken tropfte Blut. Die Hasen waren anscheinend nicht ordentlich eingeschlagen. Auch sein Hemd war befleckt und feucht vom einsetzenden Regen. »Sind Sie die neue Küchenhilfe?«

»Ja. Woher wissen Sie das?«

»Gut geraten. Ich könnte es aber genauso auf dem Weg hierher aufgeschnappt haben. Man hört so einiges auf dem Land. Wie heißen Sie, darf ich Sie das fragen?«

»Rosalie.« Wiewohl der Mann nicht unhöflich war, fühlte Rosalie sich überrumpelt. Irgendetwas an dem Fremden verursachte ihr einen dicken Kloß im Hals. Ihr Magen war so flau, als hätte sie seit Tagen nicht gegessen. Was war das bloß?

»Ich bin Romar.« Er hatte ein längliches Gesicht und einen fein gezeichneten Mund mit schmalen Lippen, der von dem dichten Bart fast verdeckt wurde. Es sah nicht aus, als würde er häufig lachen. In seinem Haar entdeckte Rosalie wenige Spuren von Silber. Was ihr besonders auffiel, war die ruhige Zurückhaltung seines Wesens. Er sprach langsam und schien vor jedem Satz nachzudenken. Vor jedem Wort regelrecht zu grübeln.

»Geben Sie mir doch den Sack«, schlug sie vor. Auf dem Boden, wo Romar stand, hatte sich eine glänzende dunkelrote Pfütze gebildet.

Romar hob den Sack auf die Anrichte und fuhr dann so schnell zu ihr herum, dass Rosalie zusammenzuckte. »Weshalb sind Sie hierhergekommen? Weil Sie eine Waise sind wie die anderen?«

»Ja.«

»Gut.«

»Gut?« Seine Antwort verunsicherte Rosalie.

»Gut, ich gehe dann wieder. Leben Sie wohl.« Schon stapfte er in Richtung Tür.

»Wollen Sie nicht abwarten, bis das Unwetter sich verzieht?«

Er hielt inne. Im gleichen Moment kam Cäcilia zurück.

»Lass ihn gehen.« Ihre Stimme war bar jeder Wärme, die Lippen nur mehr ein dünner Strich.

Romar sagte kein Wort. Er ging einfach hinaus.

Verwirrt nahm Rosalie den Sack mit den Feldhasen von der Anrichte, die nun ebenfalls voller Blut war, und legte ihn in die Spüle. Dann stellte sie sich ans Fenster und sah dem Mann nach. *Romar.* Es regnete immer stärker, und er trug weder Jacke noch Hut. Auch keine Schuhe, wie ihr erst jetzt auffiel. Rosalie öffnete das Fenster und hielt die Hand in den Regen. Wenigstens war er warm.

Was hatte Cäcilia gegen ihn? Sie wagte nicht, sie danach zu fragen. Er war zurückhaltend, das hatte sie sogleich gespürt. Nicht offen und mitteilsam wie die Köchin. Scheu, das Wort kam ihr in den Sinn, wenngleich er es überspielte. Was ihm in ihren Augen nicht gut gelang. Ihr fiel ein, was die Waisenhausmutter über sie selbst gesagt hatte. Irgendwie verwaschen. Sie hatte das Gefühl, das traf genauso auf Romar zu – und da verstand Rosalie, was sie an ihm so fesselte. Er war anders, wie sie. Was es auch sein mochte, etwas stimmte nicht mit ihm.

3

Flehen

Fackelschein fiel auf wurmstichige Bänke – Bänke wie in einer Kirche, dabei gab es weder einen Altar noch eine Orgel oder hohe Bogenfenster. Nur einen geschnitzten Sessel von gewaltigen Ausmaßen, der dort stand, wo man in einem Gotteshaus den Ambo vermutet hätte. Die bewegungslose Gestalt auf dem Sessel strahlte mit statuenhafter Ruhe eine solche Autorität aus, dass allein der Anblick genügte, die Menschen in den Bänken einzuschüchtern. Gebannt blickten sie nach vorn und verfolgten wachsam das Geschehen. Auf manchem Gesicht spielte Mitleid, auf anderen Skepsis, Wachsamkeit oder Zorn.

»Ich habe es verdient.« Das jämmerliche Schluchzen einer Frau. »Du musst es tun.«

»Das kann ich nicht. Bitte, ihr kennt mich. Ich wüsste gar nicht, wie ich es anfangen sollte.« Gram und Verzweiflung sprachen aus dem Mann.

»Rede mit den Brüdern. Sie werden dich anleiten.«

»O Himmel! Ihr verlangt zu viel. Viel zu viel.« Die Schultern des Mannes bebten vor unterdrückten Tränen.

»Du tust es nicht für dich.« Die tragende Stimme kam vom thronartigen Sessel und klang so wissend, als hätte sie schon tausend und abertausend Jahre lang gelebt. »Denk immer daran. Du tust es für sie. Für sie und für die Gemeinschaft. Matäus konnte es. Du wirst es auch können.«

Die Fackeln warfen lange Schatten, die ein Eigenleben zu

führen schienen, als wollten sie ihre Ansichten zu den Vorgängen kundtun. Im Kreis der Menschen stand Entschlossenheit gegen Pein.

Da der Mann sich keinen anderen Rat mehr wusste, fiel er auf die Knie. Flehte darum, ihm dieses Los zu ersparen.

Vergebens.

4

Goldene Kleckse

Der Pfarrer war Rosalie unheimlich. Jeden Mittwoch (und es hatte in den letzten acht Jahren, seit er seinen beim Eisstockschießen verunglückten Amtsvorgänger abgelöst hatte, keine Ausnahme gegeben) kam er den Trampelpfad hoch zum Waisenhaus. Pünktlich wie ein Uhrwerk zum elften Glockenschlag.

»Es ist schon recht und gut, Fräulein Rosalie, wenn Sie der lieben Cäcilia fleißig zur Hand gehen. Der Herrgott schätzt das wohl.« Hochwürden Kippling war anscheinend ein Bewunderer der alten Köchin, denn immer führte sein erster Weg ihn in die Küche. Was Schwester Dora nicht gerne sah. Die Kinder dafür umso mehr, denn Cäcilias Leckereien, die sie extra für den Pfarrer aufsparte, verteilte der an die Waisen.

»Ich gebe mir Mühe.« Die warmherzigen Augen des Herrn Hochwürden waren braun, mit goldenen Klecksen darin. War er wirklich so freundlich, wie er sich der Welt präsentierte? Derartiges Wohlwollen verunsicherte Rosalie, denn sie war es schlichtweg nicht gewohnt. Trotz seiner Liebenswürdigkeit blieb er ihr unheimlich. Sie konnte sich des Gefühls nicht erwehren, dass der Mann etwas verbarg.

Die wenigen Stoppeln auf Kipplings Wangen verrieten spärlichen Bartwuchs. Vermutlich hätte er sich die Rasur ganz sparen können. Er war in Cäcilias Alter und trug zum weißen Stehkragen einen dunklen Hut, den er beim Übertreten der

Küchenschwelle abnahm. Darunter kam ein kranzförmiger Rest Haar zum Vorschein.

»Kochen kann Rosalie«, lobte Cäcilia ihre Beihilfsköchin. »Bis sie kam, wusste ich gar nicht, wie gut mir etwas Unterstützung tun würde.«

Später hörten die Köchin und Rosalie, wie sich die Kinder auf dem Rasen vor dem Waisenhaus versammelten, um Hochwürden Kippling zu begrüßen. Das warme Lachen des Pfarrers mischte sich harmonisch unter die hellen Kinderstimmen. Jeder Junge und jedes Mädchen schüttelte ihm die Hand, machte einen Knicks und sagte leise: »Gelobt sei Jesus Christus, Herr Hochwürden.« Woraufhin Kippling lachte und den Kindern die Haare zauste. Dann las er ihnen aus der Bibel vor. David und Goliath. Rosalie lauschte neben der Küchenarbeit, denn diese Geschichte hatte sie immer gemocht.

»Da trat aus den Reihen der Philister ein Riese heraus mit Namen Goliath aus Gat, sechs Ellen und eine Handbreit groß.« Hochwürden Kippling streckte die Arme hoch zum Himmel, um die schiere Größe Goliaths zu verdeutlichen. »Der hatte einen ehernen Helm auf dem Haupt und trug einen Schuppenpanzer, und das Gewicht seines Panzers war fünftausend Lot Erz, und er hatte eherne Schienen an den Beinen und einen ehernen Wurfspieß auf der Schulter. Und er stellte sich hin und rief dem Heer Israels zu: Was seid ihr ausgezogen, euch zum Kampf zu rüsten? Bin ich nicht ein Philister und ihr Sauls Knechte? Erwählt einen, der zu mir herabkommen soll.«

Im Kreis der Kinder entdeckte Rosalie das Mädchen mit den schiefen Zähnen – Mariechen –, das sie auf ihrer Flucht mit den zerbrochenen Eiern umgerannt hatte. Die Kleine saß dicht beim Pfarrer, und Rosalie tat es längst leid, das Kind ungewollt zu Boden gestoßen zu haben. Als Nachhall des Erlebnisses wurde ihr ein wenig flau im Magen.

Zum Abschied kam der Pfarrer erneut in die Küche und wandte sich freundlich lächelnd an Rosalie. »Übernehmen Sie doch einmal die Aufsicht, wenn die Kinder sonntags zur Kirche kommen. Es sind immer nur kleine Gruppen, nicht mehr als fünfzehn Buben und Mädchen.« Kippling schmunzelte. »Sie müssen wissen, anfangs haben wir noch versucht, die ganze Rasselbande nach Schongau und brav hinein in die Kirchenbänke zu bekommen. Lachen Sie ruhig, es war ein aussichtsloses Unterfangen.«

»Und das, Herr Hochwürden, ist gelinde gesagt harmlos ausgedrückt«, prustete Cäcilia fröhlich. »Das Geflüster und Gekicher waren nicht auszuhalten, und die Kirchgänger wussten nicht, ob sie den Kindern oder dem Herrn Hochwürden zuerst den Kopf abreißen sollten.«

»Wie gesagt, kommen Sie mit den Kindern zur Kirche, sobald Sie es sich zutrauen. Mariä Himmelfahrt ist sehenswert, ein wahrlich großartiges Bauwerk. Der Chorstuck stammt von Dominikus Zimmermann, dem Erbauer der Wieskirche. Haben Sie von ihm gehört?«

Rosalie schüttelte den Kopf. Doch schon am nächsten Sonntag entlieh sie sich ein schwarzes Knopfkleid von Cäcilia, das ihr eine gute Handbreit zu lang war. Sie musste höllisch aufpassen, nicht über die eigenen Füße zu stolpern. Da sie selbst nur zwei Gewänder besaß – beide mehr Arbeitskittel denn Kleid –, war das Knopfkleid allemal besser als nichts. Obendrein gab Cäcilia ihr eine hübsche, grün changierende Schürze dazu, die das tiefe Schwarz des Kleides ein wenig milderte. Dennoch stand der dunkle Stoff in geradezu schmerzlichem Kontrast zu Rosalies bleicher Haut.

Als sie sich mit Erlaubnis der Waisenhausmutter auf den Weg machte, fünfzehn Buben und Mädchen um sich geschart, fühlte sie sich – wenn auch nicht schön, was sie ihrer Ansicht nach nie sein würde – doch so sauber und adrett wie lange nicht.

»Fräulein?«

»Hm?« Rosalie war versunken in die Betrachtung der Landschaft, in Klee und Hummeln und Sonnenblumen, als einer der älteren Jungen sie ansprach. Er war ihr Führer an diesem Tag, da sie sich in der Gegend noch nicht auskannte.

»Ich habe die ganze Nacht wachgelegen und überlegt, ob ich Ihnen das sagen soll und ich … ich glaube schon.« Der lange Satz kam abgehackt aus seinem Mund. Der Bub mochte dreizehn oder vierzehn Jahre alt sein, mit ersten Bartschatten auf den Wangen, und ganz sicher war er aufgeregt. »Sie sollten sich von den Dreikäsehochs nicht ärgern lassen«, stieß er hervor.

»Wie kommst du darauf?«

»Mariechen und ihre Freundinnen prahlen damit, Sie hätten vor Furcht so viele Eier fallen lassen, wie die Hühner sie in einer Woche nicht legen können.«

»Das stimmt.« Rosalie atmete tief und bewusst, denn vor Verlegenheit drohten ihr wieder einmal die Worte auszugehen. »Die Mädchen haben mich erschreckt, und ich habe die Eier fallen lassen – einige Eier, es waren nicht annähernd so viele, wie die Kinder behaupten.«

»Dann ist es auch wahr, dass Sie das Mariechen umgerannt haben?« Der Junge wirkte verblüfft, denn das traute er Rosalie nicht zu.

»Versehentlich umgerannt. Du hast recht, ich hätte mir die Schelmerei der Kinder nicht derart zu Herzen nehmen dürfen.«

»Ich meine bloß …« Wieder zögerte er. »Die werden Sie da oben im Waisenhaus nicht akzeptieren, wenn Sie so etwas tun. Die Gemeinschaft, will ich sagen. Und das wäre schade. Ich … ich mag Sie gerne, Fräulein.«

»Das weiß ich zu schätzen.« Er war noch ein halbes Kind

und beherrschte die Kunst der Verstellung nicht, denn selbst Rosalie meinte ihm anzusehen, dass der Bub in sie verliebt war. Ob seine Gefühle damit zusammenhingen, dass sie fraulicher geworden war? In letzter Zeit hatte sie sich beim Blick in den Spiegel nicht mehr ganz so abstoßend gefunden. Ihr war sogar erstmals der Gedanke gekommen, ihre helle Haut und die hellen Haare sähen vielleicht ein klein wenig hübsch aus. Irgendwie besonders. »Ist es noch weit zur Kirche?«, überspielte sie ihre Befangenheit.

»Bloß ein Katzensprung. Gleich hinter der nächsten Wegbiegung können Sie die Mauer und das Stadttor sehen.«

Den Rest des kurzen Weges wies ihr junger Begleiter sie auf die Vögel (die er alle kannte) und die rotbraunen Eichhörnchen hin, die unter der warmen Sonne wagemutig durch die Bäume turnten. Bis auf eine kurze Rauferei am Straßenrand, die vorbei war, ehe Rosalie schlichten konnte, benahmen die Kinder sich – zu ihrer nicht geringen Erleichterung – mustergültig.

Kaum hatten sie das Frauentor passiert, stach Rosalie die Sauberkeit Schongaus ins Auge. Innerhalb von Stadtmauern war sie anderes gewohnt – in Augsburg, gerade im ärmlichen Waisenhausviertel, war es viel dreckiger gewesen. Der Junge führte sie und die übrigen Kinder zur Stadtpfarrkirche am Rande des Marienplatzes.

»Sehen Sie nach oben, Fräulein. Das Deckengemälde zeigt die Krönung Mariens im Himmelreich«, berichtete ihr halbwüchsiger Führer in der Kirche. Wie alle anderen war er der unschuldigen Annahme, Hochwürden Kippling hätte Rosalies Interesse für die Stadtpfarrkirche geweckt. Dabei lag ihr nichts ferner, als sich die Fresken, den Stuck oder den kunstvollen Hochaltar anzusehen. Den wahren Grund hätte sie oben im Waisenhaus allerdings auf keinen Fall nennen können.

»Der Franz hat den Pfarrer ausgehorcht, Fräulein«, rief ein

anderer Junge. »Wegen des Deckengemäldes, um Sie zu beeindrucken. Weil er nämlich bis über beide Ohren …«

Derart beschuldigt verpasste Franz dem Schandmaul einen Schlag auf den Hinterkopf, ehe die beiden sich darauf besannen, wo sie waren. Die Kirche war gut gefüllt. Anders als in Augsburg, wo das Waisenhaus eine zugehörige Kapelle hatte, in der die Waisen nicht mit der Bevölkerung zusammentrafen, fand hier in Schongau ein wahrer Schaulauf statt. Die Kirchgänger hatten sich herausgeputzt, die jüngeren Burschen glänzten im besten Hemd und Lederhosen, vermutlich, um den unverheirateten Mädchen nach der Kirche ihre Aufwartung zu machen. Die Bauersfrauen und ihre Mägde trugen zumeist ebenfalls Tracht. Brusttücher in allen Farben des Regenbogens bedeckten die – in nicht wenigen Fällen ungehörig tiefen – Ausschnitte der Kleider. Als hübsche Dreingabe betonten die Frauen ihre Taille mit Schürzenbändern, breiten Gürteln und Messingschnallen.

»Da kommen die reichen Fatzken«, raunte Franz neben Rosalie und fügte, als er ihren verständnislosen Blick sah, hinzu: »Die Kaufmannsfamilien. Lassen sich immer hübsch Zeit, wenn der Bauernstand schon lange da ist. Kein Wunder, die haben ihre festen Bankreihen ganz vorn.«

Rosalie sah feine Kleider und Stoffe, die unvorstellbar viel Geld gekostet haben mussten. Trotz der Pracht gönnte sie den Kaufleuten keinen zweiten Blick, denn sie nahm an, den Gesuchten eher unter den Bauern und Knechten zu finden. Zu ihrem Leidwesen entdeckte sie ihn weder während des Gottesdienstes noch fand sie ihn nach der Messe auf dem Kirchplatz, wo die Leute in Grüppchen plaudernd zusammenstanden.

Romar.

Allein der Name reichte aus, ihren Körper mit Gänsehaut zu überziehen. Das Bild des Mannes mit dem geflochtenen Bart und dem Sack blutiger Hasen auf dem Rücken ließ sie nicht los. Seit sie ihm in der Waisenhausküche begegnet war, grübelte sie über ihn nach, und ihre Enttäuschung hätte größer nicht sein können. Sie hatte alle Hoffnung auf den Gottesdienst gesetzt, denn sie wusste keine andere Möglichkeit, ihn wiederzusehen.

Der Rückweg war dann prompt weit weniger reizvoll, als der Hinweg es mit Franz' Schwärmerei, den Vögeln und Eichhörnchen gewesen war. Der Vormittag war fast vorüber, die Kinder aufgedreht und hungrig. Anders Rosalie, die den Kopf in ihrem Kissen vergraben und so schnell nicht wieder aufstehen wollte.

Romar. In Gedanken rief sie ihn beim Namen. Wohl wissend, es würde nichts nützen.

Gerade rechtzeitig, um bei den Vorbereitungen für die Mittagsmahlzeit letzte Hand anzulegen, waren Rosalie und die Kinder zurück auf dem Waisenhaushügel. In der Küche richteten drei Mädchen Besteck und Geschirr für das Essen her. Sie arbeiteten Hand in Hand, ein friedliches Bild, und doch stimmte etwas nicht. Zum einen fehlte Cäcilia, zum anderen sprachen alle drei kein Wort – was bei Mädchen dieses Alters, die eigentlich immer etwas zu bereden haben, höchst ungewöhnlich war.

Erst als Rosalie sich suchend umsah, erspähte sie den Grund für die angespannte Atmosphäre in der Küche. Auf einem Stuhl in der Ecke, unauffällig wie ein Möbelstück, saß Romar vor einem Berg geschnittenem Kohl.

Ihr Herz tat einen gewaltigen Satz.

»Grüß Gott, Fräulein Rosalie.« Romar sprang auf die Füße. »Die Mädchen haben mir erlaubt, hier auf Sie zu warten.«

»Auf mich?« Rosalies Stimme kratzte.

»Wir dachten«, erklärte eines der Mädchen, »es wäre wohl in Ordnung, den Herrn eine Weile am Tisch sitzen zu lassen.«

»Haben Sie uns wieder Hasen gebracht?« Als sie ihn ansprach, brannten ihre Wangen. Sie hatte sich danach gesehnt, ihn wiederzusehen; nun wollte sie nur noch fort. In ihrer Verwirrung dachte sie nicht mehr an Cäcilias Kleid, stolperte über den langen Rocksaum und landete schmachvoll auf dem Hintern.

Die Mädchen stießen einander an und kicherten hinter vorgehaltener Hand.

Romar streckte Rosalie die Hand hin und half ihr auf. »Wo ist denn die Köchin eigentlich hin?«, fragte er die drei.

»Cilia ist bei Michael. Dem geht es nicht gut.« Sofort verschwand jeder Anflug von Heiterkeit aus den jungen Gesichtern. »Er hatte wieder einen schlimmen Hustenanfall. Schon gleich nachdem das Fräulein mit den Kindern zur Kirche aufgebrochen war.«

»Glück im Unglück, denn wäre die Köchin da gewesen, hätte sie mich gleich vor die Tür gesetzt.« Romar lächelte schief und sah dabei nur Rosalie an. »Ich habe dieses Mal nur mich mitgebracht.«

»Weshalb mag Cäcilia Sie nicht?«

Er zuckte kurz die Schultern. »Müsste ich raten, würde ich sagen: Vermutlich mag sie die Art meiner Leute nicht. Wie wir leben. Ich kenne die Köchin jedenfalls genauso kurz oder lange, wie ich Sie kenne: Seit ich beim letzten Mal die Hasen gebracht habe.«

»Wie, äh, leben Sie denn?« Rosalie war in höchstem Maße aufgewühlt davon, wie er sie ansah. Als sei sie ein Diamant oder Edelstein, jedenfalls etwas sehr Kostbares.

»Im Wald«, erwiderte er knapp. »Wenn Sie mehr wissen möchten, machen Sie vielleicht einen Spaziergang mit mir? Deshalb bin ich hergekommen. Um Sie einzuladen.«

»Das geht nicht«, versetzte Rosalie, ohne nachzudenken.

»Nicht? Es ist ein schöner Tag, und, nun ja, die Sonne

scheint. Wir könnten über meine Leute reden, solange Sie möchten.«

»Ich kann nicht. Wir essen gleich zu Mittag, und hinterher wartet der Abwasch. Außerdem ist Cäcilia nicht da.«

»Ein anderes Mal?«

»Unter keinen Umständen.« In der rechten Hand einen Eimer, in dem nach Kampfer riechendes Kräuterwasser schwappte, in der linken Hand einen benutzten Brustwickel, wogte die großgewachsene Köchin wie ein kampfbeflaggtes Schlachtschiff in die Küche. Schwungvoll pfefferte sie den Wickel in die Spüle. »Sie!«, ihr ausgestreckter Zeigefinger richtete sich voll der Anklage auf Romar, »Sie lassen mir Rosalie in Frieden! Gleich beim letzten Mal hätte ich Sie am Schlafittchen packen und hinauswerfen sollen. Raus aus meiner Küche. Verschwinden Sie!«

»Mo…mo…moment.« Rosalie stotterte vor Aufregung. Das war ihr im Leben noch nicht passiert, denn normalerweise hätte sie in einer schwierigen Situation wie dieser schlicht und ergreifend geschwiegen. »Wieso wirfst du ihn hi…hinaus? Was stört dich an dem Mann, wo du ihn gar nicht kennst?«

»Das hat er dir gesagt?« Cäcilia ließ Romar nicht aus den Augen. Es sah aus, als wollte sie ihn im nächsten Moment mit bloßen Händen erwürgen. »Ich brauche den Burschen nicht zu kennen. Ob er oder ein anderer, diese Leute sind alle gleich.« Ihr Kinn legte sich in Falten, bebend vor Wut, und plötzlich sah man ihr die sechzig Jahre an. »Halt dich fern, Rosalie. Er ist nicht gut. Für niemanden. Schon gar nicht für dich.«

»Denken Sie über den Spaziergang nach.« Romar beachtete die Köchin gar nicht.

»Raus.« Vehement zeigte Cäcilia zur Tür. Romar nickte ergeben und setzte sich in Bewegung, während die Köchin sich schnaubend dem Herd mit dem kochenden Knödelwasser zuwandte.

Bis dahin hatten die Mädchen mit offenem Mund gelauscht. Kaum schwang Cäcilia den Kochlöffel – anscheinend das Zeichen, wieder zur Normalität überzugehen –, bestürmten die drei sie mit Fragen. »Wie geht es Michael? Haben die Wickel geholfen? Hustet er noch?«

Rosalie nutzte den kurzen Augenblick, in dem Cäcilia abgelenkt und Romar noch nicht zur Tür hinaus war. »An Peter und Paul habe ich frei«, flüsterte sie.

Romars Mundwinkel hoben sich. »Ich warte unten am Hang, nach der Biegung.«

5

Blutrote Beeren

Rosalie fing das Mädchen nach dem Mittagessen im Speisesaal ab. Sie hatte zuvor schon mehrere Anläufe unternommen, doch den kleinen Schiefzahn nie allein angetroffen. So musste sie die neugierigen Augenpaare der anderen Kinder in Kauf nehmen.

»Mariechen? Ich wollte mich bei dir entschuldigen. Es tut mir leid, dich umgerannt zu haben.«

»Aha«, sagte das Kind.

»Ich weiß, ihr wolltet mich bloß ein wenig ärgern, und ich habe viel zu heftig darauf reagiert.«

»War nicht nett von Ihnen, Fräulein.« Mariechen blickte in die Runde, um sich der Aufmerksamkeit aller zu vergewissern, ehe sie huldvoll einlenkte. »Aber ist schon gut.«

Rosalie war erleichtert. Sie konnte nicht wissen, wie die Dinge sich bald entwickeln würden.

An Peter und Paul gab Rosalie sich große Mühe mit ihrer Erscheinung. Zwar wagte sie nicht, Cäcilia nach dem schwarzen Knopfkleid zu fragen, doch band sie ihr Haar in ein sommerblaues Tuch und knüpfte es am Hinterkopf zu einem ordentlichen Knoten.

Auf dem Weg den Waisenhaushügel hinab verweilte ihr Blick auf weiten Ackerfluren, moorigen Wiesen und dunklen Waldungen, die sich schier endlos über das Land erstreckten.

»Fräulein Rosalie.« Er saß am Wegesrand auf einem umgestürzten Baum. In Kniehose und Hemd. Ohne Schuhe. Sobald er sie erspähte, sprang er auf und ging ihr entgegen. »Ich war nicht sicher, ob Sie kommen würden.«

Sie nickte und gab ihm die Hand. »War ich auch nicht.«

»Ich bin froh, dass Sie da sind.«

Nach der Begrüßung schwiegen beide, und Verlegenheit machte sich, klebrig wie zäher Waldhonig, zwischen ihnen breit. Rosalie hatte keine Familie, die es kümmern konnte – und doch: Sie wusste genau, wie er es wusste, dass dieses Treffen ihrem Ruf nicht zuträglich sein würde. Das Donnerwetter, sollte Cäcilia davon erfahren, mochte Rosalie sich nicht ausmalen.

»Tut das nicht weh?«, fragte sie Romar nach dem Ersten, was ihr in den Sinn kam; nach seinen nackten Füßen.

»Ich bin es gewohnt. Hab mächtig Hornhaut an den Sohlen.« Er grinste verlegen. »Das wollten Sie jetzt nicht hören. Ist aber so, ich mag keine Schuhe und trage sie bloß, wenn es gar nicht anders geht.«

»Schon gut.« Seine Nähe war berauschend. Dennoch erwachte, zum ersten Mal mit ihm allein, in Rosalie eine ungewisse Furcht. Was, wenn Cäcilia recht hatte? Wenn er kein guter Mensch war?

»Gehen wir, Fräulein Rosalie. Lassen Sie uns den schönen Tag nutzen. Ich habe Sommer erlebt, da war von solchem Wetter, wie wir es die letzten Wochen haben, nur zu träumen.« Sprach es und war bereits auf halbem Weg hinein in das sattgrüne Dickicht, das sich hinter dem umgestürzten Baum weiter hinzog, als Rosalie sehen konnte.

»Sie wollen in den Wald?«, fragte sie schwach, und Cäcilias Worte hämmerten ihr in den Ohren.

Halt dich fern, Rosalie. Er ist nicht gut. Für niemanden. Schon gar nicht für dich.

»Sie haben doch nicht etwa Angst vor mir?« Romar wirkte betreten. »Die brauchen Sie gewiss nicht zu haben, Fräulein.«

»Was wollen Sie im Wald?« Einen Moment lang spielte Rosalie mit dem Gedanken, einfach davonzulaufen. Zurück ins Waisenhaus, wo sie irgendwann Köchin sein und über dieser Aufgabe alt werden und sterben würde. Sie hatte versucht, mehr über Romar herauszufinden – und war gegen eine Wand gelaufen. Weder Cäcilia noch die älteren Kinder, auch Franz nicht, hatten ihr etwas gesagt. Überhaupt fand sie immer noch keinen Zugang zu der Gemeinschaft oben auf dem Hügel. Obgleich sie sich bemühte, ihre Angst zu überwinden, und manchmal sogar selbst das Gespräch suchte, blieb Rosalie die misstrauisch beäugte Außenseiterin. Cäcilia und Franz, die ihr beide wohlgesinnt waren, blieben die Ausnahme.

»Sie wollten wissen, wie ich lebe. Da dachte ich, ich zeige Ihnen den Wald. Meine Heimat, wenn man so will. Eine schlechte Idee? Wir können auch an der Stadtmauer entlanggehen, wenn Sie das möchten.«

»Nein.« Rosalie wurde von Neugierde gepackt. »Gehen wir in den Wald. Ich möchte gerne sehen, wie Sie leben.«

»Erwarten Sie nicht zu viel.« Er lächelte. »Wir hausen nämlich nicht wie die Wilden auf Bäumen und in Höhlen. Oh, jetzt sehen Sie enttäuscht aus. Wir leben zusammen in einem kleinen Dorf. Haberatshofen.«

»Ein kleines Dorf im Wald?« Rosalies Blick verklärte sich. Das hörte sich wunderbar an.

»Für die Leute in der Gegend sind wir die Waldmenschen oder einfach die Haberatshofener. Sie sind nicht von hier, Fräulein, daher können Sie es nicht wissen, aber beide Worte haben einen schlechten Klang.«

»Weshalb?«

»Ich weiß es nicht. Das war schon so, ehe ich zur Welt kam.

Wir leben im Wald und bleiben in der Regel für uns. Anders kenne ich es nicht.«

»Und heute wollen Sie mir Ihr Dorf zeigen?« Rosalies Ängste waren verschwunden, verdrängt von geheimnisvollen Waldmenschen, einem – in ihrer Vorstellung – wildromantischen Dorf und einem Mann, dessen Blick ihr durch und durch ging.

»Nein.« Er lächelte sanft. »Nicht das Dorf. Wir bringen nie Fremde nach Haberatshofen. Aber meinen Lieblingsplatz in den Wäldern, Fräulein Rosalie, den würde ich Ihnen sehr gerne zeigen.«

»Einverstanden.« Rosalie raffte die Röcke, schob einige Haselzweige zur Seite und tauchte in den duftenden Wald.

Romar folgte ihr mit unergründlichem Blick.

Im Wald war es nur unmerklich kühler als auf der Straße. Die Luft fühlte sich schwer und voll an. Vereinzelte Nadelbäume, Tannen und Fichten, drängelten sich zwischen Rotbuchen, Linden und Eschen. Auf dem Waldboden wucherten Haselwurz, Efeu und ganze Felder Nelkenwurz. Unwirklich, wie in einem Märchenland, fielen gelegentliche Sonnenflecken durch die Baumkronen und schienen miteinander zu tanzen.

»Fräulein Rosalie, was ist mit Ihren Augen?«

Seine Frage traf sie unvorbereitet. Alarmiert blieb sie stehen, sicher, ihn im nächsten Moment angewidert zwischen den Bäumen verschwinden zu sehen. Was sollte sie ihm bloß sagen?

»Verzeihen Sie meine Offenheit. Ich wollte Sie mit meinem Interesse nicht verletzen.«

Rosalie starrte blicklos auf die Mooskissen, die an den Baumstämmen hochkletterten und manchmal bis hinauf zu den Zweigen wuchsen.

»Sie müssen es mir nicht sagen.« Er klang besorgt. »Es ist mir vorhin nur aufgefallen, und da wollte ich einfach …«

»Jetzt haben *Sie* Angst vor mir, oder?«, unterbrach Rosalie.

»Nein, ich könnte nie Angst vor Ihnen haben. Ich möchte es einfach gerne wissen.«

»Meine Augen sind empfindlich – zittrig, besser kann ich es nicht beschreiben –, und bei Helligkeit tränen sie schnell. Ich sehe nicht gut, und wenn Licht hineinfällt, leuchtet meine Iris rötlich – das, was Sie vorhin gesehen haben. Meine Haut und meine Haare sind ebenfalls sehr hell, das wird Ihnen aufgefallen sein.«

Romar nickte.

»Ich muss achtgeben, mich nicht zu arg der Sonne auszusetzen. Einmal, ich war noch ein Kind, hat mich ein angesehener Arzt untersucht. Seither habe ich einen Namen für das, was ich bin: leukopathisch.«

»Sind Sie so zur Welt gekommen?«

»Als Nachtmensch? Ja.« Sie lachte bitter und hatte das Gefühl, viel mehr als Worte auf die Waagschale gelegt zu haben.

»Ich störe mich nicht an Ihrer Lichtempfindlichkeit oder Ihrer hellen Haut«, sprach Romar nach einer Weile mit Bedacht. »Wie ich gesagt habe, wollte ich es einfach gerne wissen.«

»Oh«, machte sie beglückt, und ihr Erstaunen war groß.

Sie wanderten weiter, begleitet vom Zwitschern der Vögel. Romar wirkte viel weniger gehemmt und zurückhaltend als oben im Waisenhaus, und Rosalie wunderte sich über die Leichtigkeit, die sich zwischen ihnen einstellte. Außer mit Agnes – Agnes, die fast ein ganzes Jahrzehnt tot war – hatte sie nie derart unbefangen mit einem anderen Menschen sprechen können.

»Was ist das?« Vertieft ins Gespräch nahm Rosalie das Geräusch erst wahr, als es sie schon eine Weile lang begleitete. Misstönend mengte sich das seltsame Gesumme in das Zirpen der Vögel.

»Wir sehen nach.«

Voller Unbehagen folgte sie Romar. Der Frieden des Waldes schien durch das Summen gestört. Dann sahen sie es. Fliegen, Fliegen und noch mehr Fliegen.

Ein verwesender Kadaver lag vor einem Berg Totholz. Der Hirsch, oder was einmal ein Hirsch gewesen war, verströmte einen süßlichen Fäulnisgeruch, der Rosalie schier den Magen umdrehte.

»Kein schöner Anblick, oder? Geht es Ihnen gut?«

Sie brachte ein Nicken zustande.

»Im Sommer ist es am schlimmsten. Ich habe immer das Gefühl, die Fliegen würden sich bei ihren Mahlzeiten im Frühling oder im Herbst mehr beeilen.« Romar war vom Anblick des verwesenden Hirschen herzlich unbeeindruckt. Rosalie hingegen schaffte es nicht, den Blick abzuwenden. Gebannt sah sie auf die zahllosen Fliegen, die das Aasfleisch wie eine Decke einhüllten. Wann immer ein Sonnenstrahl auf die Insektenkörper fiel, schimmerten sie grünlich und bläulich. Die Schönheit dieses Farbenspiels stand in schockierendem Gegensatz zu dem verendeten Tier.

»Solche Dinge zeichne ich.«

»Was haben Sie gesagt?«

»Dass ich solche Dinge zeichne.« Rosalie trat näher an den Kadaver heran und kniete sich hin. »So wie die Fliegen wimmeln, sieht es aus, als wollten sie den Hirschen wieder zum Leben erwecken.«

»Wie haben Sie das gerade gemeint? Mit dem Zeichnen?« Romar ließ sie nicht aus den Augen.

»Ich zeichne Menschen, keine Tiere. Tote Menschen. Schon, seit ich alt genug bin, einen Bleistift zu halten.« Rosalie presste die Lippen fest zusammen, konnte sich aber nicht beherrschen. Die Worte wollten hinaus. »Ich zeichne meine Eltern. Wie sie gestorben sein könnten.«

Lange Zeit sagte er nichts.

Die Minuten wurden zu zäher Ewigkeit. Was war nur über sie gekommen, ihm das zu erzählen?

»Ich vermute, Sie haben sich mit diesen Zeichnungen keine Freunde geschaffen.« Die Bemerkung war trocken. Nicht so, als ob er im nächsten Moment das Weite suchen würde.

»Nein. Ich hatte nie Freunde.«

»Gehen wir weg von dem Kadaver.« Romar streckte ihr die Hand hin und zog sie auf die Füße. Ein kleiner Gegenstand rutschte aus der Seitentasche ihres Kleides. Er hob ihn auf. Es war eine Holzschnitzerei. Ein Ziegenbock mit zwei kurzen Hörnern.

»Ein Geschenk von Agnes. Ich trage es immer bei mir.« Rosalie streckte bittend die Hand aus, und er legte die Schnitzerei vorsichtig hinein. »Agnes hat mich gefunden, nachdem man mich ausgesetzt hatte.« Ihre Augen tränten, wie so oft.

»Man sieht, dass sie Ihnen viel bedeutet.« Es blieb sich gleich, ob er die Holzschnitzerei oder Agnes meinte. Mit beidem hätte er recht. »Kommen Sie. Es ist nicht mehr weit.«

Ein Weg oder Pfad zu Romars Lichtung existierte nicht. Sie schlugen sich durchs Unterholz, kämpften mit Sträuchern, Gestrüpp und tief hängenden Zweigen. Unter ihren Füßen knirschten trocken die Nadeln vom letzten Herbst.

»Vorsicht.« Um ein Haar wäre Rosalie über eine Wurzel gestolpert. »Ist nicht gerade der angenehmste Spaziergang, fürchte ich.« Reumütig reichte Romar ihr den Arm, damit sie sich bei ihm einhaken konnte.

Mehrere Bodensenken und drei quer liegende Stämme später gelangten sie ans Ziel, und eine sonnenbeschienene Lichtung tat sich vor ihnen auf. Gesäumt von jungen Birken und beerenbehangenen Sträuchern leuchtete eine Blumenwiese in voller Blüte. Inmitten der Wiese, wie von Riesenhand hingeworfen, lagen Felsbrocken.

»Ein Teppich aus Blumen.« Rosalie strahlte. Die Lichtung war ein verwunschener Ort und sie die Prinzessin, die nach Erlösung suchte. Begleitet vom Prinzen, der für sie mit Drachen und Ungeheuern fechten würde.

»Was denken Sie?« Romar hatte ihren Arm nicht losgelassen.

»Ein wundervoller Platz.«

Sie setzten sich nebeneinander in den Schatten eines Felsens und streckten die Beine lang von sich. Rosalie war wie verzaubert und dachte ernstlich darüber nach, ihren Kopf an seine Schulter zu legen. Er war nicht geflohen, als er ihre Augen gesehen hatte, und auch nicht, nachdem er von den Bildern erfahren hatte. Anscheinend, und Rosalie wollte ihrem Glück kaum trauen, mochte dieser Mann sie gerne. Mochte sie so, wie sie war. Und sie, die Nähe und Vertrautheit sonst mied wie der Teufel das Weihwasser, rückte ein winziges Stück näher an ihn heran.

»Erzählen Sie mir von Ihrem Dorf. Von Haberatshofen.«

»Einverstanden.« Romar kreuzte die Beine und lehnte sich entspannt an den Felsen. »Wenn Sie vom Waisenhaus loslaufen und gut zu Fuß sind, brauchen Sie etwa drei Stunden. Das Dorf liegt tief im Wald, aber bei Sachsenried besitzen wir auch einige Wiesen und Felder, dank derer wir die Tiere im Winter mit Heu versorgen können.«

»Was für Tiere? Kühe?«

»Auch. Genau genommen sind es vierzehn Rinder, sieben Pferde, achtzehn Schweine und vier Ziegen. Die Hühner habe ich nie gezählt«, schmunzelte Romar. »Die sind einfach überall, eine wahre Plage. Manchmal will man friedlich auf den Lokus gehen, und was findet man vor – eine gackernde Henne.«

Rosalie lächelte.

»Bis auf die Kühe und Ziegen, die wir der Milch wegen im Dorf halten – und das Federvieh natürlich –, lebt unser Vieh im Wald. Wir holen es nur heim in den Stall, wenn es draußen zu kalt wird. Das geschieht nicht sehr häufig.«

»Heißt das, die Tiere leben frei im Wald und sind nicht eingesperrt? Finden sie da genug zu fressen?«

»Die wissen schon, wo sie hingehören. Wir müssen kaum je einem verirrten Ausreißer hinterher. Eine Umzäunung braucht es daher nur an einigen Gefahrenstellen – und zu fressen finden sie auch reichlich. Stellen Sie sich eine Heuschreckenplage wie in der Bibel vor, dann haben Sie die Sache in etwa erfasst. Junge Bäume müssen genauso daran glauben wie Pilze, Nüsse und so ziemlich jedes ungiftige Kraut. Tiere haben ein erstaunliches Gespür dafür, was gut für sie ist.«

»Fressen sie den Wald da nicht irgendwann leer?« Rosalie schämte sich ein wenig für die Frage, die ihr dumm vorkam, doch Romar nickte anerkennend.

»Sie denken mit, und Sie haben recht. Ein viehbeweideter Wald verändert sich zwangsläufig. Was kein Schaden sein muss. Die beweideten Areale werden lichter und wandeln sich mit der Zeit zu baumbestandenen Weiden. Meine Leute leben hier schon eine ganze Weile, und ich kann Ihnen sagen: Noch mangelt es nicht an Bäumen.«

»Und das Dorf? Wie sieht das Dorf aus?«

»Auf dem Dorfplatz steht ein gemauerter Tiefbrunnen. Im Sommer fällt er manchmal trocken – in diesem Jahr bisher zum Glück nicht –, dann müssen wir über die Wassersteige nach Ödwang, um dort Wasser zu holen. Die Häuser und der Stall gruppieren sich um den Brunnen, die Kapelle steht etwas abseits – und gleich dahinter beginnt der tiefe Wald.«

Rosalie hatte die Augen geschlossen und malte sich das Dorf

aus. »Wie leben Sie, Romar?« Sie hatte ihn nicht gefragt, ob er verheiratet war oder verwitwet, aber er trug keinen Ring, und daher nahm sie an, dass er ledig sei. Außerdem war er hier. Mit ihr.

»Manchmal recht einsam«, gab er zu. »Obwohl wir im Dorf wie eine große Familie sind. Ich wohne auf dem Hof, den mein Großvater erbaut hat. Es lebt sich gut dort, überhaupt lebt es sich gut in Haberatshofen. Jetzt im Sommer hängen die Milchkannen zum Trocknen am Zaun, und an der Hausfassade rankt wilder Wein, der später im Jahr eine wunderbare Färbung annehmen wird. Im großen Gemüsebeet zieht meine Cousine Kohl, Rüben, Salat und dergleichen.«

»Wer lebt mit Ihnen auf dem Hof? Ihre Eltern und Ihre Cousine?«

»Das meinte ich mit einsam.« Romar rieb sich befangen die Nase. »Meine Eltern sind verstorben, und meine Cousine, nein, sie lebt bei Willem und Ava. Ich bin allein.«

»Willem und Ava, wer ist das?«

»Unsere Dorfältesten. Sie schlichten Streit und stellen die Regeln auf, an die sich alle zu halten haben.«

»Regeln?«, fragte Rosalie.

»O ja, es sind gute Regeln. Sie gewährleisten, dass das Zusammenleben im Dorf funktioniert.« Romar stand auf und schlenderte zu den Sträuchern hinüber, wo er Beeren zu pflücken begann. Unterdessen erzählte er weiter. »Als Saras Eltern – Sara ist meine Cousine – starben, war sie noch zu klein, um allein zurechtzukommen. Willem und Ava haben sie aufgenommen, und Sara hilft ihnen inzwischen mit Robs und Monika.«

»Robs und Monika? Die Kinder von Willem und Ava?«

»Ja. Den Jahren nach sind die beiden längst erwachsen, doch der Herrgott hat sie von Geburt an mit Schwachsinn geschlagen. Wir alle haben Robs und Monika sehr gerne, denn ihnen ist das sonnige Gemüt kleiner Kinder zu eigen. Manchmal denke ich, dass sie es so schlecht nicht getroffen haben. Hier, kosten Sie.« Romar brachte Rosalie die gepflückten Beeren und sammelte weitere.

»Ich würde das Dorf zu gerne einmal sehen.« Sie schob sich einige Beeren in den Mund. Sie schmeckten saftig, süß und bitter zugleich.

»Vielleicht werden Sie das eines Tages.« Er kam zu ihr und wischte mit dem Daumen, sehr zart, einen Tropfen Saft von ihrem Kinn. »Es würde mir gefallen, Ihnen das Dorf zu zeigen.«

»Weshalb mögen Ihre Leute keine Fremden, Romar? Weshalb bleiben sie so für sich?«

»Wir lieben die Abgeschiedenheit. Das ist einfach unsere Lebensweise. Wir werden damit groß und kennen es nicht anders. Draußen in der Welt denken viele Menschen nur an sich selbst. Bei uns ist das anders. Wir in Haberatshofen kümmern uns umeinander. Die Gemeinschaft ist das Wichtigste.«

»Die Gemeinschaft ist das Wichtigste«, wiederholte Rosalie und fühlte ihre Lider schwer werden. Womöglich lag es an der frischen Luft oder der Wärme oder auch an Romars beruhigender Gegenwart, dass sie die Augen kaum mehr aufhalten konnte.

Romar bemerkte ihre Schläfrigkeit. »Nur zu«, ermunterte er sie. »Sie wären nicht die Erste, die hier ein Schläfchen hält. Die Lichtung ist so friedlich, ich habe sie selbst des Öfteren für ein Nickerchen genutzt.«

Am Übergang zwischen Wachen und Schlafen lehnte Rosalie den Kopf gegen Romar. Träumte sie schon? Seine Hand strich ihr zärtlich und beschützend übers Haar. So schön. Sie seufzte selig. Bis er sich neben ihr versteifte. Sie öffnete die Augen einen Spalt breit. War das noch die Wirklichkeit? Mehrere

Gestalten kamen über die Lichtung, drückten sich hinter den Bäumen hervor und umstellten den Felsen.

Rosalie kniff die Augen zu. Wollte einzig und allein von Romar träumen.

»Das ist sie?« Die Stimme, die sich in ihren Traum drängte, schien keine Antwort zu erwarten, denn gleich fuhr sie fort: »Sehr hell und der Wuchs etwas dürftig, aber das soll uns nicht weiter kümmern.« Rosalie roch fremden Atem an ihrem Gesicht, schal und alt.

»Weit mehr, als wir hoffen durften.« Der nächste Sprecher klang jung.

»Ich muss euch enttäuschen. Sie kommt nicht in Frage.« Jetzt redete jemand mit fester Stimme. Mit vertrauter Stimme. Romar. »Ihre Augen sind krank, und sie sieht nicht gut. Hängt alles mit der hellen Haut zusammen, und es gibt auch einen Namen dafür. Ich weiß ihn nicht mehr, aber das Risiko können wir nicht eingehen.«

»Das hast nicht du zu entscheiden.« Wieder der schale, verkommene Atem. »Uns bleibt keine andere Wahl. Sie ist weder körperlich noch geistig verkrüppelt und damit das Beste, das wir bekommen werden. Die Weißhäutigkeit nehmen wir in Kauf.«

Rosalie versuchte, die Lider zu heben. Sie schaffte ein winziges Stück, dann sah sie schwebende Gesichter, die ineinanderflossen und zu einem großen Ganzen verschwammen.

»Und wenn ich mich weigere?«

»Das kannst du nicht. Es ist deine Pflicht.« Der drohende Unterton schwang unverhohlen mit. »Du wirst tun, was du tun musst. Zum Wohl der Familie.«

»Ich will nicht. Verschwindet!«

Rosalie regte sich unruhig. Der merkwürdige Traum oder vielmehr Albtraum, was auch immer es gewesen war, verblasste. Auf der Stirn fühlte sie Romars kühle Hand.

»Ihr Schlaf war unruhig«, sagte er. »Alles in Ordnung?«

»Ich habe schlecht geträumt.« Sie blinzelte ins Licht und war nicht sicher, ob da am Rand der Wiese nicht menschliche Schatten mit dem Wald verschmolzen.

Romar stand auf und streckte Rosalie die Hand hin. Sie kam unsicher auf die Beine. Die Beeren hatten ihre Wirkung getan.

6

Ewiges Licht

»Was haben Sie geträumt, Fräulein Rosalie?« Auf dem Heimweg ließen Rosalie und Romar den Wald hinter sich und wanderten über Felder, wo goldgelb das Getreide reifte. Manchmal fuhr ein Windhauch leise raschelnd durch das Korn. Die Abendsonne leuchtete, schwere, satte Trägheit lag über dem Land, und der laue Wind trug das Läuten von Kirchenglocken heran.

»Ich weiß nicht mehr genau.« Schon waren die Schatten auf der Lichtung an den Rand ihres Bewusstseins gerückt. »Und ich möchte auch nicht mehr daran denken, dafür ist der Tag viel zu schön. Der Tag mit Ihnen …« Rosalie zögerte. »Ich kann es nicht richtig ausdrücken, aber mit Ihnen ist es … anders, Romar.« Sie war sich bewusst, dass die Abendsonne ihr voll ins Gesicht schien und ihre Augen vermutlich in gespenstischem Rot leuchteten. »Ich bin sonst eher zurückhaltend und, nun ja, rede kaum.«

»Sie haben heute mehr mit mir gesprochen als sonst in einer ganzen Woche?«, erriet er richtig.

»Ja.« *Wenn nicht in einem ganzen Jahr. Wenn nicht in einem ganzen Leben.* »Die Luft hier ist so anders als auf den vollen Straßen Augsburgs.« Rosalie atmete tief ein. »Ich habe noch nie so gute Luft gerochen.«

»Dann bereuen Sie es nicht, hergekommen zu sein?«

»Nein.«

»So wenig ich es bereue, Sie kennengelernt zu haben.« Romar blieb stehen, um die Hand einen Moment lang an Rosalies Wange zu legen. »Mit Ihnen ist es anders«, wiederholte er ihre Worte, und sie sahen einander lange an.

Erst als das Angelusgeläut zur Eile gemahnte, setzten sie ihren Weg fort. Man würde es oben im Waisenhaus nicht gerne sehen, wenn Rosalie zum Abendbrot fehlte.

Sie wählten den Trampelpfad den Hügel hinauf, um wenig später des Herrn Pfarrers ansichtig zu werden, der mit seinem weißen Stehkragen und barhäuptig dem Waisenhaus entgegenstrebte. Ein Ministrant, in der Hand die Laterne mit dem ewigen Licht, folgte Hochwürden Kippling auf dem Fuß. Da wusste Rosalie, dass ihre An- oder Abwesenheit heute niemanden kümmern würde.

»Ein Sterbender?« Romar verlangsamte seine Schritte, und sie fielen hinter dem Pfarrer und seinem Ministranten zurück.

»Sie haben da oben einen schwerkranken Jungen.«

»Michael?«, erinnerte sich Romar. »Dessen Brustwickel die Köchin um ein Haar nach mir geworfen hätte?«

»Sein Husten klingt fürchterlich.« Rosalie fragte sich, was im Waisenhaus vorging und ob es wirklich Michael war, der im Sterben lag.

»Dann wird es besser sein, ich verabschiede mich. Ich hätte Sie gerne hinaufbegleitet, Fräulein Rosalie, doch einen Fremden werden sie dann nicht gerne sehen.«

»Nicht in einer solchen Stunde.« *In gar keiner Stunde, wenn es nach Cäcilia geht.* Rosalie reichte Romar die Hand.

Er hielt sie fest, beugte sich darüber und küsste, beinahe ehrerbietig, ihren Handrücken. Eine Geste, die nicht recht zu ihm passen wollte. »Danke für Ihre Gesellschaft heute. Wann treffe ich Sie wieder?«

»Am Sonntag in zwei Wochen?« Genau wie Romar stellte Rosalie die Tatsache, einander bald wiederzusehen, nicht in

Abrede. Dafür war der Tag zu beglückend gewesen. »Bei dem umgestürzten Baum?«

»Ich werde kommen. Bis dahin denke ich an Sie, Fräulein Rosalie, und zähle die Tage, bis die Sonne aufwacht und wir uns wiedersehen.«

Bis die Sonne aufwacht und wir uns wiedersehen.

Rosalie sah ihm nach, hin- und hergerissen zwischen beglückter Verlegenheit und innerer Unruhe. Romars Abschiedsworte hatten wunderschön geklungen – und einstudiert. Nicht nach dem Mann, dem sie sich den Tag über so nahe gefühlt hatte. Und dann der Traum auf der Lichtung, von dem kaum mehr als die Erinnerung an den schalen Mundgeruch geblieben war, der ihr jedoch hartnäckig in der Nase hing.

Erst als Romar nicht mehr zu sehen war, setzte eine nachdenkliche Rosalie ihren Weg fort. Pfarrer und Ministrant hatten das Waisenhaus inzwischen erreicht. Das ewige Licht verschwand flackernd in der Küchentür. Wiederum fragte sie sich bekümmert, wer dort oben im Sterben lag.

*

Nachts bellte der Husten des lungenkranken Michael über die Gänge des Waisenhauses. Der Tod war an ihm vorübergezogen, ohne nur einen Blick nach dem Jungen zu werfen, hatte er doch ein sehr viel lohnenderes Opfer gefunden. Ein Mädchen, jung und frisch, dahingerafft von einem plötzlichen Fieber. Mariechen. Jener kleine Schiefzahn, den Rosalie auf ihrer Flucht mit den zerbrochenen Eiern umgerannt hatte.

Tragisch für das Kind und tragisch auch für Rosalie, denn bis in den letzten Winkel des Waisenhauses flüsterte es jetzt von Hexerei. Die Kinder machten einen großen Bogen um sie, und manche weigerten sich trotz knurrender Mägen, die von ihr zubereiteten Speisen zu essen.

»So geht das nicht weiter.« Cäcilia, zu voller Größe aufgerichtet und die Hände energisch in die Hüften gestützt, stand im Kontor der Waisenhausmutter. »Rosalie ist ein fähiges Mädchen, und ich hatte mich schon aufs Altenteil gefreut.«

»Aufs Altenteil?« Schwester Dora zog die Brauen hoch. »Nicht im Ernst, Cäcilia?«

»O gewiss, ich habe mir lange genug die Hände wundgearbeitet. Man soll den jungen Leuten Platz machen, wenn es an der Zeit ist. So sehe ich das. Rosalie hat eine Aufgabe und ein Heim verdient.«

»Macht mir nicht den Eindruck, als würde daraus etwas werden.« Die Waisenhausmutter zeichnete halb spöttisch, halb mitleidig einen Galgen in die Luft. »Sie hat ihre Chance vertan. Niemand will sie hier noch länger haben. Die Kinder fürchten sich vor ihr, und ich möchte fast wetten: nicht nur die Kinder.«

»Was ist mit Ihnen? Sie stören sich gar nicht an Rosalie, das weiß ich.« Cäcilias Hagebuttenwangen glühten vor rechtschaffener Empörung.

»Das stimmt«, gab Schwester Dora freimütig zu. »Mir persönlich ist es gleich, ob sie bleibt oder geht. Doch ich habe für ein friedliches Zusammenleben innerhalb dieser Mauern zu sorgen, und Rosalie ist ein Störfaktor. Sehen Sie mich nicht so an, Cäcilia. Ich kann schließlich nichts dafür, wenn Rosalie – die aussieht, wie sie aussieht – das Mariechen umstößt, es im Speisesaal vor aller Augen verhext …«

»Sie hat sich nur entschuldigt!«

»… und das arme Kind dann kurz darauf stirbt.«

»Der Herr sei der kleinen Seele gnädig«, betete die Köchin. »Ein solches Unglück.«

»Ein solches Glück.« Schwester Dora war eine durch und durch pragmatische Person. »Nicht auszudenken, wenn das

Fieber sich ausgebreitet hätte. Besser, ein Kind zu verlieren, als einen ganzen Stall voll.«

»Und was ist mit Rosalie?«

»Tragen Sie ihr Arbeit auf, bei der sie tunlichst für sich bleibt. Lassen Sie sie keine Speisen mehr anfassen. Wir warten ab, ob die Lage sich beruhigt. Wenn nicht, muss sie gehen.«

»Wenn sie geht, geht sie zu ihnen. Zu den Waldleuten.« Cäcilias Kummer war echt.

»Wie bitte?« Die Waisenhausmutter sprang so ruckartig auf, als hätte ein Katapult sie in die Luft befördert. Erstmals war ihr die gewohnte Gelassenheit abhandengekommen. »Was haben Sie da gerade gesagt?«

»Ich denke, sie wollen Rosalie. Einer von denen war bei uns. Schon zwei Mal. Ich bin recht sicher, dass sie sich obendrein an ihrem freien Tag mit ihm getroffen hat.«

»Himmel, Cäcilia, warum weiß ich davon nichts?«

»Ich habe Rosalie ja gewarnt.« Die Köchin hob abwehrend die Hände. »Und den Mann hinausgeworfen. Was hätte ich sonst tun sollen? Beim ersten Mal hat er zwei fette Hasen gebracht. Die Knöchelchen koche ich bis heute in der Suppe.«

»Als würde ein junges Ding wie Rosalie auf solch eine Warnung hören. Das glauben Sie selbst nicht, Cäcilia.«

»Nein«, gab die Köchin zu.

»Dann bringen Sie Rosalie um Gottes willen davon ab, den Kerl noch einmal wiederzusehen. Denken Sie an Osanna.«

»Osanna.« Der Name kam zärtlich über Cäcilias Lippen. Ihr Kinn zitterte, und ihr Unterkiefer malmte. »Wir wissen es nicht sicher.«

»Kommen Sie, Cäcilia, machen Sie sich nichts vor. Rosalie ist überhaupt nur hier, damit Anna, Lucia und Barbara in Augsburg leben können. In Sicherheit. Deshalb haben wir keine Mädchen mehr bei uns, die älter als zwölf Jahre sind.« Schwester Dora schüttelte kummervoll den Kopf. »Als ob wir von den anderen je wieder gehört hätten.«

*

»Ich meine, es wird besser, seit sie dich kaum noch zu Gesicht bekommen. Warten wir eine Weile ab, dann ist die Geschichte vergessen.« Beklommen sah Cäcilia sich in der kleinen Kammer um. Rosalies karges Gefängnis, wenn man so wollte.

»Lieb von dir, aber deine Mundwinkel hängen nach unten und strafen deine Worte Lügen. Es hat sich nichts geändert, und es wird sich nichts ändern.« Rosalie legte ihre Stopfarbeit beiseite. »Nicht mehr lange, und Schwester Dora wirft mich hinaus.«

»Es tut mir leid.« Die alte Köchin setzte sich aufs Bett. »Bei Mariechens Tod kommt dir die undankbare Rolle des Sündenbocks zu. Die Gemüter werden sich beruhigen. Das müssen sie. Früher oder später wirst du hier die Köchin sein.«

Rosalie schwieg dazu.

»Ich möchte mit dir über deinen freien Tag sprechen. Wirst du ihn treffen, den Waldmann?«

»Romar«, sagte Rosalie. »Sein Name ist Romar.«

»Lass mich dir eine Geschichte erzählen. Kennst du das Märchen von der Müllerstochter und dem Wassermann?«

»Ich glaube nicht.«

»Es waren einmal ein Müller und seine Frau, die warteten lange Jahre, bis Gott sie mit einer Tochter segnete«, begann Cäcilia. »Das Mädchen wuchs heran, war schön und klug und liebreizend …«

»Alles, was ich nicht bin«, warf Rosalie ein.

»Lass mich erzählen. Es war schön und klug und liebreizend, so dass ein jeder es gleich gernhatte. Von Kindesbeinen an lernte die Müllerstochter, sich vom Mühlteich fernzuhalten, denn gar viele Frauen waren darin schon umgekommen. Das schöne Mädchen wusste das, und trotzdem verliebte es sich auf der Stelle, als es eines Abends einen blassen Jüngling auf einem Stein am Teich sitzen sah. Den Wassermann. Vorsichtig ging sie ein Stück heran. Fahles Mondlicht fiel auf die spiegelglatte Oberfläche des Mühlteichs, und vom Grund herauf leuchtete ein Licht aus dem Haus des Wassermanns. Bald war es um das Mädchen geschehen. Abend für Abend sah sie ihn wieder, lauschte seinen zarten Liebesworten und kam dem Teich Schritt um Schritt näher. Mehr als alles auf der Welt wollte sie den Geliebten berühren und herzen.« Cäcilia schwieg vielsagend.

»Wie geht es weiter?«

»Nun, gerade als der Müller und seine Frau das abendliche Ausbleiben der Tochter bemerkten und Verdacht zu schöpfen begannen, hielt der Wassermann um die Hand des schönen Mädchens an. Er bat sie, mit ihm ins Wasser zu kommen und in seinem Haus auf dem Grund des Mühlteichs zu leben. Anfangs zögerte die Müllerstochter, denn sie wusste wohl, dass sie im Wasser nicht atmen konnte und welchen Kummer sie den Eltern bereiten würde. Sie wusste auch, wie viele Frauen schon vor ihr gestorben waren und dass sie dem Wassermann nicht trauen durfte. Doch blind vor Liebe hoffte sie darauf, zwischen ihr und dem Wassermann würde alles anders sein. Dummes Kind, was für eine törichte Hoffnung. Sobald das Mädchen ans Wasser trat, zog der blasse Jüngling es hinab auf den Teichgrund, wo er es mit Haut und Haaren aufaß, bis nichts mehr von ihm übrig war, das an die Oberfläche hätte treiben können. Hernach saß er satt und träge in seinem Haus, ließ die Gestalt des hübschen Jünglings wie einen Mantel von sich abfallen und freute sich über die Dummheit der Menschenfrauen.«

»Du willst mir sagen, ich soll Romar nicht wiedersehen.«

Rosalie lächelte, gerührt von Cäcilias Besorgnis. »Aber weder bin ich schön wie die Müllerstochter, noch wohnt Romar in einem Teich. Meines Wissens verspeist er auch keine Menschen.«

»Er ist gefährlich«, beharrte die Köchin.

»Weshalb?«

»Hör auf zu fragen, Mädchen.« Cäcilia wurde wütend. »Ich sage dir, du sollst dich fernhalten. Das tue ich sicher nicht ohne Grund, und das sollte dir reichen. Vertraue dem Rat einer alten Frau und triff den Mann kein weiteres Mal.«

»Wie lange noch, bis ich gehen muss?«

Die Köchin blickte betreten drein.

»Wie lange, Cäcilia?«

»Vielleicht eine Woche, wenn wir Schwester Dora bei Laune halten.«

Der Sommer 1844 blieb schwülwarm, was Land und Leute mit Kopfschmerzen, nächtlicher Unruhe und vermehrten Hitzegewittern zu büßen hatten. Häufig krachte der Donner und zuckten Blitze am Himmel, während das Wasser in solchen Mengen auf die Erde prasselte, dass man meinen konnte, der ganze Fluss Lech würde umgedreht und ausgeschüttet.

Rosalie und Romar sahen sich an einem gewittrigen Tag an der Wegbiegung wieder, als die dunkelgraue Wolkenfront langsam abzog und der Regen sanfter fiel.

»Ich war nicht sicher, ob Sie bei dem Wetter herkommen würden.« Sie hatte sich ihm bei der letzten Begegnung so nahe gefühlt. Jetzt konnte sie nicht anders, als befangen zu sein.

»Wer so wie ich die Tage zählt, lässt sich von einem Wolkenguss nicht abhalten, Fräulein Rosalie«, sagte er ernst. In seinen Haaren hingen Regentropfen wie Perlen, und wieder war er barfuß. »Wenn Sie wüssten, wie sehr ich an Sie gedacht habe. Kommen Sie, suchen wir Schutz vor dem Regen.« Romar führte Rosalie ein Stück am Waldrand entlang zu einem Jägersitz, der – in Anbetracht der triefnassen Landschaft – geradezu heimelig anmutete. Nachdem sie die Leiter hochgeklettert waren, setzten sie sich nebeneinander auf die schmale Bank.

Rosalie bewegte prüfend die klammen Zehen. Ihre Strümpfe waren feucht geworden, und die nassen Kleider klebten ihr am Leib. Neben sich spürte sie Romars Wärme.

»Wie ist es Ihnen ergangen?«, fragte er und musterte sie besorgt. »Irgendetwas stimmt nicht.«

»Woher wissen Sie das?« *Kennst du mich wahrhaftig schon so gut?*

»Ich merke es Ihnen an«, sagte er bloß.

»An Peter und Paul haben wir Hochwürden Kippling mit dem ewigen Licht gesehen, erinnern Sie sich? Oben im Waisenhaus ist ein Mädchen gestorben, ein kleines Mädchen, das ich kurz zuvor versehentlich zu Boden gestoßen hatte.« Rosalie sackte ein wenig in sich zusammen. Es tat gut, sich ihm anzuvertrauen. »Es war nicht der hustende Junge, wie wir dachten …«

»Was bedeutet das?«

»Sie geben mir die Schuld am Tod des Kindes und reden von Hexerei«, gestand Rosalie leise. Da er beim letzten Mal nicht weggelaufen war, hoffte sie, er werde es auch jetzt nicht tun. »Cäcilia hält mich mit Stopf- und Näharbeiten in meiner Kammer fest, aber wenn die Gemüter sich nicht bald beruhigen, kann ich dort nicht bleiben.«

»Das macht nichts. Vergiss das abergläubische Volk.« Romar nahm ihr Gesicht in beide Hände. Regentropfen vermengten sich mit Tränen, als er sie zart küsste. »Du brauchst nicht im Waisenhaus zu bleiben«, flüsterte er rau.

»Ich weiß nicht, wo ich sonst hinsoll.«

»Warte.« Er zog ein Tuch aus seiner Hosentasche, in das ein

kleiner Gegenstand eingeschlagen war. »Ich habe etwas für dich.«

»Für mich?« Rosalie nahm das Tüchlein, schlug es auf und hielt eine hölzerne Ziege in Händen, die in Form und Größe genau zu dem Ziegenbock passte, den sie von Agnes bekommen hatte.

»Gefällt sie dir? Ich habe sie selbst geschnitzt und dabei an dich gedacht.«

Vor Rührung wurde ihr die Kehle eng. Sie konnte ihm keine Antwort geben und begann heftig zu schluchzen.

Romar zog sie in seine Arme und bettete den Kopf an seine Brust. »Rosalie?« Er drückte die Lippen auf ihr nasses Haar. »Ich habe in den zurückliegenden Tagen viel nachgedacht. Über unseren Tag im Wald. Über dich.«

Rosalie schniefte. »Das habe ich auch.«

»Ich wollte noch warten. Ehrlich. Aber wenn ich höre, wie es dir im Waisenhaus ergeht und wie sie dich behandeln … Ich habe keinen Ring, Rosalie, und meine Frage kommt viel früher, als dir lieb sein kann.«

»Mir lieb sein kann? Keinen Ring?« Sie löste sich von ihm, ihr Blick flackerte.

»Ich möchte dich bitten, meine Frau zu werden.« Er suchte und fand ihre Augen. »Heirate mich.«

»Nein.« Ehe er sie aufhalten konnte, war sie schon halb die Leiter hinab.

»Warte!« Romar folgte ihr und holte sie ein.

Rosalie wirbelte zu ihm herum. »Mich zur Frau. Das meinst du nicht ernst.« Ihr bitteres Lachen ging durch Mark und Bein. »Ich war schon froh, als du überhaupt Zeit mit mir verbringen wolltest. Sieh mich doch an! Was glaubst du wohl, was deine Leute zu einem Nachtmenschen wie mir sagen würden?« Wütend und voller Selbsthass schlug sie sich gegen die Brust.

Romar hielt ihre Handgelenke fest, zog sie eng zu sich heran und ließ zu, dass ihr wildes Weinen sich in seinen Armen weiter Bahn brach.

»Glaub nicht, du müsstest mich retten. Ich bin es gewohnt, dass alle mich für ein Monstrum halten.«

»Ich will dich nicht retten«, entgegnete er fest. »Ich will dich zur Frau. Meine Leute sind nicht wie die Menschen, die du kennst. Sie werden dich nicht nur akzeptieren, sie werden dich gerne haben. Wir sind eine Gemeinschaft und kümmern uns um die Unsrigen. Denk an Robs und Monika, von denen ich dir erzählt habe. Du wirst nie wieder allein sein, Rosalie.«

Sie kletterten zurück auf den Jägersitz. Während der Regen leise auf das Bretterdach trommelte, erzählte Romar ihr von Haberatshofen und malte ihr das Leben an seiner Seite aus. »An langen Sommerabenden werden wir nach getaner Arbeit auf der Bank vor dem Haus sitzen, während die Kinder zu unseren Füßen mit Kieselsteinen spielen. Kannst du dir das vorstellen?«

»Ich weiß nicht. Es klingt wunderbar.«

»Dann lass es wahr werden, Rosalie. Mit uns ist es anders, du selbst hast es gesagt. Wir kennen einander vielleicht noch nicht lange, doch ich glaube, wir kennen uns gut genug.«

»Ist das so?« Sie sah ihn voller Hoffnung an. Wie im Rausch presste er seinen Mund auf ihre Lippen. Er küsste sie leidenschaftlich und begierig und beinahe flehentlich, als wolle er Vergangenes und Zukünftiges und überhaupt alles Denken vergessen.

»Du sprichst mit Hochwürden Kippling, ja? Er soll das Aufgebot bestellen.«

»Gleich am Mittwoch, wenn er hoch ins Waisenhaus kommt«, nickte Rosalie an der Wegbiegung.

Ja.

Das war ihre Antwort für Romar gewesen.

Ja, ich werde deine Frau.

Ja, ich werde mit dir tief im Wald leben.

Dort, wo die Menschen fest füreinander einstehen.

»Was ist, wenn sie mir die Heirat nicht erlauben?« Erst jetzt, als der Freudentaumel des Verlöbnisses ein wenig abebbte, fiel ihr dieses Hindernis ein. »Cäcilia hasst dich, Romar. Sie warnt mich beständig vor dir und deinen Leuten. Und ich bin zwar mündig, aber noch nicht volljährig.«

»Doch auf die Straße setzen würden sie dich …«, knurrte er böse. »Gut, werden wir ihnen eben keine Wahl lassen. Dort vorn, siehst du?«

»Eine Prozession?«

»Ja. Ein frommer Bittgang. Wahrscheinlich für gute Ernten.«

»Was meinst du mit: keine Wahl lassen?«

»Vertraust du mir?« Ein spitzbübisches Lächeln zog über sein Gesicht. »Dann warte einfach kurz ab.«

Die Prozession kam heran. Vorweg ging ein Ministrant mit bekränztem Kruzifix. Ihm folgten, singend und betend, Hochwürden Kippling und gut drei Dutzend Gläubige. Als sie nahe genug herangekommen waren, legte Romar die Arme um Rosalie und küsste sie so lange und innig, wie es sich in der Öffentlichkeit gewiss nicht gehörte.

Der Ministrant mit dem Kruzifix bekam Stielaugen und blieb stehen, was zur Folge hatte, dass die Nachfolgenden über ihn und ihre eigenen Beine stolperten. Hochwürden Kippling mahnte mit erhobenem Zeigefinger in Richtung der beiden jungen Leute, ehe die Prozession sich wieder in Bewegung setzte.

»So.« Romar grinste mächtig über sein Schelmenstück.

»Dein Ruf ist ruiniert, liebe Rosalie. Sie müssen uns heiraten lassen.«

*

Schatten gleich erwarteten sie ihn, nahmen ihn in ihre Mitte, als sein Mund sich verzerrte und er qualvoll zuckend zu Boden ging. Sie hielten ihn, während er sich erbrach; bittere Galle, vor Ekel über die eigene Schändlichkeit.

*

Obwohl noch immer feiner Nieselregen vom Himmel fiel und ihre Kleider nass an der Haut klebten, mochte Rosalie nicht ins Waisenhaus zurückkehren, auch wenn Romar sich längst verabschiedet hatte und nicht mehr zu sehen war. Mit ihm also sollten ihre tiefsten Sehnsüchte in Erfüllung gehen.

Weshalb hatte sie Angst?

Gerade für sie, die Ausgestoßene, gab es keinen Grund zur Furcht. Sie durfte sich Cäcilias Gerede nicht zu Herzen nehmen.

Als sich auf dem Weg drei Gestalten näherten, trat Rosalie ihnen – was für sie noch vor kurzer Zeit ausgeschlossen gewesen wäre – in den Weg. Sie kannte Romar kaum, doch schon hatte er sie verändert. Seine Zuneigung machte sie mutiger.

Die Frau und zwei halbwüchsige Mädchen trugen Kraxen auf dem Rücken, die bis zum Rand mit einem Sammelsurium an Dingen gefüllt waren. Rosalie erkannte Bettlaken, runde Käselaibe, Salzsäckchen und eine silberne Minutenuhr.

»Verzeihen Sie bitte.«

»Wir verkaufen nicht«, sagte die Frau sofort abweisend. Ihr Rücken war so krumm, als hätte das Gewicht der Kraxe ihn verformt.

»Nein, ich will nichts kaufen. Sicher sind Sie aus der Gegend?«

»Sie mögen sich nicht vorstellen, wie oft wir wegen der Waren angehalten werden«, klagte die Fremde. »Man möchte meinen, die Leute hätten den lieben langen Tag nichts anderes zu tun, als auf offener Straße Handel zu treiben.«

»Dann sind Sie aus der Gegend?«, blieb Rosalie hartnäckig.

»Aus Schongau. Der Ödwanger Krämer ist unser Verwandter, daher die vollen Kraxen. Wir kommen gerade von ihm. Aber die Sachen sind nur für unseren Hausgebrauch bestimmt.« Anscheinend hatte sie noch immer Sorge um die Waren.

»Ich will nach Haberatshofen«, stieß Rosalie hervor. »Würden Sie mir den Weg erklären?«

»Sie sollten da nicht hingehen, Fräulein. Das Dorf ist kein guter Ort.«

»Weshalb nicht?«

»Ich erinnere mich an Schauergeschichten, die man mir als Kind erzählt hat: Wenn du nicht artig bist, kommen die Haberatshofener dich holen. Hier in der Gegend weiß das jeder. Selbst meine Töchter. Nicht wahr, ihr beiden?«

Die Mädchen nickten, und Rosalie rätselte, weshalb sie ihr im Waisenhaus nichts darüber gesagt hatten.

»Die Waldleute sind nicht geheuer«, fuhr die Frau fort. »Weshalb wollen Sie dahin, Fräulein?«

»Stimmt es denn?«, fragte Rosalie.

»Stimmt was?«

»Die Geschichten, die man sich erzählt. Sind die wahr?«

»Was denken Sie denn?«, lachte die Frau. »Unser Verwandter ist, wie ich schon sagte, Krämer in Ödwang. Ödwang wiederum liegt nicht weit von Haberatshofen. Daher weiß ich, dass in dem Dorf der Tiefbrunnen manchmal austrocknet und die Waldleute dann nach Ödwang kommen, um Wasser zu holen. Manchmal sehe ich welche von denen. Das sind Menschen wie Sie und ich. Selbst wenn sie nur das Nötigste sprechen, ist an den Geschichten wahrscheinlich nicht viel dran. Aber mit Sicherheit sagen kann ich es nicht. Denn auf der anderen Seite …«

»Mutter?« Das kleinere Mädchen trat unruhig von einem Fuß auf den anderen. »Kommt sie aus dem Waisenhaus?«

»Das weiß ich nicht, Mara. Weshalb fragst du sie nicht?«

Das Kind hatte rotstichiges Haar und mehrere Leberflecke im Gesicht. »Wegen der weißhaarigen Hexe, von der wir gehört haben.« Es biss sich auf die Unterlippe. »Denkst du, sie ist es?«

»Wirklich, Mara, was fällt dir ein, so unhöflich zu sein?«, schimpfte die Frau und hatte es mit einem Mal eilig, ihres Weges zu ziehen.

Rosalie blieb mit der brennenden Frage zurück, was die Frau zuletzt noch hatte sagen wollen.

Oben wartete Franz auf Rosalie. Der Junge ließ die Begegnung wie einen Zufall aussehen, doch da sie ihn viel häufiger traf als jeden anderen Bewohner des Waisenhauses, war es wohl keiner.

»Fräulein Rosalie!« Er kam ihr entgegen. »Haben Sie ihn wieder getroffen? Den Haberatshofener?« Die Unverblümtheit war seiner Eifersucht geschuldet. Er musterte sie argwöhnisch. »Das sollten Sie nicht. Weshalb hören Sie nicht auf Cilia? Oder auf mich?« Sein Gesicht unter dem blonden Haarschopf glühte wie die Sonne.

»Ich mag Romar gerne.« Rosalie wollte dem Jungen gewiss nicht wehtun. Im Moment war sie allerdings selbst so durcheinander, hin- und hergerissen zwischen Euphorie und Zweifel, dass sie Franz' Verliebtheit außer Acht ließ. »Es sieht so aus, als würden wir sogar heiraten. Er hat mir einen Antrag gemacht.«

»Und Sie haben eingewilligt?« Seine Stimme, wie Rost auf

altem Eisen, kippte im nächsten Satz und stieg einige Oktaven höher. »Das dürfen Sie nicht tun! Auf keinen Fall!«

»Weshalb nicht, Franz?«

»Weil … es ist gefährlich. Haberatshofen ist gefährlich. Ich möchte nicht, dass Ihnen etwas zustößt.«

Mehr war nicht aus ihm herauszubekommen.

7

Ruf des Adlers

»... wird zum nunmehr dritten Mal verkündet, dass der ehrsame Hochzeiter Romar Haberat gesinnt ist, mit der ehrsamen Hochzeiterin Rosalie Julmond von Augsburg in das heilige Sakrament der Ehe einzutreten. In diesem unseren lobwürdigen Gotteshaus zur lieben Frau soll am nächsten Sonntag der Ehebund geschlossen werden. Wer Einspruch tun will gegen dieses Aufgebot, der wende ...«

Rosalies blasse Wangen brannten, und die neugierigen Blicke der Gottesdienstbesucher bohrten sich wie Pfeile in ihr Fleisch. Neben ihr klopfte Romars Zeigefinger unablässig und präzise wie ein Taktstock auf die Kirchenbank. Anscheinend war auch er aufgeregt.

Bis das Waisenhaus die Einwilligung zur Hochzeit erteilt hatte, war es – trotz des Kusses vor den Augen des Pfarrers, der Ministranten und Bittgänger – ein harter Kampf gewesen. Ein Kampf, den Cäcilia am Ende vergebens geführt hatte. Seitdem sprach die Köchin nicht mehr mit Rosalie.

»Wir haben es bald geschafft«, flüsterte Romar an ihrem Ohr. Hochwürden Kippling hatte darauf bestanden, ihn an den drei Aufgebotssonntagen in der Stadtpfarrkirche zu sehen, damit er nach dem Hochamt das Aufgebot in Anwesenheit von Braut und Bräutigam verkünden konnte. Das war für einen aus Haberatshofen, wo die Messe in der Dorfkapelle gelesen wurde, wohl nicht üblich.

»Ich glaube, sie hassen uns alle«, entgegnete Rosalie. Ohne Frage stand ein aufgebotenes Paar immer im besonderen Interesse der Öffentlichkeit. Sie hatte dennoch das Gefühl, dass dieses Interesse in ihrem und Romars Fall außergewöhnlich rege war. Inzwischen wusste sie ein wenig mehr über ihren zukünftigen Mann. Etwa, wie sein geflochtener Bart sich anfühlte – rauer und drahtiger als das Haar auf seinem Kopf. Der geflochtene Bart, der ihn als Haberatshofener auswies. Daher hatte Cäcilia gleich am Tag mit den Hasen gewusst, woher er kam.

»Weshalb Julmond?« Seine leise Frage riss sie aus ihren Gedanken. »Dein Familienname.«

»Da hat Agnes mich gefunden«, wisperte Rosalie. »Im Julmond. Deshalb hat sie mich so genannt.«

Nach der Messe, wenn sich die Leute sonst um das Aufgebotspaar scharten, blieben Rosalie und Romar für sich. Lediglich die Blicke verrieten, was die anderen Kirchgänger dachten. Blicke voller Argwohn und regelrechtem Abscheu.

»Wenn du mich fragst, haben die sich gesucht und gefunden.« Die hagere Sprecherin machte gar nicht erst den Versuch, die Stimme zu senken. »Oben im Waisenhaus ist ein kleines Mädchen tot umgefallen, nachdem die Weißhaarige ihm die Hand auf den Kopf gelegt hatte.«

»Jesus Maria, wer hier am Ort hat nicht davon gehört«, gesellte sich eine zweite Stimme dazu. »Der Herr Hochwürden ist noch hinauf mit dem ewigen Licht, aber da war es zu spät.«

»Und jetzt tut sie sich mit dem Waldmann zusammen …«

»Mir ganz recht, wenn die rotäugige Hexe in Zukunft im tiefsten Wald lebt«, klang es hämisch herüber. »Solange sie sich von unseren Kindern fernhält.«

»Frau Drexler und Frau Hochstadt, werte Damen. Ich muss Sie doch sehr um Mäßigung Ihrer Lautstärke und vor allem

Ihrer Worte bitten.« Der Pfarrer war zu den beiden Klatschbasen getreten.

»Herr Hochwürden, wir haben Sie gar nicht ...«

»Wird besser gewesen sein«, brummte Kippling. »Lassen Sie das junge Paar in Frieden. Die beiden wollen sich vor dem lieben Herrgott ehelich verbinden, das ist eine schöne Sache, finden Sie nicht? Wir wollen uns mit ihnen freuen und am nächsten Sonntag ihren Ehebund segnen.«

Der Sonnabend zog sich in die Länge. Rosalie hockte in ihrer Kammer und sah der fetten Winkelspinne zu, die in der Ecke über dem Fenster ein gewaltiges Netz wob.

Auf dem Nachttisch neben dem Bett lag ein duftendes Säckchen. Das vierte Säckchen seit dem Tod des Kindes. Rosalie wusste von Cäcilia, was sich darin befand. Die Köchin hatte es ihr erklärt. Vor dem Verlöbnis. Als sie noch mit ihr gesprochen hatte. Roter Knoblauch, Thymian, Weihrauch, Kamper und Eberwurzel, zusammen mit sieben Kieselsteinchen vom Leichenacker – alles Dinge, die im Volksglauben die Zauberkraft einer Hexe bannten.

Mit dem Abend nahm Rosalies Herzklopfen zu. Schon morgen – endlich! – würde sie Romar heiraten und mit ihm nach Haberatshofen ziehen. Sie konnte es kaum mehr erwarten, das Dorf zu sehen. Trotz ihrer mehrfachen Bitten, sie noch vor der Eheschließung nach Haberatshofen zu bringen, war er nie einverstanden gewesen und hatte fadenscheinige Ausflüchte gefunden. Man wollte sie dort nicht haben, solange sie nicht wirklich dazugehörte. Das hatte Rosalie begriffen. Solange sie nicht Romars Frau geworden war.

Sie setzte sich ans Fenster und sah zu, wie die Sonne als rot glühender Ball versank, während es im Waisenhaus langsam stiller wurde. Als nur noch ein letzter Rest Helligkeit in die

Kammer fiel, klopfte es. Rosalie hoffte auf Cäcilia, doch statt der Köchin trat die Waisenhausmutter in den kleinen Raum.

»Cäcilia ist weiter gegen diese Eheschließung.« Schwester Dora hielt sich nicht mit langen Vorreden auf. »Das bin ich, wie du weißt, im Grunde auch.« Sie verschränkte die Arme hinter dem Rücken, durchmaß die Kammer mit wenigen Schritten und erhob dann den Zeigefinger vor Rosalies Gesicht. »Ich will ehrlich zu dir sein. Soweit ich kann. Ich habe in die Heirat eingewilligt, weil du nach Mariechens Tod nicht mehr bei uns bleiben kannst. Und weil du mündig bist, wenn auch noch nicht volljährig. Ich finde, du solltest die Entscheidung zur Ehe selbst treffen dürfen. Lass dir dennoch zur Vorsicht raten. Vertrauensselig bist du ohnehin nicht. Gib trotzdem auf dich acht. Vielleicht ist Haberatshofen das Richtige für dich. Ich wünsche es dir.«

»Danke.«

»Schon recht, Rosalie. Cäcilia weigert sich, morgen zur Kirche zu kommen. Aber ich werde da sein, und die jüngeren Mädchen werden Blumen streuen. Wenigstens das sollst du mit auf den Weg nehmen.«

»Die Kinder fürchten sich vor mir«, protestierte Rosalie. »Da möchte ich nicht …«

»Unfug«, unterbrach die Waisenhausmutter mit barscher Herzlichkeit. »Die Blumen werden gestreut. Punktum.«

Rosalie lag noch wach, als die Waisenhausmutter längst gegangen und es draußen finster geworden war. Der Mond verbarg sich hinter den Wolken, und kam er kurz zum Vorschein, tauchte er Felder und Wiesen in kaltes Silberlicht. Es war überdies sehr still, weshalb Rosalie durch das Scharren an der Hauswand sogleich aufgeschreckt wurde. Sie stand auf und öffnete das Fenster. Es quietschte. Draußen hatte jemand eine Leiter gegen die Hauswand gelehnt. An ihrem Fuß stand Romar.

»Woher hast du gewusst, wo ich schlafe?« Rosalie konnte nicht anders. Sie lächelte.

»Ich wusste es eben.« Er kletterte die Leiter hoch, stieg durch das Fenster und landete mit einem leisen Rumpeln in der Kammer.

Rosalie war über die Maßen gerührt, weil er sie in der Nacht vor der Hochzeit besuchen kam. Bis sie die Öllampe aufdrehte und ihn ansah.

»Was ist mit dir geschehen, um Gottes willen?« Sie wagte nicht, sein böse geschwollenes Gesicht zu berühren.

»Du musst nein sagen, Rosalie.« Sein Blick war panisch. Er fasste sie hart bei den Schultern und schüttelte sie.

»Wie meinst du das? Wer hat dich verprügelt, Romar?«

Er schlug die Hand fort, die sie ihm besänftigend auf den Arm legen wollte. War da Alkohol in seinem Atem?

»Nicht! Fass mich nicht an! Du darfst mich nicht heiraten, verstehst du das? Du darfst nicht! Versprich mir, dass du nein sagen wirst.«

»Was ist denn bloß mit dir passiert?« Rosalie war zutiefst erschüttert.

»Bitte, ich kann dir nicht mehr sagen als das: Werde nicht meine Frau!« Er sank zu Boden und begann hilflos zu schluchzen.

»Romar …« Sie nahm den Weinenden in die Arme und barg seinen Kopf an ihrer Brust. Er wehrte sich nicht. »Ich wünsche mir nichts anderes, als deine Frau zu werden.« Sie verstand die Welt nicht mehr. »Weshalb willst du …?«

»Alter Schwerenöter!« Unter dem Fenster begannen trunkene Stimmen zu rufen, die sich anscheinend nicht darum scherten, wer sie hörte.

»Lass deine Braut schlafen, alter Junge! Du wirst es wohl noch bis morgen Nacht aushalten!«

»Sie sind mir gefolgt.« Romar kam erschrocken auf die Füße.

»Wer ist das?«

»Jeremias und Josef. Männer aus dem Dorf. Meine Wachhunde.«

»Wachhunde?«

»Sollen wir dich holen kommen? Jetzt lass deine Braut in Frieden!«

»Ich muss gehen. Sag nein, Rosalie!« Er legte seine Stirn an ihre, dann küsste er sie kurz und fest auf den Mund. »Sag nein.« Und schon war er fort.

Als sie sich aus dem Fenster beugte, sah Rosalie noch für einen Augenblick Romars Gesicht. Verzerrt, zerschunden und halb wahnsinnig vor Sorge. Dann verschwanden die drei Männer samt Leiter in nächtlicher Schwärze. Selbst der bleiche Mond knauserte mit seinem Licht, verbarg sich stur hinter den Wolken und gab nicht einmal mehr die Silhouetten der Männer preis. Rosalie hörte lediglich Geräusche, die schnell leiser wurden und von Protest und handgreiflicher Auseinandersetzung kündeten.

Der Morgen dämmerte mit zarten Farben herauf. Ein Tag, wie er schöner nicht hätte sein können. Nichts war mehr übrig vom fahlen Totenkleid, das der Mond in der Nacht ausgeworfen hatte.

Rosalie brauchte keinen Spiegel. Sie spürte auch so die schweren Ringe, von der schlaflosen Nacht unter ihre Augen gezeichnet, die sie mehr nach einem Gespenst als nach einer Frau aus Fleisch und Blut aussehen ließen.

»Dann wollen wir mal.« Schwester Dora brachte das Hochzeitskleid. Eine Leihgabe des Waisenhauses, unzählige Male getragen und weit genug geschnitten, um auch fülligere Bräute zu kleiden. An Rosalie hing es wie ein Sack, und sie hätte es gehasst, wäre nicht Romars verstörender, nächtlicher Besuch gewesen. So hatte sie dringlichere Sorgen, und es war ihr ganz gleich, ob hübsch oder hässlich. »Du siehst nicht besonders glücklich aus«, bemerkte die Waisenhausmutter.

Sie sagte nichts dazu, denn Romars Flehen echote in ihrem Kopf und hörte nicht mehr auf. Sollte sie wirklich nein sagen? Weshalb hatte er das von ihr verlangt, und weshalb war er so schrecklich zugerichtet gewesen? Wenn die Hochzeit nicht stattfände, stünde sie ganz allein auf der Welt, denn im Waisenhaus konnte sie nicht bleiben. Dabei sehnte sie sich nach Zugehörigkeit.

»Rosalie?« Die Waisenhausmutter hielt einen aus Efeu und Myrtenzweigen gewundenen Brautkranz in den Händen. »Der ist von Cäcilia«, sagte sie schlicht.

Rosalie war gerührt. Im nächsten Moment kam ihr ein Gedanke. Bereute Romar seine Entscheidung, sie zur Frau zu nehmen? War sein Auftritt in der letzten Nacht etwa ein Versuch gewesen, dem Verlöbnis buchstäblich im letzten Augenblick zu entkommen? Immerhin hatte er sie angefleht, ihn nicht zu heiraten. Rosalie konnte das nicht glauben. Wollte es nicht glauben. Obwohl er nach Alkohol gerochen hatte, war seine Verzweiflung echt gewesen. Erschöpft ließ sie die Schultern hängen, denn sie wusste längst nicht mehr, was sie denken sollte. Sie wusste nur, wie gerne sie Romars Frau werden wollte.

Das gab den Ausschlag.

In dem hässlichen Brautkleid, Schwester Dora an ihrer Seite und eine Horde kleiner Blumenkinder hinter sich, betrat sie zum neunten Glockenschlag die Schongauer Stadtpfarrkirche, wo Hochwürden Kippling sie bereits erwartete.

»Ein Willkommen der Braut«, rief er fröhlich und überspielte damit meisterlich die leere Kirche. Die Trauung sollte vor dem Gottesdienst stattfinden, und die leeren Bankreihen hätten sich längst füllen müssen. Anscheinend hatten die Gläubigen beschlossen, der Trauung der Hexe und des Waldmenschen fernzubleiben – vermutlich zum Missfallen einiger Klatschweiber, denen dadurch brisanter Gesprächsstoff entging.

Die Glocken begannen zu läuten. Rosalie sah unentwegt zum Kirchenportal hin. Ob er kommen würde? Da füllte sich statt seiner die Kirche mit Waisenkindern. Schwester Dora hatte den Unwillen ihrer Zöglinge ignoriert und keine Ausflüchte geduldet; selbst wenn die Waisen nicht so aussahen, als wünschten sie Rosalie viel Glück. Lediglich Franz fehlte, der sich schon vor dem Frühstück verdrückt hatte. Inzwischen knurrte ihm sicher der Magen. Und Cäcilia. Sie fehlte ganz besonders.

Als Rosalie beinahe nicht mehr an Romars Erscheinen glaubte, hörte sie draußen galoppierende Hufe. Gleich darauf schwang die Flügeltür auf, und Romar trat ein, gefolgt von zwei jungen Männern mit geflochtenen Bärten. Die Wachhunde der letzten Nacht?

Der Bräutigam trug ein Hemd mit Hornknöpfen, das ihm an den Armen ein wenig zu kurz war. Eine einfache Hose. Und erstmals Schuhe. Sein Gesicht schillerte in allen erdenklichen Blau- und Grünschattierungen. Es war nicht zu übersehen, dass er mächtig Prügel bezogen hatte.

Romars Begleiter begrüßten den Pfarrer und überreichten ihm geschwind einen klingelnden Beutel, ehe sie vor Rosalie eine lächelnde Verbeugung andeuteten. Schwester Dora und die Kinder ließen sie völlig außer Acht. »Du hast Romar schön um den Verstand gebracht«, flüsterte einer der Männer Rosalie auf dem Weg zum Altar zu. »Wir fürchteten letzte Nacht schon, ihn gewaltsam aus deiner Kammer zerren zu müssen.« Der Bemerkung folgte ein unbekümmertes Grinsen. »Ein unverheiratetes Paar, in der Nacht vor der Hochzeit, das gehört sich einfach nicht. Jetzt machen wir erst einmal alles rechtens. Nicht wahr, alter Schwerenöter?« Er schlug Romar freundschaftlich auf die Schulter.

Der Bräutigam fuhr zusammen, dann lächelte er verlegen. Sein linkes Auge war zugeschwollen.

Hochwürden Kippling räusperte sich. »Liebe Brautleute, werte Gäste, lassen Sie uns mit der Trauung beginnen, ehe ich noch etwas höre, das für geistliche Ohren nicht bestimmt ist.«

»Ist alles in Ordnung mit dir?«, fragte Rosalie leise ihren zukünftigen Mann.

Romar nickte. »Du siehst wunderschön aus. Ich bin ein Glückspilz.« Anschließend stellte er ihr noch eilends die Brüder Josef und Jeremias vor. Es erweckte tatsächlich den Anschein, als nähme er die Namen seiner Braut gegenüber zum ersten Mal in den Mund. Wäre nicht Romars übel zugerichtetes Gesicht gewesen, Rosalie hätte die Ereignisse der letzten Nacht für einen üblen Traum gehalten.

»Ich will dich lieben, achten und ehren, alle Tage meines Lebens.« Als Romar seinen Schwur tat, schob er ihr einen schmalen Goldreif auf den Finger. »Der Ring meiner Mutter«, sagte er. »Jetzt ist er dein.«

»Was Gott verbunden hat, das darf der Mensch nicht trennen«, sprach Pfarrer Kippling beseelt.

Rosalie und Romar waren Mann und Frau.

Nein. Dieses kleine Wort, wie in der Nacht von ihm erfleht, hätte gereicht, und alles wäre anders gekommen. Stattdessen wetzte der graue Sensenmann seine Klinge.

Blütenblätter säumten dem Brautpaar den Weg aus der Kirche, wo die Schongauer sich für den anstehenden Gottesdienst versammelt hatten. Vielleicht, um den Klatschweibern Gesprächsstoff zu bieten, schloss Romar seine Frau in die Arme und küsste sie innig. Josef und Jeremias johlten.

»Alles Gute«, wünschte Schwester Dora und küsste Rosalie auf beide Wangen. »Mögt ihr gesund und lange leben.« Sie schüttelte Romar fest die Hand. Dennoch war ihr der Widerwille anzumerken, den sie dem Bräutigam gegenüber empfand.

»Auf geht's«, entschied Josef, der offenbar keine Zeit verlieren wollte. »Im Dorf können sie es kaum erwarten, dich kennenzulernen.« Er schlug Romar noch einmal beglückwünschend auf die Schulter, und die Hochzeitsgesellschaft verabschiedete sich von Hochwürden Kippling.

»Ich komme nach Haberatshofen, sobald ich kann«, versprach der Pfarrer. »Wo Sie alle dort ohne geistlichen Beistand sind, vergessen Sie nicht: Die Kirchen der Umgebung stehen Ihnen jederzeit offen.«

»Wir sind nicht ohne Beistand«, erwiderten Josef und Jeremias wie aus einem Mund, doch die Blicke, die sie mit dem Herrn Hochwürden wechselten, waren eindeutig: Kippling würde das Dorf im Wald nie betreten. Ob das im Zusammenhang mit dem klingelnden Beutel stand, den die Brüder ihm vor der Trauung übergeben hatten?

Jeremias hob die Braut hinter Romar in den Sattel. Zum ersten Mal in ihrem Leben saß Rosalie auf einem Pferd, und das Waisenhaus war in Windeseile erreicht. So zumindest kam es ihr vor. Sie zog sich um, holte ihr geringes Bündel Habseligkeiten und schlüpfte kurz in die Küche, in der stillen Hoffnung, auf Cäcilia zu treffen. Vergebens.

Da sie es befürchtet hatte, zog sie ein Blatt Papier aus ihrem Bündel. Auf der Zeichnung saß Cäcilia friedlich auf einer sonnenbeschienenen Bank. Die alte Köchin war gut getroffen, und Rosalie war ein wenig stolz, denn nie zuvor hatte sie etwas gemalt, das nichts mit Siechtum und Tod zu tun hatte. Etwas Schönes. Sie legte das Blatt auf den Tisch. Ein Versprechen an die Zukunft.

»Romar?« Die frischgebackenen Eheleute ritten ein Stück hinter den beiden Brüdern, die sich andauernd nach ihnen umsahen. Rosalie hatte die Arme fest um den Oberkörper ihres Mannes geschlungen. »Weshalb benehmen die beiden sich so? Ich habe fast den Eindruck, sie bewachen uns.«

Männer aus dem Dorf. Meine Wachhunde.

»Nein, Rosalie.« Romar zügelte das Pferd. »Wir kommen nach!«, rief er den Brüdern zu, stieg ab und half Rosalie aus dem Sattel. »Ich war betrunken letzte Nacht. Es tut mir leid. Ich hatte Angst, dir nicht gerecht werden zu können. Du musst vergessen, was ich gesagt habe. Kannst du das? Ich möchte unsere Ehe nicht so beginnen lassen.«

»Aber dein Gesicht …«

»Männer prügeln sich gelegentlich, wenn ihnen der Alkohol zu Kopf steigt. Josef und Jeremias waren voll wie Haubitzen. Und ich nicht weniger, wie du gemerkt hast. Das war eine Ausnahme«, versicherte er eilig. »Es soll nicht wieder vorkommen.«

»Mir fällt ein Stein vom Herzen.« Rosalie nahm seine Erklärung und seine feste Umarmung nur zu gerne an.

Ein Stück weiter warteten Josef und Jeremias. »Dass ihr nicht mal bis zum Ehebett warten könnt«, feixten sie.

»Ihr neidet mir bloß meine hübsche Braut!«, entgegnete Romar fröhlich, woraufhin Rosalie wilde Luftküsse von beiden Brüdern empfing.

»Wo er recht hat …«

Sie lachte mit den Männern. Alles war gut. Sie war glücklich.

Hoch über ihnen zog ein Adler seine Kreise. Seine langgezogenen Rufe galten wahrscheinlich seinen Fressfeinden. Dem aufmerksamen Beobachter klangen sie dennoch wie eine Warnung.

8

Haberatshofen

Noch ehe Haberatshofen sich aus dem Dickicht der Wälder schälte, entdeckte Rosalie eine Frau. Sie hockte auf blanker Erde, den abgebrochenen Ast einer Birke in der Hand. Mit groben Bewegungen zeichnete sie Kreise auf den Boden und hatte damit einen dicken Wurm aus friedlichem Schlummer im Erdreich geweckt.

Als die kleine Hochzeitsgesellschaft herankam, sprang die Frau auf und stand ein wenig gebückt. Verteidigungshaltung. Genau wie die Pferde legte sie die Ohren wachsam an; so schien es. Sie war klein und füllig, mit feinem rotblondem Haar, einem runden Gesicht und auffallend zierlichen, geradezu winzigen Ohren. Ein rötlicher Ausschlag überzog Nase und Stirn, der an vielen Stellen blutig gekratzt oder frisch verschorft war.

»Monika.« Romar sprach sanft zu der Frau. Seine angenehm dunkle Stimme wurde noch tiefer. Ein beruhigendes, gutmütiges Brummen. »Da sind wir. Und bringen Rosalie mit.«

Die Frau – Monika – stierte Rosalie an und sagte kein Wort. Rosalie erstarrte unter dem eindringlichen Blick, Arme und Beine fühlten sich an wie taub. Diese erste Begegnung verlief nicht gut.

Endlich setzte Monika sich wieder auf den Boden, und Rosalie meinte, die Männer kollektiv aufatmen zu hören. Doch statt weiter Kreise zu zeichnen, schlug die kleine Frau sich mit dem Birkenstecken auf die ausgestreckte Hand. Gleich darauf warf sie das Holz mit Schwung fort und hämmerte sich mit geballten Fäusten gegen die Schläfen. Josef und Jeremias stürzten zu ihr.

Monika fing an zu schreien.

»Komm mit.« Romar fasste Rosalie entschieden beim Arm und führte sie weg.

»Was ist mit ihr?« Als sie die Schreie hinter sich ließen, spürte Rosalie ihr eigenes Zittern. Es wollte nicht mehr aufhören.

»Sie ist nicht gefährlich«, sagte Romar. »Du brauchst keine Furcht zu haben.«

»Ich brauche mich nicht zu fürchten?« Rosalie sah ihren frisch Angetrauten verständnislos an. »Monika hat sich *vor mir* erschrocken, und du sagst, *ich* solle keine Angst haben?«

»Nein.« Romars Augen waren ein wenig zusammengekniffen, die Falten auf der Stirn wurden tiefer. »Es liegt nicht an dir. Das darfst du nicht denken. Ich habe dir von Monika und Robs erzählt, weißt du das noch? Auf Unbekanntes reagieren sie manchmal … so wie eben.«

Er hätte mich warnen können, dachte Rosalie, ohne den Gedanken auszusprechen, denn inzwischen hatten sie die Dorfgrenze erreicht. Der Wind frischte auf und jagte die Wolken am Himmel schneller dahin. Die Häuser, acht an der Zahl, badeten in einem Wechselspiel aus Licht und Schatten. In ihrer Mitte stand ein gemauerter Brunnen, und hoch daran befestigt hing ein Klangspiel, das wehklagende Töne schlug.

So sah Rosalie das Dorf zum ersten Mal, und ihr war, als beträte sie heiligen Boden.

»Willkommen.« Der Mann wirkte alt und mager und war von einem Buckel entstellt. Dennoch scharten sich die eilends herbeigelaufenen Haberatshofener wie eine Person hinter ihm. Der Alte kam heran, so schnell es seine Gebrechen erlaubten, während die übrigen Dorfbewohner abwartend stehen blieben. »Willkommen bei uns, liebes Mädchen.« Der Greis gab Rosalie die Hand. »Ich bin Willem, der Dorfälteste.« Sein Händedruck war schlaff, als hätte er alle Kraft auf einer langen Lebensreise aufgezehrt und irgendwann verloren. Ohne ihre Hand loszulassen, hielt er sie ein wenig auf Abstand und betrachtete sie eindringlich. Rosalie spürte das Zittern in ihren Körper zurückkehren. Es fühlte sich an wie eine Prüfung. Eine Prüfung, die sie anscheinend bestand, denn Willems Augen wurden feucht, und er drückte Rosalie herzlich an seine magere Brust. »Verzeih einem alten Mann, der von seinen Gefühlen überwältigt wird.« Er sprach so dicht an ihrem Ohr, dass sein schlohweißer Bart, lang und geflochten, sie kitzelte. »Du machst dir keine Vorstellung, wie sehr wir alle uns für Romar freuen. Wahrscheinlich hat keiner von uns in der letzten Nacht ein Auge zugetan, so gespannt waren wir darauf, dich kennenzulernen.«

Rosalie gewahrte Romars Hand, die ihr aufmunternd (oder auffordernd?) den Rücken klopfte, und drückte das Kreuz durch. Es war eine neue Erfahrung für sie, von einem wildfremden Menschen in den Arm genommen zu werden. Und Rosalie war nicht minder gerührt als der Alte. »Ich freue mich, endlich hier bei euch zu sein.«

Willem nickte freundlich und zugleich huldvoll wie ein alter König, der die neue Untertanin seinem Volk zuführt. »Darf ich dir vorstellen, meine Frau Ava.« Er winkte einem hutzligen Weiblein, das langsam herbeihumpelte. Rosalie entdeckte den Klumpfuß, von Avas Rock verborgen, erst auf den zweiten Blick. Er schleifte so nutzlos hinter ihr wie ein morsches Stück Holz, schien gar nicht recht zu ihr zu gehören. Dabei musste der verformte Fuß seit Jahrzehnten Teil des greisen Körpers sein.

Ava küsste Rosalie auf beide Wangen. »Die Frau, die unseren Romar glücklich machen wird. Sei willkommen. Wir freuen uns so sehr, dich bei uns zu haben.«

»Habt vielen Dank für die freundliche Aufnahme.« Rosalie fühlte sich ein wenig schwindelig von solcherlei Herzenswärme. Die Vorstellung zuckte ihr durch den Kopf, sich wie ein Kind an die großmütterliche Alte zu schmiegen. Schon nahm Ava sie ihrerseits fest in die Arme. »Du siehst verloren aus, liebes Kind.« Die Worte der Alten waren einzig und allein für Rosalie bestimmt. »Doch das bist du jetzt nicht mehr.«

»Danke«, flüsterte Rosalie. Während sie in Willem trotz seiner Herzlichkeit auch den stählernen Kern zu erkennen glaubte, den es sicherlich brauchte, ein Dorf zu führen, sah sie in seiner Frau Ava lebenskluge Wärme und Freundlichkeit. »Habt vielen Dank«, sagte sie erneut. Die Greisin tätschelte ihr die Hand, und die Worte und die Nähe taten ihr so wohl, wie sie es zuletzt im Zusammensein mit Agnes erlebt hatte. Es mochten nur Worte, es mochten nur Gesten sein, doch sie rührten in einer Weise an Rosalie, die den Tag heller und die Sonne wärmer machte.

Plötzlich lachte Ava hell auf. »Komm schon her, Mädchen, ehe du vor Neugierde platzt.«

Augenblicklich löste sich eine junge Frau von der wartenden Gruppe und stürmte, übermütig wie ein aus dem Stall entlassenes Füllen, herbei.

Im ersten Moment erschrak Rosalie. Romars tiefblaue Augen blickten sie aus dem fremden Gesicht an. Als hätte man eine Kopie von ihm angefertigt, waren die Züge nahezu identisch. Die Wangenknochen, die Form des Kopfes und die der Augen, selbst der Schwung der Brauen. Nur wirkte das Antlitz der Frau sehr viel weicher, wie von zartem Schmelz überzogen. Auch das lange Haar erkannte Rosalie wieder, es war genau wie seines … Sie ächzte leise vor Verblüffung. So also sähe es aus, dürfte es ihm fest und lockig bis auf den Rücken wachsen.

»Ich bin Sara.« Die Frau war auf seltsame Weise lebendiger als andere Menschen. Lebhaft von Kopf bis Fuß, von schier unerschöpflicher Energie. Und wunderschön. Der schmale Körperbau, der Romar mager und ein wenig schlaksig aussehen ließ, kam bei ihr grazil und anmutig zur Geltung. Keine Spur von der nachdenklichen Zurückhaltung, die in Romars Antlitz lauerte. Nur funkensprühende Lebenslust. »Romars Cousine. Und jetzt auch deine. Ich freue mich so.« Damit fiel sie ihr um den Hals. Dieser erste Eindruck von der neuen Verwandten sollte sich in Rosalie festsetzen.

Nach Willem, Ava und Sara blieben die übrigen Dorfbewohner merkwürdig blass. Romar stellte einige seiner Frau vor: Kunz und Riele, Endres, Zacha und Wila. Theodor und die hochschwangere Judith. Rosalie selbst hinzugerechnet lebten im Dorf etwa zwei Dutzend Seelen. Sie konnte sich die Namen und Gesichter nicht gleich alle behalten.

Die Haberatshofener waren unglaublich nett zu Rosalie. So nett und so interessiert, dass Willem sich schlussendlich zum Eingreifen gezwungen sah. »Für das Erste ist es genug, meint ihr nicht auch? Lasst die Frischvermählten jetzt in Ruhe. Rosalie braucht Zeit, sich bei uns einzufinden, und Romar will ihr sicher ihr neues Heim zeigen. Ungestört«, fügte er hinzu, als einige Dorfbewohner sich anschickten, in Richtung eines Hofes zu eilen, der vermutlich Romars Hof war.

»Das Haus zeigen«, zwinkerte Sara und stupste Rosalie leicht in die Seite. »Wohl eher das Bett.«

Tief errötet folgte Rosalie ihrem frisch angetrauten Ehemann. Das Bauernhaus, in dem er lebte, war ein zweigeschossiger, bretterverkleideter Holzbau, an dem wilder Wein bis unter das Dach kletterte. An mehreren Stellen glitzerten silbrige Schneckenspuren auf dem Holz. Es gab ein schmales, schindelgedecktes Klohäuschen, in das ein breiterer Mann als Romar nur schwerlich hineingepasst hätte. Im Gemüsegarten gediehen Kohl, Salat und Rüben neben Lavendel und Thymian.

»Was ist das?« Über der holzwurmzerfressenen Haustür war ein Kräuterbüschel befestigt, das Rosalie unangenehm an die duftenden Beutelchen auf ihrem Nachttisch im Waisenhaus erinnerte.

»Das sind geweihte Kräuter.« Es waren die ersten Worte, die er zu ihr sagte, seitdem die anderen sich zurückgezogen hatten. Seine Mundwinkel hoben sich leicht. »Sara hat sie gesammelt. Wacholderbeeren, Königskerzen, Tausendgüldenkraut, Wermut … ich weiß nicht, was noch alles, aber sie tut das schon, seit sie klein war. Es soll die Hausbewohner vor Unfällen schützen.«

»Es scheint zu helfen«, lächelte Rosalie und sah bestürzt, wie Romars Gesicht sich verschloss. »Zeigst du mir das Haus?«, fragte sie schnell.

Er hielt ihr die Tür auf. »Komm herein.«

Am mächtigen Stützbalken, der mitten in der Stube stand, hingen Fuchs- und Schaffelle, die einen herben Geruch verströmten. Der Heiland im Herrgottswinkel blutete aus seinen Wundmalen und blickte mit schmerzverzerrter Miene hinunter auf die Eckbank, die reichlich Platz bot. Für eine große Familie, dachte Rosalie selig. Auf dem Tisch standen Wiesenblumen in einer glasierten Vase.

Neben der Stube lag die Küche, bestückt mit Tonkrügen und Töpfen, irdenen Schüsseln, Pfannen und Schalen. Feuerstätte und Herd, überhaupt alles in der Küche war sauber und reinlich. Gerade so, als hätte die Bäuerin das Haus eben kurz verlassen, um draußen frische Kräuter für die Mahlzeit zu schneiden.

»Ich bringe dich hinauf und lasse dich ausräumen.« Romar schulterte ihren Beutel. Er fragte nicht, wie ihr das Haus gefiel. Er berührte oder küsste sie auch nicht. Über eine enge Stiege gelangten sie unter das Dach, wo es eine geräumige und zwei kleinere Schlafkammern gab. »Komm herunter, wenn du fertig bist.«

Rosalie blieb allein in der großen, der nunmehr ehelichen Schlafkammer zurück, wo sie ihrem verhaltenen Atem lauschte und gegen ihre Verunsicherung ankämpfte, die drohend mit der Vernunft rang. Weshalb benahm Romar sich so kühl? Wenn sie ihn nicht anders kennengelernt hätte, sie wäre dem Irrtum erlegen, einen kalten und abweisenden Mann vor sich zu haben.

Am Ende beruhigte sie sich mit der Erkenntnis, dass er vermutlich ebenso aufgeregt war wie sie selbst. Man heiratete schließlich nicht alle Tage. Rosalie hängte ihr Nachthemd, ihr zweites Kleid und einige Arbeitsschürzen in den bemalten Bauernschrank, neben zwei Männerhosen und mehrere ordentlich zusammengefaltete Hemden. Die Holzfiguren, den Bock und die Ziege, stellte sie auf den Nachttisch, ehe sie Papier und Bleistifte tief unters Bett schob.

Hernach stand sie am Fenster und blickte sinnend hinaus. Um den Tiefbrunnen, den Mittelpunkt des Dorfes, gruppierten sich die Höfe, einige recht ansehnlich, andere nicht mehr als bessere Hütten. Das einzige Steinhaus stand in direkter Nachbarschaft zum großen Stall. Nur Romars Hof und ein benachbartes Holzhaus mit blühendem Rosengärtchen wurden von einem Staketenzaun umschlossen. Als wäre den übrigen Dorfbewohnern weniger daran gelegen, ihr Eigentum von dem der anderen abzugrenzen.

Versprengt um den Dorfbrunnen wuchsen mächtige Fichten, sicher hundert Jahre oder älter, hoch in den Himmel. Sie rochen würzig nach Harz und Terpentin, schränkten die freie Sicht ein und schenkten dafür das Gefühl, an diesem Ort der Nähe und Verbundenheit durchaus auch für sich sein zu können. Im Wald, etwas abseits vom Dorf, rahmten flüsternde Baumkronen ein hölzernes Kreuz. Die Kapelle.

Rosalie fuhr sich mit dem Finger über die trockenen Lippen. Am Fenster hatte sich ihre Aufregung ein wenig gelegt. Nun kehrte sie mit voller Wucht zurück und saß ihr hässlich im Nacken, als sie mit klopfendem Herzen die Treppe hinunterstieg, eine knarrende Tür auftat und die Stube betrat.

Der Tisch war zum Abendbrot gedeckt. Es gab Käse, Brot und Schinken, dazu zwei Krüge mit Dünnbier. Auf den Wiesenblumen in der Vase spann eine Spinne ihr zartes Netz. Während draußen die Dunkelheit wuchs, verbreitete die Öllampe flackerndes Licht. Im Schein der Lampe war Romars Schatten riesig.

»Sara wollte nicht, dass du an deinem ersten Abend schon Abendbrot zubereiten musst. Setz dich her.« Er saß auf einem Stuhl, in dessen Lehne sich eine Aussparung in Form eines Herzens befand. Rosalie nahm es als gutes Zeichen und rutschte zu seiner Linken auf die Eckbank, wo ein zweiter Teller stand.

Kaum hatte Rosalie Platz genommen, legte er die Hände aneinander. »Dir sei, o Gott, für Speis und Trank, für alles Gute Lob und Dank. Amen.«

»Amen.« Rosalies Hand mit dem Ehering, schwer wie eine Fessel, sank nach dem Gebet auf den Tisch. Sie hoffte auf eine Berührung oder doch wenigstens ein Lächeln.

»Ich habe einen bärigen Hunger. Guten Appetit.« Er griff weder nach ihrer Hand, noch legte er seine darauf. Als wäre sie für ihn eine Fremde, ein zufälliger Gast, den das Schicksal ihm über die Schwelle gespült hatte.

So leicht es Rosalie seit jenem ersten Tag im Wald gefallen war, mit Romar zu sprechen, so schwer fiel es ihr jetzt. Fieberhaft suchte sie nach einem Thema, mit dem ein Gespräch in Gang zu bringen wäre. Wissend, dass der Tag mehr als genug Gesprächsstoff geboten hatte. Dennoch war ihr Kopf so leer, als hätte ihn jemand auf dem Waschbrett gründlich durchgeschrubbt. »Mir ist etwas aufgefallen«, stieß sie schließlich hervor. »Du hast mir erzählt, Robs und Monika sähen ganz normal aus. Robs habe ich bisher nicht getroffen, aber …«

»Aber was?« Seine gerunzelten Brauen waren alles andere als eine Aufforderung, munter weiterzusprechen. So grimmig, wie er sie anblickte, machte er ihr fast Angst.

»Ich finde nicht, dass Monika normal aussieht. Sie ist ja viel kleiner, als erwachsene Frauen es sonst sind, und ihre Ohren sind winzig. Ich habe noch nie so winzige Ohren gesehen.«

»Monika sieht so normal aus, wie du und ich normal aussehen.« Romar sprach den Satz langsam und deutlich, ehe er sich mit dem Handrücken den Mund abwischte. »Gerade du solltest das wissen.«

»Ich wollte damit nicht …« Rosalie hatte ihn nur ins Gespräch ziehen wollen. Kläglich gescheitert beeilte sie sich, ihm zu versichern: »Bestimmt ist sie furchtbar liebenswert.«

»So.« Mehr sagte er nicht.

»Magst du nicht mehr mit mir reden? Was hast du nur, Romar? Letzte Nacht, als du zu mir ins Waisenhaus gekommen …«

»Beim Essen isst man, oder nicht?«, raunzte er.

»Ich will bloß wissen, weshalb …«

»Halt den Mund, Rosalie!«

Für den Rest der Mahlzeit sprach sie kein Wort mehr.

Hinterher saß Romar stumm da und sah ihr zu, wie sie das Essen abtrug. In der ordentlichen Küche fand Rosalie sich schnell zurecht. Trotzdem ließ sie sich Zeit und trödelte herum, trocknete mehrfach das Geschirr, bis er im Türrahmen stand.

»Lass uns zu Bett gehen.« Mit keiner Regung zeigte er, dass sie nicht schon Hunderte Male zuvor nebeneinander im Bett gelegen hatten.

Als Rosalie hinter ihrem Mann die Stiege erklomm, wünschte sie wiederum, er nähme ihre Hand. Sie war hier, in Romars Dorf. In seinem Haus. Als seine Frau. Und doch, etwas war völlig verkehrt.

Auf der Kommode im Schlafzimmer stand ein Krug mit Wasser. Romar nahm sich davon, wusch sich Hände und Gesicht. Danach zog er sich aus, hängte seine Kleider über das Bettende und legte sich nieder. All das geschah schweigend. Er blickte seine Frau nicht ein einziges Mal an.

»Was habe ich falsch gemacht, Romar?« Ihre Wangen brannten vor Verlegenheit. Er war der erste Mann, der sie geküsst hatte. Den sie geküsst hatte. Nun, da sie mit ihm zu Bett gehen würde, hatte sie sich anderes erwartet und erhofft. Geflüsterte Liebesworte und zärtliche Berührungen, die ihr die Angst nehmen würden.

»Du hast nichts falsch gemacht«, sagte er endlich. Wie er im Bett saß und auf sie wartete, fiel seine Maske, und sein Gesicht zeigte eine karge Landschaft aus Qual, Zorn und Wut.

»Was ist es dann?« Um die Tränen zurückzuhalten, die mit aller Macht fließen wollten, biss Rosalie sich in die Zunge, saugte das Fleisch ihrer Unterlippe an und biss auch darauf. Da ging ein Ruck durch Romars Körper, er stand vom Bett auf und trat zu seiner Frau.

Wo die Sonne nicht hinkam, war seine Haut blass. Seine Brust war dunkel behaart, ein feiner Haarstreifen zog sich auch über Bauch und Nabel. Ohne Kleider wirkten seine Schultern noch schmaler, obwohl Rosalie die sehnigen Muskeln an seinen Oberarmen sehen konnte. Seine Halsschlagader pochte.

»Es tut mir leid. So sollte es zwischen uns nicht sein.« Nackt wie er war, hob er Rosalie auf die Arme und trug sie zum Bett. Die Mühelosigkeit, mit der er sie hielt, ließ sie begreifen: Er war viel stärker, als er aussah. Wortlos half Romar ihr beim Auskleiden. Ihre Haut war eine Unendlichkeit heller als seine, und sie erschauderte, als er sie an sich presste.

»Meine Frau.« Er küsste sie rau. Ihren Hals, ihre Schultern, ihre Brüste. »Öffne die Beine.« Seine Augen waren tief und dunkel, als er sich auf sie schob.

Es tat weh. Rosalie stöhnte und musste an sich halten, ihn nicht fortzustoßen.

Hinterher streichelte er ihr Gesicht. So andächtig, als sei sie eine Heil bringende Ikone oder mindestens ein wundertätiger Glücksbringer. Draußen im Wald schrie ein Käuzchen, das Fauchen kämpfender Tiere war zu hören. Geräusche, an die Rosalie sich erst würde gewöhnen müssen.

»Ich will deine Frau sein.« Obwohl ihr Unterleib brannte und sein Verhalten sie verletzt hatte, war jedes Wort genau so gemeint. »Bitte, Romar, verschließe dich nicht vor mir.«

Da bettete er den Kopf auf ihre schneeweiße Brust und wurde von heftigem Schluchzen geschüttelt.

Im Morgengrauen ließ Romar seine Frau im Bett zurück und machte sich auf in den Wald. Sie war schlaftrunken, als er von Viehtränken, Weidezäunen und Holzfällarbeiten sprach. Arbeiten, die er Tag für Tag verrichtete, zusammen mit Josef, Jeremias und Endres. Kein Wort zu seinem Verhalten und seinen Tränen am Vorabend. »Mach dich mit dem Dorf und den Menschen bekannt«, sagte er. »Du brauchst nicht zurückhaltend zu sein. Alle haben sich dein Hiersein gewünscht.«

»Wann kommst du zurück?«

»Spät. Frag Sara, was du wissen willst. Sie brennt darauf, dir zu helfen.«

Er behielt recht. Rosalie war kaum in ihren Kleidern, als es unten nachdrücklich an der Tür klopfte.

»Ich zeige dir alles«, lächelte Sara und hakte sich bei Rosalie unter. Verdattert über solche Nähe ließ sie sich von ihrer angeheirateten Cousine über die Schwelle ziehen. »Wir fangen bei eurem direkten Nachbarn an. Tono, dem Einsamen.«

»Dem Einsamen?«

»Ach.« Sara winkte ab. »Wir sagen das so dahin. Er lebt ganz allein, das tut sonst niemand im Dorf. Daher rührt der Name. Schau, das ist sein Häuschen. Er hat es ohne Hilfe gebaut, dabei wären wir ihm gerne zur Hand gegangen. Ein Einzelgänger eben.« Es hörte sich nicht so an, als ob sie das guthieße.

Tonos kleines Häuschen war wie Romars Hof von außen mit Brettern verkleidet. Im Gärtchen blühten mehr Rosen, als Rosalie je an einem Fleck gesehen hatte.

»Er liebt Rosen«, erklärte Sara. »Mehr als Gemüse, Salat und Kräuter. Willem sieht es nicht gerne, wenn Nutzfläche auf diese Weise brachliegt, aber Tono besteht darauf. Hübsch anzusehen sind sie ja wirklich.« Sara lehnte sich gegen den Staketenzaun und beäugte Rosalie verschmitzt. »Du bist auch hübsch anzusehen, Cousine. Ich kann verstehen, weshalb Romar sich in dich verschossen hat.«

»Ich …«

»Brauchst nicht rot zu werden. Komm, gehen wir hinein und sagen Tono guten Tag, damit du aus der Sonne kommst.«

»Aus der Sonne?«

»Romar hat mir berichtet, du müsstest mit deiner hellen Haut besonders vorsichtig sein. Verzieh nicht das Gesicht. Als deine Cousine ist es meine Pflicht, auf dich aufzupassen.«

Tono, der Einsame, war ein großer Mann mit buschigen Augenbrauen und müdem Gesicht. Von seiner Oberlippe bis zur Nase verlief eine offene Hasenscharte. Wenn er sprach, schien die Missbildung ein Eigenleben zu führen und wollte sich so gar nicht in seine freundliche Mimik einfügen. Er begrüßte Rosalie höflich und bot ihnen von seiner Morgensuppe an, sprach darüber hinaus aber nicht viel. Im Grunde bestritt Sara die Unterhaltung allein.

»Lebt Tono so zurückgezogen, weil er aussieht, wie er aussieht?«, fragte Rosalie nach dem Besuch.

»Nein.« Entschieden schüttelte Sara den Kopf. »Wenn du ihn früher gekannt hättest, wüsstest du, dass die Hasenscharte ganz sicher nicht der Grund ist, weshalb er heute lieber mit den Rosen spricht.«

Auf dem Dorfplatz malte Monika wieder Kreise in den Sand, ohne sich um die beiden Frauen zu kümmern. Anders Robs, ihr Bruder, den Rosalie am Vortag noch nicht kennengelernt hatte. Hüpfend kam er angetollt, kniff Sara in die Nase und streichelte Rosalie den Kopf. Dabei sah er aus und roch, als hätte er sich in Schweinemist gewälzt.

»Du bist ja ein Lieber.«

Robs strahlte über das pausbackige Gesicht. Wie Monika war er klein und rund, mit dicken Fingern und Dreck bis tief unter den Nagelrändern.

»Rosalie, liebes Mädchen!« Die alte Ava näherte sich mit geblümtem Kopftuch und geschürztem Überrock, darin Getreidekörner und Salat für die Hühner, die geschäftig durchs Dorf gackerten. »Ich sehe, Sara hat dich schon unter ihre Fittiche genommen. Gut so, freundet euch an.«

»Das werden wir«, lächelte Sara. »Oder vielleicht haben wir es schon.« Sie lehnte sich leicht und vertrauensvoll gegen Rosalie.

»Verzeih einer alten Frau die Frage, Rosalie.« Ava senkte die Stimme. »Ich bin diejenige im Dorf, die Krankheiten und Gebrechen behandelt und die Kinder zur Welt bringt. Wenn du so willst, bin ich auch zuständig für jene Frauendinge, über die man nicht so gerne spricht. Sag mir, war letzte Nacht alles in Ordnung zwischen euch?«

»Sie ist neugierig, ob ihr richtig Mann und Frau geworden seid«, kicherte Sara. »Selbstverständlich sind sie das, mein Cousin ist doch ganz vernarrt in Rosalie.«

»Ich möchte sie nur wissen lassen, dass sie mit Fragen zu mir kommen kann. Egal, mit welchen«, entgegnete Ava würdevoll. »Aber jetzt ist gut, ihr Mädchen. Lasst euch von mir nicht aufhalten.«

»Tun wir nicht.« Sara schaffte das Kunststück, der alten Frau liebenswürdig und frech zugleich ins Gesicht zu grinsen. Sie hängte sich wieder bei Rosalie ein und zog sie mit sich.

»Warte.« Rosalie löste sich von Sara, etwas zu heftig vielleicht, denn die junge Frau blieb abrupt stehen.

»Was ist?«

»Ich hätte eine Frage. An dich, nicht an Ava.«

»Frag ruhig.«

»Du kennst doch Romar, seit ihr klein wart?«

»Seit ich denken kann.«

»Die letzte Nacht, unsere Hochzeitsnacht …«

»Was ist damit, Rosalie? Hattest du Schmerzen? Oder hast sie noch?« Saras Augen verengten sich. Sie war auf der Stelle besorgt. »Du musst es mir unbedingt sagen, damit ich dir helfen kann.«

»Ich habe keine Schmerzen, und darum geht es mir gar nicht. Was ich wissen will …« Rosalie suchte nach den richtigen Worten, ihr Gefühl zu umschreiben. »Es ist so: Romar wusste genau, was er tat. Obwohl ihr so zurückgezogen lebt, bin ich nicht die erste Frau, die er sich ins Bett geholt hat, oder?«

»Nein.« Sie sagte es schlicht und machte keinen Versuch, ihren Cousin zu verteidigen. Ohne die lebhafte Mimik und den sprühenden Glanz ihrer Augen sah sie nicht mehr so beängstigend schön aus. Rosalie erkannte, was sie war: eine ganz normale Frau. Eine sehr traurige.

9

Totgeburt

Am Tag nach Rosalies Ankunft im Dorf ließen die Haberatshofener ihre Arbeit bereits am Nachmittag ruhen und feierten ein Fest zu ihren Ehren. Bänke und Tische wurden aus den Häusern getragen und rund um den Brunnen aufgestellt; frisches Brot kam auf den Tisch und gefüllte Hühner. Jeder einzelne Dorfbewohner (zumindest glaubte sie das zu dem Zeitpunkt) hieß Rosalie noch einmal persönlich im Dorf willkommen, jeder einzelne nahm sie in die Arme, während Romar praktisch nicht von ihrer Seite wich. Bei Einbruch der Dunkelheit zündeten Josef und Jeremias Fackeln an und steckten sie in die Erde. Mit vollgeschlagenen Bäuchen fingen die Haberatshofener an zu singen.

Ein Lied in Ehren,
wer will's verwehren?
Singt's Vöglein nicht im Blütenkranz
und Engel nicht im Sternenglanz?
Ein guter froher Mut,
ein frisches leichtes Blut,
geht über Geld und Gut.

Rosalie fand alles ganz wunderbar. Erst am späten Abend ging das Fest zu Ende, und ihr war bewusst geworden, dass sich ihr Leben grundlegend verändert hatte. Rosalie war nicht länger eine Außenseiterin. Sie gehörte dazu.

Nach dem Fest, Romar war längst eingeschlafen, stand sie noch einmal auf und holte ihren Zeichenblock hervor. Sie war so zum Bersten angefüllt mit Glück, es musste hinaus. Wie im Rausch entstand ein Bild, das den Dorfbrunnen zeigte und die Haberatshofener, die sich an den Händen fassten und ausgelassen rundherum tanzten. Willem und Ava saßen mit Judith am Rand und klatschten begeistert für die Tänzer. Romars Gesicht sah gelöst aus, Saras Haare flogen wie wild, und zwischen ihnen blitzte das selige Lächeln einer blassen, jungen Frau.

Drei Wochen später war Rosalie in ihrem neuen Leben angekommen. In einem anderen, einem wunderbaren Leben. Es gab niemanden, der sie unfreundlich oder feindselig beäugte. Niemanden, der hinter ihrem Rücken über ihre weiße Haut oder ihre glühenden Augen tuschelte. Die Haberatshofener nahmen Rosalies Andersartigkeit mit der gleichen unaufgeregten Selbstverständlichkeit hin, mit der sie auch Robs' und Monikas Beschränktheit, Tonos Hasenscharte oder Avas Klumpfuß schlichtweg keinen Wert beimaßen. Zu allen Gesichtern wusste Rosalie inzwischen die Namen, und wohin sie auch ging, empfing man sie mit einem freundlichen Lächeln. Ein tief empfundenes Gefühl der Zugehörigkeit ließ sie in den ersten Wochen wie auf Wolken durchs Dorf schweben.

Besonders gefiel ihr das große Steinhaus, in dem Willem und Ava zusammen mit ihren erwachsenen Kindern Robs und Monika lebten. Und natürlich mit Sara, der Unvermeidlichen, wie Rosalie sie insgeheim nannte. Nie ließ sie sich abwimmeln, immer suchte sie Rosalies Nähe. Nichtsdestoweniger hatte sie die neue Cousine liebgewonnen und eine Freundin gefunden. Die erste Freundin ihres Lebens.

Theodor – Robs' und Monikas gesunder, älterer Bruder – bewohnte mit seiner Frau Judith ein Haus am Waldrand unterhalb der Kapelle. Rosalie hatte die beiden besucht und war mit der festen Überzeugung heimgekehrt, noch nie ein so behagliches Zuhause gesehen zu haben. In jeder Ecke spürte man die Liebe, die das Ehepaar füreinander empfand, und die Mühe, die sie sich gaben. Tagsüber saß die hochschwangere Judith häufig in der Nähe des Brunnens auf einer schattigen Bank, die geschwollenen Beine lang von sich gestreckt. Jeder, der vorüberkam, blieb kurz bei der werdenden Mutter stehen, brachte ihr etwas Wasser oder einen Happen zu essen. Rosalie war gerührt von der Selbstverständlichkeit, mit der sich alle kümmerten. Sie überlegte, wie es sich anfühlen mochte, wenn der Leib kugelrund war und die Beine schwer von Wasser, während das Kind träge gegen die Bauchdecke trat.

»Ich wünsche mir viele Kinder.«

Sara stand neben ihr beim Brunnen. Beide blickten sie auf die schwangere Judith. »Darauf freue ich mich.« Für einen Augenblick legte die Cousine die Hand auf Rosalies flachen Bauch. »Glaub mir, wenn es erst so weit ist, werde ich mich wie eine Glucke um dich kümmern.«

Als hätte sie meine Gedanken gelesen, dachte Rosalie. Wie schön wäre es, genau wie Judith auf der Bank zu sitzen, von allen geliebt und umsorgt.

»Du siehst ganz verträumt aus.« Sara bohrte die Fersen in den Boden und beäugte Rosalie neugierig.

»Ich denke häufig daran. An die Kinder, die wir hoffentlich einmal haben werden.« Vor allem abends, wenn Rosalie im Schein der Öllampe nähte oder stopfte und dabei zufrieden vor sich hin summte, während draußen das Vieh unter raschelndem Blätterdach weidete. »Bloß …«

»Bloß was? Sag schon, was hast du auf dem Herzen?«

»Romar, er ist seit unserer Heirat so … anders. Anders, als ich ihn kennengelernt habe.« Eigentlich war die Veränderung mit seinem Besuch in der Nacht vor der Hochzeit einhergegangen, doch das wollte Rosalie nicht einmal Sara anvertrauen.

»Wie meinst du das?«

»Morgens zieht er mit den jüngeren Männern los in den Wald, um nach den Tieren zu sehen, die Tränken zu füllen oder Bäume zu fällen. Ich weiß ja nicht, was genau sie tun, denn er sagt mir kaum ein Wort dazu. Häufig spricht er überhaupt nicht.«

»Vielleicht ist er nach dem Aufstehen einfach griesgrämig«, beschwichtigte Sara.

»Das ist es nicht. Auch abends wirkt er häufig so, als hätte es ihm die Sprache verschlagen. Ich erkenne ihn nicht wieder. Und dann presst er mich jäh und mit solcher Heftigkeit an sich, dass ich denke, ihm liegt doch an mir.«

»Natürlich liegt ihm an dir, Dummkopf. Romar hat dich schließlich geheiratet.«

»Wahrscheinlich hast du recht.« Rosalie schämte sich für ihre Klage, denn glücklicher als in Haberatshofen war sie nie im Leben gewesen. Was tat es da, wenn ihr Mann sich ein wenig seltsam benahm?

»Wie ist es nachts?« Saras forschender Blick ruhte auf Rosalie. »Im Bett. Du wünschst dir viele Kinder – tut Romar etwas dafür?«

»Ja.« Verlegenheit rötete Rosalies blasse Wangen. Seit sie Mann und Frau geworden waren, hatte er jede Nacht bei ihr gelegen. Wahrscheinlich sollte ihr das als Bestätigung genügen. Alles war in Ordnung.

»Was ist mit dir, Sara? Willst du denn auch einmal viele Kinder?«

»Sicher.« Die Cousine nickte. »Ich warte nur auf den richtigen Mann.« Und wieder war da diese Traurigkeit.

An dem Abend holte Rosalie wiederum ihre Zeichensachen unter dem Bett hervor. Im matten Lampenschein kratzte der Bleistift über das Papier, so selbstverständlich und mühelos, als hätte sie ihr Leben lang niemals andere Dinge gezeichnet.

Das fertige Bild zeigte Rosalie und Romar vor dem sonnenbeschienenen Haus. Er hatte den linken Arm um ihre Hüfte gelegt, im rechten Arm hielt er einen Säugling. Dicht bei Rosalie standen zwei Kleinkinder auf kurzen, stämmigen Beinen und spielten Verstecken mit dem Stoff ihres Kleides.

Bei Romars Heimkehr ließ sie das Bild in den Bezug ihres Kopfkissens gleiten und nahm sich seine Einsilbigkeit weniger zu Herzen. Sie dachte an all das Gute, das Haberatshofen ihr bescherte; dachte an das wunderbare Bild mit den Kindern, das schon zum Greifen nahe schien, und war dankbar, als er sie nach der körperlichen Liebe eine Weile schweigend im Arm hielt.

Im Monat darauf, mitten in der Nacht, zerfetzten Schreie die Dunkelheit. Judith, vermutete Rosalie sogleich, die in den Wehen lag. Sie war schon im Begriff, Romar zu wecken, hielt dann aber in der Bewegung inne. Was wollte sie ihm sagen? Dass im Dorf ein Kind zur Welt kam? Vermutlich waren Ava und die anderen Frauen bei der Gebärenden. Vielleicht auch ein Arzt oder eine Hebamme. Rosalie schwang die Beine aus dem Bett.

»Wo willst du hin?« Er klang hellwach. Nicht so, als ob er noch oder schon geschlafen hätte.

»Judith bekommt ihr Kind. Ich will sehen, ob ich helfen kann.«

»Bleib hier. Frauen, die Kinder kriegen, sind Sache der alten Ava. Du wärst ihr bloß im Weg.«

»Meinst du?«

»Komm wieder ins Bett.«

»Romar?« Rosalie kroch zurück unter die warme Decke und schmiegte sich an ihren Mann. Wo er gerade einmal mit ihr sprach, wollte sie die Gunst der Stunde nicht ungenutzt verstreichen lassen. »Sag, habe ich dich verärgert?«

»Wie meinst du das?«

»Ich will dich schon lange danach fragen. Du bist so anders. Seit der Nacht vor unserer Hochzeit. Als du zu mir ins Waisenhaus gekommen bist.«

»Denk das bitte nicht. Du hast mich nicht verärgert. Ich grüble viel nach, das ist alles. Über dich … und ob du dich bei uns wohlfühlen wirst. Vielleicht bin ich deshalb mürrischer, als ich sein will.« Romar stützte sich mit den Ellbogen auf dem Bett ab und küsste ihren Hals.

»Wohler könnte ich mich gar nicht fühlen«, versicherte Rosalie, während er ihr Nachthemd hochschob und langsam in sie eindrang.

»Ich liebe dich, weißt du«, sagte er.

Hinterher, als sein Kinn auf ihrem Kopf lag und sein warmer Atem sich wie eine zärtliche Berührung auf der Haut anfühlte, hörte Rosalie ein Neugeborenes schreien. Sie lächelte. Judiths Kind war geboren.

Dann herrschte tiefe Stille im Dorf.

Am nächsten Tag verschlief Romar zum ersten Mal den Sonnenaufgang. Rosalie saß schon in der Stube am Tisch, da kam er zu ihr und küsste sie auf das schlafwirre Haar. »Ich mag es, dich morgens anzusehen. Mit müden Augen und meinem Geruch auf deiner Haut.« Lächelnd nahm er Platz, aß eine Scheibe Brot und trank ein Glas Milch.

»Wer bist du, und was hast du mit meinem Mann gemacht?«, scherzte Rosalie, und ihr Herz war ganz leicht. »Ich mag es, dich beim Frühstück bei mir zu haben.«

»Vielleicht kann ich es einrichten, in Zukunft ein wenig später aufzubrechen.« Er warf einen Blick nach draußen auf den Stand der Sonne. »Aber nicht so spät wie heute.«

»Das wäre schön.«

Ehe er ging, umarmte Romar sie fest.

Als Rosalie sich danach für den Tag richtete, stimmte sie ein Kinderlied an, dessen Zeilen sie in Augsburg wohl oft gehört, aber niemals gesungen hatte.

Der Kuckuck und der Esel,
die hatten großen Streit,
wer wohl am besten sänge,
zur schönen Sommerzeit.

Dann machte sie sich, die Melodie noch im Ohr, auf zum Dorfplatz. Sie brannte darauf zu hören, wie es Judith und dem Neugeborenen ging. Der Himmel über dem Dorf zog sich zu. Unter der Wolkendecke blieb es warm und dämpfig. Vor der herbstroten Färbung des wilden Weins verschloss sie fest die Augen, wünschte sie doch, der Sommer – der verzauberte Sommer, der ihr Leben so grundlegend verändert hatte – möge niemals enden.

Der Dorfplatz war wie leergefegt. Kein Tono, der seine Fallen vorbereitete, in denen er Wiesel, Hasen und manchmal einen Dachs fing. Keine Ava, die mit Robs und Monika die Hühner fütterte, und auch nicht Riele, Zacha und Wila, eine Mutter mit ihren beiden Töchtern, die für alle im Dorf das Brot buken. Selbst Sara, die Unvermeidliche, war nicht zu sehen.

Rosalie setzte sich auf die Bank und wartete. Eine Ameise krabbelte ihr über die Hand. Haberatshofen blieb still und ausgestorben. Kein Mensch ließ sich blicken. Nach einer Weile machte sie sich auf den Weg zum Steinhaus, um nach Sara zu fragen. Das hätte sie niemals gewagt, wenn sie sich im Dorf nicht willkommen und von allen gemocht gefühlt hätte.

Dennoch fiel ihr Klopfen zaghaft aus. Willem öffnete die Tür. Sein langer Bart war abgeschnitten, so kurz, dass er ihn unmöglich noch flechten konnte, das bemerkte sie zuerst. Sein vergilbtes Faltengesicht hätte nicht zerstörter aussehen können, hätte ihm jemand mit der Faust mitten hineingeschlagen.

»Rosalie.« Willem nickte knapp. »Hast du es gehört?«

Sie schüttelte den Kopf. »Was ist geschehen?«

»Wir mussten heute Nacht Judiths und Theodors Kind beerdigen. Unseren Enkelsohn. Die Leute bleiben aus Trauer in ihren Häusern.«

»Beerdigen?« Rosalie verstand nicht. »Aber ich habe das Kind in der Nacht schreien hören.«

»Es hat nicht geschrien«, unterbrach der Alte bitter. »Es war eine Totgeburt, Rosalie. Bitte entschuldige mich jetzt.«

Rosalie taumelte benommen von der Tür zurück. Ein solches Unglück in der kleinen Welt, die sie so inbrünstig zu lieben begonnen hatte. Ein totes Kind. Ein Kind, über dessen erste Schreie sie in der letzten Nacht noch gelächelt hatte. Konnte das Einbildung gewesen sein?

War Romar in den Wald gegangen, ohne die Schreckensnachricht gehört zu haben? Rosalie wünschte ihn sich herbei. Oder wenigstens Sara, ihre Freundin, um einander Trost zuzusprechen.

Weiterhin zeigte sich keine menschliche Seele, da tappte Rosalie, wie von fremder Hand gezogen, zu Judiths und Theodors Haus. Niemand sah sie kommen und ans Fenster treten. Drinnen brannte noch immer die Öllampe der vergangenen Nacht. Judith kauerte auf dem blank gefegten Holzboden und liebkoste mit den Händen eine kleine Decke. Zärtlich drückte sie den Wollstoff an ihr Gesicht. Sie weinte nicht, doch ihre

Augen sahen aus wie tot. Theodor kam die Stiege herunter und sprach sie an. Rosalie konnte von seinen Lippen lesen, was er sagte: »Gib her.«

Judith reagierte nicht.

»Hat ja keinen Sinn.« Gewaltsam nahm er ihr die Decke fort.

Erst da blickte Judith ihn an, und wiederum verfolgte Rosalie die Lippenbewegungen. Doch auch sonst hätte sie keine Schwierigkeiten gehabt, die Worte zu verstehen, denn Judith kreischte sie ihrem Mann ins Gesicht, so laut, dass vermutlich jeder im Dorf sie hörte: »Ich hasse euch!« An ihren Wangen und ihren Händen, überall dort, wo die Decke gelegen hatte, klebte Blut.

Rosalie flüchtete zurück in die eigene Stube, wo sie den ganzen Tag am Fenster saß. Ihr Blick so leer wie der Dorfplatz. Noch nie, seit sie nach Haberatshofen gekommen war, hatte sie Romars Heimkehr derart herbeigesehnt.

Er kam mit Einbruch der Nacht. Aufgelöst sank sie ihm in die Arme.

»Judiths Kind.«

»Ich weiß.« Er hielt sie fest, und Rosalie verlor sich im Trost seiner Gegenwart.

»Es hat geschrien, nicht wahr? Wir haben es letzte Nacht gehört. Willem behauptet, es sei tot zur Welt gekommen, aber das stimmt nicht. Weshalb lügt er?«

»Rosalie.« Romar nahm ihr Gesicht in seine Hände. »Willem hat sich aus Trauer seinen Bart abgeschnitten. Er lügt nicht. Das Kind war schon tot«, sagte er eindringlich. »Ich habe es nicht schreien hören – und du auch nicht.«

»Wenn du das behauptest, lügst du genauso!« Rosalie war außer sich. Das Bild der verzweifelten Judith stand ihr vor Augen.

»Du wünschst dir sicher, es wäre so gewesen«, versuchte Romar sie zu beschwichtigen.

Rosalie brauchte Luft. Sie stürzte zur Tür hinaus, wo sie zwischen Kohl und Rüben stehen blieb und nichts weiter wusste, als dass sie die Schreie eines Neugeborenen gehört – oder sich eingebildet hatte?

Die Dämmerung draußen wirkte bedrohlich. Diffus und ungreifbar, mit einsamen Vögeln, die hoch über den Wipfeln kreisten, und schwindendem Licht, das alles Leben einsaugte und Rosalie die Haare zu Berge stehen ließ. Ihre Zehen wurden kalt, und ihre Finger, ihr Nabel und die feinen Härchen darum, selbst die Haarspitzen, die gar nicht frieren können, selbst die wurden kalt. Eiskalt. Totenkalt. Grabeskalt.

Das Kreischen der Raubvögel schwebte über dem Dorf, während die Menschen in ihren Häusern zu Abend aßen und über Judiths und Theodors totgeborenes Kind sprachen. Alles sah normal aus, so normal es an einem solchen Tag sein konnte. So sah es aus, und dabei zog und zerrte es an Rosalie, zerrte an ihren Eingeweiden und ihrem Verstand und vor allem an ihrem Herzen. Es fühlte sich an, wie mit Igelstacheln gespickt. Wie mit Flechtschnur umwickelt und zusammengezurrt, bis das Herz platzt und nur so spritzt und fetzt, in alle Richtungen.

*

Er nahm die Wolken als böses Omen. Die Wolken, die sich seit dem Vormittag zu finsteren Knäuel dräuten und es doch nicht regnen ließen. Rosalie kam erst viel später ins Haus zurück und vertiefte sich in eine Zeichnung. Er warf einen Blick auf das Bild und erkannte die Haberatshofener Kapelle. Dicht bei der Tür war eine kleine Grube ausgehoben worden, daneben ein kaum nennenswerter Erdhaufen aufgeschüttet. Ein winziges, frisch geschaufeltes Grab.

Er wartete, bis sie eingeschlafen war, zornige Tränen in den Augenwinkeln, dann zog er sich aus und wusch sich. Sein Rücken schmerzte von der harten Arbeit im Holz. Er war allein im Wald gewesen und nicht wie die anderen Männer im Dorf geblieben. Nicht im Dorf, wo die schlimme Sache mit dem Neugeborenen geschehen war. Stattdessen hatte er Holz zersägt, Scheite gehackt und sich irgendwann zur Lichtung aufgemacht, um seine innere Unruhe niederzuringen. Obwohl redlich müde, war an Schlaf nicht zu denken. Romar betrachtete die träumende Rosalie, und alle Höllenteufel aufeinander hätten nicht schlimmer sein können als diese Qual.

Er hätte ihnen nicht von ihr berichten und nach der ersten Begegnung schon gar nicht ein weiteres Mal ins Waisenhaus gehen dürfen. Das wusste er inzwischen. Denn seither war ihm jeder Weg zurück versperrt.

Schon vor Rosalie hatte er viele Male über das nachgedacht, was sie von ihm verlangten. Und schon vorher war es ihm schwer, wenn nicht gar unmöglich erschienen. Lämmer und Löwen, darum ging es hier. Und Romar wollte weder noch sein.

Natürlich musste er Opfer bringen. Musste er leiden. Wie Matäus gelitten hatte. Er anerkannte, dass Josef und Jeremias vor seiner Hochzeit mit ihm gekämpft hatten, um ihn vom Besuch bei Rosalie abzuhalten. Es war verständlich. Die Brüder waren seine Bundesgenossen und wollten sein Bestes. Sie litten, wie er litt, und gleich ihm haderten sie mit ihrem Schicksal. Doch im Gegensatz zu Romar liebten sie nicht.

Dieser Tage ist es wieder geschehen. Grauenvoll, einfach grauenvoll. Die Regionalzeitungen brachten es als Titelgeschichte. Und selbst die überregionalen Zeitungen berichteten ausführlich über den Unfall.

Eine junge Familie. Vater, Mutter, ein halbwüchsiger Junge und zwei kleine Töchter. Sie waren auf der Heimfahrt von Verwandten. Der Vater saß am Steuer, das Navigationssystem zeigte die kürzeste Strecke – den Weg durch den Sachsenrieder Forst.

Niemand unternimmt etwas. Niemand wagt es, die Dinge beim Namen zu nennen.

Das jüngste Kind liegt in der Unfallklinik Murnau. Als es zum Unfallgeschehen befragt wurde, sprach es von plötzlich aufsteigendem Nebel. Von einer Frau auf der Straße, vom Vater, der ausweichen wollte. Das Mädchen ist verstört, sagen die Fachleute. Verständlich im Angesicht des tragischen Unglücks.

Tragisch? Ja, tragisch. Und vermeidbar. Wenn die Leute endlich glauben würden, was sie nicht glauben wollen, was ihr Verstand sich weigert, in Betracht zu ziehen.

Ob das Mädchen schon begreift, dass sie alle tot sind? Dass es keine Eltern mehr hat, keine Schwester und keinen Bruder?

10

Herbstblätter

Drei Sträuße aus roten, ein Strauß aus weißen Rosen. Weiß für die Unschuld, rot für das Blut.

»Sie hören nie auf«, murmelte Tono, während er die Rosen band. »Sie hören nie auf.«

Er fand die frisch aufgeschüttete Erde abseits der Kapelle. Kein Kreuz für Judiths und Theodors Sohn, kein Begräbnis für Willem und Avas Enkel. Sie hielten eisern an dem Gebot fest.

Tono legte die weißen Rosen auf die letzte Ruhestätte des Säuglings und fragte sich, wie er wohl ausgesehen hatte. Seine eigene Missbildung, die Hasenscharte, stand ihm vor Augen. Er hatte sich nie daran gestört und konnte gut damit leben. Hatte es jedenfalls gekonnt, bis seine Welt gesplittert und zerbrochen war.

Er brachte auch den zweiten und dritten Strauß an seinen Bestimmungsort. Als er die letzten Rosen ablegen wollte, entdeckte er Romars junge Frau im Gemüsebeet. Mit ihrer kalkweißen Haut sah sie aus wie ein Geist, und Tono meinte ihre Verzweiflung förmlich riechen zu können. Irgendwann hatten sie ihn alle, diesen verzweifelten Gesichtsausdruck. Sie fing früh an. Meist kam er später.

Tono wartete ab, wartete lange, bis Rosalie ins Haus zurückkehrte. Es war ihm gleichgültig. Jetzt, da die Entscheidung gefallen war, hatte er Zeit.

»Sie hören nie auf.« Er legte den letzten Rosenstrauß ab und ging. Um zu tun, was getan werden musste.

*

Schreie, die wie Kreide auf einer Schiefertafel in den Ohren kreischten, weckten Rosalie und Romar. Sie war vor ihm unten, fand die roten Rosen auf der Türschwelle und hob sie auf. Draußen liefen die Menschen aus ihren Häusern. Anders sahen sie aus, noch nicht für den Tag gekleidet, mit schlafwarmen Gesichtern und müden Augen.

Rosalie schloss sich ihnen an und eilte zum Dorfplatz, der wie ein Bienenstock summte. Der Grund des Aufruhrs fand sich am Brunnen. Neben dem Klangspiel mit den wehklagenden Tönen baumelte Tono an einem Strick. Sein Gesicht war bläulich verfärbt und die Hasenscharte so zusammengefallen, dass sie kaum mehr auffiel. Der rote Strauß entglitt Rosalies Händen.

Mit Tonos Tod kam der Herbst. Was der Sommer zuvor zurückhaltend angedeutet hatte, erste Tupfen herbstgelber Färbung auf den Blättern und ein Geruch, der entfernt an Torffeuer und glänzende Kastanien erinnerte, brach sich jetzt Bahn. Mit seinem Tod kam der Nebel, kamen Marianna und Susabell.

Es war ein Sonntag, und Rosalie hörte in der Dorfkapelle Willem zu, der aus dem Buch Genesis las. Sie kannte seine Lesungen inzwischen auswendig. Seit sie im Dorf lebte, wählte er immer dieselben Textstellen. Dieses Mal (zum dritten oder vierten Mal?) war es wieder die Geschichte von Abraham in Gerar.

Abraham zog in den Negeb. Er ließ sich zwischen Kadesch und Schur nieder und hielt sich in Gerar als Fremder auf. Er behauptete von Sara, seiner Frau: Sie ist meine Schwester. Da schickte Abimelech, der König von Gerar, hin und ließ Sara holen. Nachts kam Gott zu Abimelech und sprach zu ihm im Traum: Du musst sterben wegen der Frau, die du dir genommen hast; sie ist verheiratet. Abimelech aber war ihr noch nicht nahe gekommen. Mein Herr, sagte er, willst du denn auch unschuldige Leute umbringen? Hat er mir nicht gesagt, sie sei seine Schwester? Auch sie selbst hat behauptet, er sei ihr Bruder. Mit arglosem Herzen und mit reinen Händen habe ich das getan. Da sprach Gott zu ihm im Traum: Auch ich weiß, dass du es mit arglosem Herzen getan hast. Darum habe ich nicht zugelassen, dass du sie anrührst. Jetzt aber gib die Frau dem Mann zurück, denn er ist ein Prophet. Am Morgen stand Abimelech auf, ließ Abraham rufen und stellte ihn zur Rede: Was hast du uns angetan? Womit habe ich denn gegen dich gefehlt, dass du über mich und mein Reich eine so große Sünde bringst? Abraham entgegnete: Ich sagte mir, vielleicht gibt es keine Gottesfurcht an diesem Ort, und man wird mich wegen meiner Frau umbringen. Übrigens ist sie wirklich meine Schwester. Die Tochter meines Vaters und …

Rosalie hörte nicht länger zu. Die Luft in der Kapelle war schlecht, und es gab zu wenig Platz in den Bänken. Die jüngeren Leute standen sich die Beine in den Bauch und wurden stetig unruhiger, je länger der Alte auf der Kanzel sich Zeit ließ.

»Würde mich nicht wundern, wenn wir alle irgendwann in tiefen Dornröschenschlaf fallen«, tuschelte Sara.

»Weshalb lässt Willem nicht Hochwürden Kippling kommen, um die Messe zu lesen?«, fragte Rosalie die Cousine nach der Andacht. »Oder den Schwabsoier oder Sachsenrieder Pfarrer?«

»Passt dir nicht, wie Willem die Andacht hält?«, raunzte Romar dazwischen. Nach Tonos Freitod war er liebevoll mit ihr umgegangen, hatte ihr Misstrauen wegen der vermeintlichen Säuglingsschreie zerstreut, doch in den letzten Tagen wirkte er so gereizt wie in den ersten Wochen nach ihrer Hochzeit. Mal ließ er sie kaum aus den Augen und kam am helllichten Tag aus dem Wald nach Hause, um sie fest in die Arme zu nehmen. Mal schien er ihren Anblick nicht ertragen zu können. Etwas nagte an ihm. Etwas, das ihn innerlich zerfraß.

»Ich meine nur, weil Willem kein Geistlicher ist und die Sakramente eigentlich nicht spenden …«

»Er ist der Dorfälteste.« Romar sah sie drohend an. »Das genügt den anderen, da wird es dir allemal genügen.«

Rosalie merkte, wie einige Köpfe sich zu ihnen umwandten, und ihre Gesichtszüge wurden starr, wie in Gips gegossen. Dann bebten ihre Mundwinkel, und sie brach in Tränen aus.

»Kindelchen, du musst nicht weinen.« Die alte Ava war zur Stelle, tätschelte mitfühlend Rosalies Hand und reichte ihr ein Tüchlein, um die Augen zu trocknen. »Wir haben nicht gerne Fremde im Dorf, auch keine Priester, das wollte Romar dir eigentlich sagen. Das verstehst du sicher, nicht wahr?«

Rosalie schniefte, nickte und schämte sich.

»Wenn er etwas harsch zu dir war, tut es ihm sicher leid. Was deine Tränen anbelangt – du weinst sonst nicht aus nichtigen Gründen. Wann hattest du deine letzte Blutung?«

»Vor fünfeinhalb Wochen«, antwortete Romar an ihrer Stelle, und Ava lächelte liebevoll. »Frauen in den Monaten der Schwangerschaft sind besonders empfindsam. Um es mit Sicherheit sagen zu können, müssen wir noch abwarten, aber vielleicht bist du guter Hoffnung. Wenn du möchtest, zeige ich dir morgen, wie man bei uns Marmelade einkocht. Das wird dich ablenken, und ich täte es gerne, nachdem du dich schon beim Brotbacken so geschickt angestellt hast.«

Rosalie kam nicht zu einer Erwiderung, denn Robs, der ihr Weinen wohl ebenfalls gehört hatte, schoss wie ein Pfeil herbei und warf sich an ihre Brust. Minutenlang streichelte er ihr den

Kopf, als hätte er ein junges Kätzchen vor sich. Das tat er häufiger in letzter Zeit. Seit das Baby tot zur Welt gekommen war. Seit Tono sich erhängt hatte.

Ava war eine geduldige Lehrerin. Nachdem Rosalie ihr eine Woche lang geholfen hatte, Marmelade für alle im Dorf – und vermutlich den ganzen Rest der Welt – einzukochen, reichte es ihr. Dankbar ließ sie sich von Sara in Beschlag nehmen, die bester Dinge war.

»Stell dir vor, ich war draußen beim Vieh, da haben sie gerade die lahme Kuh geschlachtet.«

»Und was daran bereitet dir solches Vergnügen?« Rosalie verstand nicht, was mit der Cousine los war.

»Na, sie haben mir Fettwammen gegeben«, freute sie sich. »Wunderbare Fettwammen, ohne Haut und Faserteile.«

»Und was machst du damit?«

»Wir. Frag lieber, was wir damit machen.« Sara boxte Rosalie spielerisch in die Seite. »Herrlich duftendes Parfum. Danach hat Romar sicher keine schlechte Laune mehr.«

Sie gingen an die Arbeit, zerschnitten die Wammen, zerquetschten sie im Mörser zu Brei und wuschen die Masse so lange aus, bis das Wasser klar blieb.

»Machst du das öfter?«

»Nicht oft. Die anderen Frauen legen keinen Wert darauf, nach Parfum zu riechen. Ich schon. Und dir wird es auch gefallen.«

Der Brei wurde erhitzt, bis er schmolz, dann gaben sie zerstoßenen Alaun und ein klein wenig Salz hinzu. Am Ende goss Sara die mehrfach aufgekochte Masse durch ein Sieb und ließ sie ziehen.

»Das macht Spaß, oder?«, lächelte Sara. »Und das trübe Wetter fast vergessen.«

»Ich habe das Gefühl, der Nebel lässt seit Tonos Tod nicht mehr nach.«

»Das ist normal für die Jahreszeit. Wir haben Herbst.«

»Trotzdem.« Über dem Dorf hing ein dichtes Nebeltuch, waberte um die Baumwipfel, und alles fühlte sich feucht und klamm an, dabei regnete es nicht. »Wer hat dir die Parfumherstellung beigebracht?«

»Gunda«, sagte Sara bloß.

»Wer ist das?«

»Tonos Frau.« Die Frage schien ihr nicht zu behagen. »Sie war seine Cousine und starb einige Jahre vor ihm.«

»Sprach er deshalb lieber mit seinen Rosen?«

»Ja. Gunda und er haben einander sehr geliebt. Nach ihrem Tod baute er das kleine Häuschen und überließ seinen Hof Theodor und Judith. Danach lebte er zurückgezogen und kam seinen Pflichten nicht nach, was einige im Dorf gegen ihn aufbrachte.«

»Was für Pflichten? Er hat die Tiere, die er in seinen Fallen fing, immer an alle verteilt.«

»Das meine ich nicht.« Sara winkte ab. »Er war der Letzte aus dem traurigen Zweig«, sagte sie schnell. »Mit ihm ist er ausgestorben.«

»Es gab keine Kinder?«

»Nein, obwohl sie sich welche wünschten, Tono und Gunda. Es sollte wohl nicht sein.« Sara schielte auf Rosalies flachen Bauch. Etwas schien ihr auf der Zunge zu liegen.

»Was wolltest du gerade sagen?«, hakte Rosalie nach.

»Wir haben im Dorf ohnehin kaum Kinder. Das wird dir aufgefallen sein.«

»Schon.« Rosalie hatte eigentlich nicht groß Notiz davon genommen. Sie war mehr von Judiths schwangerem Leib fasziniert gewesen.

»Bloß den kleinen Gabriel, Matäus' Sohn. Robs und Monika kann man nicht dazuzählen.«

»Wer ist denn Matäus?«

»Einer von uns, zumindest früher mal. Er ist weggegangen. Ich erzähle dir die Geschichte gelegentlich, wenn du möchtest.«

»Gerne. Irgendwann möchte ich über das Dorf so gut Bescheid wissen, als wäre ich hier geboren. Und was die Kinder angeht – sicher wird es bald wieder mehr geben. Meine Kinder hoffentlich, und natürlich deine, wenn du erst den richtigen Mann gefunden hast und verheiratet bist.«

Außer einem leichten Nicken schwieg Sara, was äußerst ungewöhnlich für sie war.

»Woran ist Gunda gestorben? War sie krank?«

»Sie hat sich erhängt. Am Brunnen. Lass uns weitermachen.«

Rosalie nickte. Tonos und Gundas Geschichte schlug ihr auf den Magen und ließ sie, zusammen mit dem wabernden Nebel, schwermütig werden. »Was tun wir als Nächstes?«

»Nachdem wir den trüben Bodensatz weggeschüttet haben, bleibt eine klare Flüssigkeit. Das ist die Basis«, erklärte Sara. »Der können wir hinzufügen, was wir mögen.« Sie besaß einen gewaltigen Fundus an getrockneten Kräutern und Blüten. Die beiden Frauen schnupperten, stellten zusammen und verwarfen wieder, so dass die Zeit wie im Flug verging und die trüben Gedanken verschwanden. Am Schluss bestand Rosalies Parfum aus wildem Jasmin, Rosenblättern und Thymian. Obwohl die Rosenblätter sie wieder an Tonos traurige Geschichte erinnerten, war sie sehr zufrieden.

»Für dich ist der Nebel gut«, sagte Sara aus heiterem Himmel. »Deine Augen tränen kaum, wenn die Sonne nicht scheint. Da fällt mir ein – ich habe etwas für dich.« Sie hüpfte davon und kehrte mit einem Päckchen zurück, das mit Bindschnur umwickelt war und sich beim Lösen der Schnur als Postkartenstapel entpuppte.

»Die sammle ich. Wenn einer aus dem Dorf draußen unterwegs ist und eine Postkarte findet, bringt er sie mir mit. Irgendwo ist eine, die ich dir geben möchte. Wie für dich gemacht.« Sara durchsuchte den Stapel geraume Zeit, dann hielt sie Rosalie triumphierend eine Postkarte hin. Die Frau auf der Karte hatte ihren Körper in eine Kiste gezwängt, in die ein erwachsener Mensch sonst nicht hineinpasste. Ihre Haut und ihr Haar waren schneeweiß, weshalb das gespenstische Leuchten der roten Augen besonders auffiel. Darüber stand:

Mytitia, Albinomensch und Verrenkungskünstlerin aus Doktor Medusas Abnormitätenschau. Kommen Sie! Staunen Sie! Mytitia, der weiß geborene Nachtmensch vom fernen Polarkreis, führt jede beliebige Verrenkung vor und funkelt Sie dabei mit so abscheulichen Glühaugen an, dass Ihnen die Haare wohlig schaudernd zu Berge stehen werden.

Es versetzte Rosalie einen Stich. Wie konnte Sara glauben, ein solches Machwerk würde ihr gefallen? Sie nahm die Karte, um sie später im Herdfeuer zu verbrennen.

Der Nebel hing weiter beharrlich über Haberatshofen, da kündigte Romar seiner Frau etwas an.

»Ich werde heute Abend fort sein.«

»Wo gehst du hin?«

»Bei Willem und Ava findet eine Dorfversammlung statt.«

Rosalie sah ihn an. Zögerte. Der Umgang mit Romar hatte sie vorsichtig werden lassen. Sie liebte ihn, den Mann von der Lichtung, doch oft war da noch etwas anderes in ihm. Etwas, das ihn schroff und launisch sein ließ. Sie wusste nie so recht, woran sie gerade war, denn seine Stimmung schlug schneller um, als ein Feuer sich in trockenem Stroh ausbreitet.

»Ich kann nicht sagen, wie lange es dauern wird. Am besten gehst du zeitig ins Bett.« Er kam zu ihr, hob ihr Kinn und küsste sie.

»Was ist mit mir?« Die Frage rutschte ihr über die Lippen, ehe sie die Folgen abgewogen hatte. »Gehen nur die Männer zu der Versammlung?«

»Alle gehen hin.«

»Dann komme ich mit.«

»Nein.« Romar klang sehr entschieden. »Das geht nicht. Du bist noch nicht lange genug bei uns.«

»Ihr schließt mich aus?« Der Gedanke brannte ihr wie Ausschlag am ganzen Körper. »Weshalb? Ich bin eine von euch, eine Haberatshofenerin, das habt ihr oft beteuert. Das hast du mir versprochen.«

»Das bist du, Rosalie. Hab ein wenig Geduld.« Er verzog das Gesicht, als hätte er Bittersalz im Mund. »Wenn mehr Zeit vergangen ist, wirst du an den Versammlungen teilnehmen.«

Ehe Rosalie etwas entgegnen konnte, klopfte es an der Tür. Romar ließ Sara herein.

»Bereit, Cousin?«

»Weshalb wollt ihr mich nicht dabeihaben?«, platzte Rosalie heraus. »Vielleicht sagst du es mir, Sara.« Sie konnte nichts dagegen tun, sie war verletzt.

»Es gibt Regeln. Du musst länger bei uns sein.« Sara nahm sie in die Arme. »Das hat nichts mit dir zu tun, Liebes. Denk das bitte nicht.«

Da brach Rosalie erneut in Tränen aus.

»Schon gut. Weine nicht.« Sara streichelte ihr beruhigend den Rücken. »Komm, Romar, gib deiner Frau ein Schnäuztuch.« Leiser, damit ihr Cousin es nicht hörte, sagte sie zu Rosalie: »Wenn du nicht schwanger bist, fress ich einen Besen.«

Nachdem Romar und Sara gegangen waren, saß Rosalie auf

der Eckbank und starrte trüb vor sich hin. Sie fühlte sich nicht schwanger, auch wenn sowohl Ava als auch Sara diese Möglichkeit andeuteten, und konnte sich daher nicht freuen. Der Heiland mit seinem schmerzverzerrten Gesicht leistete ihr Gesellschaft und, um nicht weiter über ihren Ausschluss nachdenken zu müssen, zählte sie die Adern, die durch die Haut an ihrem Handgelenk schimmerten. Da hörte sie ein Raunen um das Haus. Sie horchte auf, dachte zuerst an Tiere oder den Wind, dann an Romar, der womöglich etwas vergessen hatte oder sie doch noch zur Versammlung holen wollte.

Da klopfte es verstohlen. Rosalie stand auf. Zögerlich. Waren nicht alle Haberatshofener in Willems und Avas Haus?

Sie öffnete die Tür einen Spalt weit und sah sich zwei fremden Frauen gegenüber. Beide waren jung und anscheinend darauf bedacht, nicht gesehen zu werden.

»Lässt du uns herein? Sie dürfen nicht wissen, dass wir hier sind.«

Rosalie trat zur Seite. Die Frauen nahmen ungebeten auf der Eckbank in der Stube Platz und winkten sie zu sich.

»Komm her! Wir wollen keine Zeit vergeuden.«

»Wer seid ihr?« Rosalie rührte sich nicht.

»Wir sind aus dem Dorf, genau wie du. Setz dich zu uns, und wir erzählen dir alles.« Die Sprecherin war klein und hübsch, mit dunkelblondem Haar, runden Backen und weichem Kinn. »Ich bin Marianna. Das ist Susabell.« Die andere Frau hatte dunkelbraune Locken, ein längliches Gesicht – es war steif wie eine Maske – und war sichtbar schwanger.

»Wie meint ihr das, ihr seid aus dem Dorf? Ich habe euch noch nie gesehen.«

»Du kennst uns nicht, dennoch ist es so, wie wir sagen. Wir leben hier im Dorf«, sagte Susabell. »Ich bin mit Josef verheiratet, und Marianna ist Jeremias' Ehefrau.«

»Weshalb kenne ich euch dann nicht?«

»Wir nehmen nicht am Dorfleben teil. Nicht mehr.«

Rosalie wurde unruhig. »Ihr meint, ihr bleibt immer im Haus?«

»Ja. Außer während der Versammlungen, von denen wir ausgeschlossen sind. Da sehen wir uns. Heimlich.«

»Weshalb sagst du das so, *heimlich*?«

»Weil im Dorf ungute Dinge geschehen.« Susabell sah Rosalie beschwörend an. »Wir wissen, dass du noch nicht lange hier bist, aber … hast du es auch schon bemerkt?«

»Nein.« Rosalie dachte an das tote Neugeborene, an Tono und an Romar. »Nein, habe ich nicht. Wie meint ihr das?«

»Das erklären wir dir beim nächsten Mal. Wir müssen rechtzeitig wieder aufbrechen.« Marianna wirkte aufgeregt. »Eigentlich sind wir gekommen, um dir eine Frage zu stellen.«

»Welche Frage?«

»Bist du eine Waise?«, flüsterte Susabell beinahe tonlos.

»Ja. Woher wisst ihr das?«

Marianna und Susabell wurden gleichzeitig blass. Sie tauschten einen langen, regelrecht verstörten Blick.

»Das wolltet ihr nicht hören, oder?«

»Nein«, murmelte Susabell. »Wir hatten gehofft, wir lägen falsch.«

Da begriff Rosalie, was an den jungen Frauen sie über ihre Worte hinaus so beunruhigte. Es war die Schreckhaftigkeit in ihren Augen, es waren ihre Stimmen, immer ein klein wenig zu hoch, und es waren ihre fahrigen Bewegungen.

Beide hatten große Angst.

Marianna ließ die Katze aus dem Sack.

»Wir sind es auch, Rosalie. Waisen, so wie du.«

11

Gewitter

Am Tag nach der Versammlung war die Luft verändert. Als stünde etwas bevor, dachte Rosalie. Sie wusste den nächtlichen Besuch noch nicht einzuordnen. Marianna und Susabell. Die Namen schmeckten nach Angst. Sie waren rasch wieder gegangen, die beiden Frauen, nachdem sie von Rosalies Waisendasein erfahren hatten. So blieb ihr nur, über die merkwürdige Begegnung zu rätseln.

Um ihre Unruhe zu lindern, spazierte Rosalie durchs Dorf. Nicht zum ersten Mal bedauerte sie, in Haberatshofen keine wirkliche Aufgabe zu haben. Anders als die übrigen Dorfbewohner. Die jüngeren Männer arbeiteten im Wald und mit dem Vieh, während Riele mit ihren Töchtern buk, Theodor zimmerte und Ava das Federvieh versorgte. Selbst Sara war – unterstützt von Robs und Monika – regelmäßig mit dem Sammeln von Kräutern beschäftigt, die Ava für ihre Arzneien benötigte.

Apropos Ava. Da war die Alte schon und fütterte die Hühner.

»Merkst du es, Rosalie? Die Luft ist nicht mehr so feucht, und der Wind frischt auf. Ich schätze, gegen Abend wird es heftig gewittern, und danach sind wir den leidigen Nebel vielleicht endlich los. Herbstgewitter bringen viel Schnee, doch im nächsten Jahr kein Weh. So sagt man bei uns.«

»Die Hühner gackern nicht.« Rosalie fiel es auf, weil die Tiere über die Fütterung sonst regelmäßig außer Rand und Band gerieten.

»Sie spüren den nahenden Sturm. Die Viecherschar ist empfindsamer, als man meinen möchte. Übrigens, Sara hat dich gesucht. Jetzt ist sie oben bei der Kapelle.«

»Ich gehe hin.« Um ein Haar hätte Rosalie eine bissige Bemerkung über die Versammlung fallen lassen, bei der sie unerwünscht gewesen war. Sie schwieg lediglich, weil die mütterliche Ava sicher am allerwenigsten dafürkonnte. Dass sie im Dorf viel auf ihre Regeln gaben, hatte sie inzwischen verstanden.

Hinter der Kapelle lag der kleine Dorffriedhof. Einige Grabsteine waren ins Erdreich abgesunken und hingen so schief über dem Boden, als wollten sie im nächsten Moment umstürzen.

Sara kniete vor einem verwitterten Stein, mit dessen ungewöhnlich langer Inschrift sich einst jemand große Mühe gegeben hatte.

Du unerbittlich grausamer Tod,
was bringst du uns an Schmerz und Not.
Ach, könnten wir in Schmerz zerfließen.
Die gute Mutter uns entrissen.
Da sank, die uns so liebt', hinab,
auf ewig in das kühle Grab.
Ruhe sanft, geliebte Anea

»Das Grab deiner Mutter?«, fragte Rosalie leise.

Sara fuhr zusammen. »Hast du mich erschreckt. Nein, hier liegt Romars Mutter. Ich … ich habe sie auch sehr gemocht. Das haben wir alle.«

»Ich hätte sie gerne gekannt.« Rosalie wartete, bis die Cousine aufgestanden war und das Kreuz über dem Grab geschlagen hatte. »Mir ist aufgefallen«, sagte sie dann, »dass auf keinem der Steine ein Nachname steht.«

»Ich weiß.« Sara zuckte die Schultern. »Das ist so bei uns. Wir wissen ja, wer gemeint ist.«

»Außer bei Tono und seiner Frau, die haben keinen Stein bekommen.«

»Sie haben sich umgebracht, Rosalie. Das ist nicht zu ändern, und deshalb finde ich Willems Entscheidung richtig. Ihre Seelen sind ewiger Verdammnis anheimgegeben. Ein Stein und eine Inschrift können ihnen nicht mehr helfen.«

»Ich weiß.« Rosalie fragte sich jedoch, ob dem wirklich so war. Eine schreckliche Vorstellung, für alle Ewigkeit im Fegefeuer zu brennen. Wie verzweifelt musste Tono gewesen sein. Tono, der sanfte Nachbar, den sie nur so kurze Zeit gekannt hatte. »Ava hat mir gesagt, wo ich dich finden kann. Und dass du mich gesucht hast.«

»Ich wollte nur sehen, wie es dir geht. Du warst gestern so traurig, weil du nicht mit zur Versammlung durftest.«

»Was habt ihr besprochen, erzählst du es mir?«

»Natürlich, es ist kein Geheimnis. Das heißt, das Geheimnis scheint mir viel eher die Frage, weshalb ich bei so langweiligem und ödem Gerede über noch langweiligere und ödere Dorfangelegenheiten dabei sein muss. Aber das frage ich mich seit Jahren.«

»Lass mich raten, die Regeln besagen das.«

»Genau.« Sara kräuselte amüsiert die hübsche Nase. »Sei froh, wenn du vorerst davonkommst. Ich wäre viel lieber bei dir geblieben. Gestern haben sie eine Ewigkeit lang besprochen, ob in diesem Jahr noch mit der Austrocknung des Brunnens zu rechnen sei. Ich meine, wir haben Herbst, da stellt sich die Frage kaum, finde ich. Selbst Robs und Monika mussten sich das anhören, dabei konnten die beiden nie gut stillsitzen.«

»Dann verstehe ich erst recht nicht, weshalb ich nicht dabei sein durfte.« *Und Marianna und Susabell, von denen keiner ein Wort spricht.*

»Ich verstehe es auch nicht«, gestand Sara.

*

Über ihm grollte der Donner. Er fürchtete sich vor Gewittern, noch mehr allerdings fürchtete er um Rosalies Wohlergehen. Er war jung, sicher, doch er wusste, was Liebe war. Seit er sie nach Schongau zur Kirche begleitet hatte, dachte er unentwegt an Rosalie. Und seit sie mit Romar fortgegangen war, schlief er keine Nacht mehr durch. Schwester Dora hätte ihn schwer bestraft, hätte sie von seinem Vorhaben gewusst, aber Cäcilia hatte ihn bestärkt. *Finde heraus, wie es ihr geht. Wahrscheinlich wirst du nicht mit ihr sprechen können, aber wenigstens sehen, ob es ihr gut geht. Und sei vorsichtig.* Genau das hatte Franz vor. Herausfinden, ob sie wohlauf war.

*

Die alte Ava behielt recht. Gegen Abend begann der Sturm zu brausen. Blätter flogen knisternd auf, Äste knackten und brachen, und das Klangspiel am Brunnen kündete von solchem Aufruhr, als würde die Welt untergehen. Nicht lange, und der Donner grollte, und Blitze zuckten am Himmel. Die Luft kühlte merklich ab, und den Menschen im Dorf standen die Haare zu Berge, ohne dass sie es merkten.

Romar schürte den Ofen. Das Feuer brannte hell und züngelte auf, wann immer ein Windstoß in den Kamin fuhr. Draußen lösten die Läden sich klappernd und schlagend aus ihrer Verankerung.

»Gewaltiges Getöse«, meinte Romar gelassen. »Da werden morgen einige Schäden zu beheben sein.«

»Was ist mit den Tieren?«

»Die suchen Schutz unter den Bäumen. Gelegentlich wird eine Kuh vom Blitz erschlagen, aber das kommt selten vor. Beim letzten Mal war ich noch ein Junge.«

»Die Bäume sehen aus, als würden sie gleich umstürzen und das Dorf unter sich begraben.«

»Ich habe mein ganzes Leben hier verbracht. Das wird nicht geschehen. Mach dir keine Sorgen und lass uns ins Bett gehen. Ich wärme dich.«

Während der Sturm heulend seinen Gipfel erreichte, liebte Romar Rosalie. Wenn er bei ihr lag, war er mal sanft und zärtlich, mal stürmisch und voll heftiger Leidenschaft. Aber immer war er ein anderer Mann als der, dessen Grimm sie tagsüber häufig traf. Ein Mann ohne Maske.

Er dachte wahrscheinlich, sie schliefe schon, da hörte sie ihn flüstern: »Bitte sei es nicht, bitte sei es nicht.«

»Was meinst du?« Sie rückte von ihm ab.

»Nichts. Ich habe bloß laut gedacht.«

»Du hast Geheimnisse vor mir. Das weiß ich«, flüsterte Rosalie. Es auszusprechen tat weh. Sie hätte vor Kummer gerne geweint. Dennoch ließ sie zu, dass er seine Finger mit ihren verschränkte. »Ich hatte Besuch gestern.«

Er versteifte sich.

»Besuch?«

»Marianna und Susabell waren bei mir. Die beiden Dorfmitglieder, von denen ihr mir nie erzählt habt. Von denen du mir nie erzählt hast. Weshalb nicht, Romar? Und weshalb mögen die zwei nicht mehr aus dem Haus gehen? Ich verstehe es nicht – und das macht mir Angst.«

»Verflucht, Rosalie.« Romar setzte sich auf. »Die beiden

Frauen bringen nur Unglück und Streit. Du wärst ihnen besser nie begegnet.«

»Sie standen plötzlich vor der Tür. Was hätte ich tun sollen?«

»Du darfst sie nicht wiedersehen.« Eine verirrte Wespe surrte um das Bett. Romar stand auf, nahm den Krug aus der Waschschüssel und fing sie ein.

Rosalie hatte fast den Eindruck, er verschaffe sich Zeit. Zeit, um zu überlegen, was er ihr sagen sollte?

»Sie waren freundlich und machten auf mich nicht den Eindruck, als wären sie auf Streit aus.«

»Du kennst sie nicht.« Er entließ die Wespe aus dem Fenster. »Wird beim ersten Frost ohnehin eingehen«, murmelte er, um sich dann wieder seiner Frau zuzuwenden. Mit solchem Ernst im Gesicht, dass ihr angst und bange wurde. »Marianna und Susabell haben sich nicht in die Dorfgemeinschaft eingefügt, ja, sie haben es nicht einmal versucht. Es gefällt ihnen nicht in Haberatshofen, und sie bereuen ihren Entschluss, hierhergekommen zu sein. Deshalb verlassen sie das Haus nicht mehr – um uns aus dem Weg zu gehen. Du kannst dir vielleicht vorstellen, wie schwer die Situation gerade für Josef und Jeremias ist. Beide werden sie Väter und wissen nicht, wie sie mit den Müttern ihrer ungeborenen Kinder umgehen sollen.«

»Beide sind schwanger? Marianna auch?«

»Ja«, bestätigte Romar. »Aber sie will niemanden in ihrer Nähe haben, selbst Ava nicht. Dass sie ein Kind unter dem Herzen trägt, haben wir von ihrem Ehemann erfahren.«

»Keiner kümmert sich um sie?«

»Sie lässt es nicht zu.« Romar klang regelrecht aufgebracht.

»Vielleicht könnte ich mit ihr re…«

»Du hältst dich fern, Rosalie, verstanden? Ich will den schlechten Einfluss dieser Frauen nicht auf dich übertragen wissen.«

»Du verbietest es mir?«

Romar nickte zuerst, dann korrigierte er sich. »Ich bitte dich als dein Ehemann.«

Rosalie wollte ihm zu gerne glauben. Möglicherweise waren Marianna und Susabell tatsächlich nicht gewillt, sich dem Leben im Dorf anzupassen. Dabei war es so leicht, in den Haberatshofenern eine große Familie zu finden. Zumindest war es das für sie anfangs gewesen.

»Verstehst du, Rosalie?« Er kam zu ihr und berührte sacht ihr Gesicht, streichelte mit dem Daumen ihre Wange.

Sie wollte ihm zustimmen, wollte ihm versprechen, die Frauen nicht wiederzusehen, doch das Erschrecken und die Angst in den Gesichtern standen ihr allzu lebhaft vor Augen. »Marianna und Susabell sind Waisen«, stieß sie hervor. »Waisen wie ich. Das ist kein Zufall, Romar, das brauchst du mir nicht weiszumachen.«

»Muss es denn Zufall sein?« Seine tiefblauen Augen ruhten auf ihr. »Wir leben im Wald, und wir bleiben für uns. In den Augen der Welt sind wir Sonderlinge. Was glaubst du wohl, wie viele Frauen sich bereit erklärt haben, Josef oder Jeremias zu heiraten? Oder mich? Kein Vater gibt seine Tochter einem Haberatshofener. Waisenmädchen hingegen stehen außerhalb der gesellschaftlichen Norm.«

»Sonderlinge«, sagte Rosalie, »wie ihr.«

»In gewisser Weise.« Romar schien erleichtert, dass sie ihn verstand.

Hinter ihrer Stirn arbeitete es. »Dann hast du mich bloß geheiratet, weil ich eine Waise bin und du eine Frau brauchtest?«

»Nein.« Er schüttelte heftig den Kopf. »Nein, Liebes denk das nicht. Zwischen uns ist es anders, weißt du nicht mehr?«

Als er sie küsste, schmeckte sie seine Tränen salzig auf ihren Lippen.

Nicht lange danach krampfte ihr Unterleib, und ihre Monatsblutung setzte ein. Rosalie wünschte sich Kinder von Romar und hätte nicht sagen können, weshalb sie sich so erlöst fühlte.

12

Saat des Misstrauens

Die Welt war still. Die Haberatshofener schliefen in ihren Häusern, träumten in ihren Betten. Der Wind war verebbt, der Donner verstummt, die letzten Blitze verglommen.

Franz hatte während des Sturms so elendig gezittert, dass er meinte, jeden Knochen im Leib klappern zu hören, und die Angst auf seiner Kopfhaut kribbelte. Er wusste wohl, wie unklug es war, in einer Gewitternacht unter hohen Bäumen zu kauern. Doch er wusste auch: Wäre er ins Waisenhaus zurückgekehrt, er hätte kein zweites Mal den Mut aufgebracht, nach Rosalie zu forschen. Unheimlich genug war ihm der große Wald schon bei Tag gewesen, beängstigend die Männer mit den geflochtenen Bärten, die er beim Holzen beobachtet hatte. Er sehnte sich danach, Rosalie zu sehen; wünschte sich, mit ihr zu sprechen. Dass sie nun eine verheiratete Frau war, tat der Zuneigung des Jungen keinen Abbruch. Ihm fielen die drei Mädchen ein, die vor ihr nach Haberatshofen geheiratet hatten. Osanna, Susabell und Marianna. Sie waren um einiges älter gewesen als er selbst. Er erinnerte sich noch an ihre Gesichter, auch wenn er für die drei nicht annähernd so empfunden hatte wie für Rosalie. Für überhaupt niemanden. Soweit man im Waisenhaus wusste, war keine von ihnen jemals wieder außerhalb des Dorfes gesehen worden. Bei dem Gedanken wuchs seine Angst. Der Wald hatte die jungen Frauen mit Haut und Haar verschluckt.

Ein wütendes Knurren wie von einem zu lange an der Kette gehaltenen Hund stieg aus Franz' Kehle. Zum Teufel mit dem Dorf und seinen unheimlichen Bewohnern – er würde herausfinden, was in Haberatshofen vor sich ging. Er klopfte sich Nadeln und Zweige von den feuchten Kleidern und blinzelte in die Dunkelheit. Seine Zehen fühlten sich an, als wären sie längst blau, aber darauf konnte er keine Rücksicht nehmen. Sicher wäre es vernünftig, die nächtliche Schwärze zu nutzen, um sich näher an das Dorf heranzuschleichen. Er dachte an Rosalie, so hell wie ein Sonnenstrahl, und lächelte. Der heftige Schmerz traf ihn unvorbereitet und ließ sich im kurzen Moment, ehe Franz das Bewusstsein verlor, nicht lokalisieren.

*

Der Herbst verabschiedete sich über Nacht. Zuerst fiel grauer Schneeregen vom Himmel, wenig später wurden dicke Flocken daraus, die sich auf Bäume, Dächer und Tonos kahle Rosenstöcke legten. Rosalie blieb der Wintereinbruch vor allem deshalb so gut im Gedächtnis, weil an dem Tag eine weitere Dorfversammlung stattfand, von der sie ausgeschlossen blieb. Dieses Mal ließ sie Romar ziehen und protestierte nicht. Nachdem er fort war, knetete sie die Hände, legte die Fingerkuppen aneinander und konnte sich vor Unruhe kaum halten. Das Warten zog sich hin. Ob sie kommen würden?

Im Ofen prasselte ein Feuer. In der Stille der Nacht schien es seine eigene Sprache zu sprechen. Rosalie lauschte dem Knistern und genoss die Wärme, die sich besänftigend um ihr angespanntes Herz legte. Endlich klopfte es.

»Ihr seid gekommen.« Rosalie ließ die Besucherinnen ein. Ihre Wangen waren von der Kälte draußen rot gefleckt. Weiße Schneekristalle funkelten in ihren Haaren.

»Wir waren nicht sicher, ob wir kommen sollten. Ob du

noch einmal mit uns sprechen würdest.« Susabell machte die Schultern rund und zog sie ein, als wollte sie ihren Körper zu einer Kugel formen, deren Inneres Schutz verhieß. Sie sah verunsichert aus wie ein Kind, dem man mit dem Rohrstock drohte. Weil sie es nicht mehr gewohnt war, das Haus zu verlassen?

Marianna hingegen beugte sich forsch zu Rosalie. »*Willst* du denn mit uns sprechen?«

»Das will ich.« Rosalie wusste, was sie den beiden Frauen sagen würde. »Romar hat mich davor gewarnt, euch wiederzusehen. Aber ich möchte gerne mehr über euch erfahren und wie es zu eurer Isolation im Dorf gekommen ist. Setzt euch bitte.« Sie stellte zwei Becher Milch vor ihre Besucherinnen hin, die sie auf dem Ofen angewärmt hatte.

»Du hättest besser nicht mit deinem Mann über uns gesprochen«, tadelte Marianna energisch, legte die Hände aber dankbar um den warmen Becher.

»Er ist mein Mann«, sagte Rosalie bloß.

»Dann wissen jetzt alle, was wir getan haben.« Susabell schluckte trocken.

»Ich habe mit niemandem sonst geredet.«

»Es reicht, wenn du es einem sagst.«

»Selbst wenn, ihr habt doch nichts Böses getan, mich bloß aufgesucht.«

»Viel mehr als das, Rosalie. Wir versuchten, dir die Augen zu öffnen. Wenn uns das nicht gelungen ist, haben wir dich zumindest gewarnt.«

»In Zukunft wirst du dich besser vorsehen.« Susabell hatte die Füße um die Stuhlbeine geschlungen. Sie sah jünger aus, als sie war, und sehr verletzlich. »Du wirst an uns denken, sobald du anfängst, die Wahrheit zu begreifen.«

Rosalie blickte auf Susabells schwangeren Bauch. Rund wie

eine Kugel und nicht zu übersehen. Anders Mariannas Bäuchlein, das sie nur erahnen konnte. Waren die beiden Frauen überspannt wegen der Veränderungen, die mit …

»Oh!« Marianna schlug mit der Handkante auf den Tisch und unterbrach damit Rosalies Gedankengang abrupt. »Was hast du eben so auf meinen Bauch gestarrt? Diese verwünschten Bewohner konnten es nicht für sich behalten, oder? Sie haben dir gesagt, dass ich auch ein Kind erwarte.«

»Du freust dich nicht darüber?«

»Freuen?« Mariannas Augen wurden eng wie bei einer Katze, die das Fell sträubt. Sie rang die Hände und suchte nach Worten. Um ein Haar hätte sie ihren Becher umgestoßen. »Nein, Rosalie, ich freue mich nicht. In Wahrheit habe ich alles dafür getan, um diese Schwangerschaft zu vermeiden.«

»Möchte Jeremias kein Kind? Kannst du dich deshalb nicht freuen?«

»Wenn es so einfach wäre … Immerhin bleibt er mir fern, seit ich das Kind trage.«

Ein Aufschluchzen aus tiefstem Herzen lenkte Rosalies Aufmerksamkeit auf Susabell, deren Wangen von der Schwangerschaft aufgedunsen waren. Feine Tränenrinnsale liefen darüber. »Was hast du?«

»Was wird sie schon haben? Denkst du es dir nicht?«

»Sie ist auch nicht froh über ihre Schwangerschaft?« Die Vorstellung von Müttern, die werdendes Leben im eigenen Bauch mehr als Unglück denn als Glück empfanden, war Rosalie ein Rätsel. Wenigstens im Hinblick auf Marianna und Susabell, die ihren Kindern doch Väter und ein Heim würden bieten können, gute Versorgung und Sicherheit.

Susabell heulte jammervoll auf.

»Ich verstehe das nicht.« Rosalie rieb sich den Nacken. »Wenn ihr Josef und Jeremias aus freien Stücken geheiratet habt, wolltet ihr doch zusammen mit ihnen in Haberatshofen leben. Weshalb dann …?«

»Kaum waren wir im Dorf, haben sie sich verändert. Ihre Zuneigung war bloße Schauspielerei, um uns in die Falle zu locken.« Marianna schob Susabell ein Taschentuch hin. »Unsere Männer lieben uns nicht.«

»Romar sieht das Problem eher darin, dass ihr euch nicht ins Dorfleben einfügen mögt«, wagte Rosalie sich vor.

»Pah«, prustete Marianna zornig. Susabell putzte sich die Nase, obwohl ihr die Tränen immer noch übers Gesicht liefen. »So kann man es auch sehen.«

»Wie siehst du es denn, Susabell?«, fragte Rosalie sanft. »Glaubst du auch, dass Josef dich getäuscht hat – dir seine Liebe vorgegaukelt hat –, um dich ins Dorf zu lotsen?«

»Osanna war eine Waise. Marianna ist eine Waise. Ich bin eine Waise, und du bist eine. Das ist kein Zufall.« Susabell sah Rosalie fest in die Augen. Sie war leiser im Auftreten und zarter als Marianna. Was nicht heißen musste, dachte Rosalie, dass sie nicht auf ihre Weise stark war. »Ich möchte dir etwas sagen.« Ein gehetzter Ausdruck trat in Susabells Gesicht. »Osanna war mit Matäus verheiratet. Als sie bei der Geburt ihres Sohnes starb, ist Zacha zum Witwer und dem Säugling gezogen. Da war Osanna noch nicht einmal unter der Erde. Von Anfang an benahm sich Zacha wie Gabriels Mutter. Als hätte es Osanna nie gegeben.«

»Ich finde es richtig, wenn eine Verwandte das Herz hat, sich um ein mutterloses Kind zu kümmern.«

»Mag sein«, mischte sich Marianna wieder ins Gespräch. »Aber alle taten so, als hätte Zacha den kleinen Gabriel tatsächlich geboren.«

»Vielleicht war das die Art der Leute, mit ihrem Schmerz umzugehen.«

»Seit Matäus weg ist, kümmert sich hauptsächlich Riele um den Jungen. Zacha hat das Interesse verloren.«

»Wo ist Matäus denn hin?«

»Einfach weg.« Marianna betrachtete Rosalie mit tiefem Stirnrunzeln und meinte zu Susabell: »Sie wird uns nicht glauben. Wir sollten gehen. Wenn unsere Männer herausfinden …«

»Du sagst es Romar dieses Mal nicht, oder? Dass wir da waren. Versprichst du, ihm unseren Besuch zu verschweigen?«, bat Susabell eindringlich.

»Wenn es euch beruhigt«, nickte Rosalie. »Ich verspreche es.« Sie hantierte mit dem Schürhaken und legte trockenes Holz auf die heiße Glut im Ofen, zu der das Feuer in der Zwischenzeit heruntergebrannt war. Dachte nach. Sie wusste nicht, wem oder was sie glauben sollte.

Eine Fliege surrte durch den Raum, landete auf Mariannas Nase und flog matt auf, als diese nach ihr schlug. Der Winter war da, die Zeit der Fliege abgelaufen. Was kümmerte es das Insekt, auf welche Weise der Tod kam.

»Und was ist mit den Bibelstellen?«, fragte Susabell unvermittelt und berührte Rosalie bittend am Arm. »Sie wiederholen sich bei Willems Lesungen. Ist es dir aufgefallen? Es sind immer dieselben. Zumindest war es so, als wir noch zu den Gottesdiensten gegangen sind.«

»Das kann sein.« Rosalie mochte nicht zugeben, dass sie während Willems Lesungen mehr mit Sara feixte, als auf die Worte von der Kanzel zu achten. Aber natürlich hatte Susabell recht. *Mit arglosem Herzen und mit reinen Händen habe ich das getan.* Es waren wirklich immer wieder dieselben Stellen. »Vielleicht ist Willem es müde, die Predigten immerzu aufwendig vorzubereiten. Ich will ja gar nicht in Abrede stellen, dass die Haberatshofener anders sind. Verschroben in mancher Hinsicht, nicht zuletzt, was ihre Regeln und die große Verehrung der Alten betrifft. Mir kommt selbst vieles befremdlich und sonderbar vor. Das Dorf ist eine Welt für sich, das Leben ein anderes.«

»Das klingt, als ...«

»Ja«, unterbrach Rosalie. »Dafür bin ich dankbar. Ich wäre in der Welt draußen niemals froh geworden. Hier nehmen die Leute mich, wie ich bin. Ein Mensch und keine unheimliche Abstrusität.«

»Du bist glücklich«, stellte Marianna fest.

»Zufrieden.«

»Trotzdem hast du Angst. Sie lauert in dir und bricht hervor, wenn du gerade keine Kraft hast, sie niederzuringen.«

Rosalie schüttelte den Kopf. Gewiss, sie hatte manchmal Angst. Aber es lag ihr fern, mit ihren Sorgen die der beiden schwangeren Frauen noch zu schüren. »Ihr solltet einmal darüber nachdenken, unter Umständen vorschnell über das Dorf geurteilt zu haben. Schließt euch der Gemeinschaft wieder an, versöhnt euch mit euren Männern. Euer Dasein wäre so viel leichter – für euch und für eure Kinder, wenn sie erst einmal geboren sind.«

»Du glaubst, wir hätten vorschnell geurteilt?« Mariannas wie Susabells Gesichtszüge entgleisten. Mit weiten Augen, die Münder halboffen, starrten sie Rosalie an. »Und wie erklärst du dir, dass sie uns von den Versammlungen ausschließen? Nicht darüber sprechen?«

Rosalies Hände lagen in ihrem Schoß. Jetzt begann sie sich mit den Fingern auf die Oberschenkel zu trommeln. Je länger die Frauen bei ihr saßen, desto mehr hielt sie deren Vorwürfe für Hirngespinste. »Ich habe Sara nach der letzten Versammlung gefragt – und sie hat mir ohne weiteres Auskunft gegeben.«

»Dann hat sie dich angelogen.« Marianna stand auf und stieß gegen den leeren Milchbecher, der umkippte und über den Tisch rollte. »Komm, Susabell, wir gehen. Wie es scheint, kommt Rosalie gut im Dorf zurecht und spürt die Bedrohung nicht.« Sie verließ das Haus ohne Gruß.

»Sie spürt die Bedrohung *noch* nicht.« Susabell blickte Rosalie beschwörend an. »Wir haben einmal ins Haus der beiden Alten gespäht, wo sie angeblich ihre Versammlungen abhalten.« Sie sprach leise und schnell. »Es war leer. Das solltest du wissen.«

Rosalie sah den beiden Frauen nach, bis die Dunkelheit ihre Konturen fing und nahtlos mit ihnen verschmolz. Sie würde ihr Versprechen halten und Romar bei seiner Heimkehr nichts von den Besucherinnen erzählen, die ein schales Gefühl in ihr hinterlassen hatten. Als schlüge jemand mit einem Hammer gegen ein unsichtbares Tor.

Ihr Mann kam spät und war missgestimmt.

»Du solltest doch nicht wach bleiben und auf mich warten«, murrte er und drehte ihr im Bett den Rücken zu.

»Wie war die Versammlung?«, fragte Rosalie seine abgewandte Gestalt.

»Puste mir nicht in den Nacken und lass mich schlafen.«

Anderntags versuchte sie es erneut. »Romar? Was habt ihr gestern besprochen?«

»Nichts von Belang.« Er fuhr sich mit der Hand über den Mund und schlüpfte in seine Hose.

»Du bist mitten in der Nacht nach Hause gekommen, weil es nichts von Belang zu besprechen gab?« Rosalie wagte nicht, ihren Mann anzusehen. Sie fürchtete seine Wut. Stattdessen blickte sie aus dem Fenster. Mattgrau lag der Schnee im fahlen Morgenlicht.

»Starr nicht nach draußen wie ein Lamm auf die grüne Weide, wenn du mit mir redest. Sieh mich an.«

Sie wandte sich zu ihm um.

»Gut so.« Sein Mund war angespannt, seine Brauen grimmig zusammengezogen, so dass am Nasenansatz eine tiefe Falte entstand. »Merk dir eines: Du bist meine Frau und hast mich nicht zu hinterfragen. Hör auf damit. Verstanden?«

Rosalie brachte ein schwaches Nicken zustande. Gänsehaut überzog ihren Körper bis in die Kniekehlen und die Zwischenräume ihrer Zehen, während ihr gleichzeitig kalter Schweiß auf der Stirn stand. Sie dachte an Marianna und Susabell, wozu deren Männer angeblich fähig waren, und fürchtete sich. Zum Teufel mit den beiden Frauen, die die Saat des Misstrauens in ihrem Herzen gesät hatten.

»Mach dich jetzt für den Tag fertig und lass uns die Morgensuppe nehmen, ehe wir zur Kapelle aufbrechen müssen.«

»Ich komme gleich nach unten, Romar.«

Willem bewegte sich stets ein wenig langsamer als der Rest der Welt. Sein gemächliches Schlurfen war seinem hohen Alter geschuldet, barg aber darüber hinaus eine gewisse Majestät. Die Haberatshofener machten dem Alten stets Platz. So auch an diesem Sonntag, an dem alle sich erst setzten, als Willem die Kanzel erreichte.

Rosalie stand mit Sara in der Nähe des Ausgangs. Wie die Cousine legte sie keinen Wert darauf, in den engen Bänken der Frauen zu hocken, wo ohnehin nicht jede Platz fand. Sie sah Willem an und wunderte sich ein wenig darüber, dass er zwar hohen Alters war und ihr dennoch, sah sie von seiner Langsamkeit ab, nicht wie ein Greis vorkam. Sie hatte sich vorgenommen, bei diesem Gottesdienst genau auf seine Worte zu achten. Der alte Mann sprach eine kurze Begrüßung. Sein weißer Bart, den er abgeschnitten hatte, nachdem sein Enkel tot zur Welt gekommen war, wuchs langsam wieder. Um den

Mund waren die Barthaare gelblich verfärbt, was sicher von der Tabakpfeife herrührte, die er gerne rauchte. Ehe er mit seiner Lesung aus der Bibel begann, schenkte er seiner Frau ein Lächeln, das Ava erwiderte. Rosalie war gerührt, denn man konnte sehen, wie zärtlich die beiden Alten einander liebten. Schon fast ein ganzes Leben lang. Länger jedenfalls, als Rosalie lebte. Oder Romar. Sie schielte zu ihrem Mann auf der anderen Seite der Kapelle. Er sah angestrengt nach vorn, die Arme vor der Brust verschränkt.

Willem las einen Auszug aus dem Buch Tobias, den er schon häufiger vorgetragen hatte.

Als Tobias und Sara in der Kammer allein waren, erhob sich Tobias vom Lager und sagte: Steh auf, Schwester, wir wollen beten, damit der Herr Erbarmen mit uns hat. Und er begann zu beten: Sei gepriesen, Gott unserer Väter; gepriesen sei dein heiliger und ruhmreicher Name in alle Ewigkeit. Die Himmel und alle deine Geschöpfe müssen dich preisen. Du hast Adam erschaffen und hast ihm Eva zur Frau gegeben, damit sie ihm hilft und ihn ergänzt. Von ihnen stammen alle Menschen ab. Du sagtest: Es ist nicht gut, dass der Mensch allein ist; wir wollen für ihn einen Menschen machen, der ihm hilft und zu ihm passt. Darum, Herr, nehme ich diese meine Schwester auch nicht aus reiner Lust zur Frau, sondern aus wahrer Liebe. Hab Erbarmen mit mir und lass mich gemeinsam mit ihr ein hohes Alter erreichen! Und Sara sagte zusammen mit ihm: Amen.

Nach dem Gottesdienst kam Romar zu Rosalie und verschlang seine Finger mit ihren. »Dass ich barsch zu dir war, tut mir leid. Ich weiß selbst nicht, was manchmal in mich fährt.«

»Schon gut. Wie hat dir die Lesung gefallen?«

»Ich habe, um die Wahrheit zu sagen, nicht richtig zugehört.«

»Willem hat aus dem Buch Tobias gelesen. Über die …«

»… Liebe.« Sara trat zu ihnen, Robs und Monika links und rechts an den Händen. Rosalie war inzwischen so mit dem kindlichen Geist der im Kopf zurückgebliebenen Geschwister vertraut, dass ihr der Anblick kein bisschen seltsam vorkam. Wann immer sie an Robs oder Monika dachte, dachte sie an liebenswerte Kinder. »Obwohl ich so ganz genau auch nicht hingehört habe.« Romars Cousine verdrehte die Augen gen Himmel und rümpfte die Nase.

Rosalie lachte über die Grimasse, genau wie Robs und Monika. Bis Robs sah, wie fest Romar und Rosalie einander an den Händen hielten. Da fing er an zu weinen. Sein rundes Kindergesicht mit den erwachsenen Zügen verzerrte sich schmerzlich. Unvermittelt löste er sich von Sara und stieß Romar heftig vor die Brust. Der taumelte zusammen mit Rosalie, die ihn festzuhalten versuchte, rückwärts.

»Du darfst ihr keinen dicken Bauch machen«, schimpfte Robs und reckte drohend die zur Faust geballte Rechte. Im nächsten Augenblick warf er sich schon Rosalie in die Arme und streichelte ihr voller Inbrunst über den Kopf.

»Robs!« Willems scharfer Ton ließ ihn zusammenfahren. »Was soll das, Junge?«

»Soll er nicht machen«, beharrte Robs und trottete zu seinem Vater, der ihn am Kragen packte und leise ausschimpfte.

Es tat Rosalie leid, dass Robs gescholten wurde. Andererseits war seine Wut ihr unverständlich und ein wenig unheimlich.

»Manchmal kann man deinen Bruder einfach nicht verstehen, so gerne man es möchte.« Sara streichelte Monikas Wange. »Zieh kein langes Gesicht. Lauf hin und tröste ihn. Du kannst das von allen am besten.«

13

Beschwörung

»Was für ein gespenstisches Licht. Dabei ist es noch nicht Abend.« Schwarz und grau ragten kahle Baumkronen in den Himmel, der von der Farbe vergrauten Schnees war, als hätte jemand die Welt umgedreht und auf den Kopf gestellt. »Sieh dir bloß die Fledermäuse an, wie aufgeregt sie auf der Suche nach einem Unterschlupf für den Winter sind.«

»Wo denn?« Mit den Augen folgte Rosalie dem Zeigefinger der Cousine und entdeckte die kleinen Flieger. Sie sausten durch die Luft wie Herbstblätter im Sturm. Ungezügelt hierhin und dorthin, im steilen Flug nach unten, sich überschlagend wieder hinauf und, gleich Pfeilen aus einem gespannten Bogen, nach links und rechts. »Ich weiß nicht, ob sie bloß einen Unterschlupf suchen. Mir scheint, ihnen gefällt der wilde Flug.« Die letzte Dorfversammlung lag einige Tage zurück, und Rosalie begleitete Sara, Robs und Monika auf einer Wanderung. Gegen Mittag waren sie aufgebrochen, um Angelika- und Baldrianwurzeln zu suchen, Beinwell und Eibisch. Je länger sie wanderten, ohne einem Menschen zu begegnen, desto bewusster wurden Rosalie die gewaltigen Ausmaße der Wälder, die jetzt ihre Heimat waren.

»Wir sollten umkehren.« Sara lupfte die Beine wie ein Kranich. Der Schnee war geschmolzen, der Boden so matschig, dass sie Fußabdrücke hinterließen, wo sie standen und gingen. »Meine Schuhe sind durchnässt, und für die beiden wird es Zeit.«

Mit weniger Anmut als die Fledermäuse, dafür mit tiefer Freude, tollten der Mann und die Frau mit den rundlichen Gesichtern und den schlitzförmigen Augen vor Rosalie und Sara her. Die Geschwister liebten den Wald, die Felder und Wiesen, wo sie Käfer und Würmer fanden und beliebige Steinchen ihnen nicht selten zum großen Schatz wurden.

»Robs! Monika! Wir gehen heim!«

Zwei verdreckte Haarschöpfe tauchten aus einem Wacholdergebüsch auf. »Kommen gleich!«

»Nicht kratzen!«, rief Sara mahnend, denn Monikas Gesicht überzog großflächig der juckende Ausschlag, der sie häufig quälte.

»Darf ich dich etwas fragen, Sara?«

»Was denn?«

»Bist du meine Freundin?«

»Was soll die Frage?« Sara runzelte unwillig die Brauen. »Natürlich bin ich deine Freundin.«

»Ehrlich gesagt habe ich das Gefühl, dir gewisse Dinge nicht sagen zu können.« Über Marianna und Susabell war ihr Sara gegenüber kein Wort über die Lippen gekommen. »Ich vertraue dir, das schon, aber manches kann ich schlicht nicht aussprechen.«

»Hast du finstere Geheimnisse?« Sara schlug einen leichten Ton an, doch ließ sie Rosalie nicht aus den Augen.

»Überhaupt keine. Es fällt mir nur nach wie vor schwer, mich anderen zu öffnen.«

»Ich finde, du bist schon viel offener geworden, seit du bei uns bist«, ermunterte Sara. »Der Rest kommt noch, du wirst sehen. Außerdem kann ich mir schon denken, was dich belastet.«

»Kannst du das?«

»Du bist enttäuscht, weil du kein Kind erwartest, oder? Es tut mir leid, wenn mein Überschwang falsche Hoffnungen geschürt hat. Ich habe wirklich geglaubt, du wärst … Ava sagt, manche Frauen brauchen das Ehebett bloß anzusehen, um schwanger zu werden; bei anderen dauert es länger.«

»Vielleicht ist es das.« Wie hätte Rosalie Sara die unbegreifliche Erleichterung vermitteln sollen, die sie beim Einsetzen ihrer Blutung empfunden hatte? »Ich bin dankbar, dass du meine Freundin bist. Mit der Zeit wird es mir sicher leichter werden, mich dir anzuvertrauen.«

»Das wird es.« Sara drückte aufmunternd Rosalies Hand. »Bestimmt wird es das, denn du bist mir lieb wie eine Schwester.«

»Danke.« Rosalie konnte vor Rührung kaum sprechen, während Sara gegen eigene Tränen anblinzelte und sich ein wenig schroff über die Augen fuhr, als wären sie ihr unangenehm.

»Genug der Flennerei. Lass uns auf dem Rückweg mit der Pflanzenkunde weitermachen. Im Herbst und Winter, wenn nichts mehr blüht, sind Kräuter schwer zuzuordnen – da lernst du sie noch einmal anders kennen. Das Wetter ist so hässlich, wenigstens wir wollen munter sein.« Sara schnitt eine Grimasse, die jede Rührseligkeit vergessen ließ.

»Du kannst deine Nase wirklich fast bis hinunter zum Kinn verziehen.« Rosalie musste lachen.

»Höre ich da Neid, Cousine? Schau, da drüben, das ist eine alte Kornelkirsche. Für die Früchte sind wir zu spät dran, doch im Frühling blüht der Baum als einer der Ersten; goldgelb. Sieht hübsch aus.«

»Sind die Früchte essbar?«

»O ja, die Kornelien schmecken wunderbar süß. Ich mag sie am liebsten, wenn sie schon fast überreif sind. Vor dem Strauch hingegen musst du dich in Acht nehmen. Im Moment trägt er keine Früchte, aber im Sommer reifen Schlafbeeren daran, die … Wo sind denn eigentlich Robs und Monika?« Sara unterbrach ihre Ausführungen abrupt, um laut nach den Geschwistern zu rufen. Die stürmten prompt herbei, die Kleider nass bis zu den Knien.

»Was habt ihr denn gemacht? Geschwind nach Hause jetzt, ehe ihr euch erkältet.« Sara scheuchte Robs und Monika vorwärts, dann hängte sie sich bei Rosalie ein. »Ava wäre sonst in nächster Zeit gar nicht gut auf uns zu sprechen. Die beiden sind ziemlich unleidig, wenn sie krank sind und das Bett hüten müssen.«

Rosalie lächelte abwesend. Da kam Robs zu ihr und nahm ihre Hand. Seine Finger waren viel wärmer als ihre.

»Robs hängt an dir, Rosalie«, bemerkte Sara. »Wegen des Vorfalls kürzlich beim Gottesdienst wollte ich noch sagen: Ich glaube, er war eifersüchtig auf Romar.«

»Mag sein.« Es durchzuckte Rosalie wie ein kräftiger Schlag mit dem Rohrstock. Der Strauch vorhin, an dem im Sommer die Schlafbeeren wuchsen – er sah ähnlich aus wie die Büsche auf Romars Lichtung. Damals, als sie eingeschlafen war und etwas geträumt hatte, von dem nur verwischte Farben übrig geblieben waren.

Als Rosalie das nächste Mal blutete, verspürte sie wiederum heimliche Erleichterung über das Ausbleiben einer Schwangerschaft und war beschämt. Weshalb empfand sie so, wo sie sich doch einen Stall voller Kinder wünschte? Ihre Monatsblutung war darüber hinaus Anlass einer merkwürdigen Begebenheit, deren Zeugin sie wurde.

Rosalie hatte einen alten Eimer mit Wasser gefüllt, in dem sie ihre benutzten Stoffbinden einweichte, um sie später zu waschen. Der Inhalt des Eimers roch unangenehm, weshalb er im Erdkeller des Hauses stand. Dort hinab, in den Keller, sah sie Romar steigen, als sie frühzeitig von einer weiteren Wanderung mit Sara, Robs und Monika zurückkehrte. Monika hatte sich das Knie aufgeschlagen und auf der Stelle nach Hause gewollt.

Romar kam aus dem Keller und hielt einen notdürftig ausgewrungenen Stofffetzen in der Hand. Selbst ohne die rostroten Flecken und den herben Geruch hätte Rosalie erkannt, worum es sich handelte. Ehe er aufblicken und sie sehen konnte, drückte sie sich in den Schatten hinter der Tür. Ihr Mann legte die benutzte Monatsbinde in einen Korb, breitete ein Tuch darüber und verließ das Haus mit unergründlicher Miene.

Rosalie folgte ihm mit etwas Abstand aus der Tür, riss im Vorübergehen eine Handvoll Brennnesseln aus (die eigentlich als Suppeneinlage gedacht waren, aber vom Federvieh besonders geschätzt wurden) und ignorierte das Beißen auf der Haut. Die anderen sollten nicht wissen, dass sie Romar beobachtete. Sie lockte die Hühner mit leiser Stimme und warf ihnen die Nesseln hin, während ihr Blick ihm unauffällig folgte.

Judith saß mit einer Näharbeit auf der Bank beim Brunnen, auf der sie im Sommer hochschwanger so gerne verweilt hatte. Rosalie winkte ihr, die seit der Geburt ihres toten Kindes schweigsam geworden war, kurz zu. Außer Judith entdeckte sie noch Theodor, Kunz und Jeremias, die grob behauene Balken schleppten, um sie neben dem Stall aufzustapeln.

Romar hielt sich gerade und schritt zielstrebig aus, ohne nach links oder rechts zu sehen. So bemerkte er die Hühner fütternde Rosalie nicht, die ihn an die Tür des Steinhauses klopfen sah. Ava trat heraus und überschritt Seite an Seite mit Romar die Dorfgrenze. Sie tauchten in den Wald und waren ihrem Blick entzogen.

Rosalie warf dem Federvieh die übrigen Brennnesseln hin und folgte den beiden. Am Himmel zogen Vogelschwärme auf ihrer Reise Richtung Süden. Blessgänse, Kraniche, Stare und Kiebitze segelten in anmutigen Formationen durch die Lüfte.

Sie nahm sich keine Zeit, den Kopf in den Nacken zu legen und ihnen nachzublicken. Rauch hing zwischen den Bäumen und führte sie auf die Spur ihres Mannes und der alten Frau. Sie fand sie nur wegen des rauchigen Feuers. Weshalb hatten die beiden es entzündet? Was taten sie hier?

Rosalie verbarg sich hinter dem dicken Stamm einer Buche und sah zu, wie Ava das kümmerliche Feuer mehrmals umschritt und etwas hineinwarf, woraufhin der Rauch eine würzige und bittere Note verströmte. Während Romar reglos wie ein Baum stand, nahm die Alte ihm den Korb aus den Händen, griff die benutzte Stoffbinde und warf sie in die Flammen. Dabei murmelte sie unverständliche Worte, die einem seltsamen Rhythmus zu folgen schienen.

»Nicht mehr lange.« Das Murmeln hörte auf, und Ava sprach in normalem Tonfall zu Romar. »Ihr Bauch wird sich runden.«

Halb belustigt und halb schockiert begriff Rosalie, was vor sich ging. Es handelte sich offenbar um ein Fruchtbarkeitsritual, damit sie ein Kind empfing. Da legten sich von hinten schwere Hände auf ihre Schultern und zogen sie fort.

»Komm weg hier!« Die Hände lösten sich, und sie drehte sich um.

»Theodor. Was soll das? Und was tust du hier?«

»Das sollte ich dich fragen«, brummte Judiths Mann und zupfte nervös an seinem Bart. »Sie haben dich anscheinend nicht bemerkt. Komm jetzt. Beeilung.«

Verunsichert folgte Rosalie ihm aus dem Wald. Er ging mit großen Schritten und blieb erst stehen, als sie den Rand des Dorfes erreicht hatten.

»Weshalb hast du mich dort fortgeholt?«

»Ich sah dich allein im Wald verschwinden und wollte sichergehen, ob alles in Ordnung ist.«

»Mir geht es gut.« Rosalie forschte in Theodors Gesicht nach seinen wahren Beweggründen. Sie fand sie nicht. Der Mann sah aus wie immer; verhärmt und ein wenig verloren, seit seine Frau Judith ihm das tote Kind geboren hatte. »Wusstest du, was Ava und Romar vorhatten?«

»Du darfst Mu… Ava nicht stören, wenn sie dergleichen tut«, mahnte Theodor.

»Wenn sie um ein Feuer schreitet?«

»Sprich nicht so.«

»Weshalb nicht, Theodor? Ich denke, sie hat ein Fruchtbarkeitsritual durchgeführt. Eines für mich. Sollte ich dann nicht davon wissen?«

Er schüttelte den Kopf. »Lass es bleiben«, riet er bloß und stapfte zurück zu den anderen Männern und den Balken. Die setzten ihre Arbeit eilig fort, als sie zu ihnen hinsah.

Rosalie hockte sich auf die Bank, noch warm von Judiths Körper. Wahrscheinlich war sie eben erst gegangen. Um mit Theodor zu sprechen? Natürlich hatte er von der Fruchtbarkeitsbeschwörung gewusst. Vielleicht auch alle anderen im Dorf?

»Ich bin dir heute gefolgt.« Rosalie und Romar saßen beim Abendbrot. Während sie sprach, schob sie ihm das Schmalztöpfchen über den Tisch. Er hatte schon die Hand danach ausgestreckt und ließ sie jetzt wieder sinken. Sagte nichts und unternahm keinen Versuch, es abzustreiten.

»Was sie da gemacht hat – Ava –, war eine Art Fruchtbarkeitszauber, nicht wahr?«

Romar nickte und schaffte es nicht, seiner Frau ins Gesicht zu sehen.

»Weshalb?« Das Wort kam schwer, als wären ihre Stimmbänder heiß und entzündet.

»Weil du noch kein Kind trägst.«

»Da hast du beschlossen nachzuhelfen?« Rosalie war verletzt, und es gelang ihr schlecht, das vor ihm zu verbergen. »Musste es denn gleich das ganze Dorf wissen?«

»Wie meinst du das?«

»Theodor hat mich aus dem Wald geholt, und ich sah die Blicke der anderen. Sie wussten es. Nur ich, deretwegen ihr dieses Feuer entzündet habt, war ahnungslos.«

»Ich wollte dich schützen.« Romar räusperte sich verlegen. »Du solltest dir keine Vorwürfe machen.«

»Vorwürfe?« Sie blickte ihn fassungslos an. »Ich dachte immer, es macht dir nichts aus, dass wir noch kein Kind erwarten? Ich sage dir eins: Eure Heimlichtuerei schmerzt mich viel mehr.«

»Rosalie ...«

»Lass! Was willst du mich beschwichtigen? Es ist doch so: Ich hatte keinen Schimmer, wie dringend du dir Kinder wünschst.«

»Tu ich nicht.« Romar griff nach dem Schmalztöpfchen und drehte es in den Händen. Er schien krampfhaft nach etwas zu suchen – einer Antwort? »Mit Kindern habe ich es nicht eilig. Es war Avas Wunsch, die Beschwörung durchzuführen, um uns zu helfen. Ich habe mitgemacht, um meine Ruhe zu haben. Sie meint es ja gut.«

»Sie denkt, ein Kind würde uns beide glücklich machen.« Rosalie war gegen ihren Willen gerührt. Wer hätte das gedacht? Das Ritual war Avas Fürsorge zu verdanken und die Heimlichtuerei aus Romars Wunsch entstanden, sie zu beschützen. »Wir werden ein Kind zusammen haben, vielleicht schon bald. Kannst du dir vorstellen, wie du unser Erstgeborenes im Arm hältst?«

»Meine geliebte Frau.« Romar streckte die Hand aus, um mit den Spitzen seiner Finger ihr Gesicht zu berühren, erreichte sie aber nicht. Seine Miene war in sich gekehrt.

»Manchmal zeichne ich sie«, gestand Rosalie zärtlich. »Die Kinder, die wir einmal haben werden.«

Das wollte er nicht hören. Seine Augen waren nicht länger klar und tiefblau, sondern wurden so dunkel, als wäre binnen Augenblicken ein schwerer Vorhang gefallen. Ein Gewitter aus dem Nichts.

»Romar, was hast du?«

Er gab keine Antwort, starrte sie bloß an. Erregt und zornig und mit verstörender Intensität. Beim Aufspringen fegte er Butter, Brot und das Schmalztöpfchen beiseite und hätte um ein Haar den Tisch umgeworfen.

»Was hast du denn bloß?«

»Gar nichts.« Er kam auf sie zu.

»Bitte sag mir, weshalb du so erbost bist.« Sie hielt seinem Blick nur mit Mühe stand. »Du machst mir Angst.« Rosalie duckte sich vor ihrem Mann, während das Schmalztöpfchen unter die Eckbank rollte, dort noch ein wenig kreiselte und schließlich liegen blieb.

»Du machst *mir* Angst.« Romar riss sie mit einer Heftigkeit in seine Arme, dass ihre Füße den Halt verloren. Zumindest glaubte sie das. »Es zerreißt mich, dich zu lieben. Es frisst mich auf.« Er küsste sie. Grob, mit glühenden Lippen und kratzendem Bart. Es war ein Ansturm, mit dem sie nicht gerechnet hatte. Sein Körper drückte warm und schwer gegen ihren, sein Gewicht hielt sie fest, so dass sie auch dann nicht fortgekonnt hätte, wenn sie gewollt hätte.

»Ich darf dich nicht verlieren.« Seine Worte klangen, als bahnten sie sich gewaltsam einen Weg aus tiefster Seele. Er hob sie auf die Tischplatte, und seine Hand suchte den Weg zwischen ihre Schenkel. »Öffne die Beine für mich«, verlangte er rau.

»Warte. Ich … blute noch.«

»Öffne die Beine.«

Sie hörte die Lust in ihrem Blut rauschen, fühlte das Drängen ihres Körpers und ergab sich ihm mit Leib und Seele. Er liebte sie hart und nahm keine Rücksicht, weder auf Rosalie noch auf sich selbst, während sie ihm entgegenkam, seine Lust und seinen Schmerz teilte und doch nicht begreifen konnte, was ihn marterte.

»Es tut mir leid.« Romar schloss die Läden, dabei war jene, der die hellen Fenster eine Einladung gewesen waren, schon in die Nacht zurückgewichen.

Hernach rührte er Rosalie nicht mehr an. Kein einziges Mal. Bis es zu spät war.

14

Im Halbkreis

Er war zurückgekehrt. In den Wald.

Die Wunde an seinem Hinterkopf schmerzte kaum noch. Wenn er seine Lippe betastete, die fünf Wochen vorher wie ein fetter Wurm in seinem Gesicht gelegen hatte, so war auch sie abgeschwollen. Franz wusste nicht – und vielleicht würde er es nie erfahren –, was in jener gewittrigen Nacht geschehen war. Ein herabfallender Ast, der ihn am Hinterkopf getroffen und nach vorn hatte stürzen lassen wie einen gefällten Baum? Oder etwas – jemand – anders?

Als er mit pochendem Schädel aufgewacht war, hätte er ins Waisenhaus zurückkehren können. Möglicherweise wäre die Waisenhausmutter sogar bereit gewesen, ihm sein Weglaufen zu verzeihen. Aber er hatte es nicht getan. War stattdessen nach Schongau gegangen. Zu Hochwürden Kippling. Um sich ihm anzuvertrauen.

»Ich sehe nicht recht, weshalb du dir solche Sorgen um Rosalie machst, mein Junge.« Bei diesen Worten hatte das Gesicht des Geistlichen einen grimmigen Ausdruck gehabt, und die steilen Falten, oberhalb der Nasenwurzel senkrecht in die Stirn gegraben, waren noch deutlicher als sonst zutage getreten. Alles in allem hatte er ausgesehen, als wäre er selbst keineswegs frei von Sorge. Möglicherweise hatte er ihn deshalb vorübergehend in der Familie eines Schongauer Holzhändlers und Zimmermanns untergebracht (obwohl im Pfarrhaus reichlich Platz war, doch Hochwürden Kippling nahm grundsätzlich keine Waisen dort auf. Das finge er gar nicht erst an, sagte er). Also war es ein Strohsack, warm und mit wenig Flöhen, im Holzlager geworden. Für eine kurze Weile. Bis er auch von dort fortgelaufen war.

Jetzt war er wieder hier. Franz, der verliebte Junge. Ganz in der Nähe des Dorfes. Ganz dicht bei den Haberatshofenern.

Es war der Tag von Susabells Niederkunft, und daher rührte es, dass sie den Knaben im Wald nicht bemerkten.

*

Obschon sie im Dorfleben praktisch nicht vorhanden war, ihr Name den Menschen kaum jemals über die Lippen kam, begann man ihn an diesem Tag nervös zu flüstern.

Susabell liegt in den Wehen.

Hast du gehört? Susabells Kind kommt.

Was glaubst du, wie lange Susabell wohl …

Susabell. Susabell. Susabell.

Der Name umwehte Rosalie von allen Seiten, wie ein aufkommender Sturm. Es war kalt, der Himmel bewölkt und diesig. Der Schnee war zurückgekommen und dieses Mal liegen geblieben. Sie sah Kunz und Riele mit ihren erwachsenen Kindern beisammenstehen, mit Endres, Zacha und Wila. Alle fünf blickten mit verkniffenen, sorgenvollen Gesichtern hinüber zu Josefs Haus. Heidegret und Rebekka, Josefs und Jeremias' Cousinen, tuschelten mit Sara. Judith saß mit geröteten Augen auf ihrer Bank, die von einer feinen Eisschicht überzogen war. Man sah ihr an, dass sie geweint hatte. Sicher dachte sie an ihr eigenes, totgeborenes Kind. Romar fehlte unter den aufgeregten Menschen und war der Einzige, den Rosalie vermisste. Während alle anderen ihre Arbeit in einem solchen Moment, in Erwartung der bevorstehenden Niederkunft, ruhen ließen, blieb er im Wald und für sich allein. Rosalie seufzte. Sie hatte noch nicht herausgefunden, was ihrem Mann am Tag des Fruchtbarkeitszaubers so nahegegangen war und weshalb er ihr im Ehebett bis auf den heutigen Tag, seit einem vollen Monat, streng den Rücken zudrehte. Fehlte nur noch die Kutte, um das Bild des asketischen Mönchs zu vervollständigen, der sich selbst heiligte, indem er sich das warme Fleisch einer Frau versagte. Was war nur los mit ihm?

Auf dem Weg zurück ins Haus, in Gedanken schon daheim in der warmen Stube, sah Rosalie Ava zu Josefs Haus hasten. Der verklumpte Fuß der Alten hinterließ eine unruhige Linie im Schnee; ihre sonst blau geäderten Wangen wurden von hektischem Rot überzogen. In der rechten Hand trug die Alte einen Korb, aus dem ein grün, rot und gold bestickter Stoffzipfel lugte. Vielleicht eine weiche Decke für das Neugeborene, um es auf der Welt willkommen zu heißen? Anscheinend kam die Geburt gut voran.

Rosalie ließ das angespannte Raunen des Dorfes mitsamt den weißen Atemwölkchen vor der Tür. Es war auf seltsame Art berührend – obwohl die werdende Mutter nicht zu ihrer Gemeinschaft gehören wollte, warteten die Haberatshofener mit gespannter Bangnis auf den jüngsten Dorfzuwachs.

Der Gedanke, Holz nachzulegen, um sich etwas Milch auf dem Herd zu erwärmen, wurde unterbrochen, als es dringlich klopfte. Jemand stürzte ohne Abwarten ins Haus.

War das der Augenblick, in dem sich für Rosalie alles änderte? In dem das Grauen sein geflicktes Fischernetz über sie warf und es aussichtslos schien, länger vor der Wahrheit zu fliehen?

»Marianna.« Die Schwellung ihres Leibes war jetzt deutlich zu erkennen. Die junge Frau keuchte, ihre Halsschlagader pochte wild, und ihr Haar war zerzaust, als hätte sie es sich panisch zerrauft.

»Was tust du hier? Ich habe dich noch nie im Dorf gesehen. Zumindest nicht am hellichten Tag.«

»Susabells Kind kommt. Jeremias hat getan, als wäre nichts. Das war so auffällig, dass ich aus dem Haus und zum Dorfplatz gegangen bin …«

»Ich weiß. Alle sind aus dem Häuschen deswegen.«

»Sie will mich bei der Geburt dabeihaben. Und dich auch.«

»Mich?«, fragte Rosalie verdattert. Sie kannte Susabell kaum. Doch fiel ihr auf, dass Marianna ohne die Freundin an ihrer Seite weniger stark wirkte.

»Du musst mir helfen.« Mariannas Gesichtsfarbe wechselte von bleich zu rot und wieder zurück. »Wir dürfen keine Zeit verlieren. Die Alte ist bestimmt bei ihr.«

»Das ist gut. Ava wird sich um Susabell kümmern. Sie holt die Kinder im Dorf auf die Welt, ich weiß nicht, wie lange schon. Wir wären ihr nur im Weg.« Rosalie versuchte, Marianna zu vermitteln, was Romar ihr in der Nacht von Judiths Niederkunft gesagt hatte. *Ava kümmert sich bei uns um die Gebärenden. Niemand sonst.*

»Bitte.« Marianna griff ihre Hände. »Wir müssen sie beschützen. Hilf mir!«

»Wovor willst du Susabell beschützen? Vor den Schmerzen der Geburt? Die können wir ihr nicht nehmen. Ist ja gut.« Rosalie drückte beruhigend Mariannas Arm. »Ich kann mir vorstellen, Ava kennt eine Medizin, die es ihr leichter macht. Und wenn sie ihr Neugeborenes erst in den Armen hält …«

»Du irrst dich. Susabell wird ihr Kind nie in den Armen halten.« Marianna schüttelte so vehement den dunkelblonden Schopf, dass ihr zerzaustes Haar sich restlos aus dem Knoten am Hinterkopf löste, zu dem sie es gebunden hatte. »Verstehst du mich denn nicht? Ava ist es, vor der wir Susabell beschützen müssen. Vor Ava und dem Dorf.«

In der Schwangerschaft trieb die Phantasie wilde Blüten. Das hatte Rosalie vor Jahren aufgeschnappt und war im Moment geneigt, dem lauthals zuzustimmen. Mariannas wahnhafte Vorstellungen waren erschreckend und beklemmend, aber sicher nicht zuletzt ihrer schwierigen Lage und ihrer Isolation im Dorf geschuldet.

»Versuch dich zu beruhigen, bitte. Denk an dein Kind, dem solche Aufregung sicher schadet. Ich wärme dir einen Becher Milch, und hinterher gehen wir zu Josefs Haus und erkundigen uns bei Ava, wie die Geburt vorangeht.«

»Bleib mir gestohlen mit deiner Milch!«, fuhr Marianna sie an. »Wenn du zu dumm oder zu ängstlich bist, um die Wahrheit zu begreifen, dann lass es bleiben und lauf in dein Unglück.«

»Marianna …«

»Lass mich! Wir haben wirklich keine Zeit für einen verfluchten Becher Milch! Es wird zu spät sein, wenn wir jetzt nicht handeln!« Tränen liefen ihr über das aufgelöste Gesicht. »Wir hatten einen Plan, Susabell und ich. Wir wollten zusammen fliehen, ehe ihr Kind kommt. Während einer der Versammlungen. Aber als es endlich so weit war, sind wir nicht gegangen.«

»Weshalb nicht?«

»Wegen dir, Rosalie. Wir mussten wissen, ob du auch eine Waise warst. Während der zweiten Versammlung hat Susabell darauf bestanden, wieder zu dir zu gehen und dich eindringlich zu warnen. Danach kam keine Gelegenheit mehr für uns, und jetzt ist es zu spät!« Damit stürzte Marianna zum Haus hinaus – und taumelte stolpernd zurück, als wäre sie gegen eine Wand geprallt.

»Um Gottes willen!« Rosalie hetzte zu ihr, stützte sie mit ihrem Körper und warf einen Blick durch die offen stehende Tür.

Was sie draußen sah, nahm ihr den Atem. Im Halbkreis standen schweigend die Haberatshofener und erinnerten Rosalie auf fatale Weise an ein Rudel Wölfe, das die Beute umzingelt. Sie ließen das Haus nicht aus den Augen. Mitten unter ihnen war ein Mann mit tiefblauen Augen. Romar.

Was ging hier vor? Rosalie rieb sich die Augen und fühlte nach den feinen klebrigen Schlafkörnern, die ihr am Morgen in den Augenwinkeln hingen. Das konnte nur ein Traum sein, oder? Bloß: Weshalb hörte sie noch immer Mariannas Stimme, die Gänsehaut über ihren Nacken prickeln ließ? Weshalb wachte sie nicht auf?

»Sie wissen es.« Marianna zitterte hoffnungslos. »Dass ich es weiß.«

»Dass du was weißt?« Rosalie nahm sie bei den Schultern und rüttelte sie leicht. »Ich verstehe nicht. Weshalb sind sie da draußen?«

»Es ist, weil … Osanna ist gestorben. Und jetzt wird Susabell sterben.«

»Nicht doch.« Rosalie drückte die Schwangere mit Entschiedenheit auf einen Stuhl. Marianna wehrte sich nicht und begann leise zu wimmern wie ein verirrtes Kind. Das war nicht mehr die Frau, die sie kennengelernt hatte. »Ich finde heraus, was da vor sich geht. Wahrscheinlich sind sie einfach neugierig, weil du das erste Mal seit ewiger Zeit das Haus verlassen hast.« *Und geradewegs zu mir gekommen bist.*

»Das kannst du nicht ernsthaft glauben.« Marianna sprach ohne ihr früheres Feuer. Jeder Kampfgeist war aus Körper und Seele entwichen. Sie hatte aufgegeben, und es blieb von ihr nicht mehr als ein zusammengesunkenes Häufchen Elend.

Rosalie trat vor die Tür. Reglose Gesichter blickten ihr entgegen. Keiner sprach ein Wort. Ihr wurde fürchterlich heiß, denn plötzlich, als wäre sie nie aus Augsburg fortgegangen, war sie wieder die Außenseiterin. Das lichtscheue Monstrum, das niemand will und das in seinen Bildern Schauerliches zum Leben erweckt.

»Was …« Ihre Stimme gehorchte ihr nicht. Sie räusperte sich, während eine Welle der Verzweiflung über sie hinwegschwappte. Es tat so weh, allein zu stehen. »Was ist geschehen? Seid ihr wegen Marianna hier?« Die Erinnerung an die Mädchen und die Eier sauste auf Rosalie herab wie ein Hühnerschnabel, der hurtig nach einem fetten Wurm pickt. Es war unendlich schwer weiterzusprechen. Schwer, nicht auf der Stelle zu Boden zu sinken und die Arme schützend vor dem Gesicht zu kreuzen. Da dachte sie an die verzweifelte Marianna drinnen in der Stube, und sie fand die nötige Kraft.

Rosalie straffte sich, stand aufrecht und ließ ihre Vergangenheit hinter sich. »Es ist schon gut. Ich kümmere mich um sie.« Rosalie lächelte die versammelten Dorfbewohner beruhigend an. Sie alle hatten sie zu der Frau reifen lassen, die sie jetzt war. Ein mutigerer Mensch und einer, der sich selbst nicht länger verabscheute. Am liebsten hätte sie laut jubiliert über die großartige Offenbarung, die ihr zuteilgeworden war. Da begriff Rosalie, dass keiner der Haberatshofener im Geringsten auf ihre Worte geachtet hatte. Aus Josefs Haus waren leise, aber eindeutig die Schreie eines Neugeborenen zu vernehmen. Gleich darauf hörte man, sehr viel lauter, Gepolter. Ein Ruck ging durch die Versammelten, und die Anspannung schien noch weiter zu wachsen.

»Ich mache das.« Romar löste sich entschlossen aus der Menge. »Keine Sorge. Rosalie ist meine Frau und wird mir gehorchen. Jeremias soll Marianna holen kommen, wenn es vorbei ist.«

Kam es ihr nur so vor, oder richtete Romar seine Worte in erster Linie an Willem? Der Alte jedenfalls nickte.

»Wenn was vorbei ist?«

»Wenn das Kind da ist, Rosalie, und Susabell sich etwas erholt hat. Komm ins Haus. Und ihr anderen: Geht bitte.« Romar scheuchte die Haberatshofener mit einer Handbewegung fort. Sie wandten sich widerwillig zum Gehen, und Rosalie fiel auf, dass einige fehlten. Ava natürlich, genauso wie Sara, Judith und Theodor, Jeremias und Josef.

»Aber das Kind ist doch schon da.«

Romar ignorierte ihren Einwand und legte ihr den Arm entschieden um die Hüfte. Die kalte Umklammerung eines Schraubstocks.

»Schon gut, Liebes.« Er küsste sie aufs Haar, knapp über dem Ohr. »Halt jetzt um Himmels willen den Mund«, hörte sie ihn raunen. Erst in der Stube ließ er sie los.

Marianna schrumpfte bei Romars Anblick, sofern das möglich war, noch weiter in sich zusammen. Er machte ihr Angst, und für die Dauer eines Wimpernschlags sah Rosalie ihn mit Mariannas Augen: den geflochtenen Bart, der die dünnen Lippen fast zur Gänze verdeckte; sein versteinertes Gesicht und die gleichgültigen Augen. War das wirklich ihr Ehemann?

»Kannst du bitte erklären, was vor sich geht?«

»Es gibt nichts zu erklären, Rosalie.«

»Weshalb dann der Aufmarsch vor der Tür? Marianna sorgt sich um ihre Freundin. Sie will sich nur vergewissern, dass Susabell wohlauf ist.«

»Ava kümmert sich.«

»Sicher tut sie das.« Rosalie hatte das Gefühl, besänftigend auf einen gereizten Hofhund einzureden – ohne eine Pelle Wurst in der Hand. Obwohl Romar sich ungerührt gab, erkannte sie die Anspannung in seinen Zügen. Auch am Tag des

Fruchtbarkeitszaubers, als sie über Kinder geredet hatten und er anschließend voller Not über sie hergefallen war, hatte sie ihn nicht verstanden. Wusste nur eines: Damals wie heute quälte ihn etwas.

»Marianna und ich sehen nun kurz nach Susabell.« Rosalie streckte der Schwangeren die Hand hin, um ihr beim Aufstehen zu helfen.

»Ihr bleibt. Alle beide.« Grollend stellte Romar sich in den Türrahmen.

»Was soll das? Du willst uns zurückhalten? Wie denn, Romar? Indem du mich schlägst oder die schwangere Marianna?«

»Du zwingst mich ja förmlich!«, donnerte er.

»Du würdest mich schlagen?« Rosalie stellte sich vor Marianna. Ihr Magen war ein Ballon, in den gleichzeitig Luft hineingepumpt und abgesaugt wurde. Sie fühlte sich vor Wut und Schock der Ohnmacht nahe.

»Niemals.« Romar formte das Wort nur mit den Lippen, und darin steckte alles Gefühl, das er bis dahin meisterlich verborgen hatte. Rosalie fing seinen Blick und hielt ihn voller Erleichterung fest. Sie hatte sich doch nicht in ihm geirrt.

In dem Moment achteten beide nicht auf Marianna, die mit schrillem Kreischen, die Hände hoch erhoben und zu Fäusten geballt, an Rosalie und Romar vorbeistürmte.

»Was zum Teufel …?« Seine Frage blieb hypothetisch, denn Mariannas Absicht war klar. So mutig ihr Vorstoß war, blieb er zum Scheitern verdammt, denn Romar packte die Schwangere am Handgelenk und zerrte sie in Richtung des Erdkellers, der unter der Küche lag.

»Öffne die Klappe, Rosalie!«

»Das ist nicht dein Ernst.« Ihr kamen die Tränen. Hinter dem Schleier aus Nass hockte die Klappe wie ein giftiges Tier. »Warum tust du das?«

»Um dich zu beschützen.« Er sprach so leise, sie verstand ihn kaum. Mit der freien Hand öffnete er selbst die Klappe und sorgte dafür, dass Marianna hinunterstieg. »Du auch.«

Rosalie spielte mit dem Gedanken, es wie Marianna auf einen Versuch ankommen zu lassen. Die Flucht vor ihrem eigenen Mann anzutreten. Was sie zurückhielt, war Mariannas elendes Gesicht, das in der Schwärze des Erdkellers verschwand. Sie sah jämmerlich aus – Rosalie brachte es nicht übers Herz, sie allein im Dunkeln zu lassen.

»Das werde ich dir nicht vergessen, Romar. Niemals.« Kaum hatten ihre Füße Halt auf der schmalen Stiege gefunden, fiel oben die Klappe, und der Riegel wurde vorgeschoben.

15

Erdkeller

Der kleine Erdkeller roch modrig, die Luft abgestanden. Rosalie fühlte sich an den Kartoffelkeller unter dem Augsburger Waisenhaus erinnert, Ort ihrer Bestrafung, mit dem sie in den Jahren ihrer Kindheit vertraut geworden war. Sie hatte den Kartoffelkeller beinahe gemocht; die Abgeschiedenheit, die Kühle, die Einsamkeit. Niemand, der sie anstarrte oder triezte. Es war nie so finster gewesen, wie es ihr anfangs vorgekommen war. Nach einer Weile schälten sich immer feste Konturen aus der Schwärze. So verhielt es sich auch mit dem Erdkeller unter Romars Haus. Ihre Augen gewöhnten sich an die Dunkelheit, und Rosalie sah die gestapelten Getreidesäcke des letzten Sommers. Von den Säcken ging ein strenger Fäulnisgeruch aus, und sie war halb auf dem Sprung nachzuprüfen, wo Feuchtigkeit eingedrungen war und das Getreide verdorben hatte. Da hörte sie ein Winseln. Wie das Weinen eines jungen Hundes und umso ergreifender, weil es von Marianna kam. Rosalie scherte sich nicht weiter um die Säcke. Sollten sie verderben, wie sie wollten.

Sie schob sich vorbei an Holzkisten mit schrumpeligen Frühäpfeln an Marianna heran.

»Glaubst du mir jetzt?« Die Schwangere schniefte, und eine Hand tastete in der Dunkelheit nach Rosalie. Die Frauen verschränkten die Finger ineinander. Nähe und Wärme beruhigten beide ein wenig.

»Ich kann kaum denken.« Rosalies Zunge war ein schwerer Klumpen in ihrem Mund. Sie mochte die Fragen nicht stellen, die sich ihr aufdrängten. Ihr Ehemann hatte sie in diesem Keller eingeschlossen und alles verändert. Auch wenn Romar sich seit ihrer Hochzeit oftmals befremdlich und abweisend benommen hatte, war ihr die Wärme seiner Umarmung doch stets eine sichere Zuflucht gewesen. Dieses Gefühl war dahin. »Gibt es noch etwas, das ich wissen muss? Bitte, erzähl mir alles.«

»Alles«, sagte Marianna mit belegter Stimme. »Gut, dann hör zu. Meine Eltern lebten in Schongau und starben an der Schwindsucht. Ich war vier oder fünf Jahre alt und kam ins Waisenhaus zu Schwester Dora und ihren Kindern. Susabell war eines von ihnen. Wir wurden Freundinnen, waren wie Schwestern.«

»Die ihr immer geblieben seid.«

»Susabell ist nachgiebiger und weniger stur. Ich denke, es ist ihr zu verdanken, dass unsere Freundschaft so lange gehalten hat. Wir mochten das Leben im Waisenhaus und haben selten davon geträumt, neue Eltern zu bekommen. Die Vorstellung, uns zu trennen, war ein Graus.«

»Jeremias und Josef …«

»Richtig. Wir lernten sie kennen und waren entzückt davon, dass sie Brüder sind und wir in Zukunft beinahe Haus an Haus leben würden.«

»Deshalb habt ihr sie geheiratet?«

»Auch. Aber in erster Linie waren wir verliebt. Die beiden gaben sich große Mühe, schwärmten vom Leben in Haberatshofen und schilderten ihre Liebe zu uns in den schönsten Worten und schillerndsten Farben. Wie hätten wir da nein sagen können?«

»Hatten Schwester Dora und Cäcilia keine Einwände?«

»Doch, Osannas wegen. Sie war schon als Säugling ins Waisenhaus gekommen und der erklärte Liebling. Sie hat sich in einen Haberatshofener verguckt und ihn geheiratet.«

»In Matäus.«

»Genau. Obwohl sie Schwester Dora versprach, oft zu Besuch zu kommen, hat man sie nie wieder außerhalb des Dorfes gesehen.«

»Trotzdem habt ihr Josef und Jeremias geheiratet.«

»Es war meine Schuld. Ich habe Susabell ermuntert und ihre Zweifel zerstreut, denn ich wollte unbedingt nach Haberatshofen. Wir wussten schon, dass die Leute in der Gegend allerlei über das Dorf munkeln, aber das war mir gleich. Ich war in Jeremias verliebt, Susabell mochte Josef sehr gerne, und das schien mir auszureichen, um die Gerüchte beiseitezulassen. Die Leute reden ständig, nicht wahr, da musste man das nicht zu ernst nehmen.« Marianna erzählte mit tonloser Stimme, die erahnen ließ, mit welcher Anstrengung sie ihre Gefühle heraushielt. »Ich war so beseelt von dem Wunsch, das Waisenhaus zu verlassen und mit Jeremias meinen eigenen Hausstand zu gründen. Ist das nicht der Traum jedes Waisenmädchens? Susabell und ich versicherten einander, dass wir immer für die andere da sein würden und uns nichts Schlimmes zustoßen könne.«

»Aber so war es nicht?«

»Nein. Das heißt, wir haben einander Mut zugesprochen, das schon. Aber kaum waren unsere Ehen geschlossen und wir ins Dorf gezogen, haben Josef und Jeremias sich völlig verändert. Sie kümmerten sich nicht mehr um uns und wollten keine Zeit mit uns verbringen.«

Vor ihrem inneren Auge sah Rosalie Romar früh am Morgen in den Wald gehen und spät am Abend heimkehren.

»Anfangs tröstete das Dorfleben uns über die unerwartete Kälte unserer Männer hinweg. Alle gaben sich Mühe mit uns, bis die Masken nach und nach fielen und wir die Bösartigkeit der Haberatshofener erkannten. Von da ab sind wir im Haus geblieben und sahen uns nur noch während der Versammlungen, in Abwesenheit unserer Männer. Denn wagten wir uns zu einer anderen Zeit aus der Tür, erdolchten sie uns mit Blicken.«

»Falls das wahr ist …«

»Ich versichere dir, es ist wahr. Die Brüder hatten von vornherein nur eines im Sinn: uns ein Kind zu machen. Jeremias liebt mich nicht und hat es nie. Mach die Augen auf, Rosalie. Würde dein Mann dich lieben, wärst du dann jetzt in diesem Keller eingeschlossen?«

»Romar liebt mich.« Sie wollte es unbedingt glauben. Gegen alle Wahrscheinlichkeit. *Um dich zu beschützen.* Rosalie klammerte sich an seine geflüsterten Worte, ehe die Klappe gefallen war und die Welt in Dunkelheit getaucht hatte. »Was war mit dem ersten Waisenmädchen? Mit Osanna?«

»Osanna war jung und strotzte vor Gesundheit. Gleich, welche Krankheit im Waisenhaus grassierte – sie blieb verschont. Schwester Dora nannte sie außergewöhnlich kräftig für ein Mädchen und stur wie ein Muli.«

»Wie war es, als ihr sie in Haberatshofen wiedergesehen habt?«

»Beängstigend, denn was wir wiedersahen, war kaum mehr als eine Hülle. Ganz und gar nicht die Osanna, die wir kannten.«

»Und bald darauf ist sie gestorben?«

»Sie war bereits schwanger, als wir ins Dorf kamen. Schweigsam und unglücklich. Wir hatten schon früh den Eindruck, dass sie uns von ihr fernhielten. Auch die anderen machten einen Bogen um sie. Eigentlich ging nur die Alte zu ihr.«

»Ava?« Rosalie nannte den Namen, obwohl sie die Antwort kannte.

»Ava.« Mariannas ganzer Hass auf die alte Frau und das Dorf

klang in diesen drei Buchstaben. »Sie allein war bei Osanna, so sagten sie es uns, als das Kind zur Welt kam.«

»Eine Geburt ist nie gefahrlos. Manche Frauen sterben dabei. Du weißt das sicher so gut wie ich.«

»Wenn Osanna unter der Geburt gestorben ist, weshalb sind wir eingesperrt? Was glaubst du wohl, Rosalie? Ob nicht doch die alte Frau oder vielleicht …«

»Hör auf, Marianna. Ich glaube einfach nicht, dass jemand im Dorf Susabell etwas Böses will. Osannas Tod war ein großes Unglück, aber es gibt keinen vernünftigen Grund anzunehmen …«

»Doch, gibt es.«

»Dann nenn ihn mir.«

»Nicht lange nachdem Susabell ihre Schwangerschaft bemerkt hatte, geriet sie in Streit mit der Cousine ihres Mannes.« Mariannas Stimme hob sich. Sie sprach schneller.

»Mit Rebekka oder Heidegret?«

»Mit Rebekka. Sie konnte im Nachhinein nicht sagen, was eigentlich zu der Auseinandersetzung führte, doch Rebekka war völlig aus dem Häuschen und warf ihr furchtbare Dinge an den Kopf. Ich bin sicher, dass sie das zu Susabell nicht hätte sagen dürfen, aber sie tat es.«

»Was sagte sie?«

»Dass Susabell zu nichts anderem tauge, als das Kind auszutragen – und dass sie genau wie Osanna enden würde.«

»Deshalb hast du solche Angst um sie und glaubst, sie könnte sterben?«

»Sag ehrlich, Rosalie – hättest du keine Angst?«

Daraufhin schwiegen beide Frauen und dachten an Susabell. Ihre stummen Gebete füllten den Kellerraum unter der Erde. Bis sie oben Schritte hörten.

»Noch etwas.« Plötzlich war Mariannas warmer Atem dicht

an Rosalies Ohr. »Ich muss dir noch etwas sagen, ehe sie uns holen.« Es waren zwei geraunte Sätze, die schwer wie Steine direkt auf den Grund ihres Magens sanken. »Hast du schon einmal versucht, das Dorf zu verlassen, Rosalie? Sie erlauben es nicht.«

Unangenehme Helligkeit floss in den Keller, und Rosalie kniff die Augen fest zusammen. Weiße Punkte hüpften vor dem Schwarz ihrer geschlossenen Lider, gefolgt von orangefarbenen Kometen, gelben Blättern und blassrosa Gischt.

»Kommt rauf.« Die vertraute Stimme ließ sie vorsichtig ins Helle blinzeln. Mildes Nachmittagslicht strömte von der Küche nach unten und war längst nicht so gleißend, wie es ihr im ersten Moment erschienen war. »Kommt schon«, ermunterte Sara. »Jeremias ist hier, um Marianna nach Hause zu holen.«

Rosalie stieg die wenigen Stufen hinauf. Marianna folgte ihr. Sie sprachen kein Wort.

Oben lehnte Jeremias an der Küchentür. Er war blass und sagte ebenfalls nicht eine Silbe. Als er ging, begleitete Marianna ihn mit toten Augen.

Rosalie und Sara blieben allein zurück. Das Haus war still, das Feuer im Ofen erloschen.

»Wo ist Romar?«

»Ich weiß es nicht. Er hat mich gebeten, an seiner Stelle mit dir zu sprechen.«

»Feigling.«

»Nicht, Rosalie. Sag das nicht.« Sara knetete ihre Hände. »Wir haben heute ein gesundes Mädchen bekommen.«

»Wir?«

»Ich meine, Josef und …« Sie zögerte vor der Nennung des Namens und atmete hörbar durch, »… Susabell. Sie ist tot.«

*

Tränen, groß wie Flussperlen, liefen Franz über beide Wangen.

Er hatte Marianna gesehen und die angebetete Rosalie, wie sie aus einer Tür getreten und allein gegen die Meute Haberatshofener gestanden war; er hatte das Weinen eines Neugeborenen gehört und beobachtet, wie Rosalie von einem dunkelhaarigen Mann – ihrem eigenen Ehemann – zurück ins Haus gezwungen wurde. Eine Weile später hatten einige Männer den verhüllten Körper einer Frau durch das Dorf getragen. Hinüber in das Steinhaus. Das Leichentuch war verrutscht, und Franz hatte die Tote erkannt, an deren nackten Beinen getrocknetes Blut klebte, wie auf der vergessenen Farbpalette eines Malers.

Er war ein Junge, der das Elend eines Waisenkindes kennengelernt hatte, doch längst nicht alle Schlechtigkeit der Welt. Um die Geliebte aus den Fängen des Dorfes zu retten, sah er nur eine Chance. Er würde Hilfe holen. Seelischen und moralischen Beistand. Der Autorität der Kirche konnte sich niemand versagen. Dachte Franz.

*

Susabells Tochter hieß Dagmar. Sie war rot im Gesicht, das Köpfchen von der Geburt ganz verdrückt – und hatte bereits die Mutter verloren. Alle bewunderten den Säugling, der erst schrie und dann erschöpft schlief.

In diesen ersten Stunden neuen Lebens waren die Menschen im Dorf aufgewühlt von den dramatischen Ereignissen. Man konnte nie vorher sagen, wie es sich tatsächlich anfühlen würde. Das wussten sie von Willem. Alle brachten Opfer und lernten, damit umzugehen.

Während die Haberatshofener sich über Dagmars Wiege beugten, entfernte der Knabe sich so lautlos als möglich vom Dorf und verschwand im Wald.

16

Hensell und Anea

»Es tut mir leid.« Beim Überbringen der Todesnachricht war Sara stocksteif, als wäre sie selbst von Totenstarre umfangen.

»Tut es das wirklich?« Rosalie konnte nur daran denken, dass Marianna recht behalten hatte.

»Wie meinst du das? Und weshalb dieser Tonfall?«

»Ich frage mich, Sara, was wirklich passiert ist.« Die wenigen Worte brannten schmerzlich auf Rosalies Lippen.

»Die Geburt war schwer. Susabell hatte keine Kraft mehr. Sie ist Ava unter den Händen weggestorben.«

»Ist sie das?«

»Hör damit auf! Was soll das? Meinst du, mir gefällt es, dass sie tot ist?«

Der Gedanke, sich auf der Stelle wieder in den dunklen Keller mit seiner modrigen Kühle zu verkriechen, war verlockend.

»Sag etwas, Rosalie! Es war Gottes Wille und lag nicht in unserer Hand.« Sara fuhr sich übers Gesicht und machte ein kleines, kümmerliches Geräusch.

»Es geht dir also doch nahe. Du bist der Toten gegenüber nicht ganz gefühllos.«

»Natürlich nicht.« Sara fing an zu weinen.

Gerne hätte Rosalie sich überwunden, der Cousine übers Haar zu streicheln oder ihr wenigstens den Rücken zu klopfen, aber sie vermochte es nicht. Während Sara schluchzte, stierte sie an die Wand hinter der Spüle, wo das Holz von feinen Rissen durchzogen wurde. Feine Risse, wie die in ihrem Leben, die sich allmählich zu gewaltigen Löchern auswuchsen und ihre Welt zu verschlingen drohten.

»Cousine?«, raffte Rosalie sich schließlich zu sagen auf, als Saras Kleid schon nass von Tränen war. Am liebsten hätte sie sich selbst ganz und gar leergeweint, doch ihre Wangen blieben trocken.

»Ich soll aufhören zu flennen, oder?«, schniefte Sara.

»Es tut mir leid. Ich habe an deiner Aufrichtigkeit gezweifelt und geglaubt, dein Bedauern über Susabells Tod wäre bloß gespielt. Ich hatte unrecht.« Rosalie sah, wie tief und echt Saras Schmerz war.

»Verzeihst du mir, was heute geschehen ist?«

»Was sollte ich dir verzeihen, Sara?«

»Ich hätte da sein müssen, ehe Romar dich und Marianna eingeschlossen hat. Dann wäre es nicht so weit gekommen.«

»Ich verstehe überhaupt nichts mehr. Weshalb sind die Leute heute mit finsteren Mienen vor unser Haus gezogen? Weshalb hat Romar das getan, uns eingeschlossen?«

»Das wirst du noch verstehen.«

»Susabell wollte unseren Beistand – jetzt ist sie tot.«

»Komm her.« Sara lehnte ihre Stirn gegen Rosalies. »Ich kann nachvollziehen, wie durcheinander du sein musst.« Sie roch nach ihrem vertrauten Parfum, dem Parfum, das sie gemeinsam gemischt hatten. »Ich glaube, wir können beide frische Luft brauchen. Lass uns ein Stück gehen, und ich erkläre dir alles. Aber, Rosalie …«

»Was denn?«

»Mach dich auf einiges gefasst.«

Gleich darauf, beim Überqueren des Dorfplatzes, sahen sie Rebekka. Josefs Cousine hielt mit entrücktem Lächeln Susabells

Kind in den Armen. Die kleine Dagmar war in weiche Decken gehüllt. Eine Traube Menschen umschloss die Frau und das Neugeborene.

»Lass uns gehen.« Sara tippte Rosalie an die Schulter.

Sie schluckte und folgte der Cousine, die entschlossen hinauf zum Friedhof stapfte. Schneeflocken fielen vom Himmel, hart und kantig legten sie sich auf die kalte Erde.

»Hier haben wir Ruhe. Es ist ein stiller Ort und obendrein kein schlechter, um die Wahrheit zu sagen.«

»Die Wahrheit?«, fragte Rosalie schwach.

»Wie fange ich an?« Sara kräuselte die Stirn. Mit ihren verweinten Augen und rosig angehauchten Wangen sah sie wunderschön aus. Rosalie verspürte völlig unpassend einen Stich der Eifersucht.

»Wo bist du mit deinen Gedanken?«

»Nirgends. Was ist die Wahrheit, Sara?«

»Zuerst möchte ich dir sagen, dass du Romar nicht gram sein darfst. Er hat die Regel befolgt, nichts anderes. Deswegen ist er kein schlechter Mann.«

»Er hat die eigene Frau im Keller eingeschlossen«, entgegnete Rosalie scharf.

An einem der Gräber blieb Sara stehen, strich zärtlich über den Stein und die ersten Zeilen der Inschrift. *Du unerbittlich grausamer Tod, was bringst du uns an Schmerz und Not.*

Das Grab von Romars Mutter.

Sara räusperte sich leise. »Wie du weißt, sind Willem und Ava unsere Dorfältesten. Wir anderen hören auf sie.«

»Ich weiß.« Dabei dachte Rosalie an die Frau, die Romar geboren hatte, und wie es gewesen wäre, sie kennenzulernen.

»Ich sehe dir an, was du denkst: Sie hätte dich gemocht, Rosalie. Aber jetzt, bitte, hör zu, was ich dir sage. Ava glaubt, auf den Geburten im Dorf lastet ein Fluch.«

»Ein Fluch?«, echote Rosalie.

»Genau«, nickte Sara ernst. »Das ist der Grund, weshalb nur Ava sich im Dorf um die Gebärenden kümmert. Vor jeder Geburt verbrennt sie bestimmte Kräuter, reinigt sie sich rituell und betet.«

»Romar hat Marianna und mich eingeschlossen, damit wir Ava nicht stören, verstehe ich dich richtig?«

»So ist es. Deshalb gibt es die Regel. Um die Gebärenden zu schützen. Nur Ava und ihre Schülerin dürfen zu einer Frau, die in den Wehen liegt.«

»Und ihr alle glaubt das? Was soll das für ein Fluch sein?«

»Wie sage ich es am besten?« Sara fuhr mit dem Finger über die Inschrift des Grabsteins. »Seit vielen Jahren sind Geburten in Haberatshofen gefährlicher als anderswo. Das ist der Fluch. Mütter und ihre Kinder sterben unter der Geburt. Neugeborene kommen verkrüppelt zur Welt oder sind nicht ganz richtig im Kopf. Susabells kleine Tochter ist seit einer Ewigkeit das erste gesunde Mädchen im Dorf. Jedenfalls hoffen wir das.«

»Ihr hofft was? Dass sie gesund ist?«

»Ja.«

»Du meinst, sie könnte werden wie Robs und Monika?«

»Die Zeit wird es weisen.«

»Du sagst, die Regel wurde aufgestellt, um diesen langjährigen Fluch zu brechen?«

»So ist es. Ich bin froh, dass du es verstehst.«

»Das tue ich nicht.« Rosalie hob den Daumen. »Susabell ist heute gestorben, obwohl die Regel nicht gebrochen wurde.« Sie hob auch den Zeigefinger. »Und Judiths Neugeborenes hat gar nicht erst gelebt.«

»Was willst du mir sagen?«

»Ich will sagen, dass Ava den Gebärenden anscheinend nicht helfen kann und die Regel keinen Sinn hat. Weshalb lasst ihr das Kräuterverbrennen und Reinigen nicht beiseite und holt eine Hebamme ins Dorf? Eine erfahrene Frau, die weiß, was zu tun ist, wenn …«

»Rosalie.«

»Nein, hör zu. Eine erfahrene Frau, die erkennt, wenn ein Kind im Mutterleib nicht richtig liegt oder eine Gebärende zu viel Blut verliert. Eine, die wirklich helfen kann.«

»Rosalie«, sagte Sara wieder. »Die Regel wurde aufgestellt, weil Willem und Ava von ihrer Richtigkeit überzeugt sind. Deshalb sind wir anderen es auch.« Sie rang die Hände als Zeichen ihrer Ohnmacht. »Es kann kommen, was will. Wir werden keine Fremden in Haberatshofen dulden.«

»Das ist dumm.«

»Wenn du meinst.« Sara zuckte die Schultern. »Denk an die Dorfversammlungen. Ergibt es in deinen Augen Sinn, dich auszuschließen, wo du längst dazugehörst?«

»Nein.«

»Trotzdem gehst du nicht hin, solange es dir eben verboten ist.«

»Du rätst mir also, mich wie alle anderen einfach an die Regeln zu halten, egal an welche?«

»Wie alle anderen«, nickte Sara. »Wir sind eine Gemeinschaft. Es gibt gute Seiten und schlechte Seiten, wie wahrscheinlich überall auf der Welt. Aber ich werde nicht zulassen, dass du dich deshalb wie Susabell und Marianna im Haus verkriechst. Das wirst du doch nicht tun, Rosalie? Dafür habe ich dich viel zu gern.«

»Ich werde mich nicht verkriechen.« Die Schrecknisse des Tages hallten in Rosalie wider. Zu viel prasselte auf sie ein. Sie war unfähig, alles einzuordnen. Später, wenn sie in Ruhe nachgedacht hatte, würde sie klarer sehen. »Aber ich möchte gerne wissen, ob du an den Fluch glaubst?«

»Ich habe dich bewusst ans Grab von Romars Mutter geführt.« Sara sagte weder ja noch nein. »Weil ich dir einen Rat geben will. Frag Romar nach seinen Eltern. Seine Familie hat den Fluch erlebt.« Eine Träne tropfte von ihrer Nase. »Ich gehe jetzt. Du musst sicher für dich sein, um das alles zu begreifen.«

»Sara?« Rosalie fiel noch etwas ein, als die Cousine sich schon zum Gehen wandte. »Du hast vorhin von Avas Schülerin gesprochen. Wer ist sie?«

»Was denkst du wohl, weshalb es mir vorhin so unter die Haut ging, dir von Susabell zu erzählen? Ich musste ihren Tod mit ansehen, denn mich hat Ava zu ihrer Schülerin erkoren.«

Romar war nicht da, als Rosalie vom Friedhof kam. Die Dämmerung brach herein, senkte graues Licht über das Dorf und schließlich vom Mond verwischte Schwärze, und noch immer keine Spur von ihm. Nach langem Warten ging sie zu Bett. Die Decke war kalt und fühlte sich klamm an. Sie fror, wollte sich aber nicht eingestehen, dass der warme Körper an ihrer Seite fehlte. Dass Romar fehlte. Nicht bloß, um sie vor Kälte zu schützen.

Unruhig warf Rosalie sich von einer Seite zur anderen, umtost von ihren Gedanken. Ein Fluch, der auf den Gebärenden des Dorfes lastete. Was für ein Irrsinn. Sie dachte an die Worte, die Marianna ihr zugeraunt hatte, ehe Licht in den stickig warmen Erdkeller gefallen war: *Hast du schon einmal versucht, das Dorf zu verlassen, Rosalie? Sie erlauben es nicht.*

Ehe sie endlich einschlief, sprach sie ein Gebet für Susabell. »Herr, in deine Hände empfehle ich die Seele deiner Dienerin Susabell. Ich habe sie nicht lange und nicht gut gekannt, doch lange genug, um zu wissen, wie sehr sie von Ängsten gequält war. Möge sie in Frieden ruhen und ihre Seele aufsteigen in dein ewiges Himmelreich.«

Gleich nachdem der ersehnte Schlaf gnädig zu ihr gekommen war, begann der Traum.

Es war stockduster. Zumindest anfangs, bis der Sichelmond hervorkam und das fahle Weiß junger Birkenstämme gespenstisch aufleuchten ließ. Ringsum wuchsen Sträucher, deren dürre Zweige aussahen wie wütend hingeworfene Bleistiftstriche. Reife Beeren hingen daran. Faustgroß und blutrot. Rosalie erkannte den Ort: Sie war wieder auf der Lichtung, zu der Romar sie an ihrem ersten Tag im Wald geführt hatte. Suchend sah sie sich nach ihm um. Dort drüben! Da saß er; lehnte gegen einen Felsen, der seinen Schatten weit über ihn warf, obgleich es Nacht war.

»Du wirst schlafen.« Er kam zu ihr und hielt ihr eine der gewaltigen Beeren hin. »Iss, Rosalie.«

»Nein.« Sie wich zurück.

Romars rechte Hand fuhr vor und packte sie so hart an der Kehle, dass es ihr den Atem raubte und ihre Welt sich drehte. Mit der linken Hand drückte er ihr den Kiefer zusammen, bis es hässlich knirschte und sie gequält den Mund öffnete. »Mach schon. Iss die Beere. Es ist gleich so weit.«

Kaum fühlte Rosalie die blutrote Beere an der Zunge, zog es ihr die Füße weg, und sie fiel ohne Halt auf die nachtfeuchte Erde. Ihre Glieder wurden im Moment des Fallens von Lähmung umfangen. Sie konnte sich nicht bewegen, konnte keinen Muskel rühren – und war dennoch bei vollem Bewusstsein, als sie kamen.

Die einzelnen Dorfbewohner gab es nicht mehr, ihren Gesichtern fehlten die menschlichen Züge und ihren Beinen der freie Wille. Haberatshofen war verschmolzen zu einem gewaltigen Konglomerat, das gierig auf Rosalie hinabblickte. Dahinter baumelten aufgeknüpfte Menschen an den Ästen der Birken. Tono, Susabell und Marianna. Die tote Susabell winkte ihr im Mondschein hämisch zu.

»Gib sie uns!«, verlangte die Meute. Eine Stimme aus vielen Kehlen.

»Ihr bekommt sie nicht.« Romar hielt die Axt in den Händen, die er zum Holzfällen benutzte. Er stand über Rosalie und holte drohend aus. »Ich mache ein Ende!«, schleuderte er der geballten Kraft Haberatshofens entgegen. »Ich lasse sie nicht leiden!«

»Mach ein Ende«, sangen die Toten. »Mach ein Ende. Mach ein Ende!«

Rosalie schrie, als ihr die Klinge der Axt ins Fleisch fuhr. Und sie hörte nicht wieder damit auf, selbst als ihr Kopf längst vom Körper getrennt war.

Sie hatte die Hände an ihrem Hals, um sich zu vergewissern, dass ihr Kopf noch da war, als der furchtbare Traum verblasste. Rosalie roch Erde und Moos, feuchtes Holz und würzigen Nadelduft. Romar, zu dem alle diese Gerüche gehörten, war zurück. Er hielt sie in den Armen.

»Wirst du anders riechen, solltest du das Dorf eines Tages verlassen?« Sie war benommen vom Schlaf. Wahrscheinlich waren diese Gerüche Teil von ihm, so lange lebte er schon im Wald.

»Du hast böse geträumt.« Er sah so verletzlich aus, wie sie sich fühlte. Der dunkle Bart hob die ungesunde Farbe seiner Haut hervor, seine Augen waren verquollen und müde. »Es tut mir leid, Liebes.«

Da fiel ihr alles wieder ein, und sie versteifte sich. »Lass mich los.«

Sofort rückte er von ihr ab.

»Ich habe mich gefragt, ob du überhaupt zurückkommen würdest.«

»Ich war im Wald und habe nachgedacht. Außerdem wusste ich nicht, was ich zu dir sagen sollte. Hat Sara mit dir gesprochen? Ich habe sie gebeten, für mich die richtigen Worte zu finden. Sie ist so viel einfühlsamer, als ich je sein werde.«

»Du bist mein Ehemann.«

»Ich weiß. Aber hat sie es dir erklärt?«

»Wenn du den Fluch meinst, an den ihr alle unbedingt glauben wollt …«

Romars Hände zitterten, und sie hatte das Gefühl, noch nie einen verzweifelteren Menschen gesehen zu haben. Da tat er ihr leid.

»Glaubst du denn an den Fluch?«, fragte sie weniger schroff.

»Nein.« Sein Lächeln war traurig. »Das heißt, eigentlich weiß ich es nicht.«

»Deshalb fasst du mich seit Avas Fruchtbarkeitsbeschwörung nicht mehr an«, begriff Rosalie. »Du hast Angst, ich könnte ein Kind bekommen und sterben.«

Er nickte verhalten.

»Du wolltest diese Beschwörung nicht?«

»Ich habe dir gesagt, ich habe nur Avas wegen mitgemacht. Denkst du, es macht mir Freude, blutige Monatsbinden aus trübem Wasser zu fischen?«

»Sara meint, du solltest mir von deinen Eltern erzählen.«

»Meint sie das?«

»Ja. Wir waren zusammen am Grab deiner Mutter. Ihr Name war Anea, oder?«

»Himmel, Rosalie, ich will nicht über sie sprechen.«

»Tu es für mich.«

»Meine Mutter hieß Anea, mein Vater Hensell.« Romar knirschte mit den Zähnen. »Ich habe noch nie mit jemandem über ihren Tod gesprochen.«

»Bitte.« Rosalie rückte wieder ein Stück an ihn heran, bis ihre Schulter seine berührte.

»Was von Vater übrig war, wurde bei Mutter begraben. Deshalb gibt es für ihn keinen Stein.« Er fuhr sich mit beiden Händen übers Gesicht, drückte mit den Handflächen gegen seine Schläfen. »Es ist wirklich schwer für mich, über sie zu reden. Ich könnte dir viele schöne Erinnerungen aus meiner Kindheit berichten. Aber was du hören willst, beginnt mit der Geburt meiner Brüder.«

»Deine Brüder?« Rosalie hoffte verzweifelt auf Licht in der Dunkelheit, in der sie tappte.

»Ich war nicht das einzige Kind meiner Eltern.« Seine Stimme kratzte wie die Wolle, an die sein lockiges Haar sie immer erinnerte. »Sie hatten nach mir noch einen Sohn – eigentlich waren es zwei. Es ist schwer zu beschreiben. Als sie aus Mutters Leib kamen … meine Brüder waren der Länge nach zusammengewachsen. An den Schultern und den Hüften.« Alter Schmerz wurde lebendig und flackerte über sein Gesicht. Rosalie konnte es deutlich sehen: Er hatte nie vergessen.

»Haben sie gelebt?«

»Für eine Weile.« Er trommelte mit den Fersen gegen den Bettrahmen.

»Für eine Weile? Was heißt das?«

»Einige Tage. Ich weiß noch, wie sie an der Brust getrunken haben und Mutter süß wie ein Engel lächelte. Meine Brüder mögen Missgeburten gewesen sein, aber meine Eltern haben sie geliebt. Gleich, wie sie aussahen.«

»Was ist mit ihnen geschehen?« Rosalie überwand sich und legte den Kopf an Romars Schulter, während er sprach.

»Wo du heute das Steinhaus siehst, stand damals ein Hof, ganz ähnlich dem unseren. Meine Eltern waren mit meinen Brüdern bei Willem und Ava, die schon früher dort lebten. Um sich mit ihnen zu besprechen. Die beiden Ältesten verließen das Haus, um unter vier Augen zu reden, kurz darauf gab es ein Feuer. Das Holz brannte lichterloh, und sie haben es nicht mehr nach draußen geschafft. Ich weiß nicht, ob sie das überhaupt wollten – was für ein Leben wäre das für ihre Söhne gewesen, zusammengewachsen und verkrüppelt?«

»Du denkst, deine Eltern entschieden sich zu sterben?«

»Ich denke, sie sind verbrannt, weil sie meine Brüder geliebt haben. Sie opferten sich, um ihnen ein Leben voller Qualen zu ersparen. Und uns haben sie alleingelassen.«

»Uns?«

»Mich.« Er blickte sie gequält an. »Ich meinte mich.«

»Du bist nicht mehr allein.« Rosalie liebte ihn. Trotzdem er sie eingeschlossen hatte und sie nicht sicher sein konnte, wie seine wahren Gefühle für sie aussahen.

»Der Körper meiner Mutter war bis zur Unkenntlichkeit verbrannt, aber noch an einem Stück. Anders mein Vater, von dem kaum noch etwas übrig war, und meine Brüder, von denen nichts mehr übrig war.«

»Das tut mir so leid.« Damit konnte Rosalie nicht annähernd ausdrücken, was sie fühlte.

Romar schluchzte auf, zog sie heftig in die Arme und vergrub das Gesicht an ihrer Brust. Sie weinte mit ihm und dachte dabei, dass sie zwar ihre eigenen Eltern nie gekannt, sie dafür aber auch nicht auf so fürchterliche Weise verloren hatte.

»Ich möchte dir etwas zeigen«, sagte Romar nach einer Weile. »Würdest du mit mir kommen?«

»Wohin willst du?«

»Zieh dich warm an. Wir müssen ein Stück in den Wald. Ich will bloß …« Er brach ab und sah sie an. »Wenn ich in ihrer Nähe war, habe ich nur an dich gedacht. Wie ich immer an dich denke, Rosalie. Immer.«

Sie ließ zu, dass er sie an der Hand in den dunklen Wald führte. Ohne seine Trittsicherheit wäre sie sicherlich gestolpert, denn alles sah bei Nacht anders aus. Der Boden mit seinen Wurzelflechten schien sehr weit weg, während die kleinsten Büsche und Sträucher sich zu mannshohen Schattengebilden auftürmten. Der Schnee formte weiße Zelte aus denjenigen Bäumen, die stark genug waren, seine Last zu tragen. Feinere Zweige und Äste waren abgebrochen, um langsam zu verrotten und wieder in den Kreislauf der Natur einzugehen. Über allem schwebten die Rufe der Nacht; das melancholische *Huu-Huu* der Waldkäuzchen, das zischende *Schriiii* einer Schleiereule und die erregte Antwort eines Uhus.

»Wir sind gleich da. Versuch, ganz leise zu sein.«

Romar und Rosalie gelangten zum Rand einer verschneiten Wiese. Wilde Gräser und hohe Farne, die den Kampf gegen die drückende Schneelast gewonnen hatten, stachen als triumphierende Schatten von der hellen Oberfläche ab. »Hier finden sie Nahrung.«

»Wer?«, wisperte Rosalie.

»Gedulde dich einen Augenblick. Die Wolke verzieht sich. Gleich wirst du sie sehen.«

Sie warteten schweigend, bis der Himmel sich auftat. Und da waren sie. Rehe, friedlich im Mondlicht. Ein großer Rehbock, der Rumpf fest und zäh wie altes Leder, zusammen mit drei Ricken und mehreren Jungtieren.

»Woher wusstest du, dass sie hier sein würden?«

»Sie haben ihre Zeiten, zu denen sie auf der Suche nach Nahrung sind. Ich beobachte sie seit einigen Wochen.«

»Um sie zu jagen?«, hauchte Rosalie.

»Nein, keine Bange.« Romar trat vorsichtig, um die Tiere nicht auf die menschlichen Beobachter aufmerksam zu machen, hinter seine Frau. Seine Hände auf ihren Schultern wiesen ihr sanft die Richtung. »Ein Stück weiter rechts. Siehst du sie?«

Rosalie sog ungläubig die Luft ein, als sie die anderen Rehe entdeckte. Es waren zwei, ein Bock und eine Ricke. Das weibliche Tier war schneeweiß.

»Das träume ich.«

»Nein.« Sie spürte seinen warmen Atem an ihrem Nacken. »Es kommt beim Menschen vor, aber bei Tieren ist es gewiss häufiger, denn ich sehe es nicht zum ersten Mal. Normalerweise werden die Albinos von ihren Artgenossen verstoßen, doch diese Ricke hat einen Beschützer. Der Bock sorgt dafür, dass sie in der Nähe der Gruppe bleiben kann. Er würde sie niemals im Stich lassen.«

»Was willst du mir damit sagen?«, fragte Rosalie, legte die Wange an seine Brust und brach in Tränen aus.

17

Von Liebe und Verhängnis

Hochwürden Reginald Kippling sank genussvoll aufstöhnend in den breiten Sessel seines Arbeitszimmers. Die mehrteiligen Fenster des Pfarrhauses liefen nach oben in einem Bogen aus und fingen in den Scheiben das Licht der Öllampe auf seinem Sekretär. Seine Beine waren schwer und dick und taten weh. Die Krankenbesuche auf weit versprengten Höfen nahmen gerade jetzt im Winter kein Ende. Er zog sich die Schuhe von den Füßen, die sich mit leisem Schmatzen lösten. Halb angewidert, halb lustvoll schnupperte er nach dem Duft, der ihnen entstieg.

»Jesus!« Kippling hörte das vertraute Knarren, als jemand die eisenbeschlagene Tür des Pfarrhauses aufstieß. Er hatte noch nicht abgeschlossen. Das tat er immer erst vor dem Zubettgehen – wobei er sich manchmal insgeheim überlegte, den Schlüssel früher umzudrehen. »Da kommt schon wieder einer.«

»Hochwürden! Sind Sie da?« Die Stimme eines jungen Rufers. »In der Stadt sagen sie, dass Sie zurück sind!«

»Im Arbeitszimmer!« Hochwürden Kippling stöhnte erneut, dieses Mal durchweg freudlos. Kirchenmann, der er war, hatte er zu jeder Stunde Dienst. Selbst jetzt, da er sich gerade gesetzt hatte und überlegte, seine Haushälterin um eine Fußwanne zu bitten.

Der Waisenjunge Franz stürzte ins Zimmer und begann – mehr oder weniger ohne Atem zu holen – von dem zu berichten, was in Haberatshofen vor sich ging.

»Ein Säugling hat geschrien, und sie hatte Blut an den Beinen. Sie war schon tot, doch ich konnte die Verzweiflung in ihrem Gesicht sehen. Wirklich, ich konnte sie sehen! Wie … hineingefressen. Da bin ich ohne Rast zu Ihnen gelaufen.«

»Der Herr beruft uns alle früher oder später aus diesem Leben ab.« Kippling empfand Mitleid für den schniefenden Jungen, der mannhaft versuchte, die Tränen zurückzuhalten. Offensichtlich war er am Ende seiner Kräfte und stand unter Schock.

»Abgesehen davon, dass du gar nicht hättest dort sein sollen, Junge«, er kratzte sich an der Schläfe, »muss ich dich denn erst mit der Nase auf das Kind stoßen, von dem du gesprochen hast? Du bist ein gescheiter Bub. Susabell ist im Kindbett gestorben, danach hört es sich für mich an. Kein schönes Los für eine Frau, gerade für eine so junge, doch leider …«

»Ich hörte ihre Schreie. Sie. Hat. Fürchterlich. Gelitten.« Die letzten Worte schraubten sich dem Jungen immer lauter von den Lippen. Ohne es zu merken, lehnte der Geistliche sich weiter von seinem Gegenüber zurück.

»Ich mag es nicht, unterbrochen zu werden«, mahnte Kippling leicht unwirsch. Kein Wunder, denn auf der Kanzel waren Zwischenrufe die Ausnahme. »Ich habe es geduldet, als du dem Waisenhaus partout fernbleiben wolltest. Es ist sicher deinem jugendlichen Alter geschuldet, dass du unbedingt den Helden geben möchtest. Verständnis ist da schön und gut, doch immer mit gesundem Maß.«

»Die Leute stellen so einiges an, um Scheiße nicht in die Hand nehmen zu müssen«, sagte Franz. »Und mit Scheiße meine ich uns Waisenkinder, Herr Pfarrer. Sie sind doch nicht einer von denen. Lassen Sie uns über Susabell sprechen.«

»Ich habe schon verstanden, Junge. Jetzt werd mal nicht frech, denn dank meiner Fürsprache hattest du nach deinem

Weglaufen ein Dach über dem Kopf. Du musstest dir dein Essen weder erbetteln noch stehlen. Sag, weshalb hast du es nicht gut sein lassen und bist bei der Familie des Holzhändlers geblieben?« Das Wort Familie betonte er besonders, übte es doch auf jedes Waisenkind eine geradezu überwältigende Wirkung aus. »Du hättest dort ein Auskommen gefunden. Unter Umständen sogar ein Heim.«

»Pah! Sie schwenken ab, weil Sie im Grunde wissen, dass ich recht habe – und außerdem, das glauben Sie nicht wirklich, dass der Zimmermann mich behalten hätte. Niemals! Selbst wenn – für mich hätte das nichts geändert.«

»Jetzt werd nicht frech«, wiederholte der Geistliche.

»Werd ich nicht.« Franz schniefte und zog geräuschvoll Rotz hoch. »Sie müssen mich ins Dorf begleiten, Hochwürden. Sie müssen einfach. Bitte! Um der Mädchen willen. Wo Susabell tot ist, sind Sie es den anderen schuldig, nach dem Rechten zu sehen.«

Reginald Kippling schnaubte. »Die Mädchen, von denen du sprichst, sind inzwischen allesamt verheiratete Frauen. Sie stehen unter dem Schutz ihrer Ehemänner und brauchen keinen halbwüchsigen Jungen, der auf sie aufpasst.«

»Wir Waisen sind und bleiben Ihnen anempfohlen, oder? Das sagen Sie doch oben im Waisenhaus immer. Sind das bloß leere Worte?«

»Genug! Du bist ein Kind, Franz, erste Bartstoppeln hin oder her, und als solches wirst du dich der Autorität eines Erwachsenen fügen.« Kippling war entschlossen, ein Machtwort zu sprechen. »Ich habe mit Engelszungen auf Schwester Dora eingeredet. Sie wird dich wieder aufnehmen.« Eine Lüge, die ihm glatt über die Lippen ging. Was Dora betraf, hatte er es darin zur Meisterschaft gebracht. Bis auf den heutigen Tag hielt die Waisenhausmutter das Geld, welches sie regelmäßig von ihm bekam, für Spenden der Kirchgänger. Ein frommes Märchen, denn in Wahrheit stammten die Münzen nur zum geringsten Teil aus dem Klingelbeutel. Hochwürden Kippling hatte schon vor Jahren ein weitaus einträglicheres Abkommen geschlossen. »Du bekommst eine letzte Chance von ihr.«

»Ich gehe nicht zurück«, beharrte Franz störrisch. »Haben Sie gehört? Ich gehe nicht zurück.«

»Was?« Kippling schüttelte irritiert den Kopf.

»Sie sind meine einzige Hoffnung«, appellierte Franz. »Hören Sie mir überhaupt zu, Hochwürden?«

»Hm?«

»Ich spüre es vom Scheitel bis zu den Zehen: Der Ort ist böse. Wer sonst, wenn nicht ein Mann der Kirche, könnte dort gegen das Böse wirken. Sie müssen mit mir in den Wald kommen und …«

»Nein.« Kipplings Kopfhaut unter dem spärlichen Haarkranz wurde flammend rot. »Was für ein hanebüchener Unsinn, Franz. Du hast zu viel Phantasie, Junge. Bedauerlich, aber normal in deinem Alter. Mit den Jahren wird sich das geben.«

»Ich habe Susabells Leichnam *gesehen*, Hochwürden, verflucht noch eins!« Franz schlug sich die Hand vor den Mund. »Entschuldigen Sie, das wollte ich nicht sagen. Aber verstehen Sie doch …«

»Ruhe. Ich muss nachdenken.« Reginald Kippling begann zu grübeln, ob – für den Fall, dass in dem Dorf tatsächlich finstere Dinge vorgingen – man einige wenige Leben gegen ein menschenwürdiges Leben für viele Waisen aufwiegen durfte. In den Augen Gottes zweifellos nicht, aber der Geistliche dachte an die kleinen Kinder oben im Waisenhaus, an ihre leuchtenden Gesichter, wenn er ihnen vorlas; ihr seliges Lächeln, wenn er Cäcilias Süßigkeiten verteilte, die mit seinem Geld bezahlt waren. Cäcilia, die gute Seele, die bis auf den heutigen Tag annahm, er wäre in sie verliebt. Dabei dienten seine regelmäßigen Abstecher in die Waisenhausküche lediglich dem Zweck, von seiner wahren Liebe abzulenken. Er durfte sie nicht enttäuschen.

»Sie werden mir nicht helfen?«

»Ich verbiete dir sogar, noch einmal nach Haberatshofen zu gehen. Lass die Leute mit deinen üblen Bezichtigungen in Frieden. Sie haben dir nichts getan.«

»Mir nicht«, sagte Franz kühl und erwachsener, als man ihm zugetraut hätte. »Aber Susabell ist tot, und Osanna ist es wahrscheinlich auch, denn in der ganzen Zeit, in der ich das Dorf beobachtet habe, konnte ich sie nicht entdecken.«

»Susabell wird, wie ich dir bereits sagte, im Kindbett gestorben sein.« Kippling fühlte sich schlecht, weil er den eigenen Worten nicht glaubte. Um nicht in noch größere Bedrängnis zu geraten, schickte er den Jungen fort.

»Wenn Sie mir heute nicht helfen, komme ich morgen wieder.« Franz klang fest entschlossen. »Genau wie übermorgen und überübermorgen und den Tag darauf. Rosalie und Marianna sind Waisen. Sie haben sonst niemanden auf der Welt. Ich mag in Ihren Augen nur ein dummes Kind sein, Hochwürden Kippling, aber ich werde sie nicht im Stich lassen.«

Da konnte der Pfarrer nicht anders, als Bewunderung für den Knaben zu empfinden, dessen Entschlossenheit die seine bei weitem übertraf.

In tiefster Nacht schlich Hochwürden Kippling sich zu Schwester Dora. Er konnte an zwei Händen abzählen, wie häufig das in den letzten Jahren vorgekommen war, denn er pflegte sein Liebesverhältnis mit der Waisenhausmutter mehr auf geistiger Ebene. Nicht dass sie nicht auch körperlich zusammen gewesen wären, das schon, aber nicht sehr häufig und nicht sehr leidenschaftlich. Während er den Hügel hinaufstieg und mit seinen müden Beinen schimpfte, dachte er an Franz. In welchem Loch der Junge sich wohl verkrochen hatte, allein und ohne ein Dach über dem Kopf? Himmelherrgott, nur seinetwegen steckte der Junge in dem Dilemma. Seine verbotene Beziehung zu Dora war von Anfang an dadurch geprägt, dass er sich – gerade, wie ein liebender Ehemann es tun würde – in der Verantwortung fühlte. Dora brauchte seine Unterstützung, um das Überleben des Waisenhauses zu sichern. Die Beträge, die sie von behördlicher Seite erhielt, waren verschwindend gering. Niemals hätte sie damit alle hungrigen Mäuler stopfen können, geschweige denn gekleidet. Deshalb besorgte er ihr Geld. So einfach. Und so schwer.

Doras Schlafzimmer lag im Erdgeschoss. Neben den Räumen der Schwestern und der Köchin. Er klopfte sehr leise an die Scheibe. Es dauerte eine gefühlte Ewigkeit, bis sie ihn hörte, und noch länger, bis er sich durch die Fensteröffnung gestemmt hatte. Er war ein Pfarrer auf Abwegen und kein jugendlicher Filou.

»Reginald.« Sie hielt ein Nachtlicht in den Händen und trug eine geblümte Schlafhaube, die ihr in die Augen rutschte. »Was tust du hier?«

»Schau nicht so entgeistert. Ich hatte Sehnsucht.«

»Sehnsucht?«, wiederholte sie gedehnt. »Weshalb? Wir sehen uns am Mittwoch.« Da sprach der pragmatische Geist.

»Eigentlich komme ich wegen Franz. Er war heute bei mir.«

»So.« Doras Miene verschloss sich.

»Ich habe eine traurige Nachricht für dich. Susabell ist tot. Bei der Geburt ihres Kindes gestorben.«

»Woher weißt du das?« Mit fliegenden Fingern schloss sie die Läden und verriegelte die Tür, ehe sie ein Zündholz anriss und die Petroleumlampe auf ihrem Nachttisch anzündete.

Gleich wurde es heller im Raum. So hell, dass er Tränenspuren auf ihrem beherrschten Gesicht sehen konnte.

»Franz ist noch einmal dort gewesen. Er hat beobachten können, wie sie ihren Leichnam durchs Dorf trugen.«

»Das liebe Kind. Wieder eines.«

»Du denkst an Osanna?«

»Natürlich denke ich an Osanna. Von all den Kindern im Waisenhaus war sie mir wie das eigene Fleisch und Blut. Hat der Junge sie gesehen?«

»Er glaubt, sie ist tot.«

»Wie ich selbst ebenfalls annehme«, nickte Dora schicksalsergeben. »Aber die Hoffnung stirbt zuletzt, nicht wahr, mein Lieber?«

»Du hast Osanna bereits am Tag ihrer Hochzeit betrauert, als wäre sie gestorben, statt bloß nach Haberatshofen zu ziehen. Das habe ich nie verstanden.«

»Diese absonderlichen Männer mit ihren Bärten«, ereiferte sich die Waisenhausmutter, »verheißen nichts Gutes. So etwas habe ich im Gefühl. Ich bin überzeugt, das Gerede über Haberatshofen kommt nicht von ungefähr. Und schlussendlich haben wir weder von Osanna noch von den anderen Mädchen je wieder gehört.«

»Du hättest diesen Romar fragen können, als er um Rosalie warb. Weshalb hast du es nicht getan?«

»Der hätte mich doch nur belogen. Ich weiß, du glaubst meinen Anschuldigungen nicht, aber ich fühle, was ich fühle.«

»Vielleicht habe ich meine Meinung geändert.« Erst, als er das sagte, begriff Hochwürden Kippling, weshalb er wirklich gekommen war. »Setz dich bitte. Ich muss dir etwas beichten.«

»Du machst mir Angst, Reginald.« Dora nahm gehorsam auf einem Stuhl Platz, doch ihre Hände und Füße blieben in steter Bewegung. Sie konnte nicht stillhalten.

»Dora, liebe Dora.« Kippling seufzte.

»Jetzt sag schon«, forderte sie ungeduldig.

»Ich habe, wie du weißt, deine Vorbehalte gegen die Haberatshofener stets als nichtig abgetan.« Er überlegte, sich ebenfalls zu setzen, blieb dann aber lieber stehen. »Vielleicht war es Franz' Sorge um die Waisenmädchen im Dorf, die mich zum Umdenken bewogen hat. Ich will dir die Wahrheit sagen.«

»Welche Wahrheit, Reginald?«

»Den Haberatshofenern haften Aberglaube und schlechter Ruf wie Pech an. Dabei möchten sie nichts anderes, als in Frieden gelassen zu werden. Das zumindest habe ich immer geglaubt.«

»Das ist mir bekannt.«

»Sicher, die Waldleute sind eigenbrötlerisch und anders, als es sich für rechte Christenmenschen gehört, aber ich halte nicht viel davon, mich zum Richter aufzuschwingen.«

»Es ist mitten in der Nacht, und ich bin völlig verwirrt. Komm bitte zum Punkt!«, verlangte Dora in einem Ton, der keinen Widerspruch duldete.

»Einmal muss es ja heraus. Ich habe ein Abkommen mit dem Dorf getroffen. Schon vor Jahren.«

»Was soll das heißen?«

»Das soll heißen, dass diese Leute zu einem guten Teil das Überleben des Waisenhauses sichern.«

Dora drückte sich die Faust in den Mund, um nicht empört aufzuschreien.

»Ich vermute stark, dass eine ähnliche Vereinbarung schon für meinen Amtsvorgänger profitabel war, habe dafür allerdings nie handfeste Beweise gefunden.«

»Denkst du, es kümmert mich, was dein Amtsvorgänger getrieben hat?« Die Waisenhausmutter war fassungslos. »Es sind deine Verbrechen, Reginald, die mir das Herz zerreißen.«

»Verbrechen? Ich begreife dich nicht recht.« Wie er sie so ansah, kam ihm die erschütternde Erkenntnis, dass sie ihm nicht verzeihen würde. »Das Dorf zahlt dafür, von der Kirche in Frieden gelassen und dafür nicht angeprangert zu werden. Was den Lebenswandel der Bewohner und ihre Messfeiern anbelangt, die meines Wissens vom alten Willem gelesen werden. Mit ihm habe ich diese Vereinbarung getroffen. Verstehst du?«

»Ich verstehe wohl. Mit einem verheirateten Mann, der die Messe liest, ohne jemals die Priesterweihe empfangen zu haben, geschweige denn je in der Nähe eines Priesterseminars gewesen ist«, prangerte Dora an.

»Für unorthodoxe Eheschließungen wie die zwischen deinen Mädchen und den Haberatshofener Männern gibt es gesonderte Zahlungen. Geld, das den Kindern hier den Unterhalt sichert«, betonte Kippling und konnte nicht anders, als einen gewissen Stolz auf das Arrangement und sein Verhandlungsgeschick zu empfinden. Schließlich ernährte er damit seit Jahren viele Mäuler.

»Lass mich raten: Du hast den Haberatshofener Bräutigamen nicht die Beichte abverlangt.«

Dass sie so leicht darauf kam. Reginald schüttelte den Kopf. »Zumindest habe ich mir Romars Anwesenheit an den Aufgebotssonntagen ausbedungen«, verteidigte er sich.

»Du hast die Mädchen für Geld ihrem Schicksal überlassen. Jetzt ist Susabell tot, und der Himmel weiß, was den anderen widerfahren ist und noch widerfahren wird.« Damit warf Dora den Herrn Hochwürden hinaus. Das war das Ende ihrer heimlichen Beziehung und das Ende seiner Mittwochsbesuche im Waisenhaus. In Zukunft würde es mehr Hunger unter den Kindern und mehr gestopfte Kleider geben. Das nahm die Waisenhausmutter, um ihrer aller Seelenheil zu bewahren, in Kauf.

18

Lichterloh

Das hohe, schneidende Geräusch von Spitzpickeln auf eisigem Boden war tagelang im Dorf zu hören. Ein schauerlicher Klagegesang, der Rosalie noch in den Ohren schrillte, als Haberatshofen sich schließlich zur Beerdigung zusammenfand. Zuvor hatte Willem in der Kapelle einige Worte gesprochen, die erschreckend nichtssagend gewesen waren und deutlich gemacht hatten, wie wenig zugehörig die Verstorbene in Haberatshofen gewesen war.

Susabells Grab lag am Rand des Friedhofs und war eine schmale Grube, der gefrorenen Erde beschwerlich abgetrotzt und dennoch weder breit noch lang genug, um einen Körper in ganzer Länge aufzunehmen; was schnell ersichtlich wurde, als Kunz und Theodor versuchten, den in ein Tuch gehüllten Leichnam ins Grab zu betten.

»Es geht nicht.« Theodors Blick wanderte aus Gewohnheit zu seiner Frau Judith, die ihrerseits betroffen zu Willem schielte.

Der Alte räusperte sich. »Jemand muss das übernehmen.«

»Wir haben schon das Grab geschaufelt.« Jeremias und Endres schüttelten einvernehmlich die Köpfe.

»Ihr habt es zu klein ausgehoben«, giftete Rebekkas Schwester Heidegret. »Schon deshalb solltet ihr es tun.«

»Ich könnte es versuchen«, bot Sara ungewohnt kleinlaut an.

»Schon gut, Mädchen.« Ava, die mit einer Erkältung kämpfte (ihre Nase war rot und schälte sich), fällte die Entscheidung. »Helft mir hinunter in die Grube. Ich sehe euch an, wie es euch gruselt.« Sprach's, ließ sich leise ächzend von Romar und Josef ins Grab heben und machte sich daran, die Glieder der Toten zu arrangieren.

Als sie fertig war – und Rosalie hätte nicht zu sagen vermocht, wie sie das bewerkstelligt hatte –, lag der Leichnam seitlich zusammengerollt im Grab.

Ava nickte. Endres und Jeremias fassten sie bei den Armen und halfen ihr herauf, da fing ihre Nase an zu bluten und hörte noch nicht wieder auf, als längst gefrorene Erdklumpen auf Susabells Leichnam hinabregneten.

Rosalie konnte nicht mehr hinsehen. Stattdessen blickte sie zu dem mutterlosen Neugeborenen hin, das eben auf Rebekkas Arm aufwachte und zu schreien begann. Der verwitwete Josef stand Seite an Seite mit seiner Cousine, bis der Erdhaufen neben der Grube verschwunden und der Boden an den Rändern des Grabes festgetreten war. Als wollte er hinter dem Säuglingsgeplärre nicht zurückstehen, hob der Wind an, eisig zu brausen. Ob Susabells Grab je einen Stein bekommen wird?, dachte Rosalie. Sie glaubte es nicht, denn auch Osannas letzte Ruhestätte war namenlos geblieben. Da die Kennzeichnung fehlte, wusste sie nicht einmal, wo genau es lag.

Robs begann zu weinen, und gleich weinte Monika mit ihm. Nach dem Begräbnis küsste Josef zuerst seine Cousine, dann das Neugeborene. Rosalie betrachtete die Szene irritiert. Es fühlte sich verkehrt an. Gleich darauf wurde sie im Inneren stocksteif, die Erkenntnis war erschütternd: Der Witwer sah aus wie ein Mann, der am Ziel seiner Wünsche angekommen war.

»Sie ist bei ihm eingezogen. Um der Kleinen willen.« Sara hakte sich auf dem kurzen Weg ins Dorf bei Rosalie unter, während Romar ihnen mit hängenden Schultern folgte. »Rebekka, meine ich. So wird das Kind eine Mutter haben.«

»Sie sprechen ja ohnehin schon von Rebekka als Dagmars Mutter«, sagte Rosalie leise. »Ich habe es heute zwei- oder dreimal gehört. Und wenn ich mir Josef ansehe, wirkt er alles andere als unglücklich. Ich meine, man könnte sie für eine Familie halten, wenn die wahre Mutter der Kleinen nicht da oben in der Erde liegen würde.«

»Weshalb klingt das so hart aus deinem Mund, Rosalie? Sie sind nur Menschen – und sie können doch nichts für Susabells Tod.«

»Sie trauern nicht.« Rosalie schluckte, gestand es sich erst mit dem Aussprechen ein. »Kaum einer von ihnen.« Tatsächlich hatte sie lediglich bei Robs und Monika Tränen gesehen. Die beiden waren Kinder, die sich ihres Kummers nicht schämten; denen ein Tod naheging, egal wessen. Tränen auch bei der einfühlsamen Judith und Mitgefühl für die Tote auf Romars Gesicht – oder war es Niedergeschlagenheit? Marianna, Susabells Freundin, der es wahrlich zugestanden hätte, an ihrem Grab zu trauern, war nicht gekommen.

»Man muss seine Gefühle nicht zur Schau stellen, damit sie echt sind.«

»Du weißt immer etwas Kluges zu sagen, oder? Wie kommt es eigentlich, dass du Avas Schülerin bist und mir das nie erzählt hast?« Rosalie bemühte sich gar nicht erst, die Anklage aus ihrer Stimme herauszuhalten.

»Wie du das sagst, klingt es völlig verkehrt. Zum einen bin ich nur ihre Schülerin, was den Geburtsbeistand angeht. Weiß Gott, Geburten sind bei uns im Dorf seltener als Mondfinsternisse.«

»Und zum anderen?«

»Ach, zum anderen – darüber will eigentlich niemand sprechen. Dass Ava mich als Schülerin auserkoren hat, macht allen

Angst. Denn Ava ist alt, und zwangsläufig wird sie irgendwann sterben.«

»Sara, du musst mir jetzt eine ehrliche Antwort geben.«

»Wenn ich kann.«

»Ava ist eine kluge Frau voller Herzenswärme, die auch vor schweren Entscheidungen nicht zurückschreckt und dem Dorf in schwierigen Zeiten Rückgrat ist.«

»Das hast du schön gesagt, Rosalie. Wir sollten es aufschreiben, damit Ava sich die Worte rahmen und aufhängen kann.«

»Das war kein Scherz. So ist es wohl, oder nicht?«

»Doch«, stimmte Sara zu, »genauso ist es.«

»Was mir nicht einleuchtet, ist diese … diese gottgleiche Verehrung, die ihr den Alten entgegenbringt. Weshalb erschreckt euch die Vorstellung von Avas Tod so sehr, dass ihr nicht einmal daran zu denken wagt? Sie ist eine alte Frau. Natürlich wird sie eines Tages sterben.«

»Wir respektieren unsere Alten. So gehört es sich einfach – und das weißt du inzwischen so gut wie jeder andere. Willems und Avas Regeln sind unsere Gebote. Besser, du lernst damit zu leben.«

Rosalie blickte zum kleinen Turm der Kapelle hinauf. Im Sommer hatte man nicht viel mehr als das Holzkreuz auf der Dachspitze gesehen. Jetzt im Winter, da das Laub gefallen und die Kronen kahl waren, schimmerte der weiße Putz des Kirchleins durch die Bäume. »Sag mir, wie genau Susabell gestorben ist«, verlangte sie von Sara. »Ich habe sonst keine Ruhe.«

»Frag Ava.«

*

In der Nacht nach dem Begräbnis brauchte Romar die Einsamkeit. Erst wanderte er durch den dunklen Wald, doch Kälte und Nässe ließen ihn bald Schutz in Tonos verlassenem Häuschen suchen. Still saß er dort, Kopf und Herz gleichermaßen voller Sorge. Bis der Zufall ihn beim Aufstehen gegen ein Regalbrett an der Wand stoßen ließ, auf dem Tonos Bücher aufgereiht standen. Sein zu Lebzeiten sorgsam gehüteter Schatz. Nach seinem Tod hatte sich keiner im Dorf dafür interessiert – bis nun eines der Bücher Romar vor die Füße fiel und er darin Tonos handgeschriebene Gedichte entdeckte.

Bücher spielten in Haberatshofen kaum eine Rolle. Sie konnten alle leidlich lesen und schreiben, aber der Zustand des Viehs war wichtiger, die Reife des Korns auf den Feldern am Waldrand und das Holz, mit dem die Stuben warm wurden, die Herdplatten und die Kohlen für die Bettpfannen im Winter. Dementsprechend war niemand im Dorf ein großer Leser. Romar selbst auch nicht. Seine Eltern hatten ihm aus den Kinder- und Hausmärchen der Gebrüder Grimm vorgelesen, das war es dann aber gewesen.

Anders Tono, der seine Nase gerne zwischen bedruckte Seiten gesteckt und manchmal eigene Verse verfasst hatte, von denen er zwar gelegentlich sprach, die er aber nie jemandem zeigte.

Bis zu dieser Nacht, in der Romar im Schein einer Kerze zu lesen begann.

Tono hatte das Gedicht seines Lebens geschrieben.

Ihrer aller Leben.

Entsetzlich ist's mit anzusehn,
die Braut im zarten Kleide.
Sich wie im Tanz die Röcke drehn,
die Haut, so weich wie Seide.
Die Unschuld ihr einsam' Liedlein singt,
wo Grauen aus dem Walde winkt.
Das Kleid birgt den Schimmer des Totenreichs.
O weh! Alle Hoffnung sinkt.

Die Buchen künden von Trauer im Chor,
sind des Waldes klingende Chöre.
Der Bräutgam ewige Liebe schwor,
schwor es bei seiner Ehre.
Und alle zittern und bangen,
selig die Braut, unselig gefangen.
Schon ist das Richterschwert geschärft.
Schon flüstert Tod im Winde.

Der Mann nimmt wissend sie ins Haus;
er ahnt, es ist nicht recht.
Auf die Beine, Mädchen, saus!
Flieh dem listgen Lügengeflecht.
Die Bäume rauschen im Wind.
Die Wolken am Himmel, so düster.
Schon trägt die Braut ein süßes Kind.
Sieh hin! Schon flackert warnend der Lüster.

Das schaurige Schicksal sich rührt,
still liegt das Dorf im Walde,
kein Weg mehr hinaus in die Freiheit führt;
es wartet die Totenhalde.
Das Mädchen schreit, es weint und flucht,
vergeblich flieht es der Herde.
Den Ausweg es vergebens sucht,
und bald, ja bald ruht's in kalter Erde.

Bald wachsen auf des Mädchens Grab
das Moos, der Farn, die Gräser.
Wie lang, nachdem es schmählich starb,
klingen erneut die Gläser?

Ehe Romar heimkehrte, wickelte er das Büchlein gut ein und verbarg es unter einer hohlen Wurzel im Wald. Er versteckte es, weil ihm die Zeilen, die sich ihm schon beim ersten Lesen einbrannten, den Verstand zu rauben drohten. Sie schrien seine ureigenen Qualen in die Welt hinaus; offenbarten dem Lesenden, wofür es keine Worte gab.

*

Perlmuttfarbene Wolken hingen wie watteweiche Lampions am Himmel über dem Dorf. Rosalie war allein, und die Schönheit des Himmels schmerzte sie, so elend fühlte sie sich. Auf dem Tisch vor ihr lag die eben vollendete Zeichnung. Sie hatte nicht bewusst gemalt, doch das fertige Bild zeigte einen brüllenden Säugling in den Armen seiner toten Mutter. Vorbei war die Zeit träumender Zukunftsbilder und blühender Gärten. Die Vergangenheit griff mit langen Fingern nach Rosalie, denn die Zeichnung erinnerte sie auf fatale Weise an ihre Bilder aus der Zeit des Waisenhauses. Der Schrecken war aufs Papier zurückgekehrt, der Kreis schloss sich. Und mit einem Mal brannte die Frage in ihr, ob das Dorf die kleine Dagmar je wissen lassen würde, wer ihre wirkliche Mutter gewesen und wie sie gestorben war.

Sie ließ das Bild, wo es war, und machte sich auf den Weg zur alten Ava. Falls Romar heimkam und es sah – dann war es eben so. Im Grunde wollte sie, dass er es sah.

Nach der Nacht im Wald, als sie gemeinsam die Rehe beobachtet hatten, war ihr eines mit Endgültigkeit klar geworden. Sie liebte ihren Mann. Gleichzeitig machte er ihr Angst. Wie auch das Dorf ihr Angst einjagte. Obschon sie den einsamen Ort im Wald und die familiäre, manchmal übergriffige Gemeinschaft ins Herz geschlossen hatte wie nichts im Leben zuvor.

Ehe sie an dem Steinhaus anklopfte, atmete Rosalie tief

durch und versuchte, sich zu sammeln. Sie wollte Antworten von Ava – sie brauchte Antworten.

»Rosalie. Guten Tag.« Willem öffnete die Tür und legte ihr zur Begrüßung kurz die Hand auf die Schulter. Er wirkte geistesabwesend, doch als sie nach Ava fragte, führte er sie bereitwillig in den hinteren Teil des Hauses. »Ich sitze gerade über meiner Predigt für den nächsten Sonntag.« Auf einem Tischchen mit gedrechselten Füßen lag aufgeschlagen eine Bibel. Der Alte klappte sie zu, und Rosalie sah einen abgegriffenen roten Ledereinband mit goldener Prägung. Ob sie ihn wohl fragen konnte, was es denn so aufwendig vorzubereiten galt, da sich ein Gottesdienst ja kaum vom anderen unterschied?

Avas Erscheinen enthob sie der Überlegung. Die alte Frau begrüßte sie mit einem Lächeln, das ihre fleckigen Zahnstümpfe entblößte. Sie hatte abgenommen, was Rosalie bei Susabells Beerdigung nicht aufgefallen war.

»In meinem Alter steckt man eine Erkältung nicht mehr so leicht weg, Kindchen. Komm hinüber in die Stube. Ich habe Tee aufgesetzt.«

Willems und Avas Bauernstube ähnelte der ihren. In der Ecke stand ein Spinnrad, auf den Bänken lagen Kissen. Unter den Fenstern waren zwei Tafelbetten aufgestellt, einfache Bretterkisten, die tagsüber abgedeckt wurden und dann als Arbeitsfläche genutzt werden konnten. »Sind das Robs' und Monikas Schlafplätze?«

»Ganz recht. Sie schlafen bestens darin, seit sie dem Kleinkindalter entwachsen sind. Allerdings werden wir die Mäuse in den Strohsäcken einfach nicht los, egal, wie häufig wir es wechseln«, bemerkte Ava dazu.

»Hm, der Tee riecht köstlich.« Es konnte nicht schaden, der alten Frau ein wenig Honig um den Mund zu schmieren.

»Ja, nicht wahr? Ich habe getrocknete Holunderblüten hineingegeben. Sie beruhigen das Gemüt. Vor dem Holunder soll man den Hut ziehen, so sagt man.«

»Denkst du denn, ich brauche einen Tee, der mich zur Ruhe bringt?«

»O ja.« Ava verzog den Mund. Ihre Lippen sahen so eingefallen aus, als hätte jemand die Füllung herausgenommen. Dennoch kicherte sie wie ein junges Mädchen. »Ich bin zu alt, mein Mädchen, und habe zu viel gesehen im Leben, um nicht zu merken, wie es unter deiner Haut brodelt. Komm, setz dich her, und wir reden miteinander.«

Erleichtert, weil Ava so verständnisvoll und offen war, nahm Rosalie Platz. Eines der Kissen in der Ecke unter dem Herrgottswinkel zog ihre Aufmerksamkeit auf sich. Es war mit roten, grünen und goldenen Fäden kunstfertig bestickt.

»Gefällt es dir?« Ava stellte den Tee ab und setzte sich Rosalie gegenüber. »Vor langer Zeit hat es mich viele Stunden Arbeit und blutige Finger gekostet – und mich dafür ein Leben lang begleitet.«

»Es ist wunderschön.« Rosalie gab sich einen Ruck. »Du hast schon recht. Es brodelt in mir, und ich bin gekommen, um von dir zu erfahren, wie Susabell gestorben ist. Was ist geschehen, Ava? Hat sie unerwartet stark geblutet? Wollte das Kind nicht aus ihrem Bauch?«

»Nun, ich denke, ihre Zeit war gekommen, wie sie früher oder später für jeden von uns kommt.« Mildes Bedauern spiegelte sich auf Avas altersfleckigem Gesicht. »Wir müssen akzeptieren, was nicht in unserer Hand liegt.«

»Und wenn ich es nicht akzeptieren will?«

»Gottlob ist das Kind gesund.« Ava ging mit keinem Wort auf die Frage ein. »Ein Teil von Susabell wird in der kleinen Dagmar weiterleben. Heute Morgen war ich bei ihnen.«

»Bei Josef und seiner Tochter?«

»Rebekka hat den Eindruck, dass die Kleine die abgekochte Kuhmilch gut verträgt. Ich bin sicher, Dagmar wird zu einem gesunden und reizenden Mädchen heranwachsen.«

»Wie ist Susabell gestorben?« Rosalie versuchte erneut, eine Antwort von der alten Frau zu erhalten. »Bitte, sag es mir.«

Doch Ava verlor sich in guten Ratschlägen und Schwärmereien über das Neugeborene. Am Ende, als Rosalie sie niedergeschlagen verließ, hatte sie ihr rein gar nichts über Susabells Todesumstände gesagt.

Gegen Abend zerliefen die Perlmuttwolken am Himmel in altem Rot, der Farbe schrumpeliger Winteräpfel. Rosalie sah aus dem Fenster und dachte an das seltsame Gespräch mit Ava.

Nach dem Verblassen des Tageslichts setzte der Sichelmond sich gegen die Wolken zur Wehr, um gegen Mitternacht wie eine große Laterne über dem Dorf zu hängen. So lange dauerte es, bis Romar nach Hause kam. Sie fragte ihn nicht, wo er gewesen war. Zu groß war ihre Erschöpfung, die sowohl mit Susabells Tod als auch mit Mariannas großer Furcht vor dem Dorf einherging.

»Ich habe deine Zeichnung unten auf dem Tisch gesehen.« Romar kratzte sich im Nacken und blickte seine Frau nicht an. »Du hast Susabells Züge getroffen.«

»Mehr sagst du nicht dazu?«

»Es tut mir leid, Rosalie. Dass Susabell gestorben ist. Dass ich dich und Marianna eingeschlossen habe. Wie oft muss ich mich entschuldigen, bis du mir glaubst?«

»Komm ins Bett«, winkte Rosalie erschöpft ab. »Es ist spät, und du bist sicher müde.«

»Ich bin nicht müde.« Romar sah sie so eindringlich an, dass sie meinte, es auf der Haut spüren zu können. Es machte sie traurig.

»Komm, leg dich hin. Und schau mich nicht so an, da du mich ohnehin nicht anfassen wirst. Das habe ich mittlerweile schon begriffen.«

»Das bedeutet nicht, ich würde es nicht wollen.« Als Romar zu ihr ins Bett stieg, sah sie ihn verschmitzt lächeln. Dieses ungezwungene Lächeln war so unerwartet, weil es ebenso wenig zu ihrem Gespräch wie zu dem bedrückenden Tag passte, dass Rosalie ihn verwundert danach fragte.

»Eben hat mich etwas gestochen, und da musste ich an Matäus denken. An eine schöne Kindheitserinnerung.«

»Matäus, Gabriels Vater?«

»Ja. Er war mit Osanna verheiratet.«

»Die auch aus dem Waisenhaus kam.«

»Genau. Gabriel ist ihr gemeinsamer Sohn, Osanna ist bei seiner Geburt leider gestorben.«

»Warum ist Matäus weg? Ist er auch tot?«

»Gott bewahre, ich hoffe nicht.«

»Erzählst du mir von ihm?«

»Matäus hat ein von Grund auf heiteres Naturell«, lächelte Romar nachdenklich. »Wie Robs, nur mit einem klügeren Kopf auf den Schultern. Als Kind war er zäh, flink und kräftig. Wir haben viel zusammen gespielt. Meine Eltern lebten damals noch, und manchmal durfte ich mit ihm im Stall schlafen.«

»Ich versuche mir vorzustellen, wie die Kühe euch mit ihren rauen Zungen die Ohren auslecken.« Rosalie spürte, wie die Anspannung von ihr abfiel.

»O ja, es war einfach herrlich. Ich habe noch heute den Duft von Laub und Stroh und Reisig in der Nase. Allerdings auch das Jucken der Flohstiche. Die waren wirklich arg und wir manchmal gefleckt wie Wachteleier.«

»Im Waisenhaus haben sie uns die Haare mit Petroleum gewaschen. Gegen die Flöhe«, erinnerte sich Rosalie. »Hat nicht viel geholfen. Was du erzählst, klingt schön! Aber was ist mit Matäus passiert?« Ihr war ein wenig bange vor der Antwort.

»Nach Osannas Tod hat er Gabriel bei uns zurückgelassen und ist ohne ein Wort des Abschieds fortgegangen. Wir haben nie wieder von ihm gehört.«

»Einfach so? Und ohne seinen Sohn?«

»Wir waren gut befreundet, und selbst mir hat er sich nicht anvertraut. Wahrscheinlich wusste er, dass er den Säugling allein und auf Wanderschaft kaum durchbringen würde.«

»Ich dachte, das wäre für einen von euch nicht vorstellbar. Fortzugehen, meine ich. Ihr seid einander so eng verbunden.«

»Ich bin mir sicher, der Abschied von Haberatshofen und von Gabriel war das Schwerste, was Matäus je getan hat. Mehr kann ich dazu nicht sagen.«

»Es tut mir leid, Romar. Du hattest an etwas Schönes gedacht, und mein bohrendes Nachfragen hat das Traurige ans Tageslicht geholt. Das wollte ich nicht.«

»Rosalie, meine Liebste.« Romar streichelte ihr übers Gesicht.

»Wenn du mich so nennst, dann sag mir doch, wie du es schaffst, mich wegen dieses dummen Fluchaberglaubens nicht mehr zu berühren.« Sie spielte mit ihren Händen und sah ihn nicht an.

»Ich kann es einfach nicht.«

»Ist es denn wirklich der Fluch, oder hast du Angst, unser Kind könnte aussehen wie ich?« Rosalie mied seinen Blick. »Meinen Makel erben?«

»Nein, davor habe ich gewiss keine Angst. Ich liebe dich, und ich liebe auch, wie du aussiehst. Dein Inneres und dein Äußeres.«

»Dann weis mich nicht länger ab.«

Er schüttelte den Kopf, das Gesicht wieder müde und verknittert.

»Bloß, weil du fürchtest, ich könnte bei der Geburt sterben wie Osanna und Susabell.«

»*Bloß* ist gewiss nicht das rechte Wort. Ich fürchte mich davor, nichts dagegen tun zu können.« Seine Antwort klang so einleuchtend wie bedeutungsschwer.

»Aber du kanntest den Aberglauben um den Fluch schon, als wir geheiratet haben. Er hat dich nicht gestört – bis Ava diesen Fruchtbarkeitszauber gewirkt hat.«

»Ich gebe nicht viel auf Avas Fruchtbarkeitsritual. Aber doch, eines hat es mich begreifen lassen: dass ich dich nicht verlieren will, Rosalie.«

»Warte.« Rosalie setzte sich auf und verschränkte die Arme vor der Brust. »Warst du deshalb in der Nacht vor unserer Hochzeit im Waisenhaus und hast mich angefleht, dich nicht zu heiraten? Wegen dieses Fluchs?«

Romar senkte den Blick und sagte weder ja noch nein.

»Ich wünsche mir Kinder von dir, Liebster. Du weißt das. Sicher, Ava ist weise und erfahren, aber wenn es so weit ist, möchte ich eine gute Hebamme an meiner Seite. Eine, der die Frauen und Kinder nicht unter den Händen wegsterben.«

»Das lass sie besser nicht hören.«

»Ich muss dir etwas sagen, Romar, und ich habe keinen Schimmer, wie. Daher sage ich es einfach geradeheraus. Du erinnerst dich an den Abend, nachdem ich euch im Wald bei dem Ritual beobachtet hatte? Es war noch während meiner Monatsblutung, und du hast mich unten in der Stube …«

»Ich weiß es noch.« Seine Lippen verloren ihre Farbe.

»Da hast du mich zum letzten Mal angefasst. Seitdem sind einige Wochen vergangen, und ich habe nicht wieder geblutet.«

»Soll das heißen …?«

»Dass Avas Fruchtbarkeitszauber möglicherweise doch wirkt.«

Seine Augen wurden groß und weit. Rosalie fand Entsetzen darin, Freude und lichterlohe Panik.

19

Weissagespiel

Das Jahr neigte sich dem Ende zu. Man spürte im Dorf, dass die heiligen Tage nahten, denn überall wurde geputzt und gefegt, die Böden gewaschen, Spinnweben entfernt und Tannenzweige in den Stuben aufgehängt. Kurz vor Weihnachten schlachteten die Haberatshofener eine Kuh, und für wenige genussreiche Tage standen frische Blut- und Leberwurst auf dem Speiseplan des Dorfes. Das übrige Fleisch wurde weiterverarbeitet. Rosalie verfolgte aufmerksam, wie Judith, Wila, Heidegret und Riele – angeleitet von Ava (die in ihrem Leben, wie sie mit rauem Lachen sagte, eine Menge Fleisch gepökelt hatte) – Salz, Zwiebeln, Knoblauch, Wacholder und noch mehr Salz in große Fleischzuber gaben. Nach dem Pökeln schürte Theodor den Räucherofen, und erst nachdem alles Fleisch geräuchert war, senkte sich zum Weihnachtsfest hin Ruhe über das Dorf.

»Ich mag zwar den Winter nicht, aber ich liebe die Weihnachtszeit.« Sara half Rosalie bei den letzten Vorbereitungen für das heilige Fest. »Ihr beide sollt es zum ersten gemeinsamen Christfest besonders schön haben«, bestimmte sie und brachte eine dicke, geweihte Kerze für den Tisch in der Stube, bunte Bänder für den Baum und ein frisches Tischtuch mit eingestickten Heiligenbildern. Obendrein gab es für Rosalie ein kleines Säckchen mit Zuckerstücken. »Aus meinem Geheimvorrat«, zwinkerte Sara und war noch lebhafter und überschäumender als gewöhnlich.

»Was liebst du denn so sehr an der Weihnachtszeit?« Rosalie zog das Tischtuch glatt und fühlte ihrerseits stille Vorfreude. Die Weihnachtsfeierlichkeiten im Waisenhaus waren, besonders nach Agnes' Tod, kalt und glanzlos gewesen. Man hatte sich Mühe gegeben, aber das hatte nicht geholfen – denn am Heiligen Abend spürte jedes Waisenkind – ob es drei oder dreizehn Jahre alt war – noch mehr als sonst, was ihm fehlte.

»Wo fange ich an?« Sara fuhr sich mit der Hand ins Haar und kringelte sich dunkle Haarsträhnen um die Finger. »Die Tage und Nächte zwischen Weihnachten und dem Dreikönigstag sind im ganzen Jahreslauf die einzige Zeit, in der anstehende Arbeiten ohne schlechtes Gewissen aufgeschoben werden dürfen. Ha, Cousine, ich sehe, du lächelst.«

»Ich freue mich über deinen Überschwang. Das ist ansteckend, Sara.«

»Natürlich muss das Vieh versorgt sein, und allzu Dringliches darf auch nicht außer Acht gelassen werden. Ich meine, wenn ein Sturm das Scheißhäuschen umnimmt, sollte man sich wohl darum kümmern. Doch darüber hinaus«, sie plumpste auf einen Stuhl, verschränkte die Arme hinter dem Kopf und lehnte den Oberkörper zurück, »gibt es ausnahmsweise nichts zu tun.«

Schon bald sollte Rosalie feststellen, dass die von Sara vielgepriesenen Vorzüge der Weihnachtszeit wahrhaftig Anlass zum Frohlocken gaben, denn Romar blieb zu Hause. Sie genoss es, ihren Mann daheim und morgens, mittags und abends am Tisch sitzen zu haben; gemeinsam zu Bett zu gehen, anstatt durchs Fenster in den dunklen Wald zu starren und auf ihn zu warten.

Seit sie Romar von ihrer wahrscheinlichen Schwangerschaft erzählt hatte – und ihr Herz kannte in dieser Sache keinen Zweifel –, wog Rosalies tiefe Kümmernis um die Geschehnisse an Susabells Todestag etwas weniger schwer. Wenn sie an die Zukunft dachte, schien sie ihr heller und freundlicher, die Sorgen geringer. Was nicht zuletzt damit zu tun hatte, dass sie wieder geborgen in Romars Armen einschlief, seine Haut an ihrer Haut. Mit dem Wissen um das Kind in ihrem Bauch hatte er seine Zurückhaltung im Ehebett gänzlich aufgegeben.

Am Heiligen Abend erlebte Rosalie einen Gottesdienst, der schön und friedvoll war, besonders auch deshalb, weil Willem die Weihnachtsgeschichte las – endlich einmal etwas anderes. Als alle gemeinsam zu singen anhoben, fühlte sie sich in der Gemeinschaft geborgen wie lange nicht.

Später saßen Rosalie und Romar friedvoll unter dem Tannenbaum, den sie gemeinsam aufgestellt und geschmückt hatten. An den Zweigen hingen gedörrte Winteräpfel und Saras bunte Bänder. In der Krippe standen Maria und Josef, im Stroh lagen Ochs und Esel. Andächtig legte Rosalie zum Fest das Jesuskind hinein, und bei jedem Hinsehen wurde ihr warm ums Herz. Noch mehr, als Romar ihr ein hölzernes Zicklein schenkte, das er für sie geschnitzt hatte. Sie holte den Bock und die Ziege von ihrem Nachttisch und stellte die beiden Holztierchen dazu. Vor der leisen Verzweiflung, die sie dabei über die Züge ihres Mannes huschen sah, verschloss sie fest die Augen. Dieses Weihnachtsfest war zu schön, um es nicht in vollen Zügen zu genießen.

Der Abend des Stefanitags, des 26. Dezembers, brachte ihnen Besuch ins Haus. Sara hatte sich mit Robs und Monika eingeladen, um den zweiten Weihnachtsfeiertag zusammen zu feiern.

»Es klingt in meinen Ohren ein wenig seltsam, weil die beiden schon so alt sind – aber Willem und Ava schienen richtig froh darüber, uns für eine Weile aus dem Haus zu haben.« In Saras Haaren hingen Schneeflocken.

»Halt still!« Monika lachte bei dem Versuch, die weiße Glitzerpracht mit den Fingern zu zerdrücken. »Oh.« Als sie bei ihrem Bruder weitermachen wollte, war der Schnee in dessen Haaren schon geschmolzen.

»Mir hat Ava einmal gesagt, eine Ehe könne nie recht glücklich sein, wenn die gemeinsame Zeit immerzu fehle.«

»Du sprichst also mit Ava über Eheweisheiten, Romar«, neckte Sara und fuhr gedankenvoll fort: »Ich sehe die alten Leutchen förmlich vor mir. Sie strickt an seinen Weihnachtssocken, während er ihr die Füße massiert.«

»Wenn beide obendrein noch tief ins Gespräch versunken sind …«, steuerte Rosalie bei.

»Ich frage mich, ob die beiden je über etwas anderes als Haberatshofen reden.«

»Das tun sie freilich nicht, Cousin. Wir sind ihnen doch alle wie Kinder, von daher wird es ihnen auch nie langweilig.«

»Legst du das Kindlein zurück, ja?«, bat Rosalie, da Robs zunehmend erzürnt versuchte, das Jesuskind in die Arme Marias zu betten. »Nimm es schon!«, schalt er die Holzfigur unnachsichtig.

»Es sieht müde aus. Bestimmt möchte es schlafen.«

»Wie Dagmar.« Das verstand Robs, und das Jesuskind wanderte wieder in die Krippe. Es dauerte allerdings nicht lange, bis Robs erneut langweilig wurde und er sich zum Feuermeister aufschwang. Bald jede Viertelstunde schürte er emsig nach, und allen im Raum standen Schweißperlen auf Stirn und Oberlippe. Sie ließen es ihm durchgehen. Zu schön war seine kindliche Freude an dem Feuerchen, das der Winterkälte keine Chance ließ, die durch Fenster und Ritzen ins Haus drückte. Nur zweimal lüfteten sie kurz, und gleich liefen die Scheiben an. Man hätte mit dem Finger darauf zeichnen können.

Auf dem Herd dampfte ein Kessel mit Weihnachtspunsch,

der verlockend nach Zimt und Nelken roch – und den Monika umschlich wie eine Katze, die frische Sahne darin wusste.

»Ich bin so satt, ich mag kein Blatt. Mäh!«, machte Sara nach kaltem Braten, Kartoffelsalat und Flammpudding. »Willem hat mir übrigens vorgeschlagen, in Tonos Häuschen zu ziehen. Sie haben dann mehr Platz im Steinhaus, und ich bin mehr für mich.«

»Darauf stoßen wir an.« Romar schenkte den Punsch aus – für Monika und Robs gab es weniger, als sie gerne getrunken hätten –, und sie ließen die Gläser klingen.

»Dann lasst uns mal ans Geschichtenerzählen gehen.«

»Schau nicht so, liebe Cousine, du hast richtig gehört. Als wir noch klein waren«, Sara tauschte einen Blick mit Romar, »haben unsere Familien miteinander Weihnachten verbracht, und es war Tradition, sich nach dem Essen zusammenzusetzen und zu erzählen.«

»Die Geschichte von den Raunächten!« Monika verzog bettelnd das Gesicht.

»Raunächte?«

»Kennst du nicht die Legenden, die sich um die Nächte zwischen Weihnachten und Dreikönig ranken, Rosalie? Wirklich nicht?«

»Ich fürchte, Liebste, dann bist du für Sara ein gefundenes Fressen.«

»Halt den Mund, Cousin. In den Raunächten, so werden sie genannt, wenn der Wind um die Häuser pfeift …«

»Der Wind, der Wind, das himmlische Kind«, sang Monika und klatschte in die Hände. Robs ließ stehenden Fußes das Brennholz fallen und applaudierte seiner Schwester, die dazu überging, sich Essensreste aus den Zähnen zu pulen.

»Wenn also der Wind um die Häuser saust, hebt sich der Schleier zwischen der Welt der Lebenden und der Toten. Sieh hin.« Sara rollte den Ärmel ihrer Bluse auf. Gänsehaut überzog ihren Unterarm, auf dem wenige feine Härchen wuchsen. »Du kannst in die eigene Zukunft blicken, wenn du das willst. Ein Schatten am Tag, ein Traum in der Nacht …«

»Oder du blickst in die Zukunft, indem du ein Dutzend frische Eier aus dem Hühnerverschlag stiehlst«, brummte Romar in seinen Bart, woraufhin Sara drohend die Hand hob.

»Frecher Kerl!«

»Was hat es auf sich mit den Eiern?« Rosalie war nicht sicher, ob die beiden sie auf den Arm nahmen. »Ist das euer Ernst?«

»Unbedingt. Bei Sara hat es Tradition, die Eier nach dem Heiligen Abend kübelweise ins Wasser zu …«

»Nicht kübelweise!«

»Jedenfalls erinnere ich mich gut an eine rotgesichtige Sara, die mit Willem heftig über Sinn und Nutzen zerschlagener Eier streitet.«

»Und sich am Ende eine gehörige Standpauke anhören muss«, gestand Sara zerknirscht. »Aber es ist schon wahr – man kann Bilder im Wasser erkennen, und man kann sie deuten.« Sie neigte sich vertraulich zu Rosalie. »Deshalb mache ich es. Das verstehst du doch, oder?«

»Wie sollte sie? Gib es ruhig zu, hinterher bist du nie schlauer als zuvor.«

»Das stimmt nicht, Romar.«

»Stimmt wohl.«

Rosalie genoss die freundschaftliche Zankerei zwischen ihrem Mann und der Cousine, während Robs und Monika am Boden vor der Krippe hockten, sich in den stupsigen Nasen bohrten und genussvoll die Popel verspeisten.

»Seid ihr beiden nicht satt geworden?«, foppte Romar.

Es war zwanglos, familiär und heimelig. So dass sie sich wünschte, der Abend möge ewig fortgehen und sie in dem tröstlichen Kokon belassen, der alle Sorgen und trüben Gedanken außen vor ließ.

»Wir brauchen Brennholz, die Körbe sind alle leer. Wie kommt das nur?« Romar blickte mit hochgezogenen Brauen in Robs' Richtung und erntete ein Lächeln, breit und treuherzig.

»Ich helfe dir.«

»Kein schlechter Gedanke. Komm, wir nehmen deine Schwester mit und machen noch eine Runde durchs Dorf. Dann kriegt ihr beide ein wenig frische Luft.«

»Luft!« Monika leckte sich voller Vorfreude die Lippen, als wäre die Luft etwas, das sie essen konnte. Beim Hinausgehen ahmte sie ihren Bruder nach und streichelte Rosalie über den Kopf. Romar gab seiner Frau einen Kuss, ehe er den Geschwistern nach draußen folgte. Er vergaß es nie. Nicht mehr seit der Nacht mit den Rehen.

»Wie lieb ihr miteinander umgeht«, seufzte Sara gerührt. »Es geht dir gut, ja?« Sie legte die Hand zart auf Rosalies Bauch. »Es stört dich nicht, oder?«

»Nein«, sagte Rosalie und war nicht sicher, ob es sie nicht doch störte. Natürlich, sie hatte sich verändert, seit sie aus der Stadt ihrer Kindheit weggegangen und nach Schongau gekommen war. Noch mehr, nachdem sie Romar in den Wald gefolgt war. Dennoch empfand sie Berührungen – außer, es waren die Liebkosungen ihres Mannes – insgeheim als schwierig. Selbst wenn sie von Sara kamen, der Einzigen im Dorf, die bislang von der Schwangerschaft wusste; der Einzigen, der sie beide trauten. Rosalie und Romar waren sich einig, das Geheimnis, solange es ging, zu bewahren. Vielleicht, weil die große Nähe im Dorf es mit sich brachte, dass sie das Kind danach nie mehr ganz und gar für sich haben würden. Vielleicht auch wegen des unheilvollen Fluchs, an den Rosalie nicht glaubte und der sie trotzdem ängstigte. Gottlob war es bis zur Geburt noch lange hin.

Lange genug hoffentlich, um Romar davon zu überzeugen, eine Hebamme ins Dorf zu holen. Den Regeln zum Trotz. Falls notwendig, würde sie auch anderswo gebären. Hauptsache, nicht in Avas Obhut, der zu viele Frauen und Kinder wegstarben. So gerne Rosalie die alte Frau mochte, war sie der Meinung, Ava sollte besser beim Versorgen des Federviehs bleiben, beim Räuchern von Fleisch – oder sich ihretwegen weiter an Fruchtbarkeitszaubern versuchen. Bei den Haberatshofenern würde Rosalie mit dieser Meinung allerdings fraglos gegen eine Mauer rennen. Daher schwieg sie und schmiedete eigene Pläne für die Zeit in einigen Monaten, für die Geburt ihres ersten Kindes.

»Rosalie?«

»Entschuldige.« Saras besorgte Stimme holte sie in die Wirklichkeit zurück.

»Die Schwangerschaft verändert dich.« Noch immer lag die Hand der Cousine auf Rosalies Bauch. »Du bist häufig anderswo mit deinen Gedanken.«

»Ach wo«, winkte Rosalie ab. »Du übertreibst schamlos. Das Kind ist winzig, und man sieht noch gar nichts.«

»Warte ab. Du bist schmal gebaut. Sicher wird dein Bauch sich bald sichtbar runden.«

»Wir könnten neuen Punsch aufsetzen.« Sara war lieb, aber sie übertrieb es mit ihrem Gewese um die Schwangerschaft, und auch der Bauchtätschelei war nun genug. »Die drei werden gleich ziemlich durchgefroren sein.«

»Lass uns lieber Eier ins Wasser schlagen. Machst du mit, Cousine?« Sara krümmte lockend wie die Hexe aus dem Knusperhäuschen den Zeigefinger. »Komm her. Es dauert nicht lange.«

»In Ordnung«, lachte Rosalie. »Ich mach ja mit. Aber wir behalten das besser für uns. Ich für meinen Teil habe nämlich keine Lust, von Willem getadelt zu werden.«

»Versteh ich.« Sara runzelte die Brauen. »Macht wirklich keinen Spaß, von dem Alten gescholten zu werden. So oder so, du bist fein raus, denn ich habe die Eier schon besorgt.« Saras Korb war von einem roten Tuch bedeckt. Sie lüpfte es wie ein Zauberer auf großer Bühne. Darunter kamen sechs Eier zum Vorschein. »Drei für dich, drei für mich. Hast du einen Eimer zur Hand?«

Rosalie ging in die Küche und griff sich aus der Ecke den sauber geschrubbten Eimer, in dem sie bisher ihre Monatstücher bis zum Ende der Blutung eingeweicht hatte. Nur mit Widerwillen erinnerte sie sich daran, wie Romar für Ava die blutigen Binden …

»Ist dir schlecht? Musst du speien?« Sara war ihr gefolgt.

»Nein.« Rosalie hielt es für besser, der abergläubischen Cousine nichts vom vormaligen Zweck des Eimers zu erzählen.

»Ich dachte schon, weil du mit dem Gesicht darüber hingst …«

»Komm zurück in die Stube, und dort zeigst du mir, wie es geht. Reicht das Wasser, und müssen wir es vorher erhitzen?«

»Nein, das ist schon in Ordnung. Gib mir einfach den Krug.« Gleich darauf schlug Sara andächtig drei Eier ins Wasser. Eiweiß lief ihr über die Finger, die sie sich beiläufig am Rock abwischte. »Schau hin, Rosalie, siehst du es? Man erkennt Formen im Wasser.«

»Sieht für mich aus wie eine Schere.«

»Das habe ich auch gedacht. Vielleicht heirate ich also einmal einen Schneider. Unverheiratete Mädchen lieben das Weissagen, weil sie sich Einsichten über ihre zukünftigen Ehemänner erhoffen – hatte ich das erwähnt?«

»Das überrascht mich nicht«, grinste Rosalie. »Du scheinst so aufgeregt, liebe Cousine, als stündest du heute schon vor dem Traualtar.«

»Man weiß ja nie, was die Eier einem verraten werden …« Sara, ausnahmsweise verlegen, senkte den Kopf. »Ich möchte mit der Ehe nicht warten, bis ich eine alte Jungfer bin und mich keiner mehr will.« Plötzlich tropften Tränen auf den Boden.

»O Sara, nicht doch!« Rosalie fühlte sich schlecht. Warum hatte sie nie einen Gedanken daran verschwendet, Sara könnte sich eine eigene Familie wünschen, einen Mann und Kinder? Dabei lag es so nahe. Wie blind war sie bloß gewesen? Kein Wunder, dass die Cousine an ihrer Schwangerschaft teilhaben wollte, und sei es nur durch die Berührung ihrer Hand.

»Lassen wir das«, schniefte Sara. »Das bin heute nicht ich.«

»Bist du wohl – und ich bin froh darüber. Es wird dir das Herz leichter machen, darüber zu sprechen. Du wirst sehen.«

»Eigentlich ist das nichts, worüber wir sprechen sollten.«

»Du sagst das so kühl, weil du … du nicht aus dem Dorf fortgehen kannst oder willst, um einen Mann zu finden?«, mutmaßte Rosalie.

»Ich kann mein Leben hier nicht aufgeben. Das ist mir der Traum von einer Familie nicht wert.«

»Aber …«

»Kein Aber. Ich sehe schon, Rosalie, wie es in deinem Kopf arbeitet. Du überlegst, wer im Dorf für mich in Frage käme.«

»Niemand?«

»Ich könnte Josef heiraten. Wo er jetzt Witwer ist, würde er mich wahrscheinlich nehmen. Aber damit wäre ich die Mutter der kleinen Dagmar – und das würde Rebekka das Herz brechen.«

»Bleibt nur Kunz' und Rieles Sohn.«

»Endres«, nickte Sara. »Den liebe ich genauso wenig wie Josef. Lass uns ein andermal darüber sprechen. Nicht heute, wo wir fröhlich sein wollen und die anderen jeden Moment wieder hereinkommen werden.«

»Einverstanden.« Rosalie gab Sara einen Kuss auf die Wange. »Soll ich das Wasser wegkippen?«

»Wo denkst du hin? Vielleicht verraten uns deine Eier die Anzahl eurer zukünftigen Kinder. Los, schlag sie ins Wasser.«

Das tat Rosalie, und die beiden jungen Frauen hingen mit den Nasenspitzen fast im Eimer, um die Prophezeiung der Eier zu deuten. Im nächsten Moment fuhren sie zurück, als wären giftige Schlangen darin.

»Das kann alles Mögliche sein.« Wieder berührte Saras Hand Rosalies Bauch. »Komm schon, du bist ganz rot im Gesicht. Atme tief durch und ...«

Rosalie japste nach Luft, da kam Romar mit Robs und Monika zurück.

»Monika hat sich den Fuß verstaucht ...« Romar erkannte die Not seiner Frau und sprach nicht weiter. »Was ist hier geschehen, um Himmels willen?«

Robs wiederum hatte gesehen und erstaunlich schnell begriffen, was Saras Hand auf Rosalies Bauch zu bedeuten hatte. Binnen kürzester Zeit flammten seine runden Backen feuerrot, und er ballte die Fäuste gegen Romar.

Monika, humpelnde Dritte im Bunde, kannte das Weissagespiel. Sara hatte es früher schon mit ihr gespielt. Sie beugte sich – den herrschenden Aufruhr und die Befindlichkeit ihres Bruders, für die sie sonst ein feines Gespür hatte, ignorierend – über den Eimer. »Im Wasser schwimmt ein Sarg.« Sie blickte fragend hoch. »Wer wird denn sterben?«

20

Segenswünsche

»Wo gehst du hin?«

»Sara.« Rosalie verkniff sich ein Seufzen. Es war ihr gelungen, unauffällig an Monika vorüberzuhuschen, die auf dem Dorfplatz Kreise in den Matsch malte. An der Cousine kam sie hingegen nicht vorbei. »Du kannst am frühen Morgen ganz schön neugierig sein, weißt du das?«

»Ich weiß. Also, wo willst du hin?«

»Zu Marianna. Nachsehen, wie es ihr geht.«

»Ich komme mit.«

»Das ist keine gute Idee.«

»Ich kann ja vor dem Haus warten.«

»Sara, bitte.«

»In Ordnung, dann geh eben allein.«

»Jetzt sei doch nicht gleich beleidigt.« Rosalie blieb stehen und blickte die Cousine an. »Denkst du auch noch über Robs nach? Weshalb er das getan hat?«

»Weshalb er am zweiten Weihnachtsfeiertag wieder auf Romar losgegangen ist?« Ein schiefes Lächeln erschien auf Saras Gesicht. »Du kennst ihn. Er ist ein gutmütiger Trottel, der einen Narren an dir gefressen hat. Und natürlich weiß er von dem Fluch, soweit er fähig ist, dergleichen zu begreifen.«

»Er hat Angst um mich?«

»Ich denke schon. Deshalb ist er wütend auf Romar. Der hat dir das Kind schließlich gemacht.«

»Es ist wirklich schade. Der Abend war so schön.«

»Lass dir die Erinnerung nicht verderben. Auch nicht durch das Bild im Wasser. Diese ganze Weissagerei ist Blödsinn, aber das sage ich nur dir, damit du dir keine Sorgen machst. Spaß macht es normalerweise trotzdem.«

»Wenn nicht gerade ein Sarg zu sehen ist.«

»Genau.« Sara drückte Rosalie kurz. »Apropos Eier. Wenn du mich nicht brauchen kannst, helfe ich Ava im Hühnerverschlag beim Sammeln. Viel Glück mit Marianna.«

Vor Jeremias' Haus zögerte Rosalie. Sie hatte nach Susabells Tod viel an Marianna gedacht, aber nie mit ihr gesprochen. Gerne wollte sie ihr von Susabells Beerdigung erzählen und von der kleinen Dagmar, doch leicht war es nicht. Sie hatte Angst davor, dass Mariannas Furcht und ihre Verdächtigungen gegen die Menschen im Dorf wieder das böse Echo in ihrem Herzen wecken würden. Im Grunde war es diese Sorge, die sie so lange hatte warten lassen.

Neben der Haustür, in einem gesprungenen Topf, stand ein vertrocknetes Apfelbäumchen. Ob Marianna den Kern hoffnungsvoll gepflanzt hatte, als sie damals nach Haberatshofen gekommen war? Wie trostlos mochte ihr Weihnachtsfest ausgesehen haben, allein mit Jeremias? Falls er überhaupt bei ihr gewesen war und nicht die Gesellschaft anderer vorgezogen hatte. Rosalie gab sich einen Ruck und klopfte.

Binnen Augenblicken wurde die Tür geöffnet. Jeremias war dick angezogen. Sein geflochtener Bart verschwand im Kragen seines Mantels.

»Rosalie.« Er sah sie erstaunt an. »Ich bin mit Endres und Romar auf dem Sprung in den Wald – wir wissen schon, die Arbeit ruht, aber uns zieht es hinaus. Nur kurz nach dem Rechten sehen. Wie kann ich dir helfen?«

»Ich möchte zu Marianna.«

»Sie will niemanden sehen.« Seine Miene verriet Bedauern. »Selbst mit mir redet sie nicht mehr als ein paar Worte.«

»Kann ich es trotzdem versuchen?«

Jeremias schüttelte den Kopf. »Tut mir leid, aber wenn ich in meiner Ehe eines gelernt habe, dann ist es, ihre Zurückgezogenheit zu respektieren.«

»Lässt du es mich wissen, falls sie ihre Meinung ändert?«

»Natürlich. Jetzt muss ich aber aufbrechen.« Er zwinkerte gutmütig. »Möchte deinen Mann ja nicht warten lassen.«

Rosalie kam sich schändlich vor, weil sie in gewisser Weise Erleichterung empfand. Sie versuchte es vor Jahresende noch ein weiteres Mal, doch niemand antwortete auf ihr Klopfen. Wahrscheinlich war Jeremias nicht zu Hause und Marianna nicht gewillt, die Tür zu öffnen. Da gab sie es auf.

Dank Mariannas sturer Zurückgezogenheit gelang es ihr gut, deren beunruhigende Ängste aus ihrem Leben zu verbannen. Sie war es zufrieden, sich tagsüber im Dorf nützlich zu machen und nachts in Romars Armen zu liegen. Seit er von ihrer Schwangerschaft wusste, schien er nachholen zu wollen, was er in den Wochen zuvor versäumt hatte. Hinterher schlief Rosalie mit dem Kopf auf seiner Brust ein, seinen berauschenden Waldgeruch in der Nase.

Am letzten Tag des Jahres schien die Sonne vom wolkenlos blauen Himmel und weckte Ende Dezember Gedanken an den Frühling. Rosalie entdeckte im Vorgarten ein Flecklein unberührten Schnees und drückte, Fußabdruck neben Fußabdruck, eine Blume hinein. Die kindliche Freude, die sie dabei empfand, ließ sie über sich selbst lächeln. In Haberatshofen hatte der Winter seine eigene Schönheit. Zwar war – wie sie es aus den Augsburger Wintern kannte – der Schnee im und um das

Dorf zum großen Teil längst grauer Matsch, ließ sie ihren Blick allerdings ein wenig weiter schweifen, tauchte er ein in eine Winterlandschaft, die an Zauber kaum zu übertreffen war.

»Rosalie! Magst du mir mit den Kartoffeln für heute Abend helfen?« Riele, eine stämmige Frau, nur in der Taille schmal, mit kupferrotem Haar und zupackenden Händen, sah sie auffordernd an.

»Gerne!« Rosalie folgte Rieles Rufen bereitwillig. Es gab eine Menge vorzubereiten, denn die Silvesternacht würden alle gemeinsam in Willems und Avas Haus feiern. Der Gedanke an Marianna, die vermutlich als Einzige nicht dabei sein würde, war lästig und tat weh. Wie ein kräftiges Fingerschnippen gegen die Schläfe.

Rosalie blinzelte in die Sonne, die sich in den schneebedeckten Zweigen der Bäume fing und feine Muster auf den Boden warf. Es gelang ihr tatsächlich immer besser, ihre diffusen Ängste beiseitezuschieben. Tagsüber. Die Gespenster, die sie nachts in ihren Träumen heimsuchten, verkrochen sich mit dem Morgengrauen in den Bettbezügen und unter den Kissen, wo sie geduldig auf die Wiederkehr der Schläferin warteten. Rosalie ließ sie dort. Mochten sie ihre Träume beherrschen – ihr reales Leben beherrschten sie nicht.

»Lieb von dir, Rosalie, dass du mir hilfst.« In Rieles Küche herrschte ein gewaltiges Durcheinander. Der kleine Gabriel, Matäus' und Osannas Sohn, hockte mit allen Schüsseln, die er hatte finden können, auf dem Boden. Eifrig und konzentriert rührte er mit einem langen Holzlöffel die Luft in den Schüsseln um, mal in dieser, mal in jener Richtung. Riele musste andauernd über ihn hinwegsteigen.

»Lass dich nicht von ihm stören. Mir ist lieber, er spielt mit den Schüsseln, als dass ich ihm ständig hinterher sein muss. So habe ich ihn im Auge.« Sie lächelte liebevoll.

»Du liebst ihn wie ein eigenes Kind«, dachte Rosalie und begriff, als sich Rieles Gesicht schmerzlich verzog, dass sie laut gesprochen hatte.

»Tut mir leid …«

»Schon gut, Rosalie. Du hast ja die Wahrheit gesagt. Ich liebe Gabriel von Herzen. Er ist mein Enkel und alles, was mir von seinem Vater geblieben ist, meinem Sohn Matäus – wird mir ohne ihn immer ein Stück meines Selbst fehlen.«

»Vielleicht kommt er eines Tages zurück.«

»Vielleicht.« Riele strich dem kleinen Jungen über den Kopf. Gabriels Haare hatten dieselbe kupferrote Farbe wie ihre. »Versuch mal, ob du mit dem Messer zurechtkommst.« Sie zeigte Rosalie einen enormen Berg geschälter Kartoffeln, neben dem ein kaum minder großer Berg ungeschälter Kartoffeln wartete.

Eine Zeit lang schälten beide Frauen schweigend, die Stille nur unterbrochen von Gabriels Geplapper und dem Klopfen des Holzlöffels, den er rhythmisch auf die umgedrehten Schüsseln zu schlagen begann.

»Du hast dich gut bei uns eingefunden«, bemerkte Riele schließlich. Täuschte Rosalie sich, oder verharrten die Augen der Frau für einen Moment auf ihrem Bauch? Noch wusste niemand außer Romar und Sara – seit dem Stefanitag auch Robs und Monika, falls sie es denn begriffen hatte – von ihrer Schwangerschaft.

»Ich bin glücklich in Haberatshofen. Mein Leben früher war … Es hat ganz anders ausgesehen. Hier gehöre ich dazu.«

»Du meinst, wegen deiner Andersartigkeit?«, erkundigte sich Riele freundlich. »Was auch immer man dir eingeredet haben mag, du solltest dich deshalb nicht grämen. Du bist auf deine Art eine hübsche junge Frau.«

»Danke.« Rosalie war verlegen und schnitt sich beim Schälen beinahe mit dem Messer.

»Du brauchst dir deshalb nicht gleich den Finger abzuschneiden«, mahnte Riele gutmütig.

Gabriel blickte von seinen Schüsseln auf. »Nichts für kleine Männer.« Er zeigte auf das Messer und hob streng den Finger.

»Ganz recht«, lobte seine Großmutter und gab ihm einen zweiten Holzlöffel, mit dem er sein Spiel begeistert fortsetzte.

Rosalie blickte auf das zufriedene Kind, und der furchtbare Tag, an dem Marianna zu ihr gekommen war und die Dörfler vor ihrem Haus Aufstellung genommen hatten, verblasste noch ein Stück weiter.

»Vieles im Dorf muss dir anfangs fremd gewesen sein«, setzte Riele den Plausch fort.

»O ja. Das Leben als Bauersfrau stand nicht auf dem Unterrichtsplan des Waisenhauses. Wohl habe ich Kochen gelernt für viele Mäuler, aber die Arbeit war eine andere. Man musste tun, was einem aufgetragen wurde. Bei euch hingegen darf ich erleben, wie ihr Brot backt, Obst dörrt und einlegt, Fleisch haltbar macht oder Milch zu Butter und Käse verarbeitet. Ich bin allen, gerade den Frauen im Dorf, dankbar, dass sie mich in ihre Häuser einladen und mir alles beibringen.«

»Wir helfen dir gerne. Schon als du mir und meinen Töchtern beim Brotbacken geholfen hast, warst du sehr geschickt. Da wusste ich, dass man auf dich zählen kann.«

»Ihr seid mir alle eine große Hilfe. Wenn ich überlege, was allein Sara mich gelehrt hat – so vieles über Kräuter und deren Heilkraft. Und natürlich, dass Fettwammen ein besonderer Grund zur Freude sind, weil man daraus Parfum herstellen kann.« Rosalie lächelte bei der Erinnerung.

»Da habt ihr zwei euch gesucht und gefunden. Bis du kamst, hat sich keiner für Saras Parfumherstellung erwärmen …«

»Soll das Bier im Keller liegen und wir hier die Ohnmacht kriegen?«, dröhnte ein grässlicher Gesang von draußen.

Klein Gabriel spitzte die Ohren. »Großvater hat Durst«, übersetzte er, und Riele lachte laut.

»Kunz sitzt mit unserem Jungen auf der Bank hinter dem Haus«, erklärte sie Rosalie. »In der Eiseskälte, aber bitte, wenn die Herren meinen … Jedenfalls hat die Vorfreude auf den Jahreswechsel sie dazu verleitet, dem Bier schon jetzt reichlich zuzusprechen.« Sie verdrehte die Augen. »Eine große Hilfe sind mir die beiden.«

»Das ham wir gehört, Mutterl!«, ertönte es prompt, und Rieles Sohn Endres erschien in der Tür. Gefolgt von Kunz, seinem Vater, der einen halben Kopf kleiner war und sich strecken musste, um Endres über die Schulter zu sehen.

»Murrt und knurrt zu jeder Stund, wie ein böser Kettenhund«, ärgerte Kunz seine Frau.

»Hüte deine Zunge, mein Lieber, wenn du im neuen Jahr nicht jeden Abend mit knurrendem Magen ins Bett gehen willst«, drohte Riele nachsichtig. »Ich hole ihnen geschwind noch ein Fässchen. Einmal im Jahr, finde ich, sollen sie ruhig ausgelassen sein. Sonst sind es brave Männer, auf die ich nichts kommen lasse.«

»Du kannst dich glücklich schätzen.« Rosalie machte sich wieder ans Schälen, da schneiten Rieles Töchter herein. Zacha und Wila waren drei oder vier Jahre älter als Rosalie und kamen äußerlich nach ihrer Mutter. Die Körper stämmig, dafür die Taillen so schmal, dass man meinte, sie mit den Händen umspannen zu können.

»Rosalie«, lächelte Wila erfreut. »Wie nett, dass du hilfst. Freust du dich auf das Fest?«

Es war Tradition im Dorf, die Häuser zu Beginn der Silvesternacht auszuräuchern. In einem großen, gusseisernen Bottich glimmte rötlich das Holz. Einer nach dem anderen traten die Haberatshofener vor und warfen ihre Gaben in die Glut. Wacholderbeeren, Baumrinde, ein besonders geformtes Stück Holz, getrocknete Kräuter oder Weihrauchkörner, die Rosalie Übelkeit verursachten. Mancher sprach dazu einen Wunsch für das kommende Jahr.

»Dass der Brunnen im nächsten Sommer nicht trocken fällt«, sagte Willem.

»Dass Jeremias Vater eines gesunden Kindes wird«, kam von Ava. Die Erkältung der alten Frau war endlich abgeklungen. Sie sah besser aus.

»Dass Dagmar gesund bleibt und wächst.« Rebekka entließ eine Handvoll Federn in das Feuer, dem daraufhin ein Geruch nach Bittermandeln entströmte, der Rosalie leicht benommen machte.

Als sie selbst an der Reihe war, warf sie Wurzelwerk in die Glut – ein Symbol für die Beständigkeit, die sie in Haberatshofen zu finden hoffte. Für sich und ihre Kinder. Genau das wollte sie sagen. »Ein besseres Jahr für Marianna«, erbat sie stattdessen. Waren die Wünsche der anderen zuvor beklatscht worden – ihrer wurde es nicht.

Ehe der rauchende Bottich davongetragen wurde, warf auch Romar, still für sich, etwas in die Glut. Rosalie konnte nicht erkennen, was es war, und auch seine Worte nur erahnen. *Dass sie lebt.* So meinte sie es gehört zu haben.

Theodor und Jeremias hoben den Bottich an, um ihn zum ersten Haus zu tragen. Willem und Ava schritten laut betend hinter ihnen her. Auf jeder der acht Türschwellen sprachen sie ihre Segensworte:

Wo Glaube, da Liebe.
Wo Liebe, da Frieden.
Wo Frieden, da Segen.

Wo Segen, da Gott.
Wo Gott, da keine Not.

Herr, segne dieses Haus
und alle, die da gehen
ein und aus.

Die Haberatshofener wiederholten alles im Chor, vor jedem der acht Häuser. Die Bottichträger wurden von Josef und Endres abgelöst, diese beiden wiederum von Kunz und Romar. Den Männern zitterten nach vollbrachtem Werk die Hände und darüber hinaus vermutlich auch sonst jeder Muskel im Körper. Rosalie hatte daher eine vage Vorstellung, wie schwer der rauchende Bottich sein musste.

Als Tonos verlassenes Häuschen an der Reihe war, stand Sara ganz dicht bei der Tür, so dass auch sie vom Rauch eingehüllt wurde. Vielleicht dachte sie darüber nach, wie es sein würde, bald darin zu leben. Rosalie schenkte der Freundin ein Lächeln, das Sara voller Wärme erwiderte.

Für Rosalie war es anfangs die ganz und gar wunderbarste Silvesternacht, die sie sich vorstellen konnte.

21

Die Nacht auf Neujahr

»Wahrscheinlich passe ich nicht mehr durch die Tür, wenn ich in Tonos Häuschen einziehen will.« Sara rieb sich mit kreisförmigen Bewegungen den Bauch. »Räucherschinken, Kartoffelsalat, Krautsalat, ein gefühlter Laib Brot und reichlich Bier. Nicht zu vergessen der heiße Würzwein.« Akribisch zählte sie auf, was während des Festessens alles in ihren Magen gewandert war. »Ich …«

»Schon gut, Sara. Wir haben verstanden.« Willem unterbrach erheitert ihren Redefluss. Er sah ebenso fröhlich aus wie alle anderen, doch Rosalie fiel auf, dass sein Buckel schlimmer wurde. Die Last eines weiteren gelebten Jahres, die ihm diese Nacht des Jahreswechsels aufbürdete? Seine Haut war dünn, als wäre bloßes Seidenpapier über sein Fleisch geschlagen. Rosalie erahnte zum ersten Mal, wie alt er wirklich war. Ein Greis, den die Liebe zu seinen Leuten aufrechterhielt. »Nachdem jetzt alle gegessen haben und die Enge hier drinnen kaum mehr auszuhalten ist, schlage ich vor, dass ihr jungen Leute euch eine Feuertonne sucht und euch nach draußen setzt. Aber nehmt mir nicht den Weihbottich von vorhin, damit das klar ist! Und kommt wieder herein, ehe sich einer die Zehen abfriert.«

Zustimmende Rufe klangen auf, auch von Rosalie, der die Luft unerträglich stickig schien. Geschwängert von Essensgerüchen und denen der Menschen, die sich am Festmahl gütlich getan hatten. Obenauf die Gerüche fremden Schweißes, mal bitter, mal süßlich, mal sauer wie ranzige Milch, die ihr Wellen der Übelkeit durch den Körper jagten. Dankbar folgte sie Theodor, Kunz und Jeremias, die jeder eine Bank stemmten und hinaustrugen, während Romar und Josef sich um die Tonne kümmerten. Bald scharten sich die jüngeren Haberatshofener um ein anfangs zögerliches Feuer.

»Jeremias.« Rosalies Übelkeit ließ merklich nach, sobald die frische Luft sich kalt um ihre Nase wob. Sie berührte Mariannas Mann leicht an der Schulter. »Wie geht es deiner Frau?«

»Was willst du hören? Ihr Bauch wächst.« Er rubbelte an einem eingetrockneten Soßenfleck auf seinem Ärmel und wich ihrem Blick aus. Die Frage nach Marianna behagte ihm eindeutig nicht, aber Rosalie vermochte nicht einzuschätzen, ob er verlegen oder ungeduldig war. »Sie wollte heute nicht dabei sein. Will sie nie.«

»Kann ich sie in den nächsten Tagen einmal besuchen? Oder besser noch«, der Einfall kam aus dem Moment heraus, »jetzt gleich zu ihr gehen? Vielleicht gelingt es mir, sie zum Fest zu holen. Sie zu überreden. Es ist doch die Silvesternacht.«

»Ehrlich gesagt, Rosalie, sie möchte noch immer niemanden sehen. Dich eingeschlossen.«

»Und wenn ich trotzdem zu ihr gehe?«

»Nein.« Jeremias ließ von dem Fleck ab und sah Rosalie durchdringend an. »Tust du nicht.« Seiner Entschiedenheit war nichts entgegenzusetzen.

»Komm tanzen, Rosalie!« Josef, die Nase rot von Kälte und Alkohol, hatte seine Klampfe ausgepackt. Theodor begleitete ihn auf der Mundharmonika, während Sara, Zacha, Heidegret und Wila sich mit fliegenden Röcken im Kreis drehten. Von den jüngeren Frauen fehlte bloß Rebekka, die mit der kleinen Dagmar bereits nach Hause gegangen war.

»Komm schon«, verlangte auch Robs und zog Rosalie in den Kreis der Tanzenden. Seine Schwester stimmte ein Lied an. *Der Winter ist ein rechter Mann.* Erinnerungen an die Winter im Waisenhaus überrollten Rosalie. Kalte Räume und kalte Herzen. Daher kannte sie das Lied. Gesungen hatte sie es nie.

Der Winter ist ein rechter Mann,
kernfest und auf die Dauer;
sein Fleisch fühlt sich wie Eisen an,
und scheut nicht süß noch sauer.

War je ein Mann gesund wie er?
er krankt und kränkelt nimmer,
er trotzt der Kälte wie ein Bär
und schläft im kalten Zimmer.

Die anderen fielen ein, ganz zuletzt Rosalie. Froher Gesang hallte durch die Nacht. Heidegret fasste sie bei den Händen, und sie tanzten miteinander im Kreis, bis ihre Bäuche schmerzten vor Heiterkeit und alles sich drehte.

Er zieht sein Hemd im Freien an
und lässt's vorher nicht wärmen
und spottet über Fluss im Zahn
und Grimmen in Gedärmen.

Aus Blumen und aus Vogelsang
weiß er sich nichts zu machen,
hasst warmen Drang und warmen Klang
und alle warmen Sachen.

Doch wenn die Füchse bellen sehr,
wenn's Holz im Ofen knittert,
und um den Ofen Knecht und Herr
die Hände reibt und zittert;

Wenn Stein und Bein vor Frost zerbricht
und Teich und Seen krachen:
Das klingt ihm gut, das hasst er nicht,
dann will er tot sich lachen.

»Liebes?« Romar tanzte nicht. Er hatte einen Platz am Feuer gesichert und winkte ihr einladend.

Rosalie wollte nicht aufhören. Sie wollte sich weiter und weiter drehen und dieses Gefühl unbeschwerter Ausgelassenheit für immer festhalten.

»Übertreib es nicht.« Sara fasste sie energisch beim Arm und zog sie aus dem Kreis der Tanzenden. »Denk an … du weißt schon.«

Zuerst lagen Rosalie Worte des Protests auf den Lippen, aber dann war sie gerührt von der Besorgnis der Cousine. Wahrscheinlich hatte Sara recht. Sie würde sich zu ihrem Mann setzen und ein wenig ausruhen. Als sie neben Romar auf die Bank sank, dachte sie wieder an Jeremias und Marianna und war froh, dass ihre eigene Ehe zwar nicht einfach, aber von Liebe geprägt war.

»Geht es dir gut?« Romar musterte sie, ihre erhitzten Wangen und funkelnden Augen.

»Bestens. Ich habe nie zuvor so getanzt. Kannst du dir das vorstellen? Es ist befreiend.« Sie sah ins Feuer, das sich mit zunehmender Kraft in die dicken Scheite fraß. Das Holz knackte, und der Rauch stieg hoch und höher, um sich am dunklen Himmel zu verlieren, vor dem sich die Sterne wie goldene

Knöpfe abhoben. Sogar das blasse Band der Milchstraße war zu erkennen. »Wir beide haben großes Glück.« Rosalie schmiegte sich an ihren Mann. »Wir werden ein Kind haben, Liebster. Was für eine Freude im neuen Jahr.«

»Weißt du, was ich dir nie erzählt habe?« Romar blickte ins Feuer, voller Schwermut. Die Heiterkeit des Festes und der Feiernden schien an ihm abzuprallen. »Weshalb Tonos Frau Gunda sich umgebracht hat.«

»Wie kommst du jetzt darauf?« Gleich war ihre Seligkeit dahin. »Sara sagte mir schon vor einer Weile, dass Gunda sich Kinder mit Tono wünschte und keine bekommen konnte. Sie hat sich am Brunnen erhängt, nicht wahr? Wie später ihr Mann.«

»Ja. Ich musste daran denken, weil sie es genau aus diesem Grund getan hat.« Romars Stimme wurde zu einem melancholischen Raunen.

»Wie meinst du das?«

»Wegen ihres sehnlichen Kinderwunsches. Irgendwann ertrug sie es nicht mehr.«

»Wie furchtbar.« Rosalie legte die Hand an Romars Wange, küsste ihn auf die Lippen und schmeckte seine Wärme. Insgeheim wünschte sie, er hätte nicht davon angefangen. Nicht jetzt, nicht an diesem Abend. Nun war der Zauber dahin, und jene verzweifelte Frau stand zwischen ihr und ihm und dem Silvesterfest.

»Ich komme gleich wieder.« Rosalie stand auf. Ihre Blase drückte, und sie fühlte sich benommen. Vom Tanz, vom rauchigen Feuer, von Romars Worten.

»Musst du austreten? Soll ich dich begleiten?«

»Nein, bleib sitzen.« Zärtlich berührte sie sein Gesicht. »Versuch, ein wenig fröhlich zu sein, Romar. Die anderen sind es – und ich wäre es auch gern. Mit dir zusammen.« Beim Weggehen, als sie in die Nacht eintauchte, fing Rosalie Saras forschenden Blick auf. Wieder einmal dachte sie, dass die Cousine es mit ihrer Fürsorge bisweilen übertrieb.

Auf dem Weg zum schindelgedeckten Klohäuschen kam Rosalie am Steinhaus vorüber. Dort drinnen, in der Runde der älteren Haberatshofener, ging es sehr viel ruhiger zu. Kein Lachen und kein trunkenes Johlen, wie es Josef am Feuer gerade ausstieß, waren zu hören. Es wurde auch nicht gesungen, nur leise Gesprächsfetzen drangen nach draußen. Rosalie fröstelte ohne die Wärme des Feuers. Sie beeilte sich, vernahm im Vorbeikommen das sachte Schnauben des Viehs aus dem Stall und von weiter hinten ein neues Lied, das die Feiernden anstimmten. Wegen der Musik entgingen ihr anfangs die anderen Geräusche, die noch aus dem Stall drangen. Als sie ihr bewusst wurden, tappte sie durch die sternklare Nacht auf das Stalltor zu, getrieben von Besorgnis und Neugierde. Das waren keine Tiergeräusche, jedenfalls nicht die Geräusche gesunder Viecher. Sie wollte nur kurz nachsehen und dann eilig weiter zum Klohäuschen laufen.

Wie sie den Stall mit seinem Geruch nach Heu und Mist betrat und ihre Augen die Dunkelheit absuchten, entdeckte sie das Aufblitzen nackter Haut und verstand zu spät, in was sie hineinplatzte. Weiter erkannte sie, ehe sie sich schamesrot abwandte und zurückwich, drei nackte Körper im Stroh. Rosalie glühte vor Unglauben und rang nach Luft.

Die Köpfe der drei Ertappten ruckten hoch, der Mann war halb im Begriff, ihr nachzusetzen, da nahm sie die Beine in die Hand und flüchtete sich keuchend zurück ans Feuer.

Kaum in der Sicherheit von Romars Armen geborgen, spürte sie heiße beschämende Nässe ihre Beine hinabrinnen und wünschte, den Geräuschen nie nachgegangen zu sein. Sie wünschte weiter, dass ihre Schwangerschaft verantwortlich wäre für den Urin, den sie nicht mehr hatte halten können. Doch verantwortlich war das, was sie im Stall gesehen hatte. Wen sie gesehen hatte.

»Was hast du denn, Liebes? Fehlt dir etwas?«

Sie vergrub das Gesicht an der Brust ihres Mannes wie ein Welpe die Schnauze im Fell seiner Mutter. Ihr Verstand weigerte sich zu begreifen, denn die Gesichter – die Gesichter derer, die sie im Stall überrascht hatte – gehörten Rieles Kindern. Endres und seinen beiden Schwestern Zacha und Wila.

*

Mit dem Neujahrstag verlor sich neben dem alten Jahr auch der klare Himmel der vergangenen Nacht. Der Winter ließ die Fäuste spielen, sandte böigen Wind und weiter fallende Temperaturen. Franz kämpfte sich durch Schneegestöber, es machte ihn schier blind. Der Junge war durchgefroren bis auf die Knochen. Selten im Leben hatte er sich mehr nach etwas gesehnt als nach der heißen Pfanne, die ihm die Schwestern im Waisenhaus früher ins Bett gegeben hatten. Er hustete stark, und wenn er nicht hustete, ging sein Atem röchelnd. Dessen ungeachtet hielt er eisern an seinem Versprechen fest. Seit Hochwürden Kippling sich geweigert hatte, ihm zu helfen, war Franz wiedergekommen. Ins Pfarrhaus. Jeden gottverdammten Tag.

Die Nächte verbrachte er in Scheunen, Heuschobern und anderen Schlupfwinkeln, in die er sich wie ein Dieb stahl. Jetzt im Winter waren sie allesamt nicht dazu geschaffen, ihn wirksam vor der Kälte zu schützen.

Franz rieb sich die eisigen Finger. Sie waren von der Farbe frischen Hummers. Nicht dass er je einen in natura gesehen hätte, aber in seiner Vorstellung kam das hin. Himmel, natürlich nagte der Zweifel an ihm. Es war nur menschlich, vom warmen Bett im Jungenschlafsaal und Cäcilias Küche zu phantasieren. Doch der Gedanke an Rosalie hielt Franz bei der Stange und zwang ihn immer wieder aufs Neue, nicht aufzugeben.

So empfing der Geistliche am Neujahrstag 1845 den hustenden Knaben mit wachsender Besorgnis.

»Du bist krank«, schimpfte Kippling, »und deine Hartnäckigkeit ist enervierend. Das geht so nicht mehr weiter.«

»Es geht weiter, bis Sie einwilligen, Hochwürden.« Franz bemerkte wohl, dass auch der Pfarrer in letzter Zeit müde und mitgenommen aussah. Gleichwohl konnte er nichts von Kipplings Beichte wissen, deren Auslöser er gewesen war. Auch nichts vom Zerbrechen des Liebesverhältnisses zwischen dem Geistlichen und Schwester Dora.

»Du elendig hartnäckiger Kerl.« Kippling hämmerte mit den Handkanten gegen seinen Schreibtisch. Der Junge sah ihn unverwandt an. »Du dummer, ungehorsamer, bockbeiniger …« Jäh erhob er sich und packte Franz bei den Schultern. »In Ordnung, Bursche«, grollte er. »In Ordnung. Ich gebe mich geschlagen. Du hast gewonnen.«

Hochwürden Kippling brach mit der eigenen Regel und nahm Franz in seinem Haus auf, damit er sich erholen konnte. Zugleich gab er eine Sache unwiederbringlich verloren: sein bisheriges Leben. Seit der Entzweiung mit Dora hatte er oft darüber nachgesonnen. Doch der hustende Junge im Zimmer neben dem seinen gab den Ausschlag.

»Gehen wir heute?« Franz fragte jeden Tag, wie er zuvor jeden Tag ins Pfarrhaus gekommen war. Kippling verglich ihn mit einem Leierkasten samt unermüdlichem Äffchen an der Kurbel.

Am dritten Januar hatten Franz' Wangen wieder Farbe, am

vierten Tag des Jahres röchelte er nicht mehr, und bis zum Dreikönigstag war der Junge – bis auf den beängstigend rasselnden Husten – fast der Alte. Das zumindest gab er Kippling zu verstehen.

»Warum legt das Kind sich nicht ins Bett?«, schalt die Pfarrhaushälterin. »Ein Querkopf vor dem Herrn.«

Hochwürden Kippling zuckte bloß die Schultern und ließ Franz gewähren. Er tadelte ihn nicht länger. Im Gegenteil, das neue Jahr umfing ihn mit geradezu befremdlicher Gelassenheit. Dora verweigerte ihm jedes Gespräch, daher war es ihm persönlich gleich, wann er seinen Plan in die Tat umsetzte.

»Sei es drum, Franz. Du bist störrisch wie ein Maulesel, aber mir soll es recht sein.«

»Ehrlich?«

»Ja.« Es war der siebte Januar. »Wenn du heute aufbrechen willst, machen wir uns auf den Weg.« Dabei graute dem Pfarrer davor, was sie in dem Dorf finden würden. Die Flöhe, ihm von dem Jungen lästig ins Ohr gesetzt, hatten sich dort häuslich eingerichtet. Falls in Haberatshofen tatsächlich etwas nicht stimmte, zeichnete er dafür mitverantwortlich. Andererseits mochte auch alles seine Richtigkeit haben und die Aufregung vollkommen umsonst sein.

»Dann los, Hochwürden.« Franz' Augen glänzten vor Aufregung fiebrig. Er hatte so hart um den Beistand des Pfarrers gekämpft.

»Wir nehmen Pferd und Wagen«, brummelte Kippling. Die abgewetzte Ledertasche, ein Geschenk seiner verstorbenen Eltern zum Schulabschluss, war bereits gepackt. Prallvoll mit seinem persönlichen Hab und Gut, allem, was er besaß auf dieser Welt.

»Ich wusste gar nicht, dass Sie ein Gespann besitzen«, freute sich Franz. »Wo Sie ja immer zu Fuß ins Waisenhaus …«

»Ja, ja.« Kippling unterbrach ihn ungeduldig. Schmerzliche Erinnerungen an Dora konnte er nicht brauchen. »Das Gespann gehört der Kirche. Ein alter Mann, der ohne Angehörige gestorben ist, hat es der Pfarrei überlassen. Was hast du denn gemeint, wie ich zu den entlegenen Weilern und Höfen gelange?«

»Da habe ich nie drüber nachgedacht«, gestand der Junge. »Hätte ich besser wissen müssen.«

»Wie dem auch sei«, sagte Kippling, und dann schwiegen der Pfarrer und das Waisenkind, bis sie den Waldrand erreichten und vom Bock sprangen. Nachdem das Pferd ordentlich an einem Baumstamm festgebunden war, ließen sie den Wagen in einem leeren Viehunterstand zurück. Den Rest des Weges mussten sie zu Fuß bestreiten. Kippling, der nie zuvor im Dorf gewesen war, verließ sich auf Franz' Führung. Der Junge schlug den Weg zum immerhin dritten Mal ein und setzte daher zielstrebig einen Fuß vor den anderen. Nur gelegentlich, wenn der Husten seinen Körper schüttelte, musste er innehalten und sich mit den Händen auf die Oberschenkel stützen, bis der Anfall vorüber war. Je weiter sie gingen, desto blasser wurden sowohl Franz als auch Kippling. Der Knabe vor Schwäche, der Geistliche vor Angst.

»Wenn das hier erledigt ist, werde ich für immer aus Schongau fortgehen«, sagte Kippling unvermittelt.

»Hochwürden?«

»Ich meine es ernst. Wenn du möchtest, nehme ich dich mit. Überleg es dir. Es wird eine Reise ins Ungewisse, aber sonst bleibt dir nichts anderes, als bei Schwester Dora zu Kreuze zu kriechen. Du brauchst ein Dach über dem Kopf.«

»Dürfen Sie das denn? Einfach fortgehen? Sie sind doch der Pfarrer.« Die Vorstellung erschreckte den Jungen zutiefst, das war nicht zu übersehen.

»Ich bin nicht der einzige Geistliche auf der Welt, Franz. Und mich hält nichts mehr in dieser Gegend.«

»Dann werde ich darüber nachdenken«, nickte der Knabe ernst. »Können wir auch Rosalie und Marianna mitnehmen? Und Osanna, falls sie noch lebt?«

»Ich glaube kaum, dass sie ihre Ehemänner verlassen möchten. Aber nur zu. Wenn es dich beruhigt, dann frag …«

Kippling und Franz waren noch nicht bis zum Dorf gelangt, da wurden sie schon abgefangen. Eine Gruppe Männer kam ihnen im Wald entgegen, angeführt von Willem, dem buckligen Alten. Er und seine Begleiter verstellten ihnen den Weg.

»Hochwürden.« Willems Miene war kühl. »Sie sind am falschen Ort. Weshalb der Besuch?«

Kipplings Kiefer spannte sich an. Augenblicklich fühlte er sich herausgefordert. »Ich bin nicht hergekommen, um an etwas zu rühren, was zwischen uns … gesagt wurde.« Er gedachte nicht, vor Franz auf die Vereinbarung mit dem Dorf zu sprechen zu kommen. »Verstehen Sie meine Absicht nicht falsch. Der Junge hier möchte lediglich nach seinen Gefährtinnen aus dem Waisenhaus sehen. Er vermisst die Mädchen. Daran ist sicher kein Fehl und …«

»Wie geht es ihnen?«, stieß Franz brüsk hervor. Offenbar strapazierte Kipplings kleine Ansprache seine Geduld. »Sind sie am Leben?«

»Am Leben? Was soll das, Junge?« Die Stirn des Alten umwölkte sich weiter.

»Susabell immerhin ist schon tot. Ich habe beobachtet, wie ihr Leichnam durchs Dorf getragen wurde.«

Aufgebrachtes Raunen ging durch die Gruppe der Männer, die im Halbkreis hinter Willem standen.

»Bei allem Respekt, Herr Pfarrer. Wie kommt dieser Junge dazu, uns auszuspionieren? Mir scheint da etwas nicht zu stimmen.« Ein Hustenanfall von Franz unterbrach den Alten. »Obendrein ist er offensichtlich krank und gehört ins Bett. Sein Husten klingt fürchterlich.«

»Er macht sich Sorgen«, verteidigte Kippling den Knaben. »Nur deshalb sind wir gekommen.«

»Das braucht er nicht. Das wissen Sie so gut wie ich. Ein Vorschlag zur Güte.« Willem winkte den Geistlichen zur Seite. »Wir sind Christenmenschen«, sprach er leise auf ihn ein. »Lassen Sie uns den Waisenknaben hier. Wir pflegen ihn gesund, wenn es Gottes Wille ist. Er ist doch eine Waise, oder?«

»Das ist er.« Kippling war hin- und hergerissen. Die Verlockung war unbestreitbar. Ohne Franz, der sich bereits als ausgesprochener Sturkopf erwiesen hatte, würde es leichter sein, ein neues Leben zu beginnen. Mit dem Jungen verlöre er andererseits das letzte Bindeglied zu Dora, dem Waisenhaus und den vergangenen Jahren seines Lebens. Abgesehen davon mochte er Franz.

»Wenn ich ihn hier bei euch lasse – wie kann ich mich vergewissern, dass es ihm gut geht?«

»Das können Sie nicht, Hochwürden. Sie haben zwei gesunde Ohren, um seinen Husten zu hören. Ich bin weder Arzt noch Kräuterweiblein, aber meine Ehefrau ist in der Heilkunde bewandert …«

»Es steht nicht gut um Franz«, sprach Kippling aus, was er seit dem Neujahrstag grimmig verdrängt hatte. »Lassen wir den Jungen selbst entscheiden. Fragen wir ihn.«

Franz' Augen wurden groß und rund, als Kippling ihm Willems Vorschlag unterbreitete. »Sie wollen ohne mich weggehen?«

»Falls du hier im Dorf bleibst – ja.«

»Sie verlassen die Stadt, Hochwürden?«, hakte der Alte sogleich nach.

»Das tue ich.«

»Ich möchte wirklich gerne mit Ihnen gehen, Hochwürden, aber ich kann Rosalie nicht im Stich lassen.«

»Du lässt niemanden im Stich, Franz. Wie wäre es, wenn du dich von Rosalies Wohlergehen überzeugst, ehe wir beide aufbrechen. Vielleicht könnte der Junge kurz mit ihr sprechen?«, wandte er sich fragend an Willem.

»Nein.« Der Alte war entschieden. »Rosalie ist im Moment nicht im Dorf.«

»Sehen Sie, Hochwürden!«, fuhr Franz auf.

»Junge …«

»Nein. Tut mir leid, Hochwürden. Ich bleibe hier und finde heraus, was vor sich geht.«

»Deine größte Sorge sollte deine Gesundheit sein, junger Mann.« Willem konnte seine Zufriedenheit über Franz' Entscheidung nicht verhehlen.

»Und wenn ich dich herzlich darum bitte, mit mir zu gehen?« Dem Geistlichen sank das Herz in den Magen. Er mochte Franz nicht in Haberatshofen zurücklassen, sein Gefühl dabei war alles andere als gut. Andererseits war der Junge so krank, dass eine Reise mit ungewissem Ziel seiner Gesundheit wohl kaum zuträglich sein würde.

»Ich bleibe.« Franz zeigte sich unbeirrbar.

»Beten Sie für den Jungen, Hochwürden. Damit ist ihm sicher am meisten gedient. Ehe Sie aufbrechen …« Willem winkte einen blonden Mann heran, den er kurz zuvor mit einem Auftrag weggeschickt hatte. Der reichte ihm daraufhin einen Beutel, klein und prall. »Wir sind Bauern und sicher keine vermögenden Leute, dennoch möchten wir Ihnen dieses Geld mit auf den Weg geben. Wenn Sie weit in die Fremde gehen, setzen Sie es dort für den guten Zweck ein.«

Kippling schnaufte schwer und hätte sich um ein Haar verschluckt. Die Haberatshofener servierten ihm seinen Neuanfang auf dem Silbertablett. »Einverstanden.« Er nickte hohl und sah zu, wie Willem den mageren Arm um Franz' Schultern legte. »Dann komm mal mit mir, Junge.«

Der Geistliche blickte ihnen nach. Es hätte sich nicht schlimmer anfühlen können, hätte er seine Seele gleich dem Teufel verkauft.

22

Erkenntnis

Die Neujahrsnacht, jener Moment, als sie die Geschwister im Stall entdeckte, verschob eine empfindliche Balance zu Rosalies Ungunsten. Die Gewichte – ihr Misstrauen, ihre Angst und ihr Argwohn – neigten die Waagschale zusehends einem schroffen, schwarzen Abgrund zu.

»Das war Einbildung.« Romar glaubte ihr die Geschichte nicht. »Ich bitte dich, Rosalie, sei keine Närrin. Endres wälzt sich nicht mit seinen Schwestern im Stroh. Es war dunkel im Stall, und deine Augen sind schlecht. Du solltest derlei Schwachsinn nicht in die Welt setzen.«

Aber Rosalie wusste es besser. Für sie bestand kein Zweifel an dem, was sie gesehen hatte. Wen sie gesehen hatte. Hinzu kam, dass außer Romar anscheinend auch alle anderen im Dorf Bescheid wussten. Denn seit Beginn des neuen Jahres folgten Rosalie Blicke: Wohin sie ging, heftete wachsendes Misstrauen sich an ihre Fersen. Sie hätte keinen benennen oder des Argwohns bezichtigen können. Trotzdem spürte sie die unwiderrufliche Veränderung. Dabei hätte die geballte Entrüstung des Dorfes sich doch viel mehr über Endres und seine Schwestern ergießen müssen.

Am Abend des siebten Januars saß Romar in der Stube und schnitzte. Span um Span fiel zu Boden. Einmal glitt ihm das Schnitzmesser vom Holz ab und fuhr in die Kuppe seines Zeigefingers. Gleich tropfte Blut auf helle Späne.

»Du hast dich verletzt.« Rosalie war schon halb auf dem Sprung. Er schüttelte den Kopf. »Lass mich.« Leckte das Blut von seinem Finger und machte weiter.

»Was schnitzt du denn da?«

Er blickte kurz hoch, seufzte und konzentrierte sich wieder auf seine Schnitzerei. Drängendes Klopfen enthob ihn gleich darauf einer Antwort.

»Bleib weg!« Romar öffnete die Tür nur einen Spalt breit. Rosalie konnte nicht sehen, mit wem er sprach.

»Wer war das? Ist etwas passiert?«

Ihre harmlosen Fragen verunsicherten ihn sichtlich. Er holte seinen Mantel. Erst beim zweiten Versuch gelang es ihm, mit dem rechten Arm in den Ärmel zu schlüpfen.

»Deine Hände zittern, Romar.«

Er funkelte sie an.

»Romar?« Rosalie spürte die Angst wie funkelnde Kristallsplitter in ihrem Magen. »Du bist nicht du selbst. Was ist denn geschehen?«

»Das an der Tür war Josefs Eheweib, da du es denn unbedingt wissen musst«, antwortete er fahrig. »Sie holt alle zur Versammlung.«

»Rebekka? Meinst du sie, wenn du von Josefs Eheweib sprichst? Denn seine Frau Susabell ist meines Wissens tot und begraben!«

»Ich habe es nicht so …«

»Erspar dir die Rechtfertigung. Ich weiß längst, wie man Rebekka seit Susabells Tod im Dorf nennt. Ich habe gute Ohren, bloß verstehe ich es nicht. Und ich hätte nie gedacht, dass selbst du sie so bezeichnen würdest. Josefs Ehefrau. Verflucht, Romar, Susabells Tod muss euch allen noch frisch im Gedächtnis sein!«

»Ich gehe jetzt zu der Versammlung. Vergiss das mit Rebekka. Es ist nicht wichtig.«

Rosalie sah ihm nach, hörte die Tür hinter ihm ins Schloss fallen wie hunderte Male zuvor und spürte mit jeder Faser: Er log sie an. Es war wichtig, wie man Rebekka im Dorf nannte. Sie wusste nur noch nicht, warum.

*

Stunden später erwachte Franz aus tiefster Ohnmacht, hervorgerufen vom Faustschlag eines hellhaarigen Mannes, der ihn wortlos niedergestreckt hatte. Haberatshofen ließ sich nicht groß darum bitten, die Maske fallen zu lassen. Für Franz bestand nun kaum mehr ein Zweifel: Es war bestimmt kein herabfallender Ast gewesen, der ihn in jener Gewitternacht im Wald getroffen hatte. Damals wie heute streckte das Dorf die knochigen Finger nach ihm aus. Der Fausthieb hatte ihn ereilt, gleich nachdem Hochwürden Kippling fort gewesen war und ohne dass er Rosalie auch nur zu Gesicht bekommen hatte.

Beim Erwachen war der Knabe anfangs orientierungslos, dann, mit zunehmender Klarheit, fand er sich an einem dunklen, fensterlosen Ort. Die Luft war dick, warm und leblos. Wie in einem Grab, so fühlte es sich an. Franz entsann sich dunkler Nächte im Waisenhaus, in denen die Jungen sich gegenseitig mit Gruselgeschichten geängstigt hatten. Er blickte zaghaft nach oben und hoffte wider besseres Wissen, freien Himmel über sich zu sehen. Stattdessen fand er eine gewölbte Decke aus fester Erde. Da zerstob Franz' Wunschdenken, sich am Ende doch in den Haberatshofenern geirrt zu haben. Um seinen Husten zu behandeln, hätten sie ihn weder niedergeschlagen noch an einen solchen Ort gebracht.

*

Rosalie blies vorsichtig auf Romars zurückgelassene Schnitzerei, um sie von Spänen und Holzmehl zu befreien. Das Reh war unvollendet, aber bereits zu erkennen. Bei seinem Anblick war sie überzeugt, dass ihr Mann beim Schnitzen an ihren nächtlichen Ausflug in den Wald gedacht hatte. An das weiße Reh und seinen Beschützer. Das Herz tat ihr weh, ihn in dieser Minute bei seinen Leuten zu wissen, umwoben von Geheimnissen. Er hätte bei ihr sein sollen.

Um sich nicht bis zu seiner Rückkehr zu grämen, versuchte Rosalie, an andere Dinge zu denken. An Josefs Gesang in der Silvesternacht und Jeremias' Kälte, als sie ihn nach Marianna fragte. Und schlagartig entsann sie sich Susabells Worte. Der letzten Worte, die Susabell je an sie gerichtet hatte.

Wir haben einmal ins Haus der beiden Alten gespäht, wo sie angeblich ihre Versammlungen abhalten. Es war leer. Das solltest du wissen.

Kaum hatte die Erinnerung sie eingeholt, beschloss Rosalie, zum Steinhaus zu schleichen und die Dorfbewohner zu beobachten. Durch die Fenster zu äugen und die Ohren zu spitzen. Möglicherweise konnte sie herausfinden, weshalb man die Versammlung so kurzfristig einberufen hatte. Falls Susabells Worte sich denn als Irrtum erwiesen.

Rosalie zweifelte nicht daran, dass ihr hinterher ohnehin niemand etwas über die Zusammenkunft sagen würde. Weder Romar noch Sara. Keine Silbe. Wenigstens nicht die Wahrheit.

Etwas war im Gange in dieser Nacht. Wenig später fühlte sie es deutlich. Als kröchen Schnecken über ihren Körper, eine klebrige Schleimspur als Warnung auf der Haut zurücklassend.

Es regnete. Keine kühlen, federleichten Schneeflocken mehr, sondern schwere, dicke Tropfen. Die Regenwolken hingen tief über dem Dorf, aber die Nacht war nicht so dunkel, dass Rosalie die Hand vor Augen nicht mehr gesehen hätte. Trotzdem machten Dunkelheit und Schatten sie bange und brachten ihr jäh eine Emotion zurück, die sie nur allzu gut kannte. Aus ihrem früheren Leben. Es war das Gefühl, allein gegen den Rest der Welt zu stehen.

Lag es an den finsteren Häusern, in denen kein Licht brannte?

An dem Bild der Geschwister im Stall, das sie nicht loswurde?

Oder daran, dass sie von den Versammlungen ausgeschlossen blieb?

Zagend und zaudernd gelangte Rosalie bis zum Brunnen. Dort blieb sie stehen. Obwohl Tonos baumelnder Leichnam lange fort war, schien es ihr für einen Moment, als wäre er nur verborgen, wie der Mond hinter den Wolken. Unendlich einsam musste er sich gefühlt haben, mit dem rauen Strick in den Händen und dem nahen Tod vor Augen.

Der Weg zum Steinhaus wurde ihr lang. Die Welt ringsum war viel zu still. Endlich konnte Rosalie einen großen Umriss ausmachen, der sich als grauer Kasten von der Schwärze ringsum abhob. Im Grunde hatte sie es schon am Brunnen begriffen. Einzugestehen wagte sie es sich erst am Fenster, als sie ins Steinhaus äugte und nichts sehen konnte – deshalb nichts sehen konnte, weil weder Lampe noch Kerzen das Haus erhellten. Es lag verlassen und schweigsam in der Nacht. Wo auch immer die Versammlung der Haberatshofener stattfand – in Willems und Avas Haus gewiss nicht.

Womit sich Susabells letzte Worte als wahr erwiesen. Rosalie weinte erstickt um die Wahrheit, die niemals zwischen ihr und Haberatshofen gewesen war. Sie ließ sich unter dem Fenster auf die Erde sinken, zog die Knie an und drückte das nasse Gesicht darauf, bis sie die Feuchtigkeit durch ihre Röcke auf der Haut spürte. Seit sie in Haberatshofen lebte, waren merkwürdige Dinge vorgefallen. Dinge, die Anlass zur Sorge gaben und die sie dennoch bereitwillig und immerzu von sich geschoben hatte. Da waren die Schreie des Neugeborenen gewesen. Judiths Kind, von dem man ihr sagte, es hätte nie gelebt. Tonos entsetzlicher Freitod. Marianna und Susabell, Waisen, wie sie eine war, die sich im Dorf zu Tode ängstigten und sich in ihren Häusern verkrochen. Überdies Osanna, die Waise, die noch vor Rosalies Heirat gestorben war. Außerdem die Dorfversammlungen, von denen man sie ausschloss, obwohl dort angeblich nur Dinge des täglichen Lebens besprochen wurden. Susabells Tod und Rebekka, die ihren Platz einnahm. Der merkwürdige Fluch, an den sie alle glaubten. Und, vielleicht am schlimmsten, Romar, der sich beständig quälte und dies fortwährend bestritt. Das alles gipfelte in dem verlassenen Haus, von dem man Rosalie gesagt hatte, sie wären dort. Alle, bis auf Marianna.

Sie kam so hastig auf die Beine, dass ihr Unterleib hart wurde und zog. Das ungeborene Leben protestierte auf seine Weise. Kurz legte Rosalie sich die Hand auf den Bauch. Für mehr war keine Zeit. *Marianna*. Ihre Lippen bewegten sich, ohne den Namen laut auszusprechen. Möglicherweise war sie der Schlüssel zu allem. Sie musste zu ihr gehen und mit ihr reden. Die Gelegenheit nutzen und herausfinden, ob die andere Waise im Dorf mehr wusste, als sie ihr bislang eingestanden hatte.

Der Regen trommelte auf das Dach des Hauses, in dem Jeremias mit Marianna lebte. Beim Näherkommen sank ein Geruch nach Moder und Feuchte auf Rosalies Schultern. Sie hatte Jeremias noch am Silvesterabend darüber sprechen hören, dass er die fauligen Schindeln an der Hauswand nach Josefi ausbessern wollte. Vor der Tür wäre sie um ein Haar über Blecheimer gestolpert, die dort achtlos herumlagen. Oder wollte Jeremias gewarnt sein, wenn jemand zu seiner Frau vordrang?

Du gehst zu weit, dachte Rosalie streng, wo galoppieren deine Gedanken bloß hin? Andererseits: Wenn sie mit ihren Verdächtigungen zu weit ging – wo zum Teufel waren dann alle anderen abgeblieben?

Vorsichtig überstieg sie die Kübel und klopfte leise an die Tür. Mit dem Knöchel ihres Ringfingers, mehr wagte sie nicht. Das Haus blieb dunkel und still. Rosalie drückte die Klinke. Ihres Wissens schloss niemand im Dorf sein Haus ab. Nicht, da alle wie eine große Familie waren. Es zeigte sich, dass Jeremias die Ausnahme machte. Abgesperrt.

Der Rückschlag ließ Rosalies Furcht erneut wachsen. Ein Berg aus Angst, wie Schnee, der nicht schmolz. Sie dachte ans Umkehren, umrundete dennoch das Haus und versuchte sich daran, eines der Fenster zu öffnen. Die Scheiben beschlugen von ihrem warmen, schnellen Atem. Erst beim Küchenfenster, als sie schon nicht mehr an die Möglichkeit glaubte, hatte sie Glück. Es ließ sich nach innen aufdrücken. Rosalie berührte ihren Bauch wie einen Glücksbringer und stieg durch das Fenster in das fremde Haus.

»Marianna?« Sie riskierte nur ein Flüstern. Sicher wäre es töricht, laut nach ihr zu rufen.

Es dauerte, sich durch die verlassenen Räume zu tasten, die so einsam lagen, als hätte nie jemand darin gelebt. Rosalie stieß sich das Knie am Küchenkasten und den Oberschenkel an der Ofenbank in der Stube. Am Treppenaufgang zögerte sie so lange, dass es anstatt von Minuten auch Tage oder Wochen hätten sein können.

»Marianna?«

Der Gedanke an das wachsende Leben in ihrem Bauch gab den Ausschlag. Sie brauchte Gewissheit darüber, ob sie eine törichte Frau mit überreicher Phantasie war – oder ob das Böse in Haberatshofen wohnte, so dunkel und herzlos, wie sie es in Susabells und Mariannas Augen gelesen hatte. Gewissheit vielleicht auch über ihren Ehemann – und auf welcher Seite er tatsächlich stand.

Die Stiege war eng, die Stufen knarrten. Die Aufteilung des Hauses im Erdgeschoss glich derjenigen, die sie von Romars Hof kannte. Hoffentlich würde es oben genauso sein. Rosalie zählte die Stufen – zu Hause waren es dreizehn –, und als sie vierzehn murmelte, hatte sie den ersten Stock erreicht. Im oberen Gang war es stockdüster. Sie konnte nichts sehen. Mühsam tastete sie sich zu einer Tür und öffnete sie mit jagendem Herzen. Was, wenn Jeremias gar nicht zu der Versammlung gegangen war?

In dem Raum, den sie nun vorsichtig betrat, gab es ein Fenster. So war die Schwärze weniger durchdringend. Sie entdeckte verschiedene Möbelstücke, alte Lehnstühle und Hocker, die wahrscheinlich während der letzten Jahrzehnte aussortiert und hier gelagert worden waren. Wenn die Möbel sprechen könnten, dachte Rosalie, was würden sie mir erzählen?

Das zweite Zimmer, zu dem sie sich vorarbeitete, warf weitere Fragen auf. Es war klein und leer. Bis auf eine Wiege, ausgelegt mit weichen Fellen, und einen Schaukelstuhl. Rosalies Herz hüpfte. Wer hatte diese Dinge für die Ankunft des Kindes vorbereitet? Marianna selbst? Jeremias? Alle beide?

Erst im dritten Raum fand sie die gesuchten Antworten.

*

Er war nicht allein. Franz' Benommenheit ließ nach – und da wurde es ihm bewusst. Sie saßen auf wurmstichigen Bänken. Ein Tribunal, zusammengekommen, um ihn zu richten? Seine Hände waren ihm auf den Rücken gefesselt. Er spürte das inzwischen vertraute Kratzen in seinem Hals, bis es ihn würgte und er husten musste, als gäbe es kein morgen mehr. Der kleine Michael aus dem Waisenhaus war kurz vor seinem Weggang gestorben. Ein gnädiger Tod, hatte die Waisenhausmutter gesagt, denn jetzt müsse Michael nicht mehr leiden. Ob der Tod auch ihn bald ereilen und ob er auch für ihn gnädig sein würde?

Nach einer gefühlten Ewigkeit klang sein Husten ab, und er konnte wieder atmen. Sobald er dazu fähig war, reckte Franz das Kinn und starrte herausfordernd in die Gesichter der versammelten Haberatshofener. Keiner sah ihm in die Augen. Ein schlechtes Zeichen?

Hinter ihm begann eine Stimme zu sprechen und zog wie der starke Sog eines Mahlstroms alle Aufmerksamkeit auf sich. Franz wollte sich umdrehen, doch aus irgendeinem Grund wagte er es nicht. Die Menschen horchten, lauschten und nickten. Er beobachtete eine Weile, wie einheitlich sie sich bewegten. Wie die Figuren eines Puppenspiels. Dann begriff er, dass die Stimme in seinem Rücken von ihm sprach.

»Nein. Wir müssen ihn gehen lassen.« Die Widerworte kamen von einem dunkelhaarigen Mann. Dem Mann, den Rosalie geheiratet hatte. Augenblicklich schien es, als hielte der ganze Raum den Atem an. Franz suchte mit den Augen nach Rosalie, aber weder bei ihrem Ehemann noch sonst wo konnte er sie entdecken. Ihm wurde noch ein wenig banger ums Herz.

»Er hat unseren Frieden gebrochen«, tönte es hinter ihm. »Was denkst du wohl, Romar? Wir ließen ihn einfach davonspazieren?« Die Stimme wurde gehässig. »Damit er weiter um das Dorf schleichen kann, um uns auszuspionieren? Unsere Geheimnisse in Erfahrung zu bringen und in die Welt hinauszutragen? Es geht ihm um die Mädchen, dabei sind ihrer aller Schicksale besiegelt.«

»Was ist mit uns?« Die Frage kam von einer jungen Frau mit kupferrotem Haar und schmaler Taille. »Der Knabe ist fast ein Mann. Könnten wir nicht versuchen, ob …?«

»Nein.« Wieder die befehlende Stimme, die den anderen keine Wahl lassen wollte, als sich unterzuordnen.

Franz spürte einen Luftzug in seinem Nacken. Jemand bewegte sich hinter ihm. Rosalies Mann sprang erregt auf und wurde von einer Frau, die ihm ähnlich sah, zurückgehalten.

Der Junge war nicht sicher – anscheinend setzte sich Rosalies Mann für ihn ein. Da Franz keine Wahl blieb, rief er seine Botschaft laut heraus und ließ dabei den einen Mann nicht aus den Augen. »Cäcilia will, dass Rosalie zu ihr kommt. Es tut ihr leid, und sie wird ihr helfen. Sag es ihr!« Sein Blick traf auf tiefblaue Augen, die keine Regung zeigten.

»Er soll schweigen.« Die Stimme befahl – und zwei Männer erhoben sich aus den Bänken. Sie packten ihn links und rechts an den Oberarmen. Beide waren blond. Einer von ihnen – er war nicht sicher, welcher – hatte ihn niedergeschlagen. Der andere hatte den Beutel mit dem Geld für Hochwürden Kippling gebracht. Vielleicht war es auch beide Male derselbe Mann gewesen.

»Ihr macht mir keine Angst!« Der Knabe wand sich so tapfer wie vergebens im Griff der Männer. »Hochwürden Kippling wird zurückkommen. Er lässt mich nicht im Stich!«

»Verrätst du mir, mein Junge, weshalb du wirklich hergekommen bist?« Die Frau, die Rosalies Mann vorher am Aufspringen gehindert hatte, kam nach vorn. Sie stellte sich dicht vor Franz.

»Ist kein Geheimnis.« Er hustete wieder. »Wegen Rosalie. Ich will sie beschützen. Falls sie noch lebt.«

»Das ist ehrenwert.« Die Fremde nickte wohlwollend. Sie roch gut, war schön und lebendig. Ihre Augen schienen beständig zu tanzen. »Ich bin Rosalies Freundin und kann dir versichern: Es geht ihr gut.«

»Das glaube ich nicht.«

»Aber genauso ist es.«

»Weshalb ist sie dann nicht hier? Und warum bin ich gefesselt?« Franz blieb skeptisch, doch ihre Worte hatten ihn frische Hoffnung schöpfen lassen.

»Bist du in sie verliebt?«

»Ich lieb…« Franz war vollkommen auf die Frau vor sich und seine Gefühle für Rosalie konzentriert. Er sah nicht ihre Handbewegung, die der Person in seinem Rücken galt.

»Nein!« Kräftige Hände hielten Romar zurück, der wild um sich schlug, um sich zu befreien.

Andere, sanftere Hände legten sich um Monikas und Robs' Augen. »Nicht hinschauen.«

In Rebekkas Armen schlummerte zufrieden die kleine Dagmar.

Riele presste ihren Enkelsohn Gabriel an ihre Brust. Er hinderte sie daran, einfach auseinanderzubrechen.

Der junge Franz hingegen spürte lediglich etwas Kaltes an seinem Hals und dann nichts mehr.

*

Mariannas Körper war ein ausgeschütteter Fleck am Boden. Sie lag neben dem leeren Bett. Obwohl die Ecken des Zimmers finster blieben und Rosalie es daher nicht sicher sagen konnte, war sie dem Anschein nach allein. Ein Fetzen Stoff steckte in ihrem Mund. Rosalie zog ihn heraus und fühlte Nässe auf Mariannas Wangen.

»Mein Gott. Was ist mit dir geschehen?«

»Schmerz«, keuchte Marianna. »Krampf. Los…binden.«

In ihrer Hast brauchte Rosalie eine halbe Ewigkeit, um die Knoten der Schnüre zu lösen, mit denen die Schwangere an einen der Bettpfosten gefesselt war. »Die Wade? Rechts?«

Marianna nickte stöhnend, und Rosalie knetete ihr den Unterschenkel, bis sie sich spürbar entspannte.

»Danke. Ich war schon halb wahnsinnig vor Qual, bis du kamst. In der Schwangerschaft suchen sie einen häufig heim, diese Krämpfe, das wirst du bald feststellen. Vor allem, wenn man gefesselt ist und sich nicht anständig bewegen kann.«

Sicher hätte es nahegelegen, Marianna zuerst nach ihren Fesseln zu fragen, aber etwas anderes drohte Rosalie das Rückgrat zu brechen. »Wie meinst du das, ich würde es bald selbst feststellen? Woher weißt du von meinem Kind?«

»Alle wissen es. Sogar ich in meinem einsamen Gefängnis. Jeremias hat es mir erzählt. Manchmal, wenn er guter Stimmung ist, unterhält er sich mit mir.«

»Wann hat er es dir gesagt?«

»Das war um Weihnachten herum. Erzähl mir nicht, du hättest geglaubt, deine Schwangerschaft vor dem Dorf geheim halten zu können?«

Irgendwo in Rosalie fanden Mariannas Worte einen Widerhall, und ein Stück ihrer selbst, wie sie sich in Haberatshofen zu begreifen gelernt hatte, splitterte ab. Der Schiefer bohrte sich tief in ihre Haut. Romar hatte sie und das Geheimnis verraten, das sie miteinander teilten. Er hatte die Familie, die gerade erst im Wachsen begriffen war, betrogen und hintergangen.

»Wie viel Zeit haben wir, Marianna? Kannst du das sagen?«

»Bis zu Jeremias' Rückkehr? Das weiß ich nicht. Etwas muss geschehen sein, so eilig, wie er mich hier festgebunden hat.«

»Weshalb hat er das getan?«

»Damit ich nicht weglaufe. Wahrscheinlich auch, damit ich nicht mit dir spreche.«

»Ich verstehe das nicht.« Rosalies Kopf summte, und in ihren Ohren war ein beständiges Pfeifen.

»Du Glückliche. Ehrlich gesagt, ich habe das Küchenfenster nur aus reiner Gewohnheit nicht verschlossen. Für den Fall, dass du eine Möglichkeit fändest, dich ins Haus zu wagen. Ich habe nicht mehr an dein Kommen geglaubt.«

»Du hast es absichtlich offen gelassen? Dann hast du von meinen Besuchen gewusst?«

»Gewusst schon, aber Jeremias verbot mir jedes Wort und jede Regung. Inzwischen, mit dem Fetzen im Mund …«

»Macht dein Mann das öfter mit dir? Er stopft dir den Mund und bindet dich an wie …«

»Wie ein Stück Vieh, das kurz vor knapp nicht vorm Schlachter fliehen soll«, vollendete Marianna. »Erst seit einer Weile und nur, wenn er mich allein lassen muss. Damit ich nicht weglaufe, natürlich. Ich vermute, es hat außerdem mit dir zu tun. Dein Misstrauen wächst, habe ich recht?«

»Ja.« Rosalie wagte keine Ausflucht. Das hatte Marianna nicht verdient.

»Eben deshalb wollen sie verhindern, dass wir miteinander sprechen. Damit du taub und dumm bleibst, solange es geht. Dein Hiersein lässt mich allerdings hoffen, du bist weder noch.«

»Aber dein Zustand, deine Schwangerschaft. Wie kann dein eigener Ehemann dir das bloß antun?«

»Ich bin schwanger. Das ist es.« Marianna legte sich die Hand ins Kreuz und sank schwerfällig aufs Bett. Trotz der Dunkelheit konnte Rosalie erahnen, wie erschöpft sie war. »Was starrst du mich so an? Ich konzentriere mich nur noch darauf, mein Kind gesund zur Welt zu bringen. Wenn ich sterben muss, sterbe ich eben.«

»Du wirst nicht sterben.«

»Doch«, sagte Marianna so unbewegt, als hätte sie es irgendwie geschafft, Seele und Körper zu trennen. »Genau das werde ich.«

»Wegen des Fluchs?«

»Lass dich nicht zum Narren halten, Herrgott. Es gibt keinen Fluch.«

Rosalie hätte gerne um sie geweint. Um die Frau, die in ihr Haus gekommen war, mutig und stark. Geblieben war kaum mehr als ein Schatten. Marianna kämpfte noch – aber nur für ihr Kind. Sich selbst hatte sie aufgegeben.

»Wo sind sie denn alle hin, Marianna? Weißt du es? Ihr hattet recht. Ich war bei Willems und Avas Haus. Es ist leer.«

»Ich habe nicht den Hauch einer Ahnung. Susabell hat das Dorf während der Versammlungen ausgekundschaftet. Sie war so viel beherzter als ich. So viel beherzter, als die meisten ihr zutrauten. Schon in unserer Kindheit war das so … Jedenfalls konnte sie nie einen der Haberatshofener entdecken. Sie sind während ihrer Zusammenkünfte wie vom Erdboden verschluckt.«

»Weshalb das alles, Marianna?« Rosalie machte eine umfassende Bewegung. »Kannst du es mir sagen? Ich möchte es endlich verstehen.«

»Du hast es ehrlich noch nicht begriffen?« Marianna strich sich mit kreisförmigen Bewegungen über den schwangeren Bauch. »Sie wollten nie Osanna oder Susabell, nie dich oder mich. Jeremias hätte statt meiner auch jede andere Waise genommen, denn sie trachten von Anfang an nur nach einem: meinem Kind.«

»Nein.«

»Es ist die Wahrheit. Du musst mir nicht glauben. Träum weiter, wenn du magst. Es ist deine Entscheidung. Vielleicht ist es dann leichter für dich. Falls du allerdings nicht willst, dass sie von deinem nächtlichen Ausflug erfahren, solltest du mich langsam festbinden.«

»Das kann ich nicht. Du wirst wieder Krämpfe bekommen.«

»Es geht schon.«

»In Ordnung. Aber ich bitte dich, Marianna, gib nicht auf. Es mag nicht viel wert sein, doch auf mich kannst du zählen. Wenn dein Kind sich auf den Weg macht, werde ich alles tun. Für dich da sein. Losgehen und eine Hebamme holen. Fremde, die dich beschützen. Was du willst. Dann kann dir keiner Schaden zufügen – falls das überhaupt jemand möchte.«

Marianna begann zu lachen. Scharf und bitter. Voller Hohn.

»Was denn?« Ihr Lachen verletzte Rosalie.

»Du kannst Haberatshofen nicht verlassen, du Schaf. Ich habe es dir schon einmal gesagt, und ich sage es dir wieder: Sie werden dich nicht gehen lassen.«

»Du irrst dich.« Rosalie sah die Fesseln, sah die gebrochene Frau vor sich auf dem Bett und wäre am liebsten auf und davon in die Nacht, so sehr fürchtete sie sich.

Stattdessen knotete sie Mariannas Fesseln, so locker sie konnte, und schlich durch die Dunkelheit zurück in ein Leben, das ihr nicht mehr gehörte.

Ich sage den Menschen: Fahrt nicht durch den Sachsenrieder Forst. Ich sage ihnen: Betretet den Wald nicht. Haltet euch fern.

Was muss noch geschehen? Reicht es denn um Gottes willen nicht, dass die Unfallstatistik für die Strecke durch den Forst seit Jahrzehnten unnatürlich hoch ist? So hoch, dass sich die Zahl der Toten und Schwerverletzten jeder Logik entzieht. So hoch, dass nicht allein die kurvige Strecke dafür verantwortlich sein kann.

Warum verschließen die Menschen die Augen, während immer neue Opfer hinzukommen? Solange sie das tun, sind Polizei und Behörden machtlos. Nicht dass die nicht ebenfalls die Augen fest geschlossen halten würden. Blind! Blind! Blind! Weil nicht sein kann, was nicht sein darf. Und doch sage ich: Es ist so.

Autofahrer, Radfahrer, Wanderer, Spaziergänger. Jüngst eine Frau beim Geocaching. Sie alle fallen ihr zum Opfer.

Du! Wenigstens du, nimm dir die Warnung zu Herzen. Geh nicht in den Wald. Halte dich fern, gerate nicht in Versuchung.

Ich bitte dich.

Noch ist die Geschichte nicht am Ende. Erst dann wirst du verstehen.

23

Flucht

In dieser Nacht blieb Rosalie allein mit dem Schrecken und der Angst. Romar kam nicht von der Versammlung nach Hause – zumindest kam er nicht nach oben, und sie wagte nicht, das Bett zu verlassen und nach ihm zu sehen, sobald sie einmal darin lag. Der Entdeckungen war es für eine Nacht genug.

Im Morgengrauen fand sie ihren Mann unten in der Stube. Er lehnte am Stützbalken unter den Fuchs- und Schaffellen, deren herber Geruch sich nicht einen Deut gebessert hatte, seit Rosalie im Haus lebte. Seine Haut war kaum weniger bleich als die eigene.

»Romar?« Er antwortete nicht. In seinen Augen schwammen Tränen, und sein Blick war unstet wie bei einem, dem man eben eine Keule über den Schädel gezogen hat.

Sie fragte ihn, was geschehen war.

Fragte ihn am Vormittag.

Fragte am Mittag.

Und fragte ihn wieder am Nachmittag.

»Ich ertrage das nicht länger.« Schließlich flüchtete Rosalie vor dem Schweigen ihres Mannes nach draußen. Sie sah Ava, die den gewohnten Weg zum Hühnerstall beschritt. Sara und Heidegret plauderten bei der Bank miteinander. Der Schornstein des Steinhauses rauchte und zeugte von der Munterkeit seiner Bewohner. Was scherte es schon das Haus, wohin die Haberatshofener in der vergangenen Nacht alle entschwunden waren – und was vorgefallen sein musste, um Romar in einen solchen Zustand zu versetzen.

Da überkam Rosalie, lindernd wie kühler Regen im brandheißen Hochsommer, eine Eingebung. Auf einmal wusste sie, was zu tun war. Wenn die anderen einfach verschwinden konnten, konnte sie das auch. Auf diese Weise würde sie endlich wahrhafte Erkenntnis darüber erlangen, ob Marianna recht hatte. Mit allem, was sie behauptete.

Rosalie holte Romars Mantel aus dickem Zwillich aus dem Haus. Ihr Mann hob nicht einmal den Blick. Sie liebkoste mit einem langen Blick die steinerne Statue, zu der Romar erstarrt war, und marschierte davon.

Aus dem Haus.

Aus dem Dorf.

Betrat den Wald etwa an jener Stelle, von der sie Haberatshofen am Tag ihrer Hochzeit zum ersten Mal überschaut hatte.

Rosalie sah kein einziges Mal zurück. Die Erinnerung an Susabells Tod und Mariannas Qual stak wie ein Messer in ihrem Fleisch, die Spitze fest im Knochen. Wann immer sie an den Griff des Messers stieß, pendelte die Klinge, und es schmerzte heftig. Wieder wehten Mariannas Worte aus dem Erdkeller durch ihren Geist, ob sie jemals versucht habe, das Dorf zu verlassen.

Sie erlauben es nicht.

Vergangene Nacht hatte Marianna das Gleiche behauptet. Nun würde Rosalie es herausfinden. Würde herausfinden, ob es die Wahrheit war.

Im Wald lag kaum noch Schnee. Haberatshofen wurde von einem verwunschenen Reich mit immergrünem Dach umschlossen, das es vor den Blicken der Welt verbarg. Rosalie atmete den Duft des Waldes tief ein, denn er roch wie Romar, und

Romar roch wie der Wald. Wie sehr sie hoffte, dass Marianna sich irrte.

Rosalie rannte, bis weder die Dächer der Höfe noch das Kirchtürmchen mit dem hölzernen Kreuz länger zu sehen waren. Erst dann schlug sie den Mantel fester um sich und suchte wachsam die Umgebung ab. Ringsum lagen Äste und Gehölz, von Wind und Wetter zu Stößen aufgeworfen. Gelegentliche Schneefelder wurden von reichlich Tierspuren durchzogen, dabei würden hier in einigen Wochen wieder Giersch, Farn und Beinwell wuchern, als wären sie vom beharrlichen Gastspiel des Winters nie beeinträchtigt worden. Rosalie konnte beim Gedanken an den Frühling ganze Ansiedlungen wilden Holunders vor sich sehen, die ihre Dolden der Sonne entgegenreckten. Diese Vorstellung machte alles noch schwerer. Sara hatte versprochen, die Holunderblüten mit ihr gemeinsam zu sammeln, um daraus Tee und Suppe und Kompott zu kochen. Sie war nicht sicher, was noch alles. Ja, war es denn nicht überhaupt blanker Wahnsinn, wie ein gejagtes Tier durch den Wald zu hetzen, anstatt mit Sara vor einem prasselnden Feuer zu sitzen und mit der Freundin über all das zu sprechen, was sie belastete?

Auf der Suche nach Ablenkung vertiefte Rosalie sich in den Anblick dicker Harztropfen, die an manchen Baumstämmen hingen und wie die Zuckerstückchen aussahen, die Sara ihr zu Weihnachten geschenkt hatte. Nur noch klarer und durchsichtiger. Sara. Immer wieder Sara.

Wie konnte sie die Cousine, ihre liebe und einzige Freundin, derart auf die Probe stellen? So sicher sie bis eben gewesen war, ganz Haberatshofen prüfen zu müssen, so wenig war sie es noch. Rosalie hockte sich auf einen verwitterten Strunk und ließ die Schultern hängen. Unter der Rinde krabbelten Käfer. Langsam kroch die Feuchtigkeit des morschen Holzes durch ihre Kleider. Und die Einsamkeit.

Sie klopfte sich einen verirrten Käfer vom Mantel und korrigierte ihre Entscheidung. Wenn Jeremias glaubte, die eigene Frau wie einen Hund anbinden zu können, hatte er den Verstand verloren. Es war ihre Pflicht, Willem und Ava davon zu berichten, damit sie einschreiten und helfen konnten. In der Einsamkeit des Waldes begriff Rosalie, welch großer Fehler es wäre, wegen Jeremias, einem einzigen Mann, dem ganzen Dorf zu misstrauen. Sie würde nach Hause gehen, auf der Stelle, um herauszufinden, was Romar so zu schaffen machte. Anschließend würde sie mit den Dorfältesten reden, damit die verzweifelte Marianna Hilfe bekam.

Es war eine Erleichterung, ihre Welt wieder geordnet zu wissen. Rosalie dachte, dass es eigentlich nur darauf ankam, wie man selbst zu den Dingen stand. Und dass sie jetzt viel Zeit haben würde, mit Sara alle möglichen Dinge zu unternehmen. Gerade bückte sie sich unter den kahlen, abgestorbenen Ästen einer Tanne durch, die wie Sprossen einer halbfertigen Leiter aus dem Stamm staken, da hörte sie Rufe.

»Komm zurück!«

»Rosalie, wo bist du?«

»Rosalie!«

Sie mussten ihr mehr oder weniger auf dem Fuß gefolgt sein. Ihr Verstand drohte im Kreis zu laufen und über die eigenen Beine zu stolpern. Rosalie verharrte kerzengerade und wie erstarrt, bis sie ihr Herz wieder schlagen fühlte. Dann begann sie zu rennen.

Wurzeln durchzogen den Waldboden wie krumme Buchstaben des Alphabets. In ihrer aufstiebenden Panik war es schwer, nicht zu stolpern.

Wohin sollte sie gehen, wohin sich wenden? Cäcilias Bild stand ihr vor Augen, doch die alte Köchin hatte von Anfang an deutlich gemacht, dass sie ihre Ehe mit Romar nicht gutheißen würde. Cäcilia hatte sie ja sogar eindringlich vor Haberatshofen gewarnt und war darüber so wütend geworden, dass sie sich nicht einmal verabschiedet hatte. Nein, Rosalie würde es nicht wagen, ihr als Flüchtende unter die Augen zu kommen. Abgesehen davon, fiel ihr auf, kannte sie nicht einmal die Richtung. Wo lag denn Schongau? In welcher Himmelsrichtung überhaupt das nächste Dorf?

»Rosalie!«

»Rosaliiiie!«

Sie erkannte die Stimmen. Erkannte Josef und Jeremias, Theodor und Willem. Mindestens. Sie mochte sich gar nicht vorstellen, wie viele andere aus dem Dorf sich ihr noch an die Fersen geheftet hatten. Halb bangte, halb wünschte sie, Romars Stimme unter den Verfolgern zu hören. Doch das tat sie nicht.

Anfangs hatte sie Hoffnung, dass Haberatshofen die Suche nach ihr bald aufgeben würde. Leider stellte sich heraus: Die Rufe würden so wenig aufhören, wie sie noch sehr viel weiter gehen konnte. Ihre Beine waren schwer, als hätten sie ein Vielfaches ihres eigentlichen Gewichts zu tragen. Ihre Füße wurden kalt und kälter und taub. Schlussendlich hätte Rosalie nicht einmal mehr zu sagen vermocht, in welcher Richtung das Dorf lag. Da zog sie sich Romars dunklen Mantel aus Zwillich über den Kopf und verbarg sich in einem toten Dickicht, dessen Zweige Dornen hatten, die sie stachen. Das Gebüsch wurde von Efeu regelrecht überwuchert. Mehrere umgestürzte Bäume lagen davor und halb darauf. So konnte Rosalie in ihrem Versteck fast wie in einer Höhle hocken. Oder wie in einem Nest.

»Rosalie!«

Mal schienen die Stimmen ganz nah, mal weit weg. Inzwischen fror Rosalie am ganzen Körper. Die Relationen verschoben sich. Bald wurde ihr Blick gläsern, und ihr war nahezu gleichgültig, ob die anderen sie finden würden.

Als die Rufe abbrachen, merkte sie es nicht gleich. Erst als die Dörfler kurz darauf ganz in ihre Nähe kamen, fiel es ihr auf. Rosalie hörte die Männer reden. Merkwürdige, unverständliche Dinge drangen an ihre Ohren. Satzfetzen, bei denen sich ihre kalten Eingeweide verkrampften.

»Mutter wird nicht ...«

»Wenn wir sie haben, muss Romar begreifen ...«

»... kein Zurück.«

Die Dämmerung kam, ihr folgte die Nacht – und noch immer hockte Rosalie in ihrem Versteck im Wald. Es erwies sich als gutes Versteck, denn die Haberatshofener fanden sie nicht, obwohl sie die Finsternis mit Fackeln erhellten. Sie riefen nicht mehr, gaben die Suche aber auch nicht auf.

Rosalie, betäubt von der Kälte, der Ohnmacht nahe und innerlich zerrissen, begann zu weinen. Ihre Tränen waren kalt, doch auf der eisigen Haut fühlten sie sich beinahe warm an. Die Dunkelheit machte ihr Angst, mehr noch das Gefühl der Verlassenheit. Sie sehnte sich nach Romars Hof und nach ihrem Mann, den sie trotz aller Furcht liebte. Sie wollte bei ihm sein. Wollte, dass ihr Kind bei Vater und Mutter aufwuchs.

Nun, da alle nach ihr suchten, was hatte sie damit erreicht? Sicher nicht die Bestätigung von Mariannas Behauptung, dass sie das Dorf nicht verlassen durfte. Zwar hätte sie nie geglaubt, dass die Dorfbewohner sie so eilig verfolgen würden. Ungewiss blieb dennoch, ob sie das nicht aus reiner Besorgnis taten. War es nicht vielmehr eigennützig und selbstsüchtig von ihr, Romar und Sara so etwas anzutun? Genau wie den anderen, die ihr immer voller Herzlichkeit begegnet waren?

Versuchsweise bewegte Rosalie die Zehen und spürte nichts. Nicht einmal den Schmerz. Vermutlich starben, wenn man erfror, die Beine zuerst ab.

Ihre Gedanken jagten weiter zu dem Tag, an dem Marianna in ihr Haus gekommen und Susabell gestorben war. Dieses eine Mal hatte Haberatshofen ihr wirklichen Anlass zum Zweifel gegeben. Ansonsten – Robs' anhaltende Besorgnis, der Sarg im Wasser oder Romars innere Zerrissenheit –, das alles waren keine handfesten, keine greifbaren Dinge. Reichten sie aus, um der einzigen Familie, die sie je gekannt hatte, den Rücken zu kehren? Um in ein Leben zurückzugehen, in dem sie allein und ausgestoßen sein würde?

Nein. Ihr graute davor, das Dorf und seine Bewohner zu verlieren. Die Schreckgespenster der vergangenen Nacht schrumpften in dem Maße, in dem Kälte und Einsamkeit zunahmen. Niemandem wäre geholfen, wenn sie allein im Wald erfror – schon gar nicht ihrem ungeborenen Kind, um das sie zunehmend fürchtete. Ob sie ihm zu viel zumutete? Ob die Kälte dem kleinen Wesen in ihrem Bauch schaden konnte?

Die Menschen im Dorf waren Rosalies Freunde. Sie hatte doch sonst niemanden auf der Welt. Mariannas Probleme mit ihrem Ehemann mussten anders angegangen werden. Entschlossen kämpfte sie sich aus ihrem Versteck. Die Dornen bissen sich in ihr Gesicht und ihre Finger, bis Rosalie aufrecht im dunklen Wald stand.

»Hier bin ich!« Sie schrie, so laut sie konnte. »Ich bin hier!«

Die Dörfler kamen rasch näher, während sie dem Licht der Fackeln erschöpft entgegentaumelte. Sie war zu müde zum Denken. Es gab ohnehin nicht viel, was sie den Freunden sagen konnte. Sie musste sich zusammennehmen und lügen.

»Rosalie.« Willems Gesicht im Fackelschein war ebenso erschöpft wie zornig. »Wo warst du bloß?«

»Es tut mir leid. Ich habe die Lichtung gesucht, zu der Romar mich einmal geführt hat. Um eine Weile für mich zu sein.«

»Eine Weile? Hör mal, Mädchen, hast du nicht bemerkt,

dass wir inzwischen stockdüstere Nacht haben und das halbe Dorf auf den Beinen ist, um dich zu suchen? Die Leute gehören längst in ihre Betten.«

»Wir haben uns alle Sorgen um dich gemacht«, sparte auch Josef nicht mit Vorwürfen. »Das Kind schreit seit Stunden auf Rebekkas Arm, weil es ihre Unruhe spürt.«

»Es tut mir leid«, wiederholte Rosalie leise. »Ich habe nicht nachgedacht.«

»Bringen wir sie nach Hause. Ich finde, Romar hat sich genug geängstigt.« Selbst der ruhige Theodor klang erbost.

»Hat er sich denn an der Suche nicht beteiligt?«

»Nein.« Willem war nicht versöhnt. »Der arme Junge hat vermutlich geglaubt, du wolltest ihn verlassen.« Als er sah, dass Rosalie sich kaum auf den Beinen halten konnte, winkte er Jeremias heran. »Kannst du sie tragen?«

»Nein«, protestierte Rosalie.

Ungerührt hob er sie auf seine Arme. Er roch nach Wald. Wie Romar. Ohne es zu wollen, war ihr Körper dankbar für die Wärme, die er abstrahlte. Gleichzeitig wurde sie von Widerwillen geschüttelt, wenn sie daran dachte, was der Schuft seiner armen Frau antat.

Jeremias setzte sie trotz ihres Protests erst vor der Haustür ab.

»Brauchst dich nicht zu bedanken«, knurrte er. »Sieh zu, dass du ins Warme kommst.« Schon verschwand er in der Nacht.

Rosalie stieß die angelehnte Haustür auf. Sie waren in der Stube. Sara und Romar. Sie saß auf seinem Schoß und hielt ihn fest umschlungen. Beide weinten.

»Hört auf«, sagte Rosalie mit brechender Stimme. »Ich bin zurück.«

»Rosalie!« Sara sprang auf und umhalste sie so fest, dass beide um ein Haar gefallen wären. »Was hast du dir nur dabei gedacht? Wir haben solche Sorgen ausgestanden, als du plötzlich verschwunden warst und keiner dich finden konnte.«

»Bitte verzeiht mir.« Rosalies Wange lag an Saras, doch sie sah nur ihren Mann.

»Besser, du gehst jetzt, Sara.«

»Sei nicht zu streng mit Rosalie.« Im Vorübergehen legte Sara die Hand kurz auf Rosalies Bauch. »Du musst gut auf das Kleine aufpassen, verstehst du das? Mach so etwas nicht wieder.«

»Werde ich nicht«, versprach Rosalie und meinte es so.

Nachdem sie fort war, seufzte Romar lang und schwer. »Komm her«, forderte er sie auf und schloss sie fest in die Arme. »Ich dachte, du wärst fort«, murmelte er an ihrem Haar. »Warum bist du es nicht?«

»Ich liebe dich, Romar.«

Mehr Worte brauchten sie in dieser Nacht nicht.

Tags darauf verschwand Romar, begleitet von Josef und Jeremias, zum Holzen in den Wald. Der Mond nahm ab, und die Baumstämme führten um diese Jahreszeit wenig Wasser. Die beste Zeit zum Fällen.

»Ich habe Willem gebeten, nicht zu streng mit dir zu sein.« Ava fing Rosalie ab, sobald sie sich aus dem Haus wagte.

»Wird er mich bestrafen?«

»Wo denkst du hin? Kann sein, er erteilt dir bei nächster Gelegenheit einen Rüffel vor dem versammelten Dorf. Vielleicht nicht einmal das.«

»Danke.«

»Keine Ursache, Kindchen. Er ist ein alter Mann und war sicher auch deshalb so zornig, weil ihm nach der langen Suche jeder Knochen im Leib schmerzte. Aber ich kann dich verstehen, schätze ich.«

»Wie meinst du das?«

»Das Leben im Wald, mit den immer gleichen Gesichtern vor Augen, droht einen manchmal förmlich zu erdrücken. Besonders, wenn man wie du nicht daran gewohnt ist. Es war unüberlegt von dir fortzugehen, ohne jemandem Bescheid zu geben. Aber deinen Drang, einmal für ein Weilchen mit deinen Gedanken allein zu sein, kann ich nachvollziehen.«

»Danke, Ava.« Die Freundlichkeit der Alten machte Rosalie verlegen und bog ihre Mundwinkel wie von Zauberhand nach oben. Noch gestern hatte sie nicht mehr daran geglaubt, in Haberatshofen jemals wieder froh zu werden. »Weißt du, Ava, ich wollte mit euch gerne über etwas sprechen.«

»Was denn, Mädelchen?«

»Ach.« Täuschte sie sich – oder nahmen die Augen der Alten einen lauernden Ausdruck an? »Es ist nicht so wichtig. Ein andermal. Erst möchte ich mich bei allen entschuldigen.«

Nach dem Gespräch mit Ava bat Rosalie jeden, der ihr begegnete, um Verzeihung für den Kummer, den sie bereitet hatte. Keiner schien ernstlich böse.

Bald aber musste sie feststellen, dass sich die Atmosphäre im Dorf dennoch verändert hatte. Die Leute hielten sich ihr gegenüber zurück. Genau, wie sie es schon nach der Silvesternacht empfunden hatte. Nur ärger. Wohin sie sich in den folgenden Tagen auch wendete, sobald sie über die Türschwelle nach draußen trat, war ein wachsames Augenpaar auf sie gerichtet. Immer hielt sich jemand in ihrer Nähe auf, bat sie um eine kleine Gefälligkeit oder unterhielt sich mit ihr über Nichtigkeiten. Was fehlte, war die frühere Herzlichkeit.

»Sie sind argwöhnisch«, klagte Rosalie bei Sara. W*ie ich ihnen gegenüber argwöhnisch war.* »Nicht mehr so freundlich. Als täten sie nur so, um mich im Auge behalten zu können.«

»Als täten sie nur wie?«

»Als ob sie mich noch mögen würden.«

»Rosalie!« Sara schnippte mit dem Finger vor ihrem Gesicht. »Was ist denn in dich gefahren? Wie kannst du solch hanebüchenen Unsinn nur denken? Meinst du denn, alle hätten sich solche Sorgen wegen deines Verschwindens gemacht, wenn sie dich nicht gernhätten?«

»Ich weiß es nicht, Sara. Manchmal weiß ich überhaupt nicht mehr, was ich denken soll.« Rosalie sah hinüber zu Heidegret und Riele, die am Brunnen standen und sich unterhielten. Viel länger, als sie es sonst taten. »Merkst du es denn nicht? Sie bewachen mich. Riele ist normalerweise nie einfach untätig, doch jetzt scheint sie Stunden auf dem Dorfplatz zu verbringen. Genau wie Heidegret, Zacha und Wila. Es ist wegen mir. Wegen dem, was ich gesehen, und dem, was ich getan habe.«

Sara konnte auf Rosalie einreden, wie sie wollte. Sie hatte dennoch das Gefühl, eine Gefangene im Dorf zu sein. Haberatshofen ließ sie nicht gehen.

Tage später sackte Romar wie angeschossen zusammen, als er abermals zu einer Versammlung gerufen wurde. Jeremias kam ins Haus, um ihn zu holen. Damit er ihr die Feindseligkeit und den Groll nicht ansah, sprach sie erst gar nicht mit ihm. Dennoch drängte sich ihr die Frage auf, ob er seine hochschwangere Frau abermals ans Bett gefesselt hatte.

»Was ist jetzt wieder?« Romar knetete sich den Nacken. Seine Augen wurden ganz eng.

»Bleib einfach hier«, sagte Rosalie zu ihrem Mann. »Du willst da nicht hingehen, also bleib hier.«

»Das kann ich nicht.« Seine Lippen berührten flüchtig ihre Wange. »Los, Jeremias, lass uns aufbrechen.«

»Noch nicht.«

»Weshalb nicht, Mann? Deshalb bist du hergekommen, oder?«

Jeremias nickte vielsagend in Rosalies Richtung, woraufhin Romar ihn voller Verachtung ansah. »Komm nach oben, Liebes. Du bist sicher müde. Ich begleite dich hinauf.« Eine steile Zornesfalte furchte seine Stirn. Ansonsten hatte er seine Wut im Griff.

»Ich muss mich nicht vergewissern, oder?«

»Halt einfach den Mund, Jeremias.«

»Mitkommen? Wie meint er das, Romar?«

»Gar nichts. Vergiss ihn.« Er schob Rosalie zur Treppe. Oben schloss er die Tür zum Schlafzimmer mit einem lauten Knall. »Hör zu. Ich kann dir nicht sagen, wie lange ich fort sein werde.« Er nahm ihre Hand. »Denkbar, dass es länger dauert, aber rechne besser nicht damit.« Seine Worte waren so bedeutungsschwanger, dass sie sich fragte, was ihr entging. Ob er von ihrem heimlichen Besuch bei Marianna wusste?

»Ich warte auf dich.«

»Das brauchst du nicht. Geh ruhig.« Er war so unruhig, als hätte er Mücken im Hemd.

»Gehen?«

»Geh schlafen.«

Rosalie hörte die beiden Männer unten noch kurz miteinander reden. Es klang nach Unstimmigkeiten. Romar sprach lauter als gewöhnlich. Dennoch konnte sie nichts verstehen.

Nachdem die Haustür ins Schloss gefallen war, fing sie an zu zählen. Laut bis fünfhundert, dann machte sie sich auf den Weg zu Marianna. Wieder lagen Blechkübel aneinandergereiht vor dem Haus; wieder war die Haustür versperrt, das Küchenfenster aber nicht verschlossen. Anscheinend dachte Jeremias nie daran, die Fenster zu kontrollieren. Oder es reichte ihm, seine Frau am Bett festzubinden, dachte Rosalie bitter. In der nächsten Stunde massierte sie Marianna den schmerzenden Rücken und beteuerte mehrfach, sie nicht im Stich zu lassen. Von ihrer Überlegung, sich den Dorfältesten anzuvertrauen, verriet sie der Schwangeren nichts. Erstens würde Marianna sich nur aufregen, und zweitens hielt sie es inzwischen selbst nicht mehr für eine gute Idee, Willem und Ava ins Vertrauen zu ziehen.

»Ich habe mitgekriegt, dass du weggelaufen bist.«

»Bin ich nicht. Ich fand bloß den Rückweg nicht mehr. Gottlob haben sie nach mir gesucht.«

»Es muss hart für dich sein, beständig alles zu leugnen.« Marianna rieb sich mit dem Daumen über das Kinn. »Ich frage mich, weshalb du trotzdem herkommst.«

»Ich will dir helfen. Jeremias ist nicht bei Trost, dass er dich so anbindet. Das muss ein Ende haben, und zusammen werden wir einen Ausweg finden. Ich werde zur Geburt bei dir sein. Dein Kind wird leben. Du wirst leben.«

Marianna nickte, dankte Rosalie halbherzig und nickte wieder. Fraglos glaubte sie nicht einen Augenblick lang, dass es für sie noch Hoffnung geben könnte.

24

Wachhunde

Niemandem fiel es leicht zu tun, was getan werden musste. Die Worte, die zwischen den Kirchenbänken gesprochen wurden – an dem Ort, an dem kürzlich der Junge gestorben war –, klangen dumpf, verletzt und sorgenvoll.

»Sie will doch nichts anderes, als zu uns zu gehören. Zählt das denn gar nicht für euch?«

»Für sie ist es längst zu spät.« Die Stimme vom Thron war zugleich entschieden und beruhigend. Die Menschen ließen sich von ihr anleiten, sie vertrauten ihr. »Rosalie trägt dein Kind. Es gibt keine Chance für sie. Wann wirst du das endlich begreifen?«

»Nein!«

»Du bist ein solcher Esel, Romar!« Josef war zornig. »Ich verstehe nicht, wie du so töricht sein kannst! Was glaubst du wohl, wie es für mich war? Unter einem Dach mit Susabell zu leben, mit ihrer Angst, die mich Tag für Tag förmlich ansprang?«

»Was du verlangst, ist für uns andere eine Beleidigung. Meine Folter ist noch nicht vorüber, da kommst du und forderst Unmögliches.« Jeremias war nicht minder erbost als sein Bruder.

»Das ist mir gleich. Ich liebe Rosalie. Sie ist meine Frau.« Romar hätte nicht zu sagen vermocht, wie oft er diese Sätze inzwischen heruntergebetet hatte. Hinter ihm begann jemand zu weinen. »Ich lasse es nicht zu. Wollt ihr das denn einfach nicht verstehen?« Er rang die Hände zur Decke. »Verlangt von mir, was ihr wollt, aber nicht das.«

»Du wirst dich mit unserem Entschluss abfinden und lernen, damit zu leben«, forderte die Stimme. »Wir fordern von dir, daran zu wachsen und zu reifen.«

»Wenn ihr mich zwingt, nehme ich Rosalie und gehe fort.« Romar stemmte die Ellbogen entschlossen in die Seite. Trotz seiner herausfordernden Haltung zitterte er am ganzen Leib. So weit, bis zu dieser Drohung, war er bisher noch nicht gegangen. Hatte es nicht gewagt. »Seht ihr wohl, wohin die Verzweiflung mich treibt? Ich gehe fort, wie Matäus es getan hat.«

»Das wirst du nicht.« Wieder die Stimme vom Thron. »Du nicht – und auch kein anderer. Was denkst du Narr, wie weit Matäus damals gekommen ist? Nicht über die Dorfgrenzen hinaus. Er ist dem Tod in die offenen Arme marschiert.«

»Du lügst, um mich abzuschrecken.«

»Es tut mir leid für diejenigen, die es nicht wussten. Doch es ist die reine Wahrheit. Grab ihn aus, Romar, wenn du dich selbst überzeugen willst. Dein Freund Matäus liegt nicht weit von der Stelle begraben, an der wir den hustenden Knaben verscharrten.«

Romar gab einen langgezogenen Laut des Jammers von sich, doch schon gleich übertönte ein entsetzliches Kreischen seine Klage. »Das habt ihr nicht getan!« Riele, Matäus' Mutter, war vollkommen außer sich. »Wusstest du das, Kunz? Wusstest du, was sie mit unserem Jungen gemacht haben?«

»Mutter«, beschwichtigte Endres. »Lass den Vater in Frieden. Matäus war es, der uns alle verraten hat.«

»Ich habe geholfen, sein Grab zu schaufeln.« Tränen blieben in Kunz' Bart hängen und regneten auf seine Brust, wie Wasser von der Decke einer Tropfsteinhöhle. »Wenigstens das wollte ich für ihn noch tun.«

»Wir konnten es nicht zulassen«, sagte die Stimme begütigend. »Er wollte das Kind mitnehmen. Doch Gabriel ist unser. Wie du unser bist, Romar. Du wirst uns nicht verlassen, hörst du? Niemals.«

»Bis heute habe ich das auch nicht gewollt.« Bebend verließ Romar die Versammlung. Josef und Jeremias folgten ihm, wie sie ihm schon am Abend vor seiner Hochzeit mit Rosalie gefolgt waren. Sie nahmen die Fährte auf. Hefteten sich an seine Fersen. Seine Wachhunde. Heute wie damals.

25

Ödwang

Am Tag vor Lichtmess wurden vielerorts Lichterprozessionen vorbereitet, die am darauffolgenden Abend die Dunkelheit erhellen würden. In die Kirchen trug man Kerzen, oft den Vorrat für ein ganzes Jahr, die zu Lichtmess geweiht werden sollten; Mägde und Knechte, die in Lohn und Brot standen, freuten sich auf ihren Verdienst für die Arbeit der vergangenen zwölf Monate, den man ihnen zu Lichtmess ausbezahlen würde. Einige planten den Wechsel des Dienstherrn – manche freundschaftlich, andere im Streit. Auf dass der Kreislauf des Bauernjahrs bald von neuem beginnen konnte.

In Haberatshofen, wo es weder Prozession noch Kerzenweihe geben würde, wo auch Gesinde und Lohn niemanden zu kümmern brauchten, war der Tag vor Lichtmess ein Tag wie jeder andere. Für die Vorbereitung der Messe, die Willem lesen wollte, bedurfte er keiner Hilfe. Die Glocke würde läuten. Mehr nicht.

Das zumindest glaubte Rosalie, während sie im hellen Vormittagslicht die Stube fegte. Staub rieselte in der Luft, aufgewirbelt vom dünnen Birkenreisig des Besens. Der Stiel war an einigen Stellen, wo seit Jahrzehnten Hände lagen, dunkel verfärbt. Früher durch die Hände von Romars Mutter. Jetzt durch ihre eigenen Hände. Ihr wurde warm bei der Arbeit und ein wenig taumelig. Sie legte sich eine Hand auf den heißen Nacken und beschloss, den Boden nach dem Auskehren noch gründlich zu wischen. Hauptsache, sich gut beschäftigt halten, da sie die Stunden außer Haus zunehmend scheute; die Blicke der anderen. Gerade im Begriff, einen Eimer zu holen, krümmte Übelkeit ihren Oberkörper und ließ sie trocken würgen.

»Rosalie!« Romar, der just zur Tür hereinkam, war eilends an ihrer Seite. »Ist dir schlecht? Hast du Schmerzen?«

»Geht schon.« Das Drehen in ihrem Kopf und ihrem Bauch ließ nach. Sie schnappte nach Luft, die Lippen spitz und rund wie ein Karpfen, dann war es gut. »Was machst du hier? Wolltest du nach der Morgensuppe nicht in den Wald?«

»Da war ich.«

»Und warum bist du schon zurück?«

»Ich muss etwas erledigen.«

»Nicht wieder eine Versammlung, oder? Auch noch tagsüber?« Rosalies Widerwille gegen die Dorfzusammenkünfte brach durch die Oberfläche wie draußen die ersten Märzenbecher durch festen Schnee.

»Keine Versammlung, Rosalie«, besänftigte er.

»Was denn?«

»Wir waren lange nicht mehr zusammen im Wald.«

»Das ist keine Antwort. Aber wahr.«

»Ich denke oft daran. An unsere erste Zeit miteinander. Auf der Lichtung und dem Jägersitz.«

»Das wusste ich nicht. Ich weiß überhaupt sehr wenig von dem, was du denkst.«

»Ich wünschte, es wäre nicht so.« Romar betrachtete seine Frau forschend. Als wollte er etwas ergründen. »Ich gehe nach Ödwang. Geht es dir gut genug, um mich zu begleiten?«

»Du nimmst mich mit?« Vor Überraschung verschluckte Rosalie sich und musste husten, als hinge ein langes, kitzelndes Haar in ihrem Hals. So überzeugt war sie gewesen, das Dorf nicht verlassen zu dürfen – und dabei stimmte es gar nicht?

»Wenn du es dir ehrlich zutraust.«

»Mir geht's gut, Romar«, krächzte sie.

»In Ordnung.« Er klopfte ihr den Rücken. »Dann zieh dich warm an und schnür deine Stiefel. Wir brechen gleich auf.«

»Was tun wir in Ödwang?«, hielt sie ihn zurück.

Romar zog ein so komisches Gesicht, dass Falten seine Stirn furchten, die sonst nicht da waren. Kreuz und quer, wie die Linien eines Dreiecks. Als trüge er ein Schiffssegel gleich über den Brauen. »Besorgungen machen.«

Vor dem Haus lehnte eine leere Kraxe an der Wand. Romar wuchtete sie sich mit Schwung auf den Rücken.

»Ohne den Pferdekarren?«

»Die Wassersteige ist zu steil und zu schmal für Pferd und Wagen. Letzte Gelegenheit, es dir anders zu überlegen.«

»Ich bin gut zu Fuß.« Rosalie tauchte in den Wald. Dieses Mal anscheinend mit dem Segen aller, denn niemand hielt sie auf. Dafür war sie so dankbar, dass sie für den Augenblick gar nicht recht darüber nachdachte, weshalb keine Menschenseele zu sehen war und der Dorfplatz dalag wie frisch gefegt. Als wäre eben einer mit gewaltigem Besen und besonders gründlich über Haberatshofen hinweggegangen.

Nachdem sie das Dorf hinter sich gelassen hatten, wurde Rosalie Zeugin einer wundersamen Wandlung. Mit jedem Atemzug, den Romar außerhalb des Dorfes tat, mit jedem Schritt, der die Entfernung vergrößerte, veränderte er sich. Sein Gang wurde aufrechter, sein Atem freier, seine Haltung weniger starr. Er half ihr beim Aufstieg, wies sie besorgt auf freiliegende Wurzeln hin und hielt ihre Hand, warm und fest und beglückend.

»Du siehst aus wie jemand, der endlich wieder Luft bekommt. Sagst du mir die Wahrheit? Weshalb gehen wir wirklich nach Ödwang?«

»Um Besorgungen zu machen. Das war keine Lüge. Wir brauchen einiges, was wir im Dorf nicht herstellen können. Ava und Willem hören es nicht gerne – du weißt ja, sie vermeiden jeden Gang nach außerhalb –, doch ganz auf uns gestellt lebten wir sehr viel beschwerlicher.«

»Was brauchen wir?«

»Alles Mögliche. Wachsstöckl, Stoffe, Zuckerstückchen, Bettzeug, mal eine Spieluhr oder eine Mundharmonika … Zwei- oder dreimal im Jahr, häufiger gehen wir nicht nach Ödwang. Das sind Festtage – was jedoch keiner zugeben würde.«

»Das alles gibt es dort?«

»Im Krämerladen«, bestätigte Romar.

»Ich habe Verwandte des Krämers kennengelernt.« Rosalie erinnerte sich an die Frau und ihre Töchter, die sie angesprochen hatte, um etwas über Haberatshofen zu erfahren. »Vor unserer Hochzeit.« Sehr lange schien das her zu sein.

»Die Ödwanger sind uns gegenüber aufgeschlossener, weil wir immer schon Wasser an ihrer Quelle holen, wenn unser Brunnen austrocknet.« Romar riss die Spitze eines Tannenzweigs ab und zerrieb die Nadeln zwischen den Fingern.

»Du meinst, sie fürchten sich nicht vor euch?«

»Sie ängstigen sich nicht in dem Maße wie die meisten anderen.« Er zog eine Grimasse. »Deshalb gehen wir lieber dorthin als nach Schongau. Ich hätte gerne eine Puppe für Robs und Monika. Beim letzten Mal, als Theodor in Ödwang war, gab es keine.«

»Und eine Postkarte für Sara.«

»Du weißt, dass Sara Postkarten sammelt?«

»Sie ist meine Freundin.« Rosalie entsann sich der Karte, die sie im Feuer verbrannt hatte. Mit der Frau darauf, der Verrenkungskünstlerin, mit schneeweißer Haut und rot glühenden Augen.

»Gib jetzt acht, das letzte Stück geht es steil hinunter. Sag es, wenn du eine Pause brauchst.« Sein Blick streifte Rosalie liebevoll und verweilte einen Moment auf ihrer Körpermitte. Man sah die Schwangerschaft von außen nicht, wohl aber konnte man die zarte Schwellung ihres Leibes fühlen. In der vergangenen Nacht hatte seine Hand auf ihrem Bauch gelegen. Vom Einschlafen bis in den frühen Morgen hinein.

Rosalie musste aufpassen, den Weg hinunter nicht auszurutschen, was weder ihre Gedanken zum Schweigen brachte noch sie am Grübeln hinderte. Bildete sie sich die stille Wehmut ein, die ihren Mann umgab? Eine Wehmut, die anders war als seine gewohnte Melancholie. Die er sich im Dorf womöglich nicht erlauben durfte? Dabei machte seine Gesellschaft sie gerade hier und heute so glücklich wie lange nicht.

Sie hatten die Wassersteige kaum hinter sich, da vergaß Rosalie ihre Überlegungen, denn Romar begann sich äußerst befremdlich zu verhalten. Ständig warf er verstohlene Blicke nach links und rechts, zwischendurch blieb er stehen und suchte den Wald mit den Augen ab. Schweißperlen traten ihm auf die Stirn, dabei war er körperliche Arbeit und weite Wege durch den Wald gewohnt. Er hatte während des Abstiegs kein Zeichen der Anstrengung gezeigt und hätte vermutlich halb bis Augsburg laufen können, ohne ins Schwitzen zu geraten.

»Was beunruhigt dich?« Rosalie stand der Sinn nicht nach Raterei. Sie wollte wissen, was mit ihm los war.

»Ein Stück noch. Komm!«

»Ein Stück noch, bis …?«

»Komm, Rosalie!« Romar zog sie mit Nachdruck weiter. Notgedrungen stolperte sie ihm nach und geriet ins Keuchen, bis er jäh stehen blieb, als stünden sie vor einer unsichtbaren Präsenz. Sein Blick bereitete ihr Angst – was suchte diese unumstößliche Entschlossenheit darin? Was war geschehen?

»Was verschweigst du mir?«, fragte sie ihn außer Atem.

»Dort liegt Schongau.« Mit der Hand wies er die Richtung. »Von hier aus könnte man es zu Fuß erreichen.«

»Das weiß ich. Du bist damals zu Fuß ins Waisenhaus gekommen. Und ohne Schuhe. Denkst du, das habe ich vergessen?«

»Nicht.« Er schüttelte den Kopf. »Nicht fragen. Hör einfach zu. Würde man verfolgt, wäre man schneller in Bidingen. Dort würden sie einem Flüchtling helfen. Man wäre in Sicherheit.«

»Romar!« Sie schrie es fast. »Wovon sprichst du?«

»Nicht Ödwang, da suchen sie zuerst. Pass auf. Du folgst dem Pfad, der dort vorn abzweigt, und suchst dir ein Versteck, sobald du etwas Ungewöhnliches hörst. Wie du es beim letzten Mal gemacht hast.« Er nahm ihr Gesicht in seine Hände. »Hast du doch, oder? Dich absichtlich im Wald versteckt.«

Tränen quollen kläglich aus ihren Augen. »Du meinst, wenn ich vorhätte, dich zu verlassen, sollte ich jetzt gehen?«

»Ja«, sagte Romar schwach. Er streichelte ihre Wange, ihr weißblondes Haar und zuletzt ihren Bauch, in dem warm und sicher sein Kind heranwuchs. Tränen tropften ihm aus den Augen, als würde es regnen. »Lass es nie an der Liebe seines Vaters zweifeln.«

Rosalie hörte ihn zwar, erfasste auch den Sinn seiner Worte, aber das Begreifen fiel ihr ungeheuer schwer. Wie feines, federleichtes Tuch legte sich Abschiedswehe über die Szenerie und wartete ab, wie sie sich entscheiden würde.

»Du musst gehen.« Romar hatte sich gefangen und eine beherrschte Miene aufgesetzt. Doch darunter schimmerte der Schmerz, was sein Antlitz grotesk verzerrt aussehen ließ. Erneut suchte er den Wald mit den Augen ab und spannte sich an, als hätte er Beunruhigendes entdeckt. »Geh schon. Ich laufe in die andere Richtung und passe auf.« Ein langer Blick, und er stürmte davon.

Rosalie sah ihm nach. Der Abstand zwischen ihnen wurde größer. Viel größer, als sie es je gewollt hatte. Sie hörte jemanden wimmern. Sich selbst.

Korrk, Korrk, Korkk.

In den Zweigen über ihr war ein Kolkrabenpaar mit dem Nestbau befasst. Fühlte es sich von den Lauten menschlichen Schmerzes gestört, oder wollte es Trost anbieten?

Korrk, Korrk, Korkk.

Rosalie riskierte einen Blick zu der Abzweigung und dem Pfad, den Romar ihr gewiesen hatte. Gleich darauf krümmte sie sich zusammen und übergab sich auf den harten Waldboden, bis nur noch Galle kam. Mit wundem Hals hockte sie sich auf einen Stein und wartete.

Romar kehrte um, als er ihr Verweilen bemerkte.

Sie fiel ihm um den Hals.

»Weshalb bist du nicht gegangen?« Er sprach flüsternd und hielt sie dabei so fest, als hätte er Angst vor einem Trugbild, das sich beim nächsten *Korrk* der Raben verflüchtigen könne.

»Ich verlasse dich nicht.« Rosalie war bleich, bleicher noch als ohnehin, aber gefasst. »Und auch Marianna werde ich nicht im Stich lassen. Sie fürchtet sich vor der Entbindung ihres Kindes und braucht eine Freundin.«

»Geht es dir wieder gut? Können wir weiter?« Romar flüsterte nicht länger, jetzt schrie er fast. Jedes Tier und jedes Insekt im Umkreis musste ihn hören. »Der Krämerladen wird dir gefallen. Auf nach Ödwang, Rosalie.«

Jedes Tier, jedes Insekt – und wer immer sonst die Ohren spitzte.

Am Ortsrand des Bauerndorfs stand eine Kapelle zu Ehren aller Heiligen, die jener in Haberatshofen ähnelte. Es war ein bemerkenswertes Gefühl, wieder unter Fremden zu sein. Rosalie betrat Ödwang an Romars Seite. Unter ihren Füßen war bloß lehmige Erde, bedeckt von braunem Schneematsch. In den Mulden, wo Wasser stand, knackte die Eisdecke, wenn man sie brach. Für Rosalie hätte der Boden genauso aus den hölzernen, schlecht vernagelten Planken einer Bühne bestehen können, denn sie fühlte sich wie in einem Schauspiel. Nach den Monaten in Haberatshofen war die Realität außerhalb des Dorfes schwer zu greifen. Insbesondere, nachdem sie Romar vorhin fast verloren hätte. Was sie noch viel weniger begreifen konnte.

Jetzt stapfte er schweigend neben ihr durch den Matsch. Sie hätte ihn gerne gefragt, ob er die Lebendigkeit Ödwangs als ebenso prall, berückend und verstörend empfand. Überall waren Menschen, überall waren Geräusche. Das Klopfen aus der Schmiede, das Rattern der Mühle, Stimmen und Rufe aus dem Wirtshaus, wo der baldige Erhalt des Jahreslohns von einigen schon vorab kräftig gefeiert wurde.

»Wir wollen zusehen, unsere Besorgungen zu erledigen.« Er räusperte sich. »Da drüben am Himmel braut sich was zusammen.«

»Was war das vorhin im Wald? Du wolltest, dass ich dich verlasse. Du hättest dein Kind dafür aufgegeben.«

»Unfug, Rosalie. Das täte ich nie.« Er zog sie über die Schwelle des Krämerladens. Ein Glöckchen läutete fein und hell – und wieder waren da seine Blicke, wachsam über die Schulter zurück. Was sah er dort, das ihr entging?

Der Laden war überwältigend. Gleich verstand Rosalie die vollen Kraxen der Krämers-Verwandtschaft, denn man wusste kaum, wohin man zuerst sehen sollte. Eine grün gestrichene Waage aus Messing stach ihr ins Auge, weil sie gleich neben der Verkaufstheke stand und in Form und Größe einem menschlichen Oberkörper ähnelte. Daneben, in Reih und Glied, fanden sich die dazugehörigen Gewichte. Hinter der Theke reichten viele kleine Schubladen – säuberlich mit weißen Schildchen beschriftet – bis fast unter die Decke, von der wiederum Würste unterschiedlicher Länge, Farbe und Dicke hingen. Auf den Schubladen-Schildchen las Rosalie: Grieß, Buchweizenmehl, Mehl grob, Mehl fein, Salz, Pfeffer, Zucker, Erbsen getrocknet, Bohnen, Zimtstangen, Vanillestangen, Zwetschgen gedörrt. Es gab noch unzählige weitere.

»Sieh dich ruhig um.« Romar berührte sie leicht am Arm. »Ich erledige die Einkäufe.«

Während ihr Mann mit dem Krämer sprach, staunte Rosalie einfach weiter, eingehüllt von dem Potpourri an Gerüchen, das dem Laden aus jeder Pore drang. Süßes und Herbes und Salziges. Der Duft nach Altem und nach Neuem. Nach Papier und Wachs, gebohnerten Schuhen und gelber Butter aus dem Fass.

Mit halbem Ohr hörte sie Romar zu, der gerade milden Senf, abgefüllten Essig aus der Eichentonne und ein Fässchen mit eingelegtem Fisch orderte. Der Krämer schickte sich an, alles zu verpacken. »Wir schließen heute früher, mein Herr«, sagte er höflich zu Romar. »Nur für den Fall, dass Ihr Einkauf ein ausgedehnter werden soll. Die Lichtmesskerzen für die morgigen Prozessionen müssen ausgegeben werden. Seit Jahren ordern die Pfarreien bei uns.«

»Schon recht.« Seine Stirn war ein klein wenig gerunzelt.

Rosalie fiel das nicht auf. Der Laden schlug sie in Bann. Als Waisenkind hatte sie nichts besessen; als Romars Ehefrau hingegen einen ganzen Hausstand. Aber niemals zuvor – auch nicht in Augsburg, wo die Waisen in der Waisenhausgasse für sich blieben – war ihr ein solcher Reichtum an Dingen untergekommen. Hinter der Tür lehnten gut ein Dutzend Besen, die Holzstiele glatt und hell, ohne die Flecken schwitziger Hausfrauenhände darauf. Sie sah Seile und Stricke in Hülle und Fülle, Holzpantoffeln und Lederbörsen, Nachttöpfe, Halsbinden, Hüte und blütenweißes Papier samt Feder und Tinte. Petroleum und Kerzen genauso wie verschiedenste Arzneien, Töpfe, Schüsseln und Besteck.

Vor einem Regal mit angestaubten Büchern schließlich entdeckte Rosalie einen gesattelten Hahn aus Holz. Ein Spielzeug mit gebogenen Kufen, auf dem kleine Kinder sitzen und schaukeln konnten. Die Augen des Hahns waren übergroß und weiß bemalt, mit roten Punkten darin. Rosalies eigene farblose Augen bohrten sich in die hölzernen Pupillen des Schaukeltiers – und der ganze Zauber des Krämerladens war dahin. Zum ersten Mal in ihrem Leben hatte sie ihre Andersartigkeit im Beisein Fremder vergessen. In Haberatshofen sah niemand sie schief an – nicht wegen ihres Äußeren –, aber hier … Jetzt erkannte sie es. Die Skepsis, die sich auf den Gesichtern der Ladenkunden spiegelte. Dort: Die Eltern mit dem dürren Sohn hielten ihren Jungen fest, damit er ihr nicht zu nahe kam. Die Frauen bei den abgehangenen Schweinekeulen zerrissen sich das Maul, wobei sie ihre Vorbehalte anscheinend gleichmäßig zwischen Romar und Rosalie verteilten. Ein alter Mann, dürr und eingefallen, hatte den leicht geöffneten Mund voller Spucke und starrte Rosalie unverfroren an – als überlege er ernstlich, ihr zu Füßen auszuspeien.

Gott, dachte Rosalie, wie dankbar müssen wir sein, nicht unter Menschen wie diesen zu leben.

»Lass uns wieder aufbrechen, wenn du die Einkäufe beisammenhast.« Sobald sie neben ihrem Mann stand, fühlte sie sich sicherer. Ein wenig beschützt vor den Blicken der anderen. Er würde sie vor den Fremden verteidigen. Immer.

Romar legte den Arm um Rosalie.

»Wie ein verschrecktes Rehkitz.« Die Frau stand vor ihnen, wie dem Boden entwachsen, und erinnerte Rosalie sogleich an

Ava. Auch sie war alt, hatte schlechte Zähne und eine Mütterlichkeit an sich, die ihr das Herz rührte. »Sie brauchen vor den Leuten keine Angst zu haben. Die mögen knurren, aber beißen tun sie nicht.«

»Könnten Sie für einen Moment bei ihr bleiben?«, bat Romar die alte Frau. Rosalie sah ihn erstaunt an. »Der Himmel draußen gefällt mir nicht. Ich muss hinaus und mich vergewissern. Bei einem Unwetter können wir nicht durch den Wald laufen.« Er verschwand mit bewölkter Stirn. Das Glöckchen über der Tür klang ihm nach.

»Ein Unwetter im Winter?«

»Hat es alles schon gegeben, meine Liebe.« Die Alte tätschelte Rosalies Hand. »Ist um diese Jahreszeit selten, doch wenn es stürmt, dann meist gewaltig. Falls Ihr Mann mit dem Unwetter recht haben sollte – was ich nicht glaube –, müssen Sie über Nacht im Ort bleiben. Es gibt hier ein Wirtshaus.«

»Danke für den Rat.«

»Apropos Mann – er ist schon Ihr Mann, oder?«

»Das ist er.«

»Sagen Sie, Mädchen – nicht, dass es mich etwas anginge, aber neugierig bin ich schon –, wie sind Sie denn an einen Haberatshofener geraten?« Die alte Frau gab sich keine Mühe, ihre Wissbegierde zu verhehlen. Sie lächelte listig. Dabei bewegte sich nur die linke Hälfte ihres Mundes, die rechte Seite blieb reglos wie ein toter Fisch.

»Er kam ins Waisenhaus, wo ich lebte.«

»So so. Wie erstaunlich.« Sie riss sich eines der borstigen Haare aus, die vereinzelt auf ihrem Kinn sprossen. »Eine Erscheinung des Alters«, bemerkte sie beiläufig. »Hätte in jungen Jahren nicht gedacht, dass mir je ein Bart sprießen würde.«

»Weshalb sagen Sie das – erstaunlich?«

»Sie und Ihr Gatte sind ein außergewöhnliches Paar. Ein

Haberatshofener erregt bei uns immer Aufsehen, aber zusammen mit Ihnen …«

»Ich weiß, wie ich aussehe«, sprach Rosalie schicksalsergeben. »Aber im Wald hatte ich es fast völlig vergessen.«

Das Gesicht der Alten wurde milde. »Nehmen Sie sich das Äußere nicht so zu Herzen. Sie haben sicher ein befremdliches Erscheinungsbild, mein Kind, doch kein abstoßendes, wie ich finde. Abstoßend bin ich altes Weib, mit meinem Bart und meinem halb gelähmten Mund. Überlegen Sie einmal: Es gibt sicher einen Grund, weshalb der junge Mann da draußen Ihnen den Hof gemacht hat.«

»Einen Grund, über den ich mir manchmal nicht im Klaren bin.«

»Ach wo«, winkte die Alte ab. »Der Junge wollte unter Ihre Decke schlüpfen, wenn Sie mich fragen. Oder etwa nicht?« Sie grinste. »Und wenn Sie mich weiter fragen, würde ich vermuten, dass Sie bereits mit einem Kind im Bauch gesegnet sind.«

»Sie können das sehen?«

»Schauen Sie nicht so entsetzt. Das ist kein Hexenwerk, sondern die Erfahrung eines langen Lebens. Was denken Sie wohl, wie vielen Kindern ich schon auf die Welt geholfen habe?«

»Dann sind Sie eine Hebamme?«

»So ähnlich, Mädelchen. Wenigstens bin ich jemand, der sich gut auf die Menschen versteht. Verraten Sie es mir, habe ich recht?«

»Ja.« In Rosalies Kopf brach eine Idee sich Bahn. Sie dachte nicht an mögliche Folgen. »Darf ich Sie fragen, ob Sie zu uns nach Haberatshofen kommen würden? Bei mir dauert es noch, aber meine Freundin erwartet in Bälde ein Kind.

»Bedaure, aber von Haberatshofen habe ich mich ein Leben lang ferngehalten. Das wird sich auf meine alten Tage nicht ändern.«

Die Frage nach dem Warum lag Rosalie auf der Zunge, aber dann wollte sie die Antwort lieber nicht hören. »Kann ich selbst etwas tun, um meiner Freundin die Geburt zu erleichtern?«

»Freilich können Sie das. Fangen Sie mit Tee aus Himbeerblättern an. Den gibt es hier im Laden getrocknet zu kaufen. Ihre Freundin soll täglich zwei, drei Tassen davon trinken, das wird ihr den Wehenschmerz erleichtern. Außerdem wären da …« Die alte Frau zählte einiges mehr auf, und Rosalie versuchte, sich alles sorgsam einzuprägen. »Was Sie anbelangt, meine Liebe – der Gedanke an das Kind in Ihrem Bauch erfüllt Sie nicht mit reiner Freude, stimmt's?«

Rosalie fiel nichts ein, was sie der Alten dazu hätte sagen können. Also schwieg sie.

»Man weiß hier nicht viel über die Haberatshofener. Kein Wunder, bekommt man sie doch kaum zu sehen. Ich hoffe, meine Liebe, Sie sind dort glücklich. Ihr Mann scheint ein ruhiger, höflicher Bursche. Wenn es so ist, vergessen Sie ganz schnell wieder, was ich Ihnen jetzt sage.«

»Ich …«

»Pst. Hören Sie zu. Falls Sie das Kind aus irgendeinem Grund nicht haben möchten, trinken Sie den Saft der Einbeere. Nicht mehr als einen Löffel jeden Morgen, sonst bringt er Sie um. Sie können alle Pflanzenteile für den Saft verwenden, die Beeren sind am giftigsten, reifen aber erst über den Sommer. Zu deren Verwendung würde ich ohnehin nicht raten.«

»Und wenn ich das tue?«

»Niedrig dosiert sorgt der Saft für eine Fehlgeburt. Möglicherweise. Mutterkorn ist viel bewährter, doch auf die Kornreife zu warten bleibt Ihnen keine Zeit. Da halten Sie das Kindchen schon in den Armen. Keine Sorge, Sie können später wieder schwanger werden.«

»Weshalb denken Sie, ich könnte …?«

»Sie brauchen nichts zu sagen«, fiel ihr die alte Frau erneut ins Wort. »Es reicht, wenn Sie es einmal gehört haben. Jedes Mädchen sollte das wissen, finde ich. Die Einbeere gibt es hier beim Krämer selbstverständlich nicht zu kaufen.« Sie blinzelte mit einem Auge und drehte sich genau in dem Augenblick um, in dem das Glöckchen wieder erklang und Romar zur Tür hereinkam. Seine Miene war grimmig.

»Wir übernachten im Wirtshaus. Da draußen zieht ein Sturm auf – unmöglich, heute noch zurückzugehen.«

26

Hans, mein Igel

Romar besprach sich kurz mit dem Krämer, dann traten sie hinaus auf die Straße. Am wollgrauen Himmel hingen längliche Wolken, in denen Rosalie die Form eines Pfeils entdeckte. Als wiese er den Weg in ein verwunschenes Land.

»Es sieht für mich nicht nach einem Unwetter aus.« Die Luft war kalt und feucht, obwohl es weder regnete noch schneite.

»Verlassen wir uns auf meine Einschätzung.« Romar winkte ab. »Was hast du so lange mit der Krämersfrau gesprochen?«

»Das war die Krämerin? Ich dachte, sie wäre so etwas wie eine Hebamme.«

»Hm.« Er rieb sich den Nasenhöcker. »Ich schätze, sie hat viele Talente. Als Junge erhielt ich zweimal die Erlaubnis, mit meinem Vater nach Ödwang zu gehen. Das waren für mich ganz besondere Tage, wie du dir sicher vorstellen kannst. Beide Male sah ich die Krämerin. Einmal kratzte sie einen Stein aus dem Huf eines Pferdes, beim anderen Mal stand sie auf einem Dach und kehrte den Schornstein. Schon damals war sie alt.«

»Glaubst du, sie ist noch älter als Willem oder Ava?«

»Noch älter?« Er sah Rosalie verwundert an. »Was kümmert es dich?«

Im Ödwanger Wirtshaus standen ein Mann und eine Frau hinter dem Empfangstresen. Beide blickten beunruhigt auf die Ankömmlinge.

»Grüß Gott.« Der Wirt war ein Riese mit dürren Beinen, dem schwarze Haare aus den Nasenlöchern sprossen. Seine Dienstmagd war jung und von anrührender Schönheit. Ihre vollen Lippen sahen fortwährend aus wie zu einem Kussmund aufgeworfen. Als erhoffe sie sich von ihrem Brotgeber weit mehr als nur eine Anstellung übers Jahr.

»Wir brauchen ein Zimmer zum Übernachten. Wie steht es damit?«

»Ich bin nicht sicher, ob wir eines für Sie haben.« Die Frau lächelte Romar mit ungewöhnlich weißen Zähnen an. Allerdings überspielte das Lächeln unzulänglich ihr Misstrauen gegenüber den Fremden.

»Wir brauchen bloß ein Bett für die Nacht.«

»Und vermutlich etwas Warmes in den Magen und eine Stärkung am Morgen, ehe ihr aufbrecht.« Die Stimme des Wirts war so tief, wie man sie bei einem solchen Hünen erwartete.

»Ehe wir aufbrechen«, bestätigte Romar.

»Sie sollen das Zimmer haben.« Er gab der Magd einen schnellen Klaps, woraufhin die junge Frau die Lippen noch weiter schürzte. »Wünsche Ihnen beiden einen angenehmen Aufenthalt.« Damit zog er sich zurück.

Die Magd angelte nach einem der Schlüssel an der Wand. »Sie haben Glück.«

»Dir ist das Kunststück gelungen, weniger als zwei Dutzend Worte zu gebrauchen«, sagte Rosalie auf der Treppe nach oben.

»Du hast mitgezählt?« Sie fanden ihr Zimmer gleich rechts am Gang.

»Hab ich. Der Wirt war ebenfalls recht wortkarg. Muss ein Mensch nach deinem Geschmack sein.«

»Was soll die Stichelei?« Romar fuhr zu ihr herum. Sie erschrak über die Wut in seinen Augen. Er musste tief durchatmen, ehe er die Tür aufschließen konnte.

Das Zimmer war spärlich möbliert und erinnerte Rosalie an zu Hause. Es gab ein Bett und einen Schrank, außerdem ein Tischchen mit Krug und Waschschüssel darauf. Als schmückendes Beiwerk konnten lediglich zwei gerahmte Ölgemälde an den Wänden gelten.

»Was war das heute im Wald, Romar?«

Er gab keine Antwort. Wusch sich wortlos Hände und Gesicht, bis sein Kragen feucht war und Wasser von seinem Bart tropfte.

»Sprich doch bitte mit mir.«

»Lass uns zum Abendbrot in die Gaststube gehen. Ich habe Hunger.«

»Weich mir nicht aus. Das ist es nicht, was ich von dir hören will.«

»Ehrlich, Rosalie, ich habe einen Bärenhunger.« Er trat zu ihr und nahm sie kurz in den Arm. »Komm«, sagte er versöhnlich. »Wasch dir die Hände und geh mit mir hinunter. Eine warme Suppe wird dir und dem Kleinen wohltun.«

Rosalie fügte sich. Das Wasser im Krug war eiskalt. Sie trocknete sich die Hände an ihrem Rock und sah dabei aus dem Fenster. Es lag zum Hinterhof des Gasthauses. Federvieh und Ziegen tummelten sich im Dreck. Am Himmel war die pfeilförmige Wolkenformation verschwunden. Jetzt sah sie nur noch monotones Grau in Grau. Nicht ein Tropfen Regen war gefallen. Keine Spur von Blitz und Donner.

»Du irrst dich mit dem Wetter. Da kommt kein Sturm.«

»Warte ab.« Romar hielt ihr die Tür auf.

Die Gaststube wurde beherrscht von mächtigen Deckenbalken und einem gemauerten Bogendurchgang, der den Hauptraum von einem kleineren Nebenzimmer abgrenzte. Es war laut und voll.

»Die freuen sich alle mächtig auf Lichtmess«, bemerkte Romar. Lag da eine stille Sehnsucht in seinen Worten?

»Ich habe keinen Hunger mehr.« Rosalie wich auf der Türschwelle zurück, als sie den überfüllten Gastraum sah. »Wenn die Leute uns beide schon nüchtern so übel anstarren, möchte ich nicht wissen, was sie erst im trunkenen Zustand tun.«

»Bleib ruhig.« Romar schaffte es, die schöne Magd vom Empfangstresen auf sich aufmerksam zu machen. Er wechselte einige Worte mit ihr, woraufhin die junge Frau sie in den Nebenraum durchwinkte, wo ein Paar mit vier kleinen Kindern beim Essen saß. Zwar ernteten Rosalie und Romar auch von ihnen befremdete Blicke, doch wurden die Eltern zu sehr von ihren Sprösslingen in Beschlag genommen, als dass sie Zeit gehabt hätten, sich über die Gäste am Nebentisch groß zu wundern.

Es dauerte, bis die Magd ihnen das Essen servierte, und dann war die Brotsuppe lauwarm. Beim Auftragen achtete die Frau peinlich genau darauf, weder Rosalie noch Romar versehentlich zu berühren. »Tut mir leid, wenn die Suppe nicht mehr heiß ist.«

»Schon gut. Sie haben viel zu tun.« Rosalie begann zu essen. »Wahrscheinlich glaubt sie, uns anzufassen brächte Unglück«, stellte sie zwischen zwei Löffeln fest.

»Die Leute sind abergläubisch, wenn es um Haberatshofen geht. Das ist nicht neu.«

»Ich weiß. Macht es dir etwas aus, wenn wir jetzt nicht weiter darüber sprechen? Sonst schmeckt mir die Suppe gar nicht mehr.«

»Du hast recht. Wäre schade um die lauwarme Brühe.« Romar beugte sich über seinen Teller und tauchte sein Brot ein.

»Mir ist aufgefallen, dass auf den Gemälden an den Wänden immer derselbe Mann zu sehen ist. Auf denen in unserem Zimmer auch. Ich frage mich, wer das sein mag.«

»Matthias Klostermayr«, gab Romar kauend Auskunft. »Der Bayerische Hiasl. Hast du nie von ihm gehört?«

»Du anscheinend schon.«

»Vielleicht interessiere ich mich mehr für das Leben außerhalb des Dorfes, als du mir zutraust.«

»Machst du das absichtlich, Romar? Mir ein immer größeres Rätsel zu werden?«

»Entschuldige. Der Hiasl lebte im letzten Jahrhundert in der Gegend. Er war ein Wilderer und ein Dieb, der mit seiner Bande Amtsstuben überfiel.«

»Wenn er ein Räuber war, weshalb dann all diese Gemälde?«

»Ich schätze, weil Klostermayr das erbeutete Geld hin und wieder an die Armen verteilt hat. Viele im Volk hielten ihn deshalb für einen Helden. Bis er schließlich drüben in Osterzell gefasst wurde.«

»Was hat man mit ihm gemacht? Ihn verurteilt?«

»Hingerichtet. Genauer erdrosselt, gerädert und gevierteilt«, nickte Romar versonnen. »*Dem Menschen ist es gesetzt zu sterben, und auch von denen, die mich gerichtet haben, wird in fünfzig Jahren gewiss keiner mehr am Leben sein.* Das soll er gesagt haben, ehe er starb.«

»Du bewunderst den Mann«, erkannte Rosalie. »Daher weißt du so viel über sein Leben.«

»Ich bewundere den Mut, sich gegen Mächtigere zu stellen. Er muss gewusst haben, dass sie ihn früher oder später fassen würden.«

»Du bist auf deine Weise ein mutiger Mann.« Rosalie griff über den Tisch nach seiner Hand.

Romar schnaubte.

»Doch«, beharrte sie. »Es war mutig von dir, mich zu heiraten. Trotz meiner Andersartigkeit.«

Sie kehrten in ihr Zimmer zurück, froh, die Tür hinter sich

schließen und den Lärm der Wirtsstube aussperren zu können. Unter der Decke, die roch, als hätten zuletzt Schafe darin geschlafen, schmiegten Rosalie und Romar sich aneinander.

»Hast du gemerkt – es gab keinen Sturm. Anscheinend ist dein Gespür für Wetterumschwünge nicht untrüglich.«

»Wahrscheinlich nur daheim im Wald, unter Bäumen.« Rosalie spürte das Zucken seiner Schultern.

»Das heißt, wir hätten gar nicht bleiben müssen.«

»Nein«, gab Romar zu.

»Die anderen werden sich Sorgen machen.«

»Sie können sich denken, dass wir aufgehalten wurden.«

»Was ist heute wirklich im Wald geschehen?«, unternahm Rosalie einen weiteren Anlauf. »Du wolltest mich fortschicken. Mein Gott, Romar, du hast von deiner Liebe zu unserem Kind gesprochen und dich immer wieder panisch umgesehen, als würden wir verfolgt.«

Wieder sagte er dazu kein Wort.

Da rückte sie von ihm ab.

Und immer noch schwieg er eisern.

»Hast du überhaupt ein Mal darüber nachgedacht, wie ich mich dabei fühle? Ich weiß längst nicht mehr, wem oder was ich glauben soll. Bald werde ich Schwarz nicht mehr von Weiß und Gänse nicht mehr von Enten unterscheiden können. Weshalb hilfst du mir nicht, Romar?«

»Kennst du das Märchen von Hans mein Igel?«

Rosalie schüttelte den Kopf. »Mir hat nie jemand vorgelesen oder erzählt. Agnes blieb für so etwas keine Zeit. Es war schon ein Wunder, dass sie mich über das Säuglingsalter hinausgebracht hat.«

»Ich werde es dir erzählen, so gut ich mich erinnere.«

Rosalie seufzte. »In Ordnung. Aber du weißt, was ich wirklich hören will.«

»Es waren einmal ein Bauer und seine Frau«, begann Romar, »die wünschten sich sehnlichst ein Kind – und wäre es auch ein Igel. Über das Jahr ging der Wunsch der Eheleute in Erfüllung, und die Frau gebar einen Sohn, der war halb Mensch, halb Igel. Sie nannten ihn Hans mein Igel und ließen ihn taufen, doch der Vater verabscheute das Igelwesen.«

»Er bekam, was er wollte, und war nicht zufrieden.«

»Ja. Ich glaube, so hieß es in dem Märchen. Der Igeljunge musste hinter dem Ofen schlafen und die Reste vom Tisch fressen. Bis er acht Jahre später seinem Vater vorschlug, für immer von zu Hause fortzugehen – er solle ihm im Gegenzug nur einen Dudelsack besorgen und einen Hahn für ihn beschlagen lassen. Als das geschehen war, nahm er einige der elterlichen Schweine, kletterte auf den Hahn und ritt davon. Hinein in den tiefen Wald, wo er für sehr lange Zeit saß und Dudelsack spielte.«

»Hast du den hölzernen Schaukelhahn im Krämerladen gesehen? Ich könnte mir vorstellen, dass der Schnitzer dabei an dieses Märchen gedacht hat.«

Romar lächelte sie an, sah aber nicht glücklich aus.

»Wie geht es weiter?«

»Eines Tages verirrte ein König sich im Wald, hörte wundersame Musik und ging ihr nach. Da fand er Hans mein Igel, wie er rittlings auf einem Hahn saß und seine Schweine hütete, die immer mehr und noch mehr wurden. Der König bat das Igelwesen, ihm den Weg aus dem großen Wald zu weisen, und versprach ihm dafür die Hand seiner Tochter. Hans mein Igel willigte ein, und der König kehrte heim in sein Reich, wo er gar nicht daran dachte, sein Wort zu halten. Hans mein Igel hütete weiter seine Schweine, bis ein anderer König kam, der den Heimweg nicht mehr fand und ihm ebenfalls seine Tochter zur Frau versprach. Auch dieser König zog mit Hans' Hilfe davon, und erst als der ganze Wald voller Schweine war, marschierte Hans mein Igel vor die Tore des ersten Reichs, dessen König ihm seine Tochter versprochen hatte.«

»Und bekam sie nicht?«

»Doch. Der betrügerische König sah die gewaltige Macht des Schweineheeres, bekam es mit der Angst zu tun und gab die Prinzessin schweren Herzens heraus. Aber da wollte Hans mein Igel sie nicht mehr, zog ihr die feinen Kleider aus und jagte sie mit Schimpf und Schande davon. Oder so ähnlich.« Romar kraulte Rosalies Nacken, wobei sie sich zusehends entspannte. »Der zweite König war ein aufrechter Mann. Das Igelwesen erschien in seinem Schloss, und er vermählte es mit seiner Tochter – wie versprochen. In der Hochzeitsnacht fürchtete die Königstochter sich vor den Stacheln ihres angetrauten Mannes, da streifte Hans mein Igel sein Stachelkleid ab und ließ es vor dem Feuer liegen, um seine Frau in die Arme zu schließen. Die Prinzessin wartete, bis Hans mein Igel eingeschlafen war, dann nahm sie die Igelhaut und warf sie ins Feuer, wo sie restlos verbrannte. Hans wurde durch die Liebe und den Mut der Königstochter erlöst und folgte dem alten König auf dem Thron nach.«

»Ein Märchen, in dem wir uns beide wiederfinden«, meinte Rosalie, nachdem er geendet hatte.

»Wie das?«

»Hans ist eine Missgeburt wie ich – und er lebt im tiefen Wald, wie du.«

»Sei nicht dumm, Rosalie. Das würde ich niemals denken. Ich habe es dir erzählt, weil er am Ende erlöst wird. Manchmal wünschte ich mir das auch.« Er streifte ihren Mund mit seinen Lippen, sein Atem verfolgte warm die Linie ihres Kinns, den Schwung ihres Halses, bis sie weich wurde in seinen Armen und sich ganz an ihn verlor.

Das Meckern einer Ziege drang in Rosalies Bewusstsein, und sie erwachte langsam, während die Erinnerung an ihre Träume verrieselte wie Sand aus einem löchrigen Sack. Romars Arm lag quer über ihrer Brust. Ein vorsichtiges Blinzeln verriet ihr: Es war dunkle Nacht, der Morgen fern.

Die frühe Stunde missachtend, begannen ihre Gedanken wie übermütige Böcke durcheinanderzuspringen. Ich habe nicht mehr an eine Postkarte für Sara gedacht, überlegte Rosalie bedauernd. Gleich darauf stand ihr Romars grotesk verzerrtes Antlitz im Wald vor Augen, sein Flüstern und sein überlautes Sprechen. Dann fiel ihr ein, dass durch einen unseligen Zufall Mariannas Wehen einsetzen könnten, solange sie fort waren. Unbedingt musste sie ihren Mann deshalb am Morgen zur Eile drängen. Sie hatte es versprochen.

»Ich wünschte, sie hätten uns keinen hinterhergeschickt«, begann Romar neben ihr zu murmeln. Sie wollte schon nachfragen. Öffnete den Mund und hielt doch inne. Redete er im Schlaf? »Ich wollte dich retten. Aber sie vertrauen mir nicht mehr genug.«

Am Morgen war Rosalie nicht sicher, wirklich wach gewesen zu sein in der Nacht. Hatten die Untiefen des Schlafs ihr einen Streich gespielt? So wie mancher Bergsteiger sich in schaurigen Phantasien von Geistern und schwarzen Krähen verliert, wenn der Nebel aus den Senken steigt und die Kälte kommt?

Die Weiße Frau. So wird sie genannt. Von jenen wenigen, die überhaupt wagen, ihre Existenz mit Worten greifbar zu machen.

Von Einheimischen, die zu alt sind, sich noch hinter Verleugnungen zu verstecken; von Kindern, die es nicht besser wissen, die auf unschuldigen Pyjamapartys bis Schlag Mitternacht warten, um sich die Worte im Taschenlampenschein zuzuraunen – die kleinen Körper in bunten Frotteeschlafanzügen von wohliger Gänsehaut überzogen; von halbwüchsigen Entdeckern, Ahnungslosen, die den Grusel suchen und doch in einem Spukschloss in Disneyland besser aufgehoben wären.

Es ist dies keine Geschichte, mit der zu spaßen wäre.

Keine »Gruselstory«, kein Märchen, keine Legende.

Wenn ihre Einsamkeit und ihre Verzweiflung in blinde Wut umschlagen, hat das tödliche Folgen für die Lebenden.

Und es nimmt zu.

Es geschieht häufiger.

Noch häufiger.

27

Trauer und Freude wohnen nahe

Wie Romar am Vortag mit ihm vereinbart hatte, lieferte der Krämer ihnen die Einkäufe noch vor Ladenöffnung ins Wirtshaus.

»Was die Puppe anbelangt, halte ich die Augen offen«, versprach der alte Mann freundlich. Seine borstigen grauen Augenbrauen standen in alle Richtungen. Rosalie dachte an seine Frau, die Krämerin, und fand, sie passten gut zusammen. Ein schönes altes Paar. Knorrig, vom Leben gezeichnet, aber stark wie Fels.

»Ich hätte gewettet, du würdest es nicht unterbekommen«, sagte sie mit halbem Lächeln zu ihrem Mann, der es geschafft hatte, die Besorgungen allesamt in seiner Kraxe zu verstauen. Wieder bot sie an, auf dem Heimweg selbst einen Teil zu tragen, doch das lehnte er rundweg ab. »Ich mache mir ohnehin Sorgen, weil du dich immer noch erbrichst – da brauchst du mir obendrein nicht den Lastesel zu spielen. Deine Übelkeit sollte längst vorüber sein.«

»Sagt Ava?« Rosalie sah ihren Mann verwundert und aufgebracht an.

»Sagt Ava.«

»Musst du mit ihr über mich sprechen?«

»Entschuldige. Gehen wir hinunter und frühstücken?«

»Ich nicht. Mir fehlt der Appetit, und ich möchte noch einmal in den Krämerladen.«

»Weshalb? Eine Karte für Sara habe ich in der Kraxe.«

»Oh.« Rosalie hatte nicht geglaubt, dass er daran denken würde. »Das ist gut. Aber ich möchte auch noch getrocknete Himbeerblätter für Marianna holen. Die Krämerin sagt, sie würden die Wehen lindern.«

»Wie du willst.« Romars Blick wurde liebevoll. »Wenn du zurück bist, brechen wir auf.« Er gab ihr Geld. Viel mehr Geld, als sie für getrocknete Himbeerblätter brauchen würde. »Das ist alles, was ich bei mir habe. Ich wollte es dir schon im Wald überlassen und habe es übersehen.«

»Das verstehe ich nicht. Als du mich fortschicken wolltest? Sprechen wir nun doch darüber?«

»Es lohnt sich immer, auf die Feinde in seinem Rücken zu achten.« Romar küsste sie auf die Stirn. »Ich sitze in der Gaststube. Du musst versuchen, dich richtig zu entscheiden.«

»Ich möchte nur Himbeerblätter holen.« Rosalie wollte ihn ohrfeigen und zugleich fest an sich drücken. Sie hatte verstanden, dass er ihr erneut die Möglichkeit zur Flucht bot. Wenigstens nahm sie das an. Was Romar hingegen nicht verstanden hatte, war die schlichte Tatsache, dass es auf der Welt keinen anderen Platz für sie gab. Nur das Dorf. Nur Haberatshofen.

»Da bist du wieder.« Romar sah nicht glücklich aus über ihr Erscheinen. Wie einer, der eine Seifenblase fängt und dabei schon weiß, dass er sie zerstören wird.

»Ich will jetzt nach Hause.« Rosalies Sorge wuchs stetig, je länger sie dem Dorf fernblieben. Die quälende Zwiespältigkeit, die sie beim Gedanken an Haberatshofen empfand, war schwer auszuhalten. Sie liebte und hasste es gleichzeitig. Hinzu kam Romars seltsames Gebaren, seine Versuche, sie zum Weggehen zu bewegen – und ihre Sorge um Marianna. Wenn sie wenigstens gewusst hätte, wem sie trauen durfte. Doch selbst ihr eigener Mann war ja nicht bereit, ihr die Wahrheit zu sagen. Alles, was sie hatte, waren Bruchstücke und Fetzen – Verdächtigungen, deren Richtigkeit sich letztlich nicht beweisen ließ und die in ihrer Gesamtheit kein verständliches Bild ergaben.

»Wir brechen auf.« Romar lupfte sich die volle Kraxe auf den Rücken und schielte zu seiner Frau.

»Nein.« Rosalie kam ihm zuvor. »Sag nichts. Es würde nichts ändern. Ich gehe mit dir nach Hause.«

Die Februarkälte überlagerte den intensiven Geruch des Waldes. Die Bäume flüsterten wie alte Freunde, und obwohl die schweren, modrigen Blätter des vergangenen Herbstes längst nicht mehr unter den Füßen raschelten, fühlten sie sich nach Heimkehr an.

»Pass auf, dass du nicht hinfällst.« Die Wassersteige hinauf war Romar sehr besorgt. »Du kannst dich bei mir einhaken.«

»Anderswo zu leben wäre dir unmöglich, habe ich recht?« Einen Schritt hinter ihm konnte Rosalie sein Gesicht nicht sehen.

»Haberatshofen ist für mich wie die Luft zum Atmen. Vorsicht.« Er blieb stehen, um ihr dort zu helfen, wo blanke Felsen aus der Erde brachen und die Steige schwer begehbar machten. »Ich brauche es, wie es mich braucht.«

»Du sprichst vom Dorf, als wäre es lebendig.«

»Das ist es auch, schätze ich. Die Menschen darin erwecken es zum Leben.«

Das klang beklemmend in Rosalies Ohren, denn jetzt stellte sie sich Haberatshofen als mächtiges Tier vor, das bloß das Maul aufzusperren und auf ihr Herankommen zu warten brauchte.

»In gewisser Weise«, fügte Romar noch hinzu. »Versteh

mich nicht falsch.« Dann schwieg er sich aus, bis sie das Dorf fast erreicht hatten und Rosalie die Stille zwischen ihnen brach.

»Es war kein Zufall. Das viele Geld, das du mir in Ödwang gegeben hast.«

»Du könntest es, weißt du. Anderswo leben.«

Rosalie fühlte Wut in ihrem Bauch flammen und sich ausbreiten. Sie rührte sich nicht mehr vom Fleck, bis Romar ebenfalls anhielt und sich zu ihr umdrehte. »Du hast mir keine Antwort darauf gegeben, weshalb du mich fortschicken wolltest. Immer wieder habe ich dich gefragt – und jetzt sagst du mir das? Sagst mir, dass ich … anderswo leben könnte!«

»Sei nicht wütend.«

»Wütend? Glaub mir, ich bin mehr als das! Durcheinander. Verstört. Aufgebracht. Herrgott, Romar, du musst mich endlich aus diesem undurchsichtigen Geflecht befreien.« Rosalies Augenlider zuckten vor Erregung wie die Flügel eines Falters, der das fein gewobene Spinnennetz übersehen und sich darin verfangen hatte. »Ich habe in Erfahrung gebracht, was Jeremias seiner Frau antut. Deshalb sorge ich mich so sehr um Marianna. Sie hat sich mir anvertraut. Wie sie über das Dorf denkt und dass sie euch alle für abgrundtief böse hält.«

Romar starrte Rosalie an und leckte sich nervös den Mund.

»Erzähl mir jetzt nicht, ihr wüsstet alle nichts von ihren schlechten Gedanken. Ich werde dir nicht glauben.«

»Schweig!« Das Wort brach aus ihm heraus wie eine Kanonenkugel nach Abbrennen der Lunte. Erschrocken presste er die Lippen zusammen.

»Du kannst mich noch so anherrschen. Haberatshofen ist mein Zuhause, und ich habe ein Recht auf die Wahrheit.« Sie stapfte davon und blieb erst am Dorfbrunnen wieder stehen.

Romar lud die schwere Kraxe ab. Er atmete nicht mehr frei. Haberatshofen hatte sich wieder in seine Züge gefressen.

»Es tut mir entsetzlich leid«, sagte er noch zu Rosalie.

Sie konnte ihn nicht mehr fragen, was genau er damit meinte, denn die anderen liefen bereits eilig herbei.

»Ihr seid zurück!« Theodor begrüßte sie als Erster, gefolgt von Judith, die Rosalies Hand mit der eigenen leicht berührte. »Wir haben uns Sorgen gemacht.«

»Romar hielt es für besser, über Nacht in Ödwang zu bleiben.«

»Es sah nach einem Unwetter aus.« Romar schmiss ihnen den Satz hin, wie auswendig gelernt. Als wäre sein Aufsagen für ihn bloße Pflicht und ohne jede Bedeutung.

»Ist schon gut. Wir sind froh, euch wohlbehalten wieder bei uns zu haben. Ich hole Willem und Ava«, erbot sich Theodor, der von seinen Eltern nie als Vater und Mutter sprach. Währenddessen kamen auch Zacha und Wila mit ihrem Bruder Endres zum Brunnen. Robs und Monika hüpften abwechselnd auf einem Bein um die Kraxe herum, und gleich eilten auch Riele, Kunz und Sara herbei, als gälte es nicht den Inhalt einer Kraxe, sondern die Pracht der Wieskirche zu bestaunen.

»Willkommen!« Willem nahte mit ausgebreiteten Armen, was ihn anstrengte, wie Rosalie an seinem häufigen Schlucken und den dick hervortretenden Adern an seinen Schläfen zu erkennen glaubte.

»Wir waren nur eine Nacht fort. Kein ganzes Jahr.«

»So hat es sich für mich aber sehr wohl angefühlt.« Sara zog einen kleinen Schmollmund, legte den Arm um Rosalie und drückte sie an sich, ehe sie ihren Cousin auf die gleiche Weise begrüßte. Romar steckte ihr daraufhin etwas zu. Eine Karte. Für Saras Sammlung. Es war ihm anscheinend wichtig, dass sie sein Mitbringsel gleich erhielt.

Im Augenblick darauf brach Josef wie ein ergrimmter Stier

aus dem Wald. Er sah zu Romar hin, schnaubte verächtlich und schüttelte den Kopf. Das reichte aus, den Albtraum beginnen zu lassen.

»Wo kommt er her?« Der Verdacht schlug Rosalie auf den Magen. »Sag mir nicht, er war die ganze Zeit hinter uns. Romar? Hast du dich deshalb andauernd umgesehen?«

»Bitte, Rosalie«, lachte Zacha abfällig und warf ihr rotes Haar zurück. »Das ist lächerlich. Was ist denn in dich gefahren?«

»Was geht's dich an?« Rosalie war nicht mehr die Frau, die sich scheu vor anderen duckte, um zu überleben. Gewachsen und gereift mochte sie Zachas Arroganz nicht durchgehen lassen.

»Ich will bloß sagen, du sollst deinen armen Mann in Frieden lassen. Falls es dir entfallen ist: Josef geht jeden Tag in den Wald.«

»Das ist nicht deine Angelegenheit.« Gleißender Zorn, den sie von sich nicht kannte, trieb die Röte auf Rosalies weiße Wangen. »Antworte mir, Romar: War er hinter uns?«

»Komm mit mir ins Haus«, bat er leise. »Wir reden dort miteinander.«

»Noch nicht«, bestimmte Willem. »Bleibt hier, um euch anzuhören, was ich zu sagen habe. Als ihr fort wart, hat sich etwas ereignet. Trauer und Freude wohnen nahe beieinander und …«

»Nein.« Rosalie tat einige Schritte rückwärts. Trauer und Freude. Sie wollte nicht wissen, was der alte Mann zu sagen hatte. Erst musste sie sich von Mariannas Wohlergehen überzeugen. »Später, Willem. Ich habe Himbeerblätter für Marianna mitgebracht, die will ich ihr zuerst geben.« Die getrockneten Blätter waren in Papier eingeschlagen. Sie zog das Päckchen aus der Rocktasche, reckte es hoch in die Luft und entfernte sich hastig von den anderen.

Ungläubig blickten die Haberatshofener ihr nach. Willem einfach stehen zu lassen – so ging man nicht mit einem Ältesten um.

Rosalie kümmerte das für den Moment nicht. Sie rannte zu Jeremias' Haus. Die Tür war angelehnt. Die beiden letzten Male war sie nächtens durchs Küchenfenster eingestiegen. Das wollte sie niemals wieder tun. Sie stieß die Tür auf, nahm die Treppe mit langen Schritten – und erstarrte auf der obersten Stufe. Aus dem Zimmer mit der Wiege drangen Geräusche. Das Glucksen eines Säuglings und die leise Stimme einer Frau.

Lieber Gott, dachte Rosalie, lass alles in Ordnung sein. Mach, dass Willem uns bloß sagen wollte, dass Mariannas Kind zur Welt gekommen ist. Sie schwankte zwischen schlechtem Gewissen, Jubel und Angst, denn der Alte hatte sowohl von Freude als auch von Trauer gesprochen.

Rosalie klopfte bange an die Tür und trat ein, um der jungen Mutter zu gratulieren. Hoffte, Marianna gleich sagen zu können, dass sie ihr Kind nun sehr wohl aufwachsen sehen würde.

Der Raum, beim letzten Mal dunkel und verlassen, wurde jetzt von einem verdrückten, rotgesichtigen Neugeborenen zum Leben erweckt. Die kleinen, verrutschten Töne, die das Kind von sich gab, trieben Tränen des Glücks in die Augen der Frau, die neben der Wiege saß.

»Was machst du hier, Heidegret?«

Die Angesprochene fuhr zusammen. »Rosalie?«, sagte sie entgeistert. »Was tust vielmehr du hier?«

»Ich habe Marianna Himbeerblätter mitgebracht, um die Geburt zu erleichtern. Anscheinend umsonst, wo das Kleine schon da ist. Ist es gesund?«

Heidegret nickte. »Ein munterer Knabe.«

»Wo ist seine Mutter? Ruht sie sich aus?« Rosalie wollte nicht glauben, was Ahnung und Verstand ihr einflüsterten.

»Im Schlafzimmer.« Heidegret senkte den Blick auf das Kind.

Wie Heidegret neben der Wiege, saß Ava neben dem Bett im Schlafzimmer. Ihre Hände lagen verschlungen in ihrem Schoß. Die Altersflecken darauf leuchteten violett und rot. Unter ihren Nagelrändern klebte Dreck. Oder Blut. Sie sah nicht auf.

Rosalie sank neben dem Bett auf die Knie und konnte nicht sprechen.

»Ich habe sie gewaschen und angezogen. Die Laken kann ich erst wechseln, wenn sie fort ist.« Ava war die Erschöpfung anzuhören.

»Nein«, krächzte Rosalie und war so weiß wie die Tote. Bis hierhin hatte sie das vernichtende Unwetter zu leugnen versucht, gleichwohl es die ganze Zeit schon über ihr hing, Bäume entwurzelte und Feuersbrünste entfachte; nun war sie von dessen zerstörerischer Kraft getroffen. »Ihr habt sie umgebracht.«

»Sag nichts, Rosalie, was dir später leidtun wird.«

»Du verbietest mir nicht den Mund.« Rosalie strafte die Alte mit einem hasserfüllten Blick. Dann streichelte sie zögernd die Hand der Toten. Mariannas Lippen waren blau verfärbt, auch ihre Haut hatte einen bläulichen Stich. Das strähnige Haar war von Schweiß verklebt. Wider besseres Wissen wartete Rosalie auf das Heben und Senken ihres Brustkorbs.

Vergebens. Sie war tot.

»Ihr habt sie umgebracht«, wiederholte Rosalie und wurde im Angesicht des Unabänderlichen von unheimlicher Ruhe erfüllt. »Sie wusste vorher, dass es so kommen würde.«

»Was redest du da, Mädchen?«

»Du schiebst es auf den unsäglichen Fluch, nehme ich an?« Ihre Stimme war kalt wie Mariannas Körper. »Wann ist sie gestorben?«

»In den frühen Morgenstunden.«

»Ich war nicht bei ihr.«

»Sei dankbar, Rosalie, dass dir ihr trauriges Sterben erspart blieb. Dem Kind geht es gottlob gut.«

»Ich habe den Kleinen gesehen. Bei Heidegret.«

»Sie kümmert sich um ihn. Wir nennen ihn Bartholomäus.«

»Da ist kaum Blut auf dem Laken. Sicher zu wenig, als dass sie verblutet sein könnte. Was habt ihr mit ihr gemacht?«

»Du bist verstört, mein Mädchen. Weißt kaum, was du sagst. Mariannas Kraft hat nicht gereicht. Nicht mehr und nicht weniger.« Ava breitete die Arme aus. »Komm zu mir und lass dich trösten. Marianna wollte keine von uns sein. Dennoch ist ihr Tod ein Schlag für uns alle.«

»Sie sieht aus wie eine Puppe.« Rosalie rührte sich nicht von der Stelle. Ihr Verstand mahlte quälend. »Aber sie war viel mehr als das – viel mehr als eine Puppe an den Fäden des Dorfes.«

»Rosalie!« Sara stürmte in das Sterbezimmer. »Du hättest es nicht so erfahren sollen. Wieso hast du nicht gewartet? Willem wollte es euch doch …«

»Spar dir die Worte.« War es der Schock, der Rosalie viel ruhiger sprechen ließ, als ihre Trauer um die Tote es sonst zugelassen hätte? »Ihr wolltet mich aus dem Weg haben. Deshalb ist Romar mit mir nach Ödwang gegangen, und nur deshalb sprach er von einem Unwetter, als weit und breit keines in Sicht war. Um euch bei dem Mord an Marianna nicht ins Handwerk zu pfuschen.«

»Was für ein Unsinn!« Sara schüttelte Rosalie kräftig. »Hör auf, so hässlich über uns zu reden! Was denkst du dir bloß!«

Rosalie riss sich los. Grauen und Bestürzung schlugen über ihr zusammen, und sie ohrfeigte die Cousine.

»Hör auf!« Ava erhob sich, die lebensweisen Augen unbewegt auf Rosalie gerichtet. Das Kissen, auf dem sie gesessen hatte, war wunderschön bestickt und hatte zuletzt auf der Eckbank unter dem Herrgottswinkel im Steinhaus gelegen.

»Nein. Ich werde nicht aufhören. Lange Zeit habe ich mich selbst für ein Monstrum gehalten. Dabei seid ihr die wahren Monster!« Rosalie stürmte davon und flüchtete aus Jeremias' Haus.

Draußen wartete Romar mit dem Rest des Dorfes. Sie stieß rüde beiseite, wer ihr im Weg stand, und flüchtete nach Hause. Rannte hoch ins Schlafzimmer, wo sie die Tür versperrte und sich im Bett verkroch. Sie war dumm und einfältig gewesen. So arglos, wo doch Susabell und Marianna sie beizeiten gewarnt hatten.

Zu spät, dachte Rosalie.

Alles aus.

*

»Hast du ehrlich geglaubt, wir ließen dich unbeobachtet mit ihr fortgehen? Was, wenn es dir gelungen wäre? Du hättest sie zurück in eine Welt geschickt, in der sie immer eine Ausgestoßene bleiben würde.«

Romar weigerte sich, sein Gegenüber auch nur anzusehen.

»Du weißt, dass ich recht habe. Du hättest ihr Leben gerettet – und deines zerstört. Das ist es nicht wert. Verstehst du? Das wird es nie sein.«

»Deine Meinung. Ich sehe es anders.«

»Mach sie glücklich. Für die Zeit, die ihr bleibt. Mit meinem Segen.«

»Das kann ich nicht.«

*

Anfangs ließ Romar seine Frau gewähren, als sie ihm auf sein Klopfen und sein Bitten nicht öffnete. Erst am Abend des nächsten Tages brach er die Tür mit dem Vorschlaghammer auf. Schlag um Schlag. Bis er im Raum stand.

Rosalie hockte auf dem Bett, die Arme um den Oberkörper geschlungen, und zitterte. Seit gestern konnte sie nicht mehr damit aufhören.

Er brauchte nichts zu sagen. Sie sah ihm an, wie leid es ihm tat.

»Du musst hungrig sein. Ich bringe dir Essen und Trinken nach oben.« Er nahm die Waschschüssel mit, die Rosalie als Toilette benutzt hatte, ohne ein Wort darüber zu verlieren.

»Lass mich in Frieden.« Ihre Stimme war nicht mehr als ein verwaschenes Murmeln, ihre Worte ohne Kraft. Nachdem der erste Schock und mit ihm die unnatürliche Ruhe verblasst waren, fraß das Entsetzen sie förmlich auf. Ohne ihr Bild im Spiegel zu sehen, wusste sie, was er ihr zeigen würde: eine gebrochene Frau. Wie Marianna. Wie Susabell. Wie Osanna.

»Du hättest ihnen nie von unserem Kind erzählen dürfen.« Rosalie schenkte ihrem Mann ein verlorenes Lächeln. »Dann hätten wir vielleicht eine Chance gehabt.«

»Ich habe kein Wort gesagt«, beteuerte Romar.

Sie glaubte ihm nicht. Wusste, dass sie ihm nie hätte glauben dürfen.

»Du hast mich aus dem Dorf geschafft«, warf sie ihm vor. »Jetzt ist Marianna tot.«

»Ich wollte dich retten.«

»Das kannst du nicht. Wenn unser Kind zur Welt kommt, werde ich sterben.«

»Du wirst nicht sterben.«

Wieder lächelte sie ihr verzweifeltes Lächeln – und wieder glaubte sie ihm nicht.

»Wenn ich wenigstens verstünde, weshalb das alles.« Rosalie bettete den Kopf aufs Bett und ließ ihre Tränen im Kissen versickern.

Währenddessen stand in Romars Augen das unausgesprochene Eingeständnis seines Verrats zu lesen. Er hatte gewusst, dass Mariannas Wehen eingesetzt hatten, wie er auch gewusst hatte, dass sie nicht überleben würde.

*

Im Nachhinein hätte Rosalie nicht zu sagen vermocht, was es war, das sie in einer der folgenden Nächte weckte. Das feine Trippeln von Rattenfüßchen im Gebälk? Der Wind, der mit zunehmender Stärke an den Läden rüttelte, oder Romar, der mit leiser Stimme zu ihr sprach? Zu ihr, die er tief im Schlaf wähnte.

Wie sie ihren Mann reden hörte, folgte sie ihrem Instinkt und verbarg ihr Erwachen; regte sich nur ein klein wenig, eine unruhig Träumende. Die Wirklichkeit brachte sie in jener Nacht, noch halb im Schlaf, aus der Fassung, und sie entsann sich ihrer ersten Begegnung mit Romar, als läge sie erst Stunden zurück. Entsann sich des ersten Eindrucks seiner schmalen Lippen, verdeckt von dichtem Bart, die nicht aussahen, als lachten sie häufig. Entsann sich auch der Spuren von Silber in seinem Haar und seiner ruhigen Zurückhaltung. Inzwischen konnte sie besser verstehen, wie er von Kindesbeinen an gelebt und was ihn geformt hatte.

Neben ihr sprach Romar immer weiter. Langsam und versonnen, spürbar gequält, schleppte sich seine Erzählung dahin. Redete er sich von der Seele, was er ihr nicht sagen durfte? Er steckte tief in seinen Erinnerungen, und erst jetzt, in schwarzer und schwärzester Nacht, wo er sie träumend glaubte … Rosalie atmete flach. Mit jedem Wort ihres Mannes wuchs ihre

Anspannung. Vom Heben und Senken ihrer Brust abgesehen, lag sie reglos im Bett. Selbst das Gewicht von Bleiketten hätte sie nicht wirksamer niederhalten können. Ihre Pein wuchs, je mehr sie hörte.

»… frage ich mich, ob es Aufmüpfigkeit ist, Eigensinn oder bloß schiere Dickköpfigkeit, denn ich liebe Willem und Ava. Natürlich tue ich das. Alle lieben sie, und meine Respektlosigkeit … Wie kann ich etwas Derartiges überhaupt denken, Rosalie? Ich weiß schon, wo ich die Antwort finde. Es ist deinetwegen. Seit sie mich dazu gezwungen haben, scheint mir alles in anderem Licht.«

Es folgte eine längere Unterbrechung, während der Romar schnaufte wie nach einem schnellen Lauf.

Rede doch weiter! Rosalie schleuderte ihm die Aufforderung stumm entgegen.

»Ich konnte das nie einem anderen als mir selbst anvertrauen. Wie denn auch? Aber das bedeutet nicht, dass ich nicht bis heute darüber nachdenke. Nachdem meine Brüder auf der Welt waren, hieß man sie schändliche Missgeburten. Ava sagte, sie wären nicht lebensfähig, und Willem fand, meine Eltern sollten sie sterben lassen. Doch ich habe sie gekannt, Rosalie, wenn auch nur für sehr kurze Zeit. Sie waren nichts weiter als zwei Neugeborene, denen Gott oder die Natur einen üblen Streich gespielt hatte.«

Rosalie hätte so gerne die Hände nach ihm ausgestreckt. Sie riskierte es nicht, aus Angst, seine Erzählung würde abbrechen.

»Mutter und Vater liebten die Zwillinge inbrünstig. Vielleicht mehr noch als die übrigen Kinder, weil sie ihres Schutzes so außerordentlich bedurften. Gott hilf mir, denn ich frage mich, ob Willem und Ava etwas mit dem Feuer zu tun hatten, in dem meine Familie ums Leben kam. Ob sie es gelegt haben. Oder ein anderer aus unseren Reihen. Denn meine Eltern stellten sich mit ihrer Weigerung, die Zwillinge sterben zu lassen, gegen den Willen des Dorfes. Sie taten das so lange, bis sie alle vier tot waren.«

Und da bringst du es fertig, das Steinhaus immer wieder zu betreten und sogar den Jahreswechsel darin zu feiern, als wäre nie etwas gewesen?, dachte Rosalie. Als wäre deine Familie nicht an diesem Ort gestorben?

»Ich habe gelernt, mich dem Willen der Ältesten zu fügen. Das magst du nicht verstehen, aber meine Eltern haben mir diesen Respekt vermittelt. Bis sie es nicht mehr konnten. Du darfst nicht auch noch sterben, Rosalie, hörst du? Ich ertrage es nicht, ein zweites Mal meine Familie zu verlieren.«

28

Feldhase

Das braune Fell des Feldhasen war lang und dicht, mit gräulichen und weißen Einsprengseln darin, die sich über die warme Jahreszeit wieder verlieren würden. Das Tier hoppelte geschäftig zwischen jungen Ahornbäumen hin und her und knabberte an der zarten Rinde. Ein Bild von natürlicher, einsamer Schönheit, bis Wind aufkam und in Böen über den Waisenhaushügel fuhr. Da war der Hase gewarnt, legte die langen Ohren an und duckte sich in eine Mulde, von wo aus er den Menschen mit den wolligen Haaren und dem geflochtenen Bart beobachtete, der sich im Schutz der Nacht an der Hintertür des Waisenhauses zu schaffen machte. Eine Weile später entflammte an anderer Stelle im Haus der Docht einer Kerze. Jemand stellte sie in einen Halter auf das Fensterbrett. Die Hand mit dem Licht war zu groß für ein Kind und zu feingliedrig für einen Mann.

Der Feldhase wartete ab und setzte schließlich, da drüben beim Waisenhaus alles ruhig blieb, seine Mahlzeit fort. Ein Käfer, schwarz und rund wie die gedrehte Pille eines Apothekers, landete auf dem Hasennäschen und lenkte die Aufmerksamkeit des Besitzers vollends in andere Bahnen.

Was hätte es das Tier auch kümmern sollen, wer der nächtliche Einbrecher war oder wer hinter dem kerzenhellen Fenster wohnte? Nichts hätte das Feldhäschen davon gehabt, den Schatten hinter dem Fenster zuzusehen, die einen merkwürdigen Tanz aufführten, bis einer zusammenbrach.

29

Entscheidungen

Rosalie hatte anfangs nicht verstanden, weshalb Marianna und Susabell sich selbst mit solcher Entschlossenheit ausgrenzten. Weshalb sie nicht andere Wege suchten, um mit den Menschen im Dorf, die ihr doch mühelos ans Herz gewachsen waren, ein Einvernehmen zu finden.

Hätte ihr jemand prophezeit, dass auch sie sich einmal so abweisend gegen die Haberatshofener verhalten würde, sie hätte es nicht geglaubt. Anfangs nicht und auch nicht später, an Weihnachten nicht und selbst nicht in der Silvesternacht. Doch so war es gekommen.

Nach Mariannas Tod konnte Rosalie es schwer ertragen, ihnen allen weiter in die scheinheiligen Gesichter zu blicken, in denen sie ihr nahendes Ende zu sehen glaubte. Nur deshalb blieb sie Mariannas Beerdigung fern und Saras Fest, als diese in Tonos Häuschen zog und das ganze Dorf einlud.

Allein im Haus, wie meist, wurde Rosalie der Zustand zunehmend verhasst. Sie liebäugelte wiederholt mit der Vorstellung, einfach vor die Tür zu treten; vielleicht einen Spaziergang durchs Dorf zu machen – wenn nur die Tür nach draußen sie nicht angelacht hätte wie ein böser Schlund. Wenn nur die Zeit sich zurückdrehen ließe.

Gedankenvoll fischte sie nach einer Spinnwebe, die sich in federleichter Vollendung vom Christuskreuz zur Eckbank spann. Die Fäden blieben an ihren Händen kleben. Sie zerrieb sie zwischen den Fingern. Wie leicht etwas Schönes zu zerstören war.

Seit der Nacht, in der Romar vom Tod seiner Familie gesprochen hatte, war etwas Bedeutsames vorgegangen, still und leise in ihrem Inneren. Rosalie verstand jetzt, dass ihr zwei Möglichkeiten blieben. Sie konnte kampflos aufgeben, sich dem Dorf als Opferlamm darbieten und mit ihrem Tod zugleich ihr Neugeborenes in die Arme einer anderen Frau überantworten. Oder sie konnte kämpfen. Bis aufs Blut. Auch wenn sie diesen Kampf nicht überleben würde.

Rosalie entschied sich für den Kampf.

In der Hoffnung, vorher nicht verrückt zu werden.

Manchmal schneite Sara unangekündigt ins Haus. Wie an diesem Tag, an dem die Reste der Spinnwebe unbemerkt an Rosalies Handgelenk klebten. Die Cousine war ihre letzte Vertraute im Dorf und der einzige Gast im selbst gewählten Exil, den sie empfing. Leider endeten die Gespräche der beiden Frauen früher oder später immer im Streit. Seit Ödwang war das so. Mariannas Tod und der Schlag ins Gesicht ließen auch die Beziehung der Freundinnen nicht ungeschoren.

»Du machst mich verdammt wütend, Sara! Hör auf, meine Angst als Hirngespinst abzutun.«

»Und du …« Sara lief puterrot an. »Du solltest anfangen, nach deinem Verstand zu kramen, der ist dir nämlich abhandengekommen. Niemand will dir etwas antun. Es gibt überhaupt keinen Grund dafür. Himmel, will das denn nicht in deinen sturen Schädel?«

»Ich werde dir nicht glauben. Gib es auf. Die Geburt hat Marianna das Leben gekostet – wie sie es vorausgesagt hat.«

»Das war der unselige Fluch, Rosalie, der uns immer wieder trifft. Niemand kann etwas dafür.«

»Sicher ist der Fluch auch schuld daran, dass Heidegret zum Witwer Jeremias gezogen ist und den mutterlosen Säugling beglückt, als wär's ihr eigener Sohn?«

»Das kannst du überhaupt nicht beurteilen, wo du dich kaum aus dem Haus traust. Ich hätte übrigens nicht gedacht, dass Romar so eine Tratsche ist.«

»Ich musste es ihm aus der Nase ziehen«, gab Rosalie zu. »Er wollte nicht darüber sprechen. Will er nie.«

»Egal, lass es gut sein. Der Punkt ist – und das habe ich dir schon einmal gesagt: Ein Kind braucht eine Mutter, gerade so ein unschuldiges Neugeborenes. Wenn die eigene nicht mehr lebt, muss in der Not eben eine andere den Platz einnehmen. Das müsstest doch gerade du verstehen, wo du elternlos aufgewachsen bist«, appellierte Sara eindringlich. »Hör auf damit. Ich mache mir Sorgen – alle machen sich Sorgen um dich.«

»Habt ihr es mit den anderen genauso gehalten? Mit den Frauen, die bereits gestorben sind?«

»Rosalie …«

»Glaub mir, früher oder später werde ich die Hintergründe begreifen. Falls meine Zeit ausreicht. Denn wenn ich mich zur Geburt in deine und Avas Hände begebe, werde ich sterben. So viel steht fest.«

»Niemals.« Sara streckte Rosalie abwehrend die Handflächen entgegen. »Du bist vollkommen verrückt geworden.«

»Und du lügst mir ins Gesicht. Besser, du gehst.«

»Damit du weiter einsame Runden durchs Haus drehen kannst?« Die Cousine schüttelte erschöpft den Kopf. »Es tut mir weh, was du da sagst.«

»Ach«, giftete Rosalie. »Ich frage mich, woher kommt wohl dein übermäßiges Interesse an meiner Schwangerschaft? Heidegret und Rebekka sind Josefs und Jeremias' Cousinen. Wenn ich stürbe, wer bekäme dann wohl mein Kind?«

»Ich höre mir das nicht länger an. Du bist grausam zu mir, Cousine.«

»Du irrst dich, wenn du glaubst, schon bald die Mutter meines Kindes zu sein«, keifte Rosalie.

Doch Sara war gegangen, und sie stand allein auf weiter Flur.

Nach diesem letzten bösen Streit mit Sara kreiste Tag und Nacht die Frage nach dem Warum in Rosalies Kopf. Sie war überzeugt, dass Willem die anderen Waisen ermordet hatte, und entschlossen herauszufinden, weshalb er das getan hatte.

Romar machte es ihr nicht leicht. Sie hatte ihn selten gesprächig erlebt, doch seit Mariannas Tod war er so schweigsam, dass jeder Hutständer mit Fug und Recht als gesellig hätte bezeichnet werden können. Er versuchte gar nicht erst, ihr weiter vorzugaukeln, alles sei in Ordnung. Bar aller Worte blockte er jeden Versuch eines Gesprächs ab.

Sie sehnte die Nächte herbei, wenn Romars sanfte Berührungen sie für seine Kälte bei Tag entschädigten. Manchmal weckte er sie aus unruhigem Schlaf, um sie schweigend zu lieben. Obgleich sie ihn dafür hassen wollte, dass ihr kurzes Glück zerbrochen und ihr Leben bedroht war, konnte sie sich seiner dunklen Zärtlichkeit nicht entziehen. Das Morgengrauen, den frischen Tag im Schlepptau, wurde ihr zum Gräuel.

Ob Romar sie dem Wahnsinn des Dorfes tatsächlich opfern würde?

Rosalie traf eine zweite Entscheidung.

Sie entschied sich für die Hoffnung.

*

»Rosalie.« Sara erstarrte. »Ich wollte Romar zur Versammlung abholen.« Seit dem letzten Streit hatten die Freundinnen einander nicht mehr gegenübergestanden.

»Schon gut. Ich habe nicht geglaubt, du wärst meinetwegen hier.«

»Und ich war sicher, dich gar nicht erst zu Gesicht zu bekommen«, gestand Sara mit einem kleinen Lächeln, darin eine Spur Versöhnlichkeit.

»Ehrlich gesagt stelle ich fest, dass die Rolle der Ausgestoßenen ganz und gar unerträglich ist, wenn man zuvor Freundschaft und Zuneigung erfahren hat«, gestand Rosalie leise.

»Du hättest Ava und Willem die Tür nicht verwehren dürfen, als sie dieser Tage mit dir sprechen wollten. Was auch immer du mir ins Gesicht schleuderst: Ich bin deine Freundin, und du wirst mich nicht los. Aber die Ältesten solltest du nicht beleidigen.«

»Ich habe meine Meinung über das Dorf nicht geändert.«

»Dann hängst du immer noch deinen absurden Verschwörungsphantasien nach? Ich möchte weinen, weil ich das sage, aber wenn es hilft: Ich werde dir nichts antun, Rosalie, das schwöre ich beim Grab meiner Eltern.«

Romar kam herein und schnappte auf, was Sara zu Rosalie sagte. Sein schmallippiger Mund wurde noch schmäler.

»Lass uns gehen, Sara.«

»Werdet ihr mir verraten, weshalb eure Versammlungen immer häufiger werden?«, warf Rosalie Mann und Cousine die Frage vor die Füße. Ihr kam es vor, als fiebere das Dorf einem Ende entgegen, nachdem die Lawine einmal losgetreten war und unweigerlich heranrollte.

»Ich komme die Tage mit Robs und Monika vorbei, wenn du möchtest.« Ehe Rosalie sich zur Wehr setzen konnte, drückte Sara ihr einen Kuss auf die Wange. »Vielleicht gelingt es den beiden, deine schlimmen Gedanken zu verjagen.« Sie tauschte einen kurzen Blick mit ihrem Cousin, der knapp den Kopf schüttelte, woraufhin Sara zustimmend nickte.

»Es zu sagen ist sicher überflüssig – aber bleib im Haus, bis ich zurück bin.« Romar berührte für einen Augenblick Rosalies Kinn, strich mit dem Daumen darüber.

Sie begriff, dass er nicht meinte, was er sagte, und ihr eine weitere Gelegenheit zur Flucht gegeben hatte. War sein wortloser Austausch mit Sara womöglich der Frage nachgespürt, ob man sie während der Zusammenkunft festbinden musste, damit sie nicht floh? Wie Jeremias Marianna festgebunden hatte. Womöglich auf Willems Befehl?

Rosalie hätte alle beruhigen können, wie unnütz Fesseln in ihrem Fall gewesen wären. Es gab keinen Ort, an den sie gehen, wohin sie fliehen konnte. Das Dorf war die einzige Familie, die sie hatte. Wenn die Haberatshofener sie aus dem Weg schaffen wollten, würde es niemanden kümmern. Sie wischte die selbstmitleidigen Tränen fort, die ihr ungebeten über die Wangen rannen. Wenn je ein Mensch allein auf der Welt gestanden hatte, so war sie es.

Vor Kummer tat sie das, was sie früher getan hatte, wenn das Elend der Einsamkeit sie zu überwältigen drohte. Bleistift und Zeichenblock lagen noch immer unter dem Bett. Sie holte beides hervor und begann das zu zeichnen, was ihr durch den Sinn ging, seit sie aus Mariannas Sterbezimmer gestürzt war.

Vorhin hatte Sara geschworen, nie Hand an sie zu legen – und Rosalie glaubte ihr. Willem war der Dorfälteste, der Prediger, der Entscheider. Wenn Ava mit Sara die Kinder entband, war er dann zur Stelle, die Mütter zu ermorden?

Der Bleistift wurde warm in ihrer Hand, während sie ihren Verdacht wie eine Besessene zu Papier brachte.

»Ich wusste, du würdest noch hier sein. Sara hatte ihre Zweifel, aber ich wusste es.« Bei Romars Heimkehr lag Rosalie mit geschlossenen Augen im Bett. Sie schlief nicht, war aber zu erschöpft, es ihn wissen zu lassen. Ihre Kraft und ihr Herzblut waren in die Zeichnung geflossen.

Romar strich ihr im Schein einer Kerze über das Haar.

»Gott, Rosalie, ich halte es nicht mehr aus. Deine Welt steht Kopf, das weiß ich – aber meine auch. Sie drängen mich, setzen mich unter Druck; sie bedrohen mich. Nichts ist mehr, wie es einmal war. Keiner will auf mich und mein Flehen hören. Wenn ich dir wenigstens sagen könnte, was zu sagen mir verboten ist. Ich glaube, dass du verstanden hast, in welcher Gefahr du schwebst. Doch du bist immer noch hier. Warum, meine Liebste? Meinst du denn, ich würde dich ziehen lassen – dich und unser Kind aufgeben –, gäbe es einen anderen Weg?«

Rosalie zuckte vor Unruhe, sie konnte nicht anders. Bis er sie wieder in festem Schlaf wähnte, schwieg Romar.

»Notfalls hätte ich dich davongejagt, im Wald, ich war fest entschlossen. Wäre Josef uns bloß nicht hinterher gewesen. Sie vertrauen mir nicht mehr genug, und dafür musst du büßen. Als ich in der Silvesternacht von Tono und Gunda gesprochen habe, da wünschte ich nur, dir die ganze Wahrheit gestehen zu dürfen … und wagte es nicht. Die beiden Unglücklichen hatten sehr wohl Kinder, drei verkrüppelte kleine Mädchen, die Willem mitnahm und ersäufte wie junge Katzen.«

Rosalie stieß einen kläglichen Laut aus.

»Rosalie? Bist du wach?«

Ihr Herz jagte im Galopp durch ihre Brust.

»Willem hat nie verraten, wie er es gemacht hat. Matäus und ich sind ihm heimlich gefolgt, als er Tonos und Gundas erste Tochter forttrug. Wir waren neugierige Buben, Rosalie, die nichts Schlechtes im Sinn hatten – und so haben wir es mit angesehen.« Rosalie fühlte seine Tränen trotz ihrer geschlossenen Lider fallen, obwohl sie ihre Nässe nicht spürte und die glitzernden Spuren auf seinen Wangen nicht sah. »Mir blutete das Herz, als ich mich dem Grauenhaften Jahre später erneut gegenübersah – und ich dich über Judiths Kind belügen musste. In der Nacht, in der es zur Welt kam, war es am Leben. So sehr am Leben wie du und ich.«

Unter Rosalies Lidern quollen die Tränen nun ebenfalls unaufhaltsam hervor.

»Judiths Sohn war missgestaltet wie so viele unserer Neugeborenen. Da hat Willem – sein eigener Großvater, Rosalie – ihn noch in derselben Nacht erschlagen.« Romars Stimme schepperte wie ein alter Eimer, den jemand mit schweren Stiefeln zertritt. »Theodor scheint es verwunden zu haben, ich weiß nicht, wie. Judith nicht. Der Tod ihres Kindes hat ihr das Herz zermalmt. Immer, wenn ich sie ansehe, frage ich mich, ob sie eines Tages am Strick enden wird wie Gunda und Tono.«

In jener Nacht bekam Rosalie eine Ahnung vom Ausmaß des Bösen im Dorf und wo es zu finden war. Sie hatte recht gehabt. Es wohnte im alten Willem.

Der nächste Tag war ein weiterer, der für Rosalie aus zu vielen Stunden bestand, in denen sie rastlos durchs Haus streifte. Vom Erdkeller bis unter das Dach. Den Abend und die Nacht konnte sie kaum erwarten, denn sie hatte einen Plan.

Als Romar endlich heimkehrte, von wo immer er gewesen war, wurde ihr der Mund trocken. Sie lauschte, sich schlafend stellend, wie er ins Bett stieg, sich unruhig hin und her warf und sein Atem schließlich tief und regelmäßig wurde. Das war der Augenblick, auf den sie den ganzen Tag gewartet hatte. Noch schlief er nicht tief, war aber zugleich nicht mehr völlig wach. Rosalie fuhr sich über die trockenen Lippen. Es war an der Zeit.

»Ich weiß, es gibt vieles, was du mir nicht sagen kannst. Nicht sagen darfst. Aber, Romar, ich ziehe meine eigenen

Schlüsse aus allem. Wenn du mich schlafend wähnst, umgehst du das Versprechen an deine Leute, mir nichts zu verraten. Lass zu, dass ich mich des gleichen Auswegs bediene, und lausche mir in deinen Träumen.«

Romar regte sich nicht. Sie sprach weiter.

»Ich möchte wissen, wie es geschieht. Wie die Frauen sterben. Wenn Willem unschuldige Neugeborene ertränkt – was macht er erst mit Müttern, die schwach und hilflos sind nach der Geburt?« Rosalies Hass war wie zähflüssiger Leim in ihrem Hals und hatte sich in solchem Maße auf Willem konzentriert, dass sie ihm alle Verdammnisse der Hölle wünschte. »Gute Nacht, Romar«, flüsterte sie schließlich und drehte sich zur Seite.

Wartete.

War sie zu ihm durchgedrungen, und hatte er sie überhaupt gehört?

Anfangs geschah nichts. Er schien fest zu schlafen, und die Enttäuschung brannte wie Zwiebeldunst in ihren Augen. Dann berührte sein Fuß ihr nacktes Bein.

»Ich darf dir nichts sagen, Rosalie. Du hast recht. Doch wenn du tief schläfst und mich nicht hörst, kann ich dir alles Elend offenbaren. Den Fluch, von dem Sara dir gezwungen war zu erzählen, gibt es nicht. Das Märchen, dass unsere Frauen und Neugeborenen seit langen Jahren an einem Fluch sterben, sollte dich von weiteren Fragen abhalten. Ich weiß, du hast es ohnehin nicht geglaubt.«

Sprich weiter, dachte Rosalie flehend und berührte jetzt sein Bein leicht mit ihrem.

»Es ist richtig, dass Ava zu den Gebärenden geht und in jüngster Zeit Sara mitnimmt. Alles Weitere aber – weshalb erst Osanna gestorben ist, dann Susabell und Marianna – hatte andere Gründe. Entsetzliche Gründe, Liebste. Es gibt keinen Fluch«, wiederholte Romar müde und küsste sie, die sich ihrer beider zuliebe weiter schlafend stellte, zart auf die Innenseite ihres Handgelenks. »Wie gerne hätte ich dir früher die Wahrheit gesagt. Ich möchte, dass du alles erfährst. Doch ich bin gebunden an Haberatshofen und brenne zugleich lichterloh für dich. Und das zerreißt mich, Rosalie. Es zerreißt mich.«

*

Zur nächsten Dorfversammlung war es Riele, die Romar holen kam. Sie sah elend aus. Wegen dem, was ihre Kinder in der Nacht auf Neujahr im Stall getan hatten? War es Scham, die sie quälte?

Rosalie saß, an den Mittelbalken in der Stube gelehnt, auf dem Boden. Sie wollte ihren Mann von der Zusammenkunft fernhalten, wissend, dass sie das nicht vermochte.

»Als ich dir vor dem Silvesterfest in eurer Küche beim Schälen half, fand ich es unglaublich berührend, dich mit dem kleinen Gabriel zu beobachten.« Rosalie sah Riele nicht an, während sie sprach. »Dann kamen deine Töchter hinzu, und ich erinnere mich gut, wie du über die verfrühte Zecherei deines Mannes und deines Sohnes geschmunzelt hast. In derselben Nacht überraschte ich deine drei Kinder miteinander im Stall. Mein Gott, Riele, hast du das gewusst?«

»Nicht.« Romar legte eine Hand auf Rosalies Schulter. »Bitte nicht«, wiederholte er. »Du tust ihr weh.«

»Lass sie, Romar.« Rieles Augen schwammen in Tränen. »Nichts kann mich mehr schmerzen als das Wissen um den Mord an Matäus.«

»Dein Sohn ist tot?« Rosalie sah von Riele zu Romar. »Dein bester Freund, der als Einziger aus dem Dorf weggegangen ist?«

»Sei still!«, sagte er grob.

Rosalie sah ein, dass es für den Moment besser war, nichts mehr zu sagen und nichts mehr zu fragen. »Tut mir leid, Riele.«

»Schon gut.« Die ältere Frau wandte sich an Romar. »Sie haben mich nicht bloß geschickt, um dich zu holen. Das verstehst du doch? Bring sie nach oben.«

»Was soll er verstehen?« Rosalie spannte sich an, als stünde ein Kampf bevor. »Und weshalb sollst du mich nach oben bringen? Um mich unter Krämpfen festzubinden, wie Jeremias es mit Marianna getan hat?« Sie erinnerte sich der letzten Dorfversammlung und des stummen Austausches zwischen Romar und Sara. Die beiden hatten sie nicht gefesselt, wie es vermutlich ihre Aufgabe gewesen wäre. Und jetzt hatte das Dorf Riele geschickt.

»Sie wird nicht fliehen.« Großer Schmerz leuchtete in Romars Augen.

»Deine Frau hat recht. Es wäre unmenschlich, sie zu fesseln.« Riele sah Rosalie fest an. Beschwörend. Als wolle sie eine Botschaft ohne Worte übermitteln. »Sperr sie in den Keller.«

30

Schratzlloch

In der halbgaren Dunkelheit des Erdkellers war die Zeit schwer zu greifen. Rosalie gedachte Mariannas traurigem Schicksal. Das Mindeste, was sie der Toten schuldete, die beim letzten Mal zusammen mit ihr im Keller gefangen gewesen war. Schon damals hatte der gammlige Geruch der verdorbenen Getreidesäcke als gelegentlicher Strom in der Luft gehangen. Inzwischen füllte zunehmende Fäulnis den unterirdischen Keller und lüpfte Rosalies Magen. Sie überlegte, was in Wahrheit hinter Matäus' Tod steckte, wo Romar doch geglaubt hatte, er wäre nach Gabriels Geburt und Osannas Tod einfach weggegangen. Anscheinend hatte ja selbst seine Mutter das angenommen. Weiter überlegte sie, warum Riele statt der Fesseln den Keller vorgeschlagen hatte, um sie an einer möglichen Flucht zu hindern. Wirklich nur, um ihr die Fesselung zu ersparen? Oder steckte mehr dahinter?

»Rosalie?« Romar war zurück und stieg zu ihr in den Keller hinunter.

»Ist es vorbei?«

»Für heute.«

»Du musst die Säcke wegschaffen. Das verdorbene Korn stinkt grauenhaft.«

»Ja.« Er blickte nachdenklich dorthin, wo sich dunkel der faulige Getreidestapel erhob. »Tut mir leid, dass ich dich einsperren musste.« Er umfasste ihren Hinterkopf und zog ihr Gesicht nahe an seines heran, bis ihre Münder einander fast berührten. »Lass uns zu Bett gehen.« Er sah sie vielsagend an.

Rosalie überbrückte den Abstand zwischen ihnen mit den Lippen und küsste ihn. Dann beeilte sie sich, nach oben zu steigen – anscheinend wollte Romar auf ihre eigenartigen Nachtgespräche zurückgreifen, um ihr etwas zu sagen. Denn selbst wenn immer nur einer von ihnen redete, während der andere vorgab zu schlafen, hatten die Eheleute doch endlich einen Weg gefunden, sich über die Schrecknisse des Dorfes auszutauschen.

Nichts anderes im Sinn, als sich auszuziehen, ins Bett zu legen und die Augen zu schließen, gewahrte Rosalie wenig später den Blick ihres Mannes auf ihrem nackten, schwangeren Körper. Die Rundung ihres Bauches begann unterhalb des Nabels. Fest und schwer und wundersam.

»Komm her.« Er breitete die Arme aus.

Sie stieg ins Bett, das weißblonde Haar knisternd aufgeladen. Seine Haut war fiebrig heiß vor Erregung, und sein Kuss versprach Erfüllung. Die Welt konnte warten. Sie spürte seine Zunge erst ihren Nabel, dann ihre Brustwarzen umkreisen. Zuckend ergab sie sich seinen Liebkosungen, wie ein zappelnder Fisch an Land, den man mit lindernden Wassertropfen besprengt.

Danach schlugen ihrer beider Herzen ruhiger und sicherer als zuvor, gehalten von der Gewissheit der gegenseitigen Empfindungen. Da griff Rosalie unter das Bett und holte die Zeichnung hervor, mit der sie ihren schlimmen Verdacht auf Papier gebannt hatte. Das Bild war schrecklich, weil es so glaubhaft wirkte. Es zeigte Marianna, der man eben den Säugling entrissen hatte. Über ihr ragte Willem auf, das bestickte Kissen seiner Frau in den Händen, im Begriff, es ihr aufs Gesicht zu drücken.

Romar wurde beim Betrachten der Zeichnung ganz starr.

»Das Kissen ist mir aufgefallen. Erst war es im Steinhaus, später in Mariannas Sterbezimmer. Ich glaube, es auch in Avas Korb gesehen zu haben, als sie damals zu Susabell ging.«

»Du denkst, das ist die Wahrheit?«

Rosalie nickte.

»Schlaf jetzt.« Er schob ihr Kissen zurecht.

Bereitwillig lehnte sie sich zurück, schloss die Augen und wartete. Anscheinend musste Romar sich erst sammeln, denn für ihr Gefühl dauerte es endlos lange, bis er zu erzählen begann.

»Du fragst mich, ob du mit deiner Zeichnung die Wahrheit getroffen hast, dabei brennt es mir auf der Seele, dich noch etwas anderes wissen zu lassen.«

Rosalie drückte ermunternd seine Hand.

»Meine Eltern und meine Brüder … Als sie damals in Avas und Willems altem Haus verbrannten, kam unter Schutt und Asche etwas zum Vorschein.«

»Was?«, formte Rosalie stumm mit den Lippen.

»Theodor entdeckte ein Loch, das unter die Erde führte. Wir fanden unterirdische Gänge, von denen bis dahin keiner gehört oder gewusst hatte – selbst die Ältesten nicht, obwohl Ava und Willem glauben, der Erdstall wurde von unseren Vorfahren erschaffen. Die Gänge verlaufen unter dem Dorf und führen in die Keller einiger Häuser. Sie sind so eng, dass man an manchen Stellen auf allen vieren kriechen oder sogar bäuchlings hindurchrobben muss. Seit dieser Entdeckung halten wir unsere Versammlungen dort unten ab. In der Mitte des Erdstalls laufen die Gänge zu einer Art Höhle zusammen. Eine Versammlungshalle, in der wir alle Platz finden. Und nicht nur das …« Romars Stimme wurde dunkel und zornig. »Der Erdstall dient uns darüber hinaus als Begräbnisstätte. Matäus wurde dort unten bestattet. Das wusste ich bis vor kurzem nicht, genauso wenig wie Riele. Mein Gott, wir dachten beide, er wäre am Leben und hätte anderswo sein Glück gefunden. Darum habe ich dich heute gebeten, dich ihr gegenüber zurückzuhalten. Sie trauert und leidet. Und, Rosalie, es gibt noch ein weiteres Opfer, das kürzlich neben Matäus' Grab verscharrt wurde.«

»Welches Opfer?«, wisperte Rosalie. Sie ertrug seinen Monolog nicht länger, auch nicht ihr eigenes Schweigen, während er immer neue Gräuel ans Licht holte.

Romar zog sie an sich, bettete ihren Kopf auf seine Brust und schlang ihr die Arme um den Körper. Warm und fest und beruhigend waren der Schlag seines Herzens und das Kratzen seiner Brusthaare an ihrer Wange.

»Du schläfst tief, daher kann ich aussprechen, was sonst Verrat an meinen Leuten wäre.«

Rosalie verstand, dass er diese Ausrede brauchte, um sein Handeln vor sich selbst zu rechtfertigen.

»Als du nach unserer Heirat ins Dorf kamst, da glaubtest du, es gäbe keinen – außer vielleicht mir –, der dich lieben würde. Du hast dich geirrt, denn da war einer, der hat dich übermäßig geliebt. So sehr, dass er sein Leben riskierte, um sich von deinem Wohlergehen zu überzeugen.«

»Nein.« Wieder war das Wort heraus, ohne dass sie es hätte verhindern können.

Romar umfing sie noch fester, ehe er weitersprach. »Es war ein Junge aus dem Waisenhaus, der aus Sorge um dich ums Dorf schlich. Die anderen bemerkten und verjagten ihn, doch er gab nicht auf.«

Ein entsetzlicher Verdacht stieg in Rosalie auf. Sie sah im Geist das Bild eines Jungen, der ihr von Vögeln und Eichhörnchen vorschwärmte und um sie zu beeindrucken den Pfarrer nach einem Deckengemälde in der Kirche befragte.

»Nicht …« Ihre Stimme gehorchte kaum. »Nicht Franz.«

»Leider doch. Er war ein halbes Kind, aber mutig und entschlossen, wie ich selten einen gesehen habe. Er wollte dich retten und hätte alles für sein Bemühen gegeben. Da haben sie ihn umgebracht.« Romar missdeutete das Zucken ihres Körpers und hielt sie ganz fest. Erst als sie sich losriss und anfing, auf seine Brust einzuhämmern, verstand er.

»Wieso hast du ihn sterben lassen?«, schrie sie in höchster Not. »Du hättest ihn beschützen müssen!«

»Rosalie, ich konnte nichts …«

»Er war ein Kind! Bloß ein Kind!«

»Ich habe versucht …«, hub er zu beteuern an, aber sie wollte ihn nicht hören.

»Du bist nicht besser als die anderen! Verschwinde! Mach, dass du fortkommst!«

Da stand Romar auf und ging schweigend zur Tür. Dort blieb er stehen. »Was deine Zeichnung angeht«, sagte er müde. »Sie ist falsch.« Damit ließ er seine Frau allein in dieser langen, schmerzvollen Nacht, in der es so viel wichtiger gewesen wäre, einander festzuhalten, da der Tod schon am Bettende stand und auf Beute erpicht war.

*

Der Gang durchs Dorf war ein Spießrutenlauf. Die Nächte mit Romar hatten Rosalie ein Stück weit bestätigt, was in Haberatshofen vor sich ging. Doch längst saß nicht jedes Puzzlestück an seinem Platz. Sie musste etwas unternehmen.

In der Nähe des Brunnens hutschten Rebekka und Heidegret die warm eingepackten Säuglinge. Ein friedliches Bild, hätte Rosalie nicht gewusst, wie grausam man den Kleinen die Mütter entrissen hatte. Beide Schwestern taten, als wäre sie Luft. Auch Endres sah durch sie hindurch, Theodor ebenso. Bloß

Judith nickte ihr verstohlen zu. Ava, die eben aus dem Hühnerstall kam, war ein schmerzlich vertrauter Anblick. Die Alte winkte und machte Anstalten, auf Rosalie zuzugehen, da fing sie an zu laufen. Sie rannte, bis sie Tonos Häuschen erreichte, das jetzt Sara gehörte.

»Rosalie.« Sara zog sie über die Schwelle. »Du hast deine Einsiedelei verlassen, um wie eine Schiffbrüchige vor meiner Tür zu stranden?«

»Ich muss mit dir reden.«

»Immer.« Sara sah sie prüfend an.

»Ich kenne noch nicht die ganze Wahrheit über das Dorf, aber wir beide wissen, dass ich sterben soll, wenn mein Kind erst geboren ist.«

»Cousine …«

»Lass.« Rosalie ignorierte Saras Einwurf. »Sei so gut und hör mir einfach zu. Bitte, Sara.«

»Wie du meinst.«

»Romar liebt mich, aber seine Bande an das Dorf sind stärker. Er wird mich opfern.«

»Das glaubst du nicht wirklich.«

»Sehen wir der Wahrheit ins Gesicht. Du bist meine einzige Freundin. Ich weiß, dass das Märchen über den Fluch mich davon abhalten sollte, Fragen zu stellen.«

»Wie kannst du das denken?«

»Weil es so ist. Sara, ich bitte dich, lass das Versteckspiel. Du hast mir von dem Fluch auch erzählt, um mich zu schützen, nicht wahr?«

»Ich wollte, dass du glücklich bist«, gestand Sara leise.

»In der Zeit, die mir bleibt?« Rosalie empfand nur wenig Freude darüber, endlich zu der Cousine durchgedrungen zu sein. »Wer hat dir aufgetragen, mir von dem Fluch zu berichten?«

»Willem.«

»Das dachte ich mir. Hör mir jetzt gut zu!« Rosalie griff Saras Hände. »Ich kenne dich, daher nehme ich an, du bist unglücklich in Haberatshofen, und glaube weiter, dass du die Morde verabscheust. Denk darüber nach, ob du dein Leben ändern und mir zur Seite stehen willst, wenn es so weit ist.«

»Was soll das heißen?«

»Ich werde Rache nehmen für alle, die unschuldig gestorben sind«, erklärte Rosalie voller Ingrimm.

»Rache an wem? An Willem?«

»An Willem. Er ist die Wurzel allen Übels.«

»Wie kommst du darauf, ich würde meine Leute verraten?«

»Du hast mir gegenüber nicht länger alles abgestritten und geleugnet.«

»Wie willst du das machen, dich rächen?«

»Triff eine Entscheidung, Sara, und wir beide gehen fort aus Haberatshofen, wenn es getan ist.«

»Was muss ich dafür tun?«

»Komm mit Robs und Monika zu mir, sobald du kannst.«

*

Die nächste Versammlung brachte ihnen Jeremias ins Haus, dessen Blicke sowohl Romar als auch Rosalie gegenüber voller Feindseligkeit waren.

»Ich nehme an, dass ich wieder in den Keller steigen soll, solange ihr fort seid?«, kam sie Jeremias zuvor, der grimmig nickte. »Lasst mich eine Kerze mitnehmen, damit ich dort unten wenigstens ein Licht habe.« Rosalies Herz pochte gegen ihre Rippen, und der Brustkorb war ihr eng.

Romar reichte seiner Frau eine brennende Kerze. »Lass sie«, sagte er zu Jeremias.

Im Keller lauschte Rosalie auf die Schritte der Männer; hörte, wie sie das Haus verließen. Mehrere Tritte ihres ungeborenen Kindes trafen in schneller Abfolge ihre Bauchdecke. Ob das Kleine ihre Aufregung spürte? Sie legte die Hand liebevoll auf die Rundung ihres Bauches und wurde mit weiteren Tritten gegen ihre Handfläche belohnt. »Schon gut«, murmelte Rosalie. »Hab keine Angst, mein Kind. Ich finde die Wahrheit heraus und nehme Rache. Wir beide werden fort sein, noch ehe du das Licht der Welt erblickst.« Sie hatte nicht den leisesten Schimmer, wohin sie dann gehen, wohin sie sich wenden würde. Die Vorstellung ihrer selbst im Armenhaus, ihres Aussehens wegen selbst unter den Ärmsten der Armen ausgestoßen, erschreckte sie. Doch für ihr Kind schien Rosalie jeder Schmerz angemessen. Sie würde mit Haberatshofen die einzige Familie verlieren, die sie je gehabt hatte. Aber in Zukunft würde das kleine Wesen in ihrem Bauch ihre Familie sein. Und vielleicht, dafür betete sie im Stillen, konnte Sara sich ja entschließen, sie zu begleiten.

Die Kerze war eine Funzel, die kaum Licht abwarf. In ihrem schwachen Schein machte Rosalie sich an die Arbeit. Es dauerte, die Wände und den Boden des Erdkellers gründlich zu untersuchen – und sie fand ihre Ahnung nicht bestätigt.

Ob sie Rieles eindringlichen Gesichtsausdruck und Romars Intention, als er zu ihr von den Erdgängen sprach, missdeutet hatte? Sie wünschte so sehr, in diesem Keller auf einen der Gänge zu stoßen. Daher blieben ihr nur noch die Getreidesäcke.

Gegen starken Würgereiz kämpfend fing Rosalie an, die Säcke nacheinander beiseitezuräumen. Sie waren schwer und feucht und schlecht anzupacken. Schwitzend, vor sich hin murmelnd und sich zwischenzeitlich um ihren Verstand sorgend – was tat sie hier eigentlich? –, fand sie acht Säcke später das Gesuchte.

Im Flackerlicht der Kerze tat sich eine schwarze Öffnung vor ihr auf. Kaum höher und breiter als die Schultern eines

Mannes. Schaudernd hielt sie sich den Bauch mit beiden Händen. Romar machte sich Sorgen, weil sie sich gelegentlich noch immer erbrach – und Rosalie fragte sich, ob sie es körperlich überhaupt schaffen konnte, den Erdgang zu bewältigen.

»Wir müssen da hinein, mein Kleines.« Sie ließ die Funzel zurück und zwängte sich mit dem Kopf voran in die Öffnung. Ihre Entschiedenheit schlug in Panik um, sobald festes Erdreich sie umgab und ihr in tiefster Dunkelheit kaum genug Bewegungsfreiheit blieb, um weiterzukommen. Die Vorstellung, in dem Gang stecken zu bleiben und darin mit ihrem Kind jämmerlich zugrunde zu gehen, lähmte sie. Nach Luft ringend, die feucht und erdig in ihre Lunge strömte, rang sie die Angst nieder und hatte sich schließlich so weit im Griff, dass sie auf allen vieren vorwärtskriechen konnte. Bäuchlings zu robben würde ihr wegen der Schwangerschaft so gut wie unmöglich sein, daher betete sie inbrünstig, der Gang möge nicht mehr schmäler werden. Stück für Stück schob sie sich weiter und fühlte sich dabei in eine andere Welt versetzt. Die Häuser und den Brunnen über sich wissend, zusammen mit ihrem Kind im Schoß der Erde verborgen, hätte ihre Lage unwirklicher nicht sein können.

Die Vorstellung, dass Franz und Romars Freund Matäus hier unten begraben lagen und sie unwissentlich über ihre Gräber kriechen könnte, suchte sie heim und ließ ihre Bangnis wachsen.

Der Gang wurde erst breiter, dann wieder enger. An seiner schmalsten Stelle musste Rosalie den schwangeren Bauch einziehen, um überhaupt hindurchzukommen. Als das geschafft war, sah sie weiter vorne einen Lichtschein und strebte darauf zu.

Sie stieß auf die Erdhöhle, die Romar ihr beschrieben hatte. Jene unterirdische Halle, in der das Dorf sich versammelte. Der

Grund, aus dem das Steinhaus während der Zusammenkünfte verlassen war. Rosalie wagte sich gerade so weit vor, dass die Dunkelheit des Erdgangs ihre Gestalt verbarg. Geduckt beobachtete sie die Haberatshofener, die mit dem Rücken zu ihr in alten Kirchenbänken saßen.

Sie brauchte keines der Gesichter zu sehen, um diejenigen zu erkennen, die sie für ihre Freunde gehalten hatte. Theodor und Judith waren da, Jeremias und Josef mit Rebekka, Heidegret und den Kindern. Endres mit Kunz und Riele, dem kleinen Gabriel und den Schwestern Zacha und Wila. Sara saß mit Romar, Monika und Robs in der zweiten Reihe. Die erste Bank wurde von einer einzelnen Person eingenommen. Sie erschrak darüber, Willem in dieser Person zu erkennen, denn zugleich gewahrte sie vorn den gewaltigen Sessel, zu dem ihr Blick jetzt furchtsam wanderte.

Gleich einem Thron oder Altar stand der Sessel majestätisch vor den Versammelten – und erneut traf es Rosalie wie ein Schlag. Warum hatte sie nicht früher gemerkt, welche Autorität die alte Frau ausstrahlte? War sie von ihrer Freundlichkeit und Mütterlichkeit so sehr geblendet gewesen? Denn nichts, keine Spur der Hühner fütternden Alten war in der Ava auf dem Thron wiederzufinden. Selbst Willem sah ergeben zu ihr auf. Er mochte schlimme Verbrechen begangen haben – doch Rosalie begann zu glauben, dass er womöglich nur getan hatte, was ihm aufgetragen worden war.

»Wir sind Gottes wahre Familie und bedürfen dieser Tage seiner Worte mehr denn je. Riele kämpft mit ihrem Schmerz, Romar droht uns mit Abtrünnigkeit. Ehe wir die Gebote sprechen, wird Sara uns daher einen Auszug aus der Heiligen Schrift lesen.« Ava hielt jene Bibel mit dem abgegriffenen Ledereinband und der goldenen Prägung in die Höhe, die Rosalie schon einmal bei Willem gesehen hatte. Sara schritt anmutig nach vorne und trug auf Knien vor, was Ava sie zu lesen anwies. Es wurde beängstigend still. Als wagten die Leute nicht zu atmen – oder vergäßen es einfach.

Verzaubert hast du mich, meine Schwester Braut; ja verzaubert mit einem Blick deiner Augen, mit einer Perle deiner Halskette. Wie schön ist deine Liebe, meine Schwester Braut; wie viel süßer ist deine Liebe als Wein, der Duft deiner Salben köstlicher als alle Balsamdüfte.

Ein Auszug des Hohelieds. Wieder eine der biblischen Textstellen, derer Willem sich an den Sonntagen in der Kapelle so gerne bediente. Rosalies Magen schmolz zu einem harten Klumpen, als Sara geendet hatte und die Haberatshofener zu beten anhuben. Sie beteten zu Gott, und sie beteten zu der alten Frau, die bewegungslos auf ihrem Thronsessel saß und die sie Mutter Ava nannten.

31

Gebote

»Sprecht mit mir die Gebote.« Bei dieser Aufforderung schienen sich Avas Augen geradewegs in den dunklen Gang bohren zu wollen, in dem Rosalie hockte und nicht aufhören konnte zu zittern. Die Fackeln an den Wänden tauchten das Gesicht der alten Frau in ein Spiel aus Licht und Schatten – und Rosalies Angst erreichte eine neue Dimension. Niemals im Leben hatte sie sich so sehr gefürchtet.

Wie in ihrem Traum, in dem das Dorf zu einem einzigen Konglomerat an Farben, Formen und Stimmen verschmolzen war, begann das Aufsagen der Gebote.

Ich, Abkömmling von Gottes wahrer Familie, bekenne mich zu Haberatshofen und seinen Geboten.

Wie schon unsere Ahnen will ich schwören, die Ältesten zu respektieren und mich dem Willen der Mutter zu beugen.

Es ist meine Pflicht, an den Versammlungen teilzunehmen, denn sie sind Ort unseres Austausches und Nährboden unserer Liebe.

Ich will Fremde meiden, wo ich kann, und die Gemeinschaft bewahren und erhalten.

Ich bekenne mich zu meiner hohen Pflicht, Kinder zu zeugen und den Fortbestand der Familie zu sichern.

Für die Ehe wähle ich meinen Bruder zum Mann oder meine Schwester zum Weib, denn sie sind mein Fleisch und Blut.

Stehe ich ohne Geschwister, so will ich Cousin oder Cousine und hernach meine nächsten Anverwandten für die Ehe wählen.

Ein versehrt geborenes Kind will ich nicht am Leben lassen.

Ist der Fortbestand der Familie bedroht, so will ich meine Pflicht tun und unser Blut auffrischen, wie die Mutter es bestimmt.

Blutschande. Rosalie bekam keine Luft mehr. Gebote, die sich anhörten, als würden sie weit in die Vergangenheit zurückreichen, und die von Gottes wahrer Familie sprachen. Von Bruder- und Schwesterehen. Ihr Kopf drehte sich. *Unser Blut aufzufrischen, wenn die Mutter es bestimmt.* Waren die anderen Waisen deshalb gestorben? Um den Fortbestand einer blutschänderischen Familie zu sichern? Hielten Jeremias' und Josefs Cousinen die beiden Säuglinge aus diesem Grund in den Armen? Schwärze tanzte vor Rosalies Augen, bis gnädige Ohnmacht sie umfing. Bitte, dachte sie noch, ehe ihr Körper schlaff gegen lehmiges Erdreich sank, lieber Gott, lass sie mich nicht entdecken.

Als sie zu sich kam, sprach Romar gerade leidenschaftlich zu der Gemeinschaft. Er war aufgesprungen und appellierte inständig an Ava. »Ich werde nicht aufhören, euch darum zu bitten. Dich darum anzuflehen, Mutter Ava. Nehmt mir nicht das, was ich liebe. Ich kann das nicht ertragen.«

»Du warst immer schon ein Weichling«, höhnte Kunz. »Ich hätte nur nicht geglaubt, dass du uns einmal so zur Schande gereichen würdest.«

Rosalie konnte sehen, wie Rieles Ohren sich vor Scham über ihren Mann röteten.

»Lass ihn ausreden.«

»Verzeih mir, Mutter Ava.« Kunz war auf der Stelle still.

»Und wenn wir uns auch täglich versammelten, um die Gebote in meinem Kopf lebendig zu halten, es würde nichts ändern«, fuhr Romar entschlossen fort. »Mir ist wohl bewusst, dass die Versammlung nur meinetwegen so häufig einberufen wird. Damit ich nicht vergesse, wem ich Treue und Pflicht schulde. Doch das habe ich nicht und stehe vor euch mit meiner Bitte, von eurem Vorhaben abzulassen. Nehmt Rosalie in die Familie auf. Sie ist mir eine gute Frau – sie wird die Gemeinschaft ehren und lieben. Selbst jetzt, da sie um ihren bevorstehenden Tod zu wissen glaubt, denkt sie nicht daran, uns zu verlassen.«

»Es schert mich einen feuchten Dreck, was sie für eine Frau ist«, kam Jeremias' wütender Widerspruch. »Was meinst du wohl, sind die anderen gewesen? Schlechte Frauen? Sicher nicht. Wir haben sie geopfert, egal, was es uns gekostet hat.«

»Du willst Rosalie aus Liebe schützen«, warf Josef Romar vor. »Doch das ist Verrat. Verrat an der Familie und Verrat am Blutrecht, das uns alle bindet. Hätten wir es zugelassen, du hättest uns das Kind längst entzogen, das in ihrem Bauch wächst.« Er drohte ihm mit erhobener Faust. »Wäre sie auf dem Weg nach Ödwang entkommen – ich hätte dich auf der Stelle umgebracht.«

»Die Entscheidung über Leben und Sterben ist eine Wahl, die allein ich zu treffen habe.« Ava sprach leise und gesetzt. Die Brüder schlossen sofort den Mund und sagten kein Wort mehr. »Als deine Wahl auf Rosalie fiel, wusstest du, was geschehen würde.« Ihre Zurechtweisung war sanft und gütig und doch kalt. »Es kommt nicht in Frage, fremdes Blut am Leben zu lassen. Uns allen war es Schrecknis genug, die Fremden in unserem Leben dulden zu müssen. Ihr Tod ist allein deshalb vorherbestimmt, um den Kreis zu vollenden. Sie trägt ein Kind im Bauch, das den Fortbestand der Familie sichern wird. Genau wie Gabriel, Dagmar und Bartholomäus. Das, Romar, und nichts anderes wird geschehen.«

»Mutter Ava, ich …«

»Genug! Was du bisher getan hast, hat unser Vertrauen in dich enttäuscht. Wählst du weiter den Weg des Verräters, so ist dein Ende so sicher wie ihres. Dann findest du deinen Platz neben Matäus.«

Bei der Erwähnung ihres toten Sohnes brach Riele in Tränen aus. Als Avas kalter Blick sie traf, schlug sie sich die Hände vor den Mund. Der kleine Gabriel, auf ihrem Schoß eingeschlummert, wachte auf und weinte an ihrer statt.

»So weit wird es nicht kommen.« Sara war aufgestanden, um ihren Cousin zu verteidigen. Ihr schönes Gesicht war wie unter Schmerzen verzerrt. »Romar ist kein Verräter«, beteuerte sie. »Das wird er niemals sein.«

Robs und Monika klammerten sich an Sara fest. Sie mochten nicht alles Gesprochene verstehen, aber dass Rosalies Schicksal seit ihrem ersten Tag im Dorf besiegelt war, hatten sie – auf ihrer ganz besonderen Ebene – gewiss schon früh begriffen. Rosalie ihrerseits verstand jetzt vollends Robs' besorgtes Kopfstreicheln und seine Wut auf Romar. Er hatte ihre Schwangerschaft und ihren Tod von Beginn an miteinander verbunden.

Während Ava die Dorfbewohner mit abschließenden Worten entließ, kroch sie den Gang zurück, so lautlos sie konnte. Ihr Körper wand sich durch die Engstellen, während ihr Verstand noch immer zu verarbeiten suchte, was sie erfahren hatte. Dass sie in Wahrheit mit viel mehr als einem Dorfverband lebte; dass sie Opfer einer inzestuösen Familie war, die vor Mord nicht zurückschreckte.

»Du hast es getan.« Als Rosalie aus dem Erdtunnel kroch, wartete ihr Mann auf sie. »Und alles gehört.« Er nickte gottergeben.

»Wolltest du das nicht?« Ohne ein weiteres Wort ging Rosalie an ihm vorbei und hoch ins Schlafzimmer, wo sie sich angezogen, die Kleider voller Erde, ins Bett legte. Romar kam ihr nach und tat dasselbe.

Sie starrten an die Decke.

Nach einer Weile nahm er ihre Hand.

»Ich schlafe fest«, sagte er.

»Das tue ich auch.« Sie zog ihre Hand fort. »Sara wird unser Kind bekommen, wenn ich tot bin. Sie ist als seine Mutter auserkoren, weil sie deine Cousine ist. Zur Hölle mit dir, Romar, wieso hast du es mich auf diese Weise erfahren lassen?«

»Ich hätte nie im Leben die Worte gefunden, das zu erklären.«

»Dann tu es jetzt. Ich will alles wissen. Alles, Romar, verstehst du? Weshalb müsst ihr euer Blut auffrischen und zeugt keine eigenen Kinder mehr?«

»Wir haben krankes Blut in den Adern, das keine gesunden Kinder mehr hervorzubringen vermag. Unsere Frauen werden nicht schwanger, oder sie gebären missgestaltete Kinder.«

»Wie Judith?«

»Wie Judith. Du hast die Gebote vorhin gehört? Versehrt geborene Kinder nicht am Leben zu lassen, das hat Mutter Ava entschieden. Früher war es nicht so. Aber die Mutter litt ihr ganzes Leben unter ihrem Klumpfuß, genau wie Willem unter seinem Buckel, daher rührt das neue Gebot.«

»Sind sie Geschwister, Willem und Ava?«

»Das sind sie.«

»Weshalb nennt ihr sie Mutter?«

»Es ist ein Ehrentitel, den unsere Oberhäupter tragen. Mutter oder Vater, so nennen wir sie aus Respekt.«

»Wie lange geht das schon so, Romar? Mit diesem Ort und seinen Menschen? Dass ihr eure Geschwister heiratet und eure nächsten Anverwandten? In Blutschande lebt?«

»Das weiß ich nicht genau. Wir sprechen häufig von unseren Ahnen, daher habe ich immer angenommen, dass die Geschichte unserer Familie sehr viel weiter als hundert Jahre zurückreicht. Aber nicht die Morde, Rosalie, das musst du mir glauben.«

»Wie meinst du das?«

»Das Gebot, die Familie mit frischem Blut zu nähren und zu erhalten, stammt genauso von Mutter Ava. Der Fortbestand der Familie war bedroht. Wir hatten keine Kinder mehr. Da hat sie gehandelt. Matäus war der erste Mann im Dorf, den die Pflicht traf.«

»Ich verstehe nicht, weshalb Ava den Tod der Frauen will. Statt dich und die anderen jungen Männer auszusenden, um Waisenmädchen ins Dorf zu locken, hätte sie Sara losschicken können, auch Heidegret, Rebekka und Zach… Mein Gott!«

»Was hast du?«

»Als ich Endres in der Silvesternacht mit seinen Schwestern im Stall gesehen habe, da hat er versucht, sie zu schwängern?«

»Wieder einmal vergebens, denn keine von beiden empfängt sein Kind. Seit Jahren nicht. Und was du vorhin gemeint hast – die Mutter wollte die Frauen nicht aussenden. Entweder hätten sie fremde Männer ins Dorf gebracht, die viel schwerer zu beseitigen gewesen wären …«

»Schwerer als schwache Frauen, die gerade ein Kind geboren haben, meinst du?«

»Das meine ich. Ich kann es selbst kaum ertragen, Rosalie. Ehrlich gesagt, ich habe außerdem den Verdacht, dass Ava Angst hatte, Sara und die anderen könnten, einmal in Freiheit, nicht wieder zurückkehren. Sie wären vielleicht einem Mann begegnet, hätten sich verliebt und anderswo ein Heim gefunden.«

»Sara.« Der Name schmeckte plötzlich bitter auf Rosalies Zunge. »Den Geboten nach sollst du sie heiraten. Sie ist deine Cousine und damit deine nächste Anverwandte.«

Er zögerte kurz. »So ist es.«

»Vorhin hast du gesagt, eure Frauen bekämen missgestaltete Kinder wie Judith oder würden gar nicht erst schwanger, obwohl ihr es versucht hättet.« Tränen strömten ihr in die Augen. »An meinem ersten Tag im Dorf sah dein Hof aus, als würde er von Frauenhand gepflegt. Sag mir bitte, dass das nicht wahr ist. Sag mir, dass ich mich irre.«

»Es tut mir leid, Rosalie. Bis du kamst, haben Sara und ich als Mann und Frau zusammengelebt.«

Rosalie lag auf ihrer Bettseite zusammengerollt. Der Ekel schüttelte sie; unentwegt sah sie Sara und Romar miteinander im Bett. Hätte er jetzt versucht, sie zu berühren, sie wäre auf ihn losgegangen.

»Es tut mir so leid, Liebste«, beteuerte er neben ihr immer wieder.

»Liebst du sie?«

»Ja. Aber nicht, wie ich dich liebe. Es war meine Pflicht, sie zu meiner Frau zu machen.«

»Und sie – liebt sie dich?«

»So, wie sie auch dich liebt. Sie steht allem genauso hilflos gegenüber wie du und ich.«

»Ich dachte, sie wäre meine Freundin.«

»Das ist sie, Rosalie.«

»Ich habe sie einmal gefragt, ob du vor mir schon mit einer Frau zusammen warst. Sie hat es bejaht – und ich habe nicht nachgebohrt.«

»Sie hätte dich anlügen können. Aber das wollte sie nicht.« Romar setzte sich auf. Sein Oberkörper bebte. »Du solltest noch etwas wissen, Rosalie. Wie die anderen Frauen gestorben sind. Denn du hattest recht mit dem Kissen. Die Frauen waren schwach nach der Entbindung, Osanna genau wie Susabell und Marianna. Zu schwach, um sich zu wehren. Aber es ist Ava, die sie tötet. Nicht Willem.« Er begann bitter zu weinen.

»Dann gilt ihr meine Rache.« Rosalie wurde ruhig im Angesicht seiner Tränen. »Ich werde Mutter Ava töten. Für Osanna, Marianna und Susabell, für ihre mutterlosen Kinder und genauso für Tono und Gunda und Judith, denen man die Kinder genommen hat. Für deine Eltern und deine Brüder, denn ich zweifle nicht daran, dass sie ermordet wurden. Und für Rieles Sohn.«

»Deshalb nannten wir ihn so, weißt du. Tono aus dem traurigen Zweig. Weil es sonst keinen mehr von ihnen gab. Schon Gunda war bloß eine Cousine dritten Grades, und nach ihrem Tod war er ganz allein.«

»Nach allem, was ich heute erfahren habe, kann ich verstehen, dass er sich umgebracht hat. Als Willem Judiths Neugeborenes ermordete, brachte das die Erinnerung an seine eigenen Kinder zurück.«

»Ich denke, so war es.« Romar presste sich die Faust gegen die Stirn. »Wahrscheinlich konnte er es außerdem nicht ertragen, Zeuge noch weiterer Morde zu werden.«

»Wenn Mutter Ava tot ist, werde ich fortgehen. Komm mit mir, Romar. Mit mir und unserem Kind.«

»Sie werden es nicht zulassen, Rosalie.«

»Dann willst du meinen Tod in Kauf nehmen und Sara unser Kind großziehen lassen?«

»Ich werde dich nicht verraten.«

»Aber deine Familie wirst du genauso wenig verraten.«

»Sieh mich an, Rosalie.« Romar hob ihr Kinn, bis sie ihm in die tiefblauen Augen blickte. »Du – kannst – sie – nicht – töten.«

32

Verbündete

Der Wind war frühlingshaft warm, und die Felder um den mächtigen Sachsenrieder Forst wogten, als hätte jemand einen Stein auf spiegelklares Wasser geworfen, der im Versinken gemächliche Wellen schlug. Rosalies ungeborenes Kind war jetzt stark genug, mit seinen Tritten ihre Bauchdecke kräftig zu heben. Häufig spürte sie bitteren Magensaft ihren Hals hochsteigen. Dann schlief sie im Sitzen, was das Brennen ein wenig linderte, wissend, dass ihr die Zeit davonrannte. Romar war fasziniert von ihrem wachsenden Bauch und dem neuen Leben darin. Zugleich sah man die Qual in jedem seiner Züge. Er wirkte ausgelaugt und krank und fühlte sich häufig zu schwach, zur Arbeit in den Wald zu gehen. Obwohl Rosalie vermutete, dass er sein schlechtes Befinden häufig vortäuschte, um bei ihr sein zu können, machte er ihr Sorgen.

»Du musst damit aufhören, uns zu belauschen.« Warnend blitzte Romar sie an, als er sie nach einer Dorfversammlung zum wiederholten Mal voller Erde vorfand.

»Hast du Angst, ich könnte stecken bleiben?«

»Ich habe Angst, sie könnten dich erwischen.«

»Was wollen sie schon groß tun? Sie sind auf unser Kind aus – und bis es geboren ist, werden sie mich am Leben lassen. Ich mache es ihnen doch ohnehin einfach, indem ich kaum noch aus dem Haus gehe.«

»Was denkst du denn über die letzte Versammlung?«

»Es ist eine Schande, wie Ava dir zusetzt. Ich möchte ihr am liebsten an die Gurgel gehen. Vermutlich hat sie Angst, du könntest ihr bis zur Geburt noch in die Quere kommen. Du oder Sara, vielleicht auch Riele oder irgendein anderer. Sie will euch unter Kontrolle halten, indem sie euch die Gebote endlos aufsagen lässt. Vor allem dich. Sie hätte dir nicht schon wieder mit dem Tod gedroht, Romar, wenn sie deinen Verrat nicht fürchten würde.«

»Sie würden mich nicht umbringen.«

»Matäus haben sie umgebracht. Sei nicht blind! Du hast, als unsere Nachtgespräche begannen, von deinem Verdacht gesprochen, Willem könnte das Feuer gelegt haben, in dem deine Eltern und deine Brüder umgekommen sind. Ich bin überzeugt, dass er es getan hat – oder Ava selbst. Das weißt du. Aber sag mir, wann genau hat Mutter Ava beschlossen, verkrüppelte Kinder nicht mehr am Leben zu lassen?«

»Nach dem Tod meiner Familie.« Romar verschränkte die Arme vor der Brust.

»Und da hast du noch Zweifel? Wenn die beiden Alten geahnt hätten, dass Robs und Monika nicht richtig im Kopf sind, dann, vermute ich, hätten sie ihre eigenen Kinder gleich nach der Geburt kaltblütig umgebracht.«

»Sie lieben Robs und Monika.«

»Und bestimmt hätten sie auch Judiths und Theodors Kind geliebt, wenn sie ihren eigenen Enkel nicht zum Tode verurteilt hätten.«

»Du hast dich sehr verändert, Rosalie.« Noch immer saßen die Eheleute auf dem Boden des Erdkellers. Seit Rosalie zum ersten Mal Zeugin der Versammlung geworden war, redeten sie offen miteinander. Ohne den Umweg nächtlicher Monologe. Beide empfanden die Stille und Dunkelheit des Kellers als beruhigend. Ein Ort, an dem sie für sich waren; der ihren Schmerz linderte – auch wenn die gammligen Getreidesäcke noch immer fürchterlich stanken. »Du bist nicht mehr die scheue Frau, die immerzu über ihr Anderssein nachsinnt und sich selbst ausgrenzt.«

»Ich sehe meinem Tod entgegen. Mit jedem Tritt unseres Kindes rückt mein Ende näher. Was glaubst du wohl, was mich mein Aussehen noch schert.«

»Du hast nie gewusst, wie stark du bist.« Er streckte die Hand nach ihr aus, doch sie ließ seine Berührung nicht zu. Manchmal, nach allem, konnte sie das einfach nicht.

»Jetzt weiß ich es.« Rosalie biss die Zähne zusammen. Sie hatte keiner Menschenseele, auch Romar nicht, von den Krämpfen in ihrem Unterleib erzählt. Mochten das schon frühe Wehen sein? Falls sie den Zeitpunkt der Geburt richtig errechnet hatte, würde das Kind erst in vielen Wochen zur Welt kommen. Aber sie war nicht sicher.

»Was ist mit Sara? Schafft sie es heute endlich?«

»Ja. Es hat lange gedauert, aber heute bringt sie Robs und Monika mit, wie du gewollt hast – und obwohl Mutter Ava sie dafür hart zurechtweisen wird.«

»Sie erweist sich als wahre Freundin«, sagte Rosalie nachdenklich.

»Ihr hast du verziehen. Warum nicht mir?«

»Lass uns jetzt nicht darüber sprechen«, wich sie ihm aus. »Gehen wir schlafen.« Einzig der Gedanke an ihre Rache hielt Rosalie aufrecht und standhaft, nachdem Haberatshofen zum Albtraum geworden war. Da war kein Platz, über die vielschichtigen Gefühle für ihren Mann zu grübeln.

Später. Falls sie dann noch am Leben war.

*

»Weihst du mich heute ein?«

Rosalie saß Sara am Stubentisch gegenüber. Die Cousine hatte aufgehört, ihren Bauch zu berühren. Sie wagte kaum, überhaupt hinzusehen.

»Danke, dass du die beiden mitgebracht hast.«

»Ich war eine ganze Weile unschlüssig, ob ich das wirklich tun sollte. Aber sie freuen sich, dich zu sehen. Du fehlst ihnen.« Robs und Monika spielten unter dem Tisch, wo sie kaum Platz fanden.

»Miau«, machte Robs.

»Miauuu«, tönte seine Schwester.

Rosalie fühlte warmen Atem an ihren Füßen. »Werft den Tisch beim Aufstehen nicht um, ihr beiden Kätzchen.«

Robs und Monika tauchten mit erhitzten Gesichtern auf und stromerten hinüber in die Küche, wo sie den Vorratsschrank zu plündern begannen und bald auf den Kuchen stießen, den Rosalie gebacken hatte.

»Rosalie, bitte, rede mit mir!« Sara sah erregt und aufgelöst aus.

»Erinnerst du dich, wie du auf einer unserer Wanderungen die Schlafbeeren erwähnt und dann schnell wieder davon abgelenkt hast?«

»Ich bin nicht sicher …«

»Du brauchst mir nicht auszuweichen, Sara. Sag nur die Wahrheit.«

»In Ordnung. Ich weiß es noch.«

»Gut. Ich glaube nämlich, die Beeren, die Romar mir damals auf der Lichtung gab, waren Schlafbeeren. Und ich glaube weiter, dass einige von euch später, als ich eingeschlafen war, auf die Lichtung kamen.«

»Rosalie …« Sara fasste sich an den Hals, als schnüre es ihr die Kehle zu. »Es stimmt ja, du hast recht«, gestand sie ein.

»Romar sollte dafür sorgen, dass du die Beeren isst. Es war gewagt, denn wir waren nicht sicher, ob und wie tief du schlafen würdest. Ava wollte dich ansehen, ehe sie eine Entscheidung traf. Schon damals hat mein Cousin versucht, es ihnen auszureden – die Heirat mit dir.«

»Verstehe. Was ist mit deiner Rolle als Avas Schülerin? Ich möchte wissen, ob du die Morde mit angesehen hast.«

»Das darfst du mich nicht fragen.«

»Hast du?«

»Sie zwang mich zum Bleiben. Ich habe die Neugeborenen versorgt und nicht hingeschaut. Die Augen fest zugemacht.«

»Ich hätte nicht gedacht, dass du mir die Wahrheit sagen würdest.«

»Wie meinst du das? Wolltest du mich etwa prüfen?«

»Sei nicht böse. Für das, was ich vorhabe, muss ich dir aufrichtig vertrauen können.«

»Für deine Rache?«, wisperte Sara.

Rosalie nickte. »Ich weiß jetzt, wem sie gelten muss.« Sie sprach leise, damit Robs und Monika nebenan nicht erfuhren, welches Schicksal sie Ava zugedacht hatte. Für einen Moment zweifelte sie, ob es recht von ihr war, die einzig Unschuldigen im Dorf für die Vernichtung der eigenen Mutter einzuspannen. Dann dachte sie an die Toten. Vor allem an Franz, der ihr unvoreingenommen all seine Liebe geschenkt hatte, ohne dass es ihr bewusst geworden war. Nein, Ava war böse. Sie bedeutete Kummer, Leid und Tod. Dafür musste sie sterben.

»Ehe du mir anvertraust, was immer du vorhast, möchte ich dir etwas sagen.« Sara spielte nervös mit ihren Fingernägeln. »Ich habe lange darüber nachgedacht, was du mir vorgeschlagen hast. Dass wir zusammen fortgehen könnten. Alles hinter uns lassen. All das Grauen …«

»Und alles Schöne«, unterbrach Rosalie sie sanft. »Ich verstehe, dass du deine Leute liebst, Sara. Ich will dich nicht drängen. Es ist deine Entscheidung.«

»Ich werde dir helfen. Und wenn es vorbei ist, komme ich mit dir. Sag, was muss ich tun?«

»Die Einbeere.« Rosalie hatte die Worte der Krämerin im Ohr. »Kennst du sie? Die ganze Pflanze ist giftig, am giftigsten sind die Beeren.«

»Ich kenne sie und weiß, wo sie wächst.«

»Wissen Robs und Monika das auch? Du bist meine Freundin. Ich bin nicht sicher, ob Ava dir noch vertraut oder du unter Beobachtung stehst wie Romar.«

»Josef und Jeremias folgen bloß deinem Mann.«

»Ich will kein Risiko eingehen. Wenn Robs und Monika die Einbeere sammeln, wird niemand Verdacht schöpfen.«

Saras Gesicht nahm einen verkniffenen Ausdruck an. »Ich sorge dafür, dass sie dir die richtige Pflanze bringen.«

Rosalie fühlte das drückende Gewicht auf ihren Schultern leichter werden, als Sara ihr einen Teil der Last abnahm. »Sobald ich den Saft der Einbeere habe, musst du Ava zu mir bringen. Ihr meine glaubhafte Einladung übermitteln, verstehst du? Sie soll denken, dass ich nach Versöhnung strebe und dumm genug bin, meine Augen vor ihren Machenschaften zu verschließen.«

»Ja. Ich verstehe.« Sara wirkte bei diesen Worten so traurig, ihre Haltung war so geduckt und ängstlich, dass von ihrer berückenden Lebendigkeit nichts mehr zu spüren war. Als hätten die Cousinen die Rollen getauscht.

»Eins noch, Sara. Was hat Romar dir genau erzählt?«

»Über dich? Alles hat er mir erzählt. Ich weiß, dass du den Versammlungen heimlich lauschst, und auch, wie er sich dir anvertraut hat. Er wird uns keine Steine in den Weg legen.«

»Aber uns auch nicht helfen.«

»Rosalie.« Sara zögerte. »Ich überlege seit einer Weile hin und her, wie ich es anfangen soll, mit dir darüber zu sprechen.« Sie errötete tief. »Es muss schwer für dich sein, von uns zu wissen. Von Romar und mir.« Sara streckte die Hand aus, einige Momente schwebte sie bittend in der Luft, dann ließ sie sie auf die Tischplatte sinken. »Wir hatten nie eine Wahl, das musst du mir glauben.«

Rosalie stand auf und trat neben Sara. »Wenn ich ihn ansehe, sehe ich dich in seinen Armen. Wenn ich dich ansehe, sehe ich deine Hand in seinem Haar. O ja, Sara, es ist schwer. Aber nicht schwerer als das, was vor mir liegt.« Sie führte die Hand der Cousine zu ihrem runden Bauch. Das Kind in ihrem Leib reagierte auf die Berührung, und ihre Bauchdecke hob sich; wie ein Wal, der träge aus den Fluten stößt. »Du wirst nicht seine Mutter sein, aber du wirst dieses Kind aufwachsen sehen. Wenn wir das Dorf erst einmal hinter uns gelassen haben, steht dir die Welt offen. Du kannst einen Mann finden, den du wirklich liebst. Du kannst heiraten und viele Kinder bekommen, weit weg von Blutschande und Mord.«

»Glaubst du das alles wirklich?«

»Es wird schwer sein, besonders anfangs, aber du bist klug und schön. Anders als mich werden die Menschen dich nie für ein Monstrum halten. Ja, ich glaube ganz fest, dass du glücklich werden wirst.«

»Was ist mit Romar?« Sara fing zu weinen an. Die Tränen, gerade von ihr, der Starken und Lebensfrohen, rührten Rosalie.

»Er liebt uns, dich und mich. Doch die Pflicht, die er noch immer empfindet, sitzt ihm zu tief in den Knochen. Er ist ein Gefangener des Dorfes.«

Nebenan in der Küche fingen Robs und Monika zu streiten an. Sara rief die Geschwister herüber in die Stube, wo sie sich gleich um ein gehäkeltes Deckchen zankten und an beiden Enden zogen, bis es riss. Ein Geräusch, das in Rosalie widerhallte. Haargenau so fühlte sich ihr Herz an, seit sie die Wahrheit über Haberatshofen kannte.

»Ein Geheimnis?«

Robs nickte. Monika nickte.

Die pausbäckigen Gesichter strahlten über das in sie gesetzte Vertrauen.

»Versprochen?«, vergewisserte sich Rosalie lächelnd, während das schlechte Gewissen sie peitschte.

»Versprochen.« Treuherzig blickten die Geschwister zu ihr auf. Dann kehrten sie in die Küche zurück, wo sie die Kuchenkrümel am Boden einzeln mit den Fingern auflasen.

*

Es war Nacht. Es war dunkel.

Rosalie hatte endlich Gewissheit darüber, auf welcher Seite Sara stand. Das ließ ihr ein wenig Raum, ihren Gefühlen nachzuspüren. Sie schmiegte sich an ihren schlafenden Mann, so dicht sie es mit dem runden Bauch noch vermochte. Er war warm, sein kringeliges Haar im Nacken nassgeschwitzt.

Seine Nähe so kostbar.

33

Kiesel

Der Kiesel war klein und flach, von der Farbe brackigen Wassers. In keiner Hinsicht besonders. Dennoch hielt Romars Faust ihn umklammert, als hinge sein Leben daran.

Die Wochen waren verstrichen, der April und der Mai ins Land gezogen. Draußen schien die Junisonne, und Rosalie wanderte durch die Stube. Auf und ab. Von links nach rechts. Vom Fenster zum Tisch und wieder zurück. Ihr Körper fühlte sich zu eng an, als müsse das Korsett ihrer Haut gleich aufplatzen wie eine überreife Frucht oder zu lange gekochte Kartoffeln und darunter ihr wahres Menschsein zum Vorschein kommen. Ob sie hinterher noch dieselbe sein würde?

»Was geschieht, wenn sie es herausfindet?« Romar warf den Kiesel in die Höhe, fing ihn auf, warf ihn wieder; griff daneben. Das Steinchen fiel zu Boden. Er hob es auf, schloss die Hand darum. Warf es gleich darauf erneut.

»Das wird sie nicht.« Ein langer Sonnenfinger fiel vom Himmel und traf das Fenster der Stube. Die Scheibe war dreckig. Verschmiert von Kindern mit Erwachsenenfingern – seit Robs und Monika mit Sara da gewesen waren, hatte Rosalie sie nicht mehr geputzt.

Und jetzt war es so weit.

Sara hatte das ganze Dorf eingeladen, Rosalies erstes selbstgemachtes Mus zu kosten. Eine Geste der Versöhnung, die allen zeigen sollte, dass Romars Frau wahrhaft töricht genug war, sich von Haberatshofen abermals ans lügendurchwirkte Gängelband nehmen zu lassen.

Der Tag, der alles entscheiden sollte, war im Nebel erstanden. Die Sonne hatte sich erst gegen Mittag aus dem Dunstbad tief hängender Wolken geschält. Inzwischen strahlte sie mit ganzer Kraft, als fände sie geheimes Vergnügen daran, das verlorene Dorf im Wald zu beobachten, das Wettspiel der Lebenden mit dem Tod.

»Sie kommen.« Rosalie drehte sich zu Romar um. Noch in der Bewegung fühlte sie ihren Unterleib hart werden. Verspürte wieder diesen Schmerz der vergangenen Wochen, vertrauter inzwischen, von dem sie noch immer nicht wusste, ob das frühe Wehen sein mochten.

Romar merkte nichts. Ihre Ankündigung hatte ihn zusammensinken lassen, als wäre ihm jeder Knochen im Leib entfernt worden. Seine Nervosität kroch ihr wie Würmer unter die Haut. Gottlob legte sich der Krampf in ihrem Unterleib.

Sie hatte weder Romar noch Sara eingestanden, wie unsicher sie war. Falls Robs oder Monika zu irgendjemandem von dem Geheimnis gesprochen hatten, nicht aus bösem Willen, ein unschuldiges Versehen vielleicht … Es half nichts. Wenn sie in wenigen Wochen ihr Kind zur Welt bringen würde, musste Ava tot und sie selbst weit fort von Haberatshofen sein.

»Nimm die gute Tasse für Mutter Ava«, sagte Romar. »Die mit den Vögeln. Die hat sie meinen Eltern geschenkt, als meine Mutter mit den Zwillingen schwanger war.«

Rosalie nickte. Der giftige Sud zog seit vorgestern. Sie hatte alle Bestandteile der reichlich zerrupften Einbeerpflanzen, die Robs und Monika gesammelt und ihr mit Stolz überbracht hatten, gründlich zerstoßen. Blätter und Stängel genauso wie die noch unreifen Beeren. Sorgfältig schüttete sie das Gift in die glasierte Tasse aus Steingut, die mit dem Bild eines Vogelnests bemalt war, darin vier hungrige Jungvögel. Nur bis zur Hälfte, den Rest würde sie mit dem Malzgetränk füllen, das Ava so mochte. Sie hatte es in der Silvesternacht ausschließlich getrunken. Es war dunkel und herb im Geschmack. Genau richtig.

Nicht mehr als einen Löffel, sonst bringt er Sie um. So hatte die Ödwanger Krämerin ihr gesagt.

»Rosalie?«

»Hm?«

»Lass dir nichts anmerken, ich flehe dich an«, beschwor Romar sie eindringlich. »Ava durchschaut dich, wenn du Schwäche zeigst.«

»Das werde ich nicht.« Rosalie trat zu ihm. Drückte ihre Stirn gegen seine. Ihre Nasen berührten einander. »Du willst nicht, dass ich es tue.«

»Ich fühle mich wie am Ende der Zeit. Als stünde die Apokalypse mit ihren Reitern bevor.«

»Ich habe auch Angst.« Schweiß klebte unter ihren Brüsten, die heiß und schwer waren; bereit, ein Kind zu nähren. Falls sie lange genug am Leben bleiben würde.

»Sei gewiss, dass ich dich liebe«, flüsterte Romar.

Es klopfte.

Mit Wucht schleuderte er den Kiesel von sich, der unter die Treppe rollte, wo er liegen blieb. Denn niemand, weder an diesem noch an irgendeinem anderen Tag, würde kommen, um ihn aufzuheben.

»Bis ans Ende der Zeit.« Rosalie wischte die einsame Träne auf ihrer Wange fort und ging zur Tür.

*

Ava und Willem kamen in Begleitung von Sara, Josef und Jeremias. Sie blieben die ersten und einzigen Gäste, die sich mit ernsten Gesichtern um den Tisch setzten.

»Du musst die Zurückhaltung der anderen verstehen, Mädchen.« Avas Stirn war so von Falten zerfurcht, dass ihr Stirnrunzeln kaum auffiel. »Du hast dich lange zurückgezogen, wolltest von uns nichts mehr wissen.«

»Ich hatte meine Gründe.« Rosalie gab jedem von dem Mus in eine Schüssel. Wie sie auch vor jeden einen Becher hinstellte, gefüllt mit dem Malzgetränk, für das die alte Frau eine Schwäche hatte. »Die falschen Gründe, wie ich jetzt weiß.« Ava bekam die gute Tasse. Beim Abstellen schwappte ein klein wenig über. »Nachdem ich zu euch kam, hoffte ich, niemals mehr einsam zu sein. Es war meine eigene Dummheit, die mich wiederum zur Ausgestoßenen machte.«

»Du bist keine Ausgestoßene«, brummte Willem und kostete von dem Mus. »Du bist eine von uns. Deshalb hast du dich an unsere Regeln zu halten wie alle anderen.«

»Sie hat eigentlich nichts gemacht, außer sich zurückzuziehen«, verteidigte Sara die Cousine, während Josef und Jeremias wie Steingötzen am Tisch hockten. Keiner der Brüder hatte bisher ein Wort gesagt. Genau wie Romar.

»Rosalie wollte uns die Schuld an Mariannas Tod geben.« Avas gesunder Fuß trommelte auf den Boden. »Sie hat uns des Mordes bezichtigt.«

»Es tut mir leid«, wiederholte Rosalie ergeben.

»Das haben wir verstanden.« Willems kurzer Blick zur Seite, wo seine Frau saß, wäre ihr früher nicht aufgefallen. Auch nicht, dass Ava daraufhin ihre Hand einen Moment lang auf seine legte. Als wollte sie ihn oder seine Äußerung bestätigen.

»Ob du es glaubst oder nicht, Rosalie, wir haben uns um Susabell und Marianna viele Gedanken gemacht und große Sorgen. Damals, als sie anfingen, sich von uns zurückzuziehen. Von uns allen, auch von ihren Ehemännern. Obwohl ihr Handeln uns schwer begreiflich war.«

Josefs und Jeremias' Schweigen schien noch tiefer zu werden. »Wir wollten sie gerne zufrieden in unserer Mitte wissen«, fuhr Ava fort. »Sie taten uns leid, und ich nehme im Nachhinein an, der Wald ringsum und das abgeschiedene Leben taten das ihre, um diese Hirngespinste in den beiden Frauen hervorzurufen.«

»Du bist mir keine Erklärung schuldig.«

Romar hustete trocken.

»Ich möchte, dass du es verstehst, Mädchen.« Ava legte ihre runzlige Hand um die glasierte Tasse. »Es ist ein großes Unglück, wie der unselige Fluch uns in den letzten Jahren getroffen hat. Wieder und wieder. Und nur menschlich, wenn du Angst hast. Um dich und dein Kind. Aber wir sind nicht deine Feinde.«

»Das habe ich verstanden, und ich möchte wieder zu euch gehören. Mehr als alles andere«, bekräftigte Rosalie.

Die alte Frau nahm die Hand von der Tasse, beugte sich zu Rosalie und tätschelte ihr die Wange. Wie sie es früher manches Mal getan hatte. Nur dass Rosalie ihr die großmütterliche Wärme keinen Augenblick lang mehr glauben konnte.

»Darauf lasst uns einander zuprosten.« Sara hob feierlich ihren Becher. »Ich bin dankbar, dass ihr eure Unstimmigkeiten beilegen konntet und wir wieder ...«, sie zögerte einen Atemzug, »... wie eine große Familie sind.«

»Zum Wohle.« Ava hob ihre Tasse zum Salut in die Luft und setzte sie an die trockenen, vom Alter eingefallenen Lippen.

»Zum Wohle.« Fast hätte Rosalie sich vor Aufregung verschluckt, denn die Alte lächelte ihr zu – ein Lächeln, das die Augen nicht erreichte – und trank.

Im selben Moment stieß Sara ihren Becher um. Bis dahin hatte Rosalie keinen Blick zu Romar oder der Cousine riskiert. Als sie es jetzt tat, nickte die Freundin ihr kurz zu.

Es war getan.

Mutter Ava, die Mörderin, würde sterben.

Epische Erleichterung durchströmte Rosalie. Das war einfacher gewesen, als sie es sich in dunklen, sorgenvollen Nächten ausgemalt hatte.

Ava hatte das Gift getrunken. Ihre Rache war beinahe vollbracht.

Wie steigende Flut vergessene Bauten im Sand fortspült, riss das Wissen um die getane Gerechtigkeit die Mauern fort, die Rosalie um sich errichtet hatte. Am liebsten hätte sie laut jubiliert, während die alte Frau am Tisch saß und nichts ahnte von dem Einbeerensaft in ihrem Magen, der sie zerstören würde.

Man könnte mich eine Mörderin nennen, dachte Rosalie, und es war ihr gleich. Sie empfand nur wohltuende Linderung. Der langen Liste derer, die Avas wegen gestorben waren, würde zuletzt der Name der alten Frau hinzugefügt werden.

Rosalie hatte angenommen, das Gift würde – tödlich, wie es war – schnell wirken. Doch bislang war Ava nichts anzumerken.

Da kehrte ihre Nervosität zurück. Wie lange konnte es noch dauern, bis der vergiftete Trunk Wirkung zeigte?

Seit dem Anstoßen hatte sich Schweigen über den Tisch gesenkt. Als wäre es nicht länger nötig, die Maskierung zu wahren. Dabei wussten nur drei Menschen am Tisch von dem Gift – ob die anderen es ahnten? Die Reiter der Apokalypse spürten, wie Romar es ausgedrückt hatte? Die galoppierenden Hufe des Todes?

»Sieh mich an, Rosalie«, sprach Ava in die Stille hinein. Ihre alten, lebensklugen Augen bohrten sich in Rosalies blassblaue Iris und ließen ihren Blick nicht wieder los. »Wir mögen es nicht, wenn man unseren Versammlungen heimlich lauscht.«

Die beiden Frauen starrten einander an.

Rosalie fühlte erst ihr Herz verkrampfen, dann ihren Bauch. Woher wusste Ava davon? Wusste sie auch von dem Gift? Die Furcht ließ schwarze Flecken vor ihren Augen tanzen, und jählings kam der Schmerz. Anders als in den Wochen zuvor. Heftiger, unmittelbarer. So stark, dass sie kaum noch denken konnte.

»Mädchen, hast du etwa Wehen?« Ava erfasste Rosalies Not als Erste. Entschlossen rückte sie ihren Stuhl nach hinten und krempelte die Ärmel ihrer Strickjacke hoch.

»Nein.« Mit wachsender Panik stemmte Rosalie sich von ihrem Platz hoch und wich zurück. Weshalb stand die alte Frau noch immer aufrecht? Ein neuer Ansturm der Qual ließ sie keuchend in die Knie sinken.

»Josef, Jeremias – helft ihr. Legt sie vorsichtig auf den Boden.«

»Hat sie Wehen?« Es waren die ersten Worte, die Romar an diesem Tag zu Ava sagte.

»Dem Anschein nach.«

»Unser Kind.« Rosalie, die von den Brüdern auf den Boden gebettet wurde, streckte die Hand nach ihrem Mann aus. »Ich darf es jetzt … noch nicht bekommen.« Gott sei Dank, der üble Schmerz ließ nach. Sie wollte aufstehen, erhobenen Hauptes auf die Wirkung des Giftes warten und Ava dabei zusehen, wie sie starb. Es würde doch wirken, das Gift, oder?

Noch nicht wieder auf den Beinen, fühlte Rosalie etwas Sonderbares in ihrem Inneren. Ein Reißen, das nicht wehtat, und gleich darauf Feuchtigkeit, die aus ihr herausströmte. Kein Blut. Nur klare Flüssigkeit.

»Es ist noch nicht an der Zeit«, protestierte Romar lauthals, als könne er so sein Kind daran hindern, zur Welt zu kommen.

»Möglicherweise doch«, gab Ava ihm zu verstehen. »Ich

habe Rosalie nie untersucht, daher weiß ich nicht, ob sie ihren Termin richtig errechnet hat. So oder so, gerade ist die Fruchtblase gesprungen. Das Kind wird heute geboren.«

Romar stand da wie vor den Kopf gestoßen. Man konnte zusehen, wie das Begreifen durch sein Gesicht zog und seine Besorgnis sich in grellrote Angst verwandelte.

»Du gehst jetzt.« Ava sah ihn streng an. »Deine Pflicht ist getan. Warte in Saras Häuschen, bis das Kind geboren ist. Bald hast du es hinter dir.«

»Nein.« Mit flackernden Augen schüttelte Romar den Kopf.

»Geh besser«, sagte Sara leise zu ihm, kniete sich neben Rosalie und streichelte ihr beruhigend übers Haar. »Ich bleibe da.«

Neben Sara beugte sich Ava über Rosalie. Schaler Atem traf ihr Gesicht, wie einst auf der Lichtung. »Schon gut.« Die alte Frau legte ihr eine kühle Hand auf die Stirn. »Darauf haben wir alle gewartet, nicht wahr?« Lächelnd schob sie ihre Strickjacke zur Seite. Die Bluse darunter war nass und roch malzig. »Jeremias und Josef tragen dich nach oben. Willem – geh heim und hole mir, was ich brauche.«

»Du hast es nicht getrunken«, wisperte Rosalie entsetzt.

»Ich verlasse sie nicht! Niemals werde ich sie euch überlassen!«, fing unterdessen Romar an zu brüllen, als wäre er eben in eine Grube gestolpert, wo die Löwen ihn bei lebendigem Leib zerfleischten.

Mühsam rappelte Rosalie sich auf. Streckte abwehrend die Hände aus, um Ava fernzuhalten. Wollte zu ihrem Mann.

Der Schmerz kam jetzt gleichmäßiger und verlangte ihr alles ab. Wollte gehört und gespürt werden; ihr Körper ganz und gar Empfindung sein. Doch sich ihm hinzugeben hätte bedeutet, sich dem Tod auszuliefern. Denn inzwischen ging es um nichts weniger als ihr eigenes Leben oder Sterben.

Romar kam ihr zu Hilfe und stützte sie beim Aufstehen. »Wir müssen raus«, sagte er schnell an ihrem Ohr, legte ihr den Arm um die Hüften und schob sie zur Tür.

Josef und Jeremias verstellten ihnen den Weg, ohne dass Ava ein Wort zu sagen brauchte. Sie ergriffen Romar grob und zogen ihn von Rosalie weg.

»Lasst mich!« Er wehrte sich mit Händen und Füßen. Schlug wie ein Berserker in alten Nordmannlegenden um sich. Schrie und trat und wütete gegen die Brüder an. »Lasst mich bei ihr sein!«

Josef und Jeremias, beide viel breiter in den Schultern als Romar, hatten Mühe, ihn zu bändigen.

Rosalie wollte ihm helfen, mit ihm zusammen auf die Gegner einschlagen, doch ihr sackten die Füße weg – und sie fand sich wieder in Avas Armen.

»Sara, steh ihr bei! Du musst sie beschützen, wenn ich es nicht kann.« Romar traf Josef mit der geschlossenen Faust an der Schläfe. Der Mann, der ihm einst wie ein Bruder gewesen war und den er als seinen Wachhund zu verabscheuen gelernt hatte, taumelte. Ein harter Stoß gegen Jeremias' Brust folgte. Endlich konnte Romar sich losreißen.

»Die Mutter wartet, dass ihr Rosalie nach oben tragt«, wiederholte Willem den Befehl seiner Frau. »Genug der Rauferei.« Urplötzlich ragte er hinter Romar auf, ein dickes Holzscheit in der Hand, und zog es ihm über den Schädel.

Der Getroffene schwankte, machte einige wenige Schritte. »Bitte«, flehte er, und es war nicht klar, ob er Gott oder Mutter Ava oder alle beide meinte. Seine Augen suchten Rosalie, dann brach sein Blick.

Willem räusperte sich. »Josef, du schaffst Romar aus dem Weg, während Jeremias sie mit Saras Hilfe ins Bett bringt.«

»Halte ihn fern, verstehst du?«, gab Ava Josef mit auf den

Weg. »Er braucht etwas, um seinen Kopf zu kühlen, wenn er aufwacht.«

»Sara«, wimmerte Rosalie, als Jeremias sie auf seine Arme hob. Wie an jenem Tag, an dem sie fortgelaufen war und sich im Wald versteckt hatte. Damals hatte Jeremias sie bloß nach Hause gebracht. Heute brachte er sie zum Sterben nach oben. »Unternimm etwas. Bitte, Sara, halte sie auf!«

»Arme Rosalie.« Sara packte Rosalies Beine, um Jeremias mit seiner Last zu helfen. »Es tut mir leid. Selbst wenn ich könnte, würde ich dir nicht helfen. Eigentlich tut es mir auch nicht leid, denn ich wusste immer, wem ich Treue schuldig bin. Romar gehört zu mir, ist mein Fleisch und Blut. Mein Mann, ob du willst oder nicht. Es ist an der Zeit, mir auch das Kind zu geben.«

Der Schmerz wurde heftiger, kam in immer kürzeren Abständen und drohte Rosalie zu zerreißen. Sie wollte aufstehen, wollte fort, aber wann immer sie es versuchte, rang Sara sie nieder und drückte ihr unnachgiebig die Arme aufs Bett.

Sara. Die Verräterin.

Rosalie schrie ihren Schmerz heraus, wehrte sich gegen Ava und Sara und gegen die Wehen, die ihrem ureigenen Rhythmus folgten und sich nicht aufhalten ließen.

»Bald hast du es hinter dir.« Ava untersuchte mit kundigen Fingern den Fortgang der Geburt, während Sara halb auf Rosalie lag, um sie ruhig zu halten. Die alte Frau stützte sich mit den Händen auf Rosalies Oberschenkel. Diese despektierliche Berührung war mehr, als Rosalie ertragen zu können glaubte.

Die beiden Frauen hatten sie inzwischen aus ihren Kleidern gezwungen und ihr ein langes Nachthemd übergezogen. Ein weißes Nachthemd über ihren runden weißen Körper.

»Scher dich zum Teufel!« Rosalie trat mit dem Fuß nach der

Alten, die – ihre Finger noch immer auf Rosalies Haut – gerade etwas zu Sara sagte, und traf sie am Kinn. Avas Kiefer knackte, und sie gab einen kurzen Schmerzlaut von sich.

»Mut hast du ja …« Die alte Frau wurde von einem Klopfen an der Tür unterbrochen. Willem reichte etwas ins Zimmer. Seelenruhig nahm Ava das bestickte Kissen entgegen, legte es auf einen Stuhl und setzte sich darauf.

Rosalie spuckte in Richtung der Alten. Ihr Bauch zog sich zusammen wie ein lebendiges Wesen. Die Kontraktionen folgten in immer kürzeren Abständen.

»Bald hältst du dein Kind in den Armen, Sara.« Zufrieden verfolgte Ava, wie Rosalie ihren gegeißelten Körper hin- und herwarf und in den Wehenpausen immer noch versuchte, das Bett zu verlassen.

Doch Sara war übermächtig gegen die Gebärende. Zwischen Schmerz und Qual und Wahnsinn brauchte es nicht mehr als einen Schubs, damit Rosalie zurück auf das Laken fiel. Jeder Zuseher hätte gewusst, wie aussichtslos dieser Kampf war. Rosalie selbst wusste es auch.

»Ava hat das Gift nicht getrunken, weil du sie gewarnt hast«, keuchte Rosalie.

»Natürlich. Wir sind eine Familie. Das kannst du wohl noch immer nicht begreifen.«

Nicht lange danach, als das neue Leben sich Stück für Stück durch den Geburtskanal schob, zerrissen Rosalies Schreie die Luft. Ein Köpfchen wurde tastbar, und sie berührte es mit Tränen und Ehrfurcht und all ihrer Liebe, legte schützend die Hand darauf, bis das Kind mit der nächsten Wehe ganz geboren war und der Sicherheit des Mutterschoßes auf ewig entglitt.

Ein Ausdruck, nicht zu deuten, huschte über Saras Gesicht.

»Bitte nicht«, flehte Rosalie, denn schon hielt Ava das Neugeborene im Arm. »Nimm es mir nicht fort.«

Die alte Frau nahm keine Notiz von Rosalie. Verzückt besah sie sich das Kind.

»Ist es gesund?«, fragte Sara mit brechender Stimme.

»Ein kleines Mädchen, ein wenig zu früh dem Anschein nach, aber wohlauf. Komm her, Sara, und begrüße deine Tochter.«

Rosalie streckte klagend die Arme nach ihrem Kind aus.

Vergebens.

»Sie muss sterben, solange sie nicht wieder bei Kräften ist und keine Gefahr darstellt«, entschied Ava. »Jetzt gleich. Ehe uns ihre Beharrlichkeit zum Problem wird.« Sprach es und näherte sich mit dem Kissen der frischen Mutter, beugte sich mit fleckigen Zahnstümpfen über Rosalie. »Leg das Kind ab und halte ihren Oberkörper nieder, Sara.«

»Warte einen Moment, Mutter Ava.« Sara hatte das Neugeborene in eine Decke gewickelt und klopfte ihm liebevoll den Rücken. Eben stieß es seinen ersten Schrei aus.

»Wenn du ihr das Kind zeigen möchtest – das ist unnötig«, erklärte Ava unwirsch. »Wo Rosalie hingeht, gibt es keine Erinnerung.«

»Ich wollte dir bloß vorschlagen«, Sara klang Ava gegenüber fast schüchtern, »sie nicht zu ersticken. Statt des Kissens das Gift zu wählen, meine ich, und sie den Tod sterben zu lassen, den sie dir zugedacht hatte.«

»Einverstanden, Mädchen.« In den Augen der Alten stand so etwas wie Respekt zu lesen. »Ich weiß, das ist auch für dich nicht leicht. Geh hinunter und bring mir das Gift. Die Tasse ist noch zur Hälfte voll.«

Rosalie begriff mit aller Endgültigkeit, dass es vorbei war, als Sara ihren Kopf festhielt und ihr die Finger gewaltsam in den Mund bohrte, bis sie ihn öffnete. Sie wehrte sich, solange sie konnte. Horchte nach den zarten Tönen ihres Kindes, dessen Köpfchen sie gefühlt und dessen Gesicht sie so gerne noch gesehen hätte. Eine Tochter, hatte Ava zu Sara gesagt. Ein kleines Mädchen.

Die Tasse schlug gegen Rosalies Zähne, als Ava dafür sorgte, dass das Gift bis zum letzten Tropfen ihre Kehle hinabrann. Die geschwächte Wöchnerin bäumte sich ein letztes Mal auf, rief Romars Namen, der nur noch verwaschen aus ihrem Mund kam. Dann wurde sie still.

34

Rache

Sara neigte sich über Rosalie, die nicht blasser war als zu Lebzeiten und aussah, als schliefe sie bloß erschöpft.

»Sie atmet nicht mehr.«

»Gut. Dann haben wir es endlich hinter uns, mein Mädchen. Du hast deine Aufgabe würdig gemeistert.« Ava massierte sich den Kiefer, wo Rosalies Fuß sie getroffen hatte. Die Stelle verfärbte sich bereits blauschwarz.

»Unser Fortbestand ist gesichert.« Demütig beugte Sara den Kopf vor der alten Frau. »Du siehst müde aus, Mutter Ava. Draußen ist es Nacht geworden. Lassen wir den Leichnam morgen in dein Haus bringen, um ihn herzurichten.«

»Gut. Gehen wir hinunter.« Leicht schwankend schleifte Ava ihren Klumpfuß zur Tür.

*

Romar öffnete die Augen. Benommen von Willems Schlag tastete er nach seiner Erinnerung. Sie kehrte zurück wie ein weiterer Hieb mit dem Holzscheit.

Rosalie. Das Kind. Ava, die nicht starb.

Josef war verschwunden, Tonos Häuschen leer.

Er rannte schwankend nach Hause. Nebel stieg vom Boden auf, als wollte er den verzweifelten Mann mit seinen feinen Schleierarmen greifen und umschlingen; ihn daran hindern, sich dem Entsetzlichen zu stellen.

In der heimischen Stube brannte ein Feuer.

Sara saß dort, wo sonst Rosalie saß.

Nahm ihren Platz ein, wie Mutter Ava es vorgesehen hatte.

Sie war nicht seine Cousine; sie war seine Schwester. Und seine Frau. Die einzige Wahrheit, die er Rosalie immer verschwiegen hatte.

In ihren Armen wiegte sie ein neugeborenes Kind.

*

Sara blickte auf, als Romar in die Stube trat.

Er stand im Raum wie ein Wesen aus einer anderen Welt. Es war nicht das Bild, das sie sich erträumt hatte.

»Sieh, deine Tochter!«, sagte sie zu ihm. Ihr Gesicht wurde weich.

»Ich habe Rosalie nicht sterben lassen wollen.« Seine Augen irrten rastlos umher auf der Suche nach etwas, das nicht mehr da war. Auf der Suche nach ihr. »Ich habe sie geliebt.«

»Sie liegt oben auf dem Bett. Romar! Geh nicht weg!«, rief Sara. Er hörte nicht.

Drehte sich auf dem Absatz um und taumelte hinüber in die Küche.

*

»Romar …«

Wieder Sara, die ihn beim Namen rief. Es war nicht ihr Mund, aus dem er ihn hören wollte. Er ging zu ihr hin, nahm ihr das winzige Wesen vorsichtig aus den Armen und bettete es auf eine Decke, die Rosalie gehört hatte.

Hinten in seinem Hosenbund steckte das Messer, das er aus der Küche mitgebracht hatte.

»Romar, bitte, was ich dir sagen will …«

Er ertrug sie nicht länger. Ihr dummes Flehen und ihre erbärmliche Sehnsucht nach etwas, das sie nie miteinander haben würden. Die Last und die Schuld, die ihm aufgebürdet waren, schnitten sein Herz sauber entzwei.

Sara streckte die Hand nach ihm aus.

Da griff Romar nach dem Messer. Ihre Augen, den seinen so ähnlich, wurden weit, als sie erkannte, dass sie gleich sterben würde.

Er sprach kein Wort. Tat es einfach. Erstach seine Schwester ohne Reue.

Die neugeborene Tochter bewegte im Schlaf winzige rote Lippen. Ihr Vater blickte auf sie nieder, das blutige Messer noch in der Hand, dann verließ er das Haus.

Keine Menschenseele sah den einsamen Mann durch die Nacht eilen. Alle schliefen. Auch Ava und Willem in ihren Betten.

Romar trug kein Gefühl mehr in sich. Das Dorf hatte ihn innerlich getötet.

Die Eingangstür war nicht abgesperrt. Niemand schloss in Haberatshofen seine Tür ab. Er betrat das Steinhaus. Ging in das Schlafzimmer der Alten.

Unter der Decke sah Willems Buckel weniger rund aus.

Er schnitt dem Dorfältesten die Kehle durch. Weich wie Schnee rieselten Blutstropfen auf seine Haut.

Bei Ava war es schwerer. Oder leichter. Er war nicht sicher. Sie hatte Rosalie umgebracht, weil die Gebote es verlangten. Ihre Gebote, Mutter Avas Gebote, die das Leben so vieler Unschuldiger gefordert hatten.

Romar wartete neben der Schlafenden, bis der erste Streifen Morgengrauen auf die alte Frau im weißen Baumwollhemd fiel. Ihr Kinn war geschwollen. Ein Speichelfaden lief ihr aus dem Mund.

Dann rammte er Mutter Ava die blutige Klinge in die Brust und vollendete Rosalies Rache.

Hinterher, als ihr Atem erloschen war, fühlte er sich frei. Sein Kopf wurde ganz klar.

Noch hatte niemand bemerkt, was geschehen war.

Romar watete durch den Nebel und holte seine Tochter.

Drückte den Säugling fest an seine Brust und ließ sein bisheriges Leben, seine Familie und Haberatshofen für immer hinter sich.

Ein einziges Mal blickte er zurück auf das Dorf und sah seine tote Frau am Brunnen stehen. Die Nackenhaare stellten sich ihm auf, als ihr Geist die Hand hob und Abschied nahm. Eine blasse Gestalt im weißen Hemd.

Romar nickte. *Versprochen.*

Er hatte verstanden, was die Erscheinung ihm sagen wollte.

Für Rosalie war es zu spät. Für ihre Tochter nicht.

*

Niemand war mehr da, die alte Ordnung in Haberatshofen zu erhalten. Der Familienverband zerbrach nach Avas und Willems Tod. Die Menschen zerstreuten sich in alle Winde und gingen dorthin, wo die Vergangenheit nicht mit langen Fingern nach ihnen greifen konnte.

Man schrieb das Jahr 1845, da fiel Haberatshofen der Vergessenheit anheim. Nur der Wind, der zwischen den Bäumen heult, weiß noch um die Geschichte des verlorenen Dorfes.

Nur der Wind?

Du denkst, du bist zur Wurzel des Übels zurückgegangen und kannst jetzt verstehen, weshalb Rosalies Geist keine Ruhe findet?

Du irrst. Oh, wie sehr du irrst.

Bist du bereit für die ganze Wahrheit?

35

Die Frau am Brunnen

Anfangs war sie ohne jede Orientierung. Da war nur die Erinnerung an das weiche Köpfchen ihres Kindes. An seinen ersten Schrei.

Sara. Sie musste Sara finden.

Wo Sara war, würde auch ihre Tochter sein.

Rosalie schleppte sich die Treppe hinunter. Stufe für Stufe. Verlor den Halt und stürzte, bis sie am Fußende zum Liegen kam und Romars brackwasserfarbenen Kiesel sehen konnte. Sie rappelte sich auf. Das Feuer glühte, die Stube war warm. Wie Saras Haut.

»Sara?« Leblos lag der Körper der Cousine am Boden. Die Wunde an ihrem Herzen fiel kaum auf. Sie war tot, vermutlich noch nicht lange. Verwundert stellte Rosalie fest, tiefe Trauer um die Verräterin zu empfinden.

Wo waren sie?

Wo ihre Tochter? Wo Romar?

Wie eine Schlafwandlerin lief Rosalie weiter zum Steinhaus. Sie spürte die Morgenkälte nicht. Aus Judiths und Theodors Schornstein stieg Rauch. Die letzten Sterne verglühten am Himmel.

Robs und Monika schliefen in ihren Kastenbetten.

Im Schlafzimmer der Ältesten roch es nach Tod.

Ihre Tochter fand sie nicht.

Verzweifelt haschte Rosalie nach den Erinnerungsfetzen in ihrem Kopf.

Romar, der mit ihr fortgehen wollte. Der an ihrer Seite war und sie schwören ließ, keiner Seele etwas von ihrem Bund zu verraten; der seine Wachhunde umgangen und sich nächtens allein aus dem Dorf geschlichen hatte, um Cäcilia im Waisenhaus um Hilfe anzuflehen. Cäcilia, die zusammengebrochen war, als sie vom Tod der anderen erfahren hatte; und die ihnen beistehen würde.

Dann das Gift. Saras Verrat und Ava, die nicht starb. Der Wehenschmerz und die Geburt; der Einbeerensaft, der ihr die Kehle hinabfloss.

Weshalb war sie nicht gestorben?

Wo seid ihr, Romar?

Hast du Sara getötet, Willem und Ava?

Sie musste ihre Familie finden.

Am Brunnen hielt sie inne und dachte nach. Tonos Häuschen. Dorthin hatte Josef ihren Mann nach Willems Schlag gebracht, und dort würde sie als Nächstes nachsehen.

Da gewahrte sie im Nebel am Waldrand eine Bewegung.

Rosalie kniff die Augen zusammen, um die Gestalt besser erkennen zu können.

Ein großer Mann, der ein kleines Etwas an seine Brust drückte.

Er sah zu ihr herüber.

Sie hob die Hand.

Im Jahr darauf

Der Hof lag einsam in der Weite des Gebirges. Kaum je verirrte sich ein Wanderer zu ihnen herauf. *Rosa.* So nannte Romar die kleine Tochter, für die er einen hölzernen Hahn zum Schaukeln schnitzte und die im Tragetuch an seiner Brust schlief, während er mit ihr stundenlang durch die Bergwälder streifte. Er suchte die Zurückgezogenheit – und Rosalie ließ ihn gewähren. Nachts schlief sie mit seinem Waldduft in der Nase und den Lauten ihrer Tochter im Ohr, die im Schlaf vor sich hin brabbelte. Rosa hieß wie ihre Mutter, sah aus wie ihr Vater und war ihrer beider ganzes Glück.

»Rosalie!« Lachende Stimmen vor ihr, die sie lächeln ließen. »Reginald versteckt sich!«

Hochwürden Kippling lebte bei ihnen, war Teil der Familie. Er hatte das Anwesen in den Bergen mit jenem Bestechungsgeld gekauft, das Willem ihm gegeben hatte. Damals, als Franz im Dorf zurückgeblieben war. In der Fremde war ihm klar geworden, dass er nicht damit leben konnte, den Jungen im Stich gelassen zu haben. Reginald Kippling war zurückgekehrt ins Waisenhaus, um Franz aus den Fängen Haberatshofens zu erretten und Doras Herz wieder für sich zu gewinnen. Weder das eine noch das andere war ihm geglückt. Dafür hatte er Cäcilia im rechten Moment zur Seite stehen können, die damit kämpfte, was ihr Romar bei seinem nächtlichen Besuch zu sagen gehabt hatte. Sie war es auch, die ihm von Franz' Tod unterrichtete.

»Wäre ich nicht zur rechten Zeit und mit den rechten Mitteln ins Waisenhaus gekommen, wie hätte Cäcilia euch nach eurer Flucht ein neues Leben ermöglichen wollen?« So sprach Reginald häufig und verwies abschließend auf die unergründlichen Wege Gottes. Alle wussten, er selbst vermutlich am allerbesten, dass er nach einer Rechtfertigung für das Sterben des jungen Franz suchte. Sie ließen ihn gewähren.

Jeder musste auf seine Weise mit den Ereignissen der Vergangenheit abschließen.

Cäcilia tat das, indem sie auf dem Berghof blieb, wo sie nach langen Jahren im Dienst der Waisen ihren Lebensabend verbringen wollte. Sie redete schon am Morgen mehr als die anderen über den Tag zusammengenommen, aber das störte keinen. Nachts teilte sie zwar nicht das Bett, wohl aber das Zimmer mit Reginald, dem sie herzlich zugetan war.

»Rooosalie!«

»Ich komme.« Sie eilte auf die beiden Gestalten zu.

Reginald hatte sich später als Einziger noch einmal ins Dorf gewagt, um Abschied von Franz zu nehmen. Ein Gebet zu sprechen. Drei Monate nach dem Tod der Ältesten waren die Häuser leer gewesen, hatten offene Türen im Wind geschlagen. Bis zwei verwahrloste Gestalten, dreckig und verängstigt, herangeschlichen waren. Zurückgelassen oder zurückgekommen – sie sollten es nie herausfinden. Reginald hatte das einzig Menschliche getan und sie mitgebracht.

»Einbeeren, Rosalie, schau.« Robs und Monika pflanzten sich stolz vor ihr auf. Für sie waren es bloß Beeren, die sie zuordnen konnten. Nicht mehr. Nicht weniger.

Reginald pfiff in seinem Versteck nach ihnen, während Rosalie nachdenklich auf einen Strauch mit Heidelbeeren blickte. »Hat Sara euch die gezeigt?«

Die Geschwister nickten und sprangen davon.

Ava Haberat, Frau von Willem, Mutter von Theodor, Robs und Monika. Dorfälteste und vielfache Mörderin. Einst war sie all dies und mehr.

Die Weiße Frau.

Ihr Körper im namenlosen Grab lange verwest, findet ihr Geist bis auf den heutigen Tag keine Ruhe. Geht um im Sachsenrieder Forst, wo einst ein Dorf stand, dessen sich heute keiner mehr erinnert – wie man sich ihrer nicht mehr erinnert.

Hab acht, der du nun die Wahrheit kennst. Hab acht!

Wer ich bin?

Einst erfuhr ein kleines Mädchen die Geschichte seiner Eltern und trug sie weiter, wie es auch seine Kinder und Kindeskinder taten. Am Anfang der Kette standen Rosalie und Romar. Und hier, am anderen Ende, stehe ich. Ihre Nachfahrin.

Erzähle von ihrem Schicksal.

Um zu warnen. Um aufzuklären. Um zu schützen.

Ob Sara den Tod verdient hatte?

Viele haben sich das in der Vergangenheit gefragt, viele Erklärungen wurden gesucht, gefunden, wieder verworfen – und in unserer Familie weitergetragen. Ich kenne die Geschichte von den Schlafbeeren, die Sara unten in der Stube in die glasierte Tasse gegeben haben soll, um Rosalie für tot erklären zu können und sie später aus dem Dorf zu schaffen. Meine Großmutter selig war überzeugt: Sie wollte Romar von Rosalies Überleben erzählen, ehe er sie erstach.

Es gibt noch reichlich andere sinnige und unsinnige Deutungen.

Ich selbst glaube nicht, dass Gift in der Tasse war – und ich glaube weiter, Sara wusste das. Vielleicht war es aber auch nur ein Fehler der beiden großen Kinder.

Sara liebte Rosalie. Das möchte ich gerne annehmen. Selbst falls am Ende ihr Wunsch nach der kleinen Familie, nach Romar und dem Kind, über diese Liebe triumphierte.

Ich möchte gerne glauben, dass sie das letzte unschuldige Opfer in Avas Ränkespiel war.

Doch ich weiß es nicht.

Anmerkung der Autorin

Die örtliche Legende von der *Weißen Frau* im Sachsenrieder Forst im Hinterkopf, stieß ich auf die Wüstung Haberatshofen (auch Habratshofen). Ein Dorf, das bis 1845 tief im Sachsenrieder Forst stand? Das faszinierte mich. Die Geschichte um Rosalie und Romar nahm ihren Anfang, und ich verwob die *Weiße Frau* mit Haberatshofen.

Wer das einstige Dorf besucht, entdeckt bald eine Informationstafel, die von einer ersten Erwähnung Haberatshofens 1126 zu berichten weiß. Auch dass der Tiefbrunnen im Dorf häufig trocken fiel und Wasser mühsam über die »Wassersteige« aus einer Quelle bei Ödwang heraufgebracht werden musste. Im Roman schildert Romar die Waldweide. Tatsächlich wurde diese Weideform bereits im Jahr 1841 verboten. Neben der Wasserknappheit wohl ein zweiter schwerwiegender Grund, der letztlich zur Aufgabe des Dorfes führte.

Noch 1809 bestand Haberatshofen aus drei Bauernhöfen und einer Kapelle. Namentlich lebten im Ort die Familien Nett, Seelos und Fischer, zusammen waren das achtzehn Personen. Daneben sechs Pferde, ein Fohlen, zwölf Kühe und vier Kälber. 1845 siedelten alle Familien nach Schwabsoien über. Der bayerische Staat kaufte den Grund, ließ die Höfe abreißen und die Fläche aufforsten. Die Kapelle diente bis ins Jahr 1910 als Unterstand für Waldarbeiter.

Heute findet man noch den alten Brunnen, von Wald und

Jahren überwucherte Kellergruben und das Fundament der Kapelle. Ein Gedenkstein erinnert an das Dorf.

Ich möchte an dieser Stelle hervorheben, dass die im Roman erzählte Geschichte ebenso fiktiv ist wie ihre handelnden Personen. Dies besonders im Hinblick auf eventuelle Nachfahren der drei Familien Fischer, Seelos und Nett – wer weiß, vielleicht gibt es sie noch?

Der ehemalige Tiefbrunnen des Dorfes.

Wo einst die Kapelle stand,
erinnert heute ein Gedenkstein an Haberatshofen.

Dank

Regine Weisbrod, meine Lektorin, ist seit Jahren an meiner Seite, und ich kann mir niemanden vorstellen, mit dem ich lieber arbeiten möchte. Ich danke dir für deine fachliche Kompetenz, dein scharfes Auge und deine Unterstützung zu jeder Zeit.

Ein großes Dankeschön auch an meine Verlagslektorin Barbara Heinzius, die sich gleich für diesen Roman begeistern konnte, und das gesamte Team des Goldmann Verlags.

Meinen Testlesern danke ich für ihren kritischen Blick.

Und ich danke von ganzem Herzen meiner Familie für die Freiräume, die sie mir geschaffen hat, damit ich diesen Roman schreiben konnte. Ihr seid fabelhaft!

Stefanie Kasper

stammt aus Peiting im Bayerischen Oberland und lebt mit ihrem Mann und ihren beiden Söhnen im Ostallgäu. Gleich mit ihrem ersten Roman, »Die Tochter der Seherin«, gelang ihr ein großer Erfolg, dem weitere historische und Mystery-Romane folgten.

Mehr von Stefanie Kasper:

Die Tochter der Seherin. Roman
Als E-Book erhältlich.
Der Eid der Seherin. Roman
Als E-Book erhältlich
Das Bündnis der Jungfrauen. Roman
Als E-Book erhältlich
Das Haus der dunklen Träume. Roman
Auch als E-Book erhältlich

GOLDMANN
Lesen erleben